Der Roman spielt hauptsächlich in bekannten Regionen, doch bleiben die Geschehnisse reine Fiktion. Sämtliche Handlungen und Charaktere sind frei erfunden.

FSC
www.fsc.org
MIX
Papier aus verantwortungsvollen Quellen
FSC® C104608

Der CO_2-Ausstoß dieses Druckproduktes wurde mit ClimateCalc berechnet und kompensiert:

www.climatecalc.eu
Cert. no. CC-000094/DK

Bibliografische Information der Deutschen Nationalbibliothek
Die Deutsche Nationalbibliothek verzeichnet diese Publikation in der Deutschen Nationalbibliografie; detaillierte bibliografische Daten sind im Internet abrufbar über http://dnb.ddb.de

www.niemeyer-buch.de

Umschlaggestaltung: C. Riethmüller
Der Umschlag verwendet Motiv(e) von 123rf.com
Druck und Bindung: Nørhaven, Viborg
Printed in Denmark
ISBN 978-3-8271-9558-6

Wilfried Oschischnig

TodesSchmäh

Zweimal tot ist Mord

CW Niemeyer

Über den Autor
Wilfried Oschischnig, geb. 1964 in Klagenfurt. Bereits die längste Zeit seines Lebens „verwienert“. So auch mit einer Wienerin liiert und den beiden gemeinsamen Töchtern in der österreichischen Bundeshauptstadt wohnhaft. Er schrieb während und nach seiner Studienzeit (Theaterwissenschaften u. Skandinavistik) mehrere Theaterstücke und Hörspiele für den Österreichischen Rundfunk / ORF und ist aktuell im PR-Bereich und Journalismus tätig.

Mehr über den Autor auf: www.oschischnig.at

Für Mona, natürlich!

Eins

Nicht Nacht, nicht Tag; nicht dunkel, nicht hell. Mit schwarzen Konturen und grauen Bäuchen wölbten sich ein paar Regenwolken über dem Währinger Schubertpark, im Laternenlicht tanzten Blätter und Zweige als Schatten. Aber das interessierte Gradoneg nicht, Matthias Frerk Gradoneg. Naturerscheinungen waren ihm wurscht, erst recht das Wetter. Bücher, die so begannen, klappte er rasch wieder zu. Stellte sie verkehrt ins Regal. Aus Protest gegen solch ein romantisches *Wald-und-Wiesen-Geschwafel*, als Warnung für andere Naturmuffel. Und an diesem Freitag, dem 30. Juni 2017, kurz vor vier Uhr morgens, hätte sogar der Mond vom Himmel fallen und durch den Schubertpark rollen können; die Drehgiraffe auf dem Spielplatz hätte nach Gradoneg ausschlagen können, das abgeblätterte Holzkrokodil sich auf ihn stürzen oder die Parkwege zu Pythons erwachen – sein Blick und vor allem seine Gedanken wären nicht von der Babyschaukel gewichen.

*

Tote hatte Gradoneg schon öfters gesehen. Mutmaßlich Verstorbene. Tote, deren Tod noch nicht amtlich bescheinigt war. Leichen, denen der offizielle Stempel fehlte. *Die Arschkarte ziehen*, hieß das damals beim Zivildienst. Ein letztes Spielchen mit Menschen an der Grenze zwischen Leben und Tod. Wenn Krankenhäuser und Seniorenheime verdächtig erschöpfte Omas oder Opas mit dem Rot-Kreuz-Wagen hin und her schickten, niemand eine Leiche und schon gar nicht den Papierkram im Haus haben wollte. Dann wurden halb starre Greise zum Sterben ins Seniorenheim geliefert oder umgekehrt zur Auferstehung ins Krankenhaus. Gradoneg saß hinten im Krankentransporter, füllte die Scheine für die Fahrtabrechnung aus, während sich neben ihm so manches Leben verflüchtigte. Wer dann die Nerven verlor, so verrückt war, den Puls zu kontrollieren – der zog die *Arschkarte, den Schwarzen Peter* für jede Menge Papierkram und Scherereien mit Verwandten. Für die Fahrtenabrechnung vom Roten Kreuz war das freilich egal. Die Versicherungsnummer musste stimmen und die Bestätigung der jeweiligen Abholstation gut leserlich sein; was zählte, war immer die Fuhr, selbst wenn es genau genommen eine Überfuhr war. Solche Toten oder Halbtoten hatte Gradoneg mehrmals erlebt. Ein erster Schreck, der im Laufe des Zivildienstes in Routine übergegangen war. Alle hatten sie ihre Jahre auf dem Buckel, die Runzeln einer fremden Lebensgeschichte im Gesicht. Diese Art von Sterben und Tod berührte ihn nicht mehr.

*

Jetzt aber auf dem Spielplatz im Schubertpark erschrak er vor dem Tod. Sogar die beiden Polizisten übersah er in seinem Schock. Zwanzig, höchstens fünfundzwanzig Meter entfernt, standen sie mit dem Rücken zu ihm vor der Babyschaukel. Versteinert, als hätten sie einen Blick auf Sodom und Gomorrha gewagt. Völlig erstarrt und schockiert und hatten ebenfalls Gradoneg nicht bemerkt. Obwohl er fürchterlich keuchte.

So schnell war er noch nie durch die Kreuzgasse zur Teschnergasse gerannt, runter in den Schubertpark auf den Spielplatz gehetzt. Auch als seine Kinder auf Fahrräder umsattelten und seinem Schatten immer weiter davonstrampelten.

*

Eile mit Weile wäre dabei angebrachter gewesen. Gab ja eigentlich keinen Anlass, wie ein Notfallchirurg durch die Nacht zu sprinten: *„Nichts Wichtiges. Bitte im Schubert Park/Spielplatz nachsehen, falls du wach bist"* – las sich die SMS keineswegs wie ein Weltuntergang. Noch dazu stammte sie von einer unterdrückten Nummer, ohne Absender. Selbst ein Kürzel fehlte. Kein Hinz und Kunz offenbarte sich hinter dieser nächtlichen Ruhestörung. Kryptischer und anonymer konnte sich niemand melden; entspannter und gelassener hätte Gradoneg diesen Irrläufer oder üblen Scherz nicht übergehen können. *Falls du wach bist …* die Ausrede wurde praktisch mitgeschickt. „Schubert Park“ war obendrein auseinander, also genau genommen falsch, zumindest antiquiert, geschrieben. Wirklich! Von einem anonymen, antiquierten Witzbold sollte sich niemand in die Nacht jagen lassen!

Blöderweise kam Gradoneg diese seltsame SMS bei einem Pinkelausflug in die Quere. Kaffee und Wein und dann noch ein Bier, mehr braucht es nicht, um ein paar Ehrenrunden durch die Wohnung zu drehen. – Und noch eine andere, blöde Angewohnheit war daran schuld: sein Handywahnsinn.

Was hat dein strahlenverseuchtes Ding neben dem Kopfpolster verloren?, hatte sich seine Ursula schon öfter beschwert, als es Geschichten in Tausendundeiner Nacht gibt. – *Muss Google auch noch in unserem Schlafzimmer herumschnüffeln?! – Wenn's für dich schon keine andere Ausstrahlung mehr gibt, dann schau' gefälligst in die Sterne!* War Gradonegs Ursula zwar noch nicht in den Wechseljahren, wechselten aber ihre Stimmungslagen in letzter Zeit immer häufiger. Vor allem Gradoneg gegenüber. Ein Alarmzeichen, das er in Freudscher Manier verdrängte, und beim Handy war er sowieso ein Pawlowscher Hund: Kaum gab es einen Piepser von sich oder blinkte auf, schon tippte und wischte seine Neugierde darauf herum. Besessen, als würde er eine Wahrsagerkugel in der Hoffnung auf ein besseres Leben streicheln. Dabei leuchtete auf seinem Gerät schon länger nichts Weltbewegendes mehr auf. Mit dem selbstständigen Anzeigenverkäufer ging es wie mit den Printmedien bergab. Die Magazine wurden immer dünner, die Anzeigenkunden immer weniger – und Gradonegs Leben immer erbärmlicher. „Akquise Manager", was für eine hochtrabende Berufsbezeichnung! Eher war er ein vergessener Hufschmied im 21. Jahrhundert, ein Naivling, der beruflich aufs falsche Pferd gesetzt hatte und nun von den vielen, neuen digitalen Medienkanälen zertrampelt wurde. Selbst die übelsten Marketingfuzzis verzichteten nun auf ihre Sadomaso-Spielchen mit ihm, hetzten ihn nicht mehr für eine Anzeigenschaltung kreuz und quer durch Wien.

Tag und Nacht, bei Regen und Hagel, damit sie vor ihren Geliebten mit einem Anzeigenknecht rumprahlen konnten. Oft noch in Unterhosen, Spermaflecken an den Oberschenkeln und einen zufriedenen, präpotenten Testosteronblick in den Augen. Gut, der ewig notgeile Franz Schnitzer missbrauchte ihn noch manchmal als Kindermädchen für seine ständig überzuckerte, hysterische Göre. Aber selbst das war schon seit Monaten nicht mehr der Fall. Wahrscheinlich hatte auch der so einen jungen Social-Media-Deppen für seine Schaltaufträge und Kinderdienste engagiert.

Von Berufs wegen wurde also Gradoneg an diesem Freitag nicht raus in die Nacht, in den Schubertpark, getrieben. Sein schlechtes Gewissen machte ihm Beine. Die Sauferei war es, dieses fürchterliche Alkoholgelage vom letzten Dienstag in einem Wettcafé, dem „Café Carambole" in der Kreuzgasse. Vertrottelter konnte man nicht auf seine Gesundheit eindreschen und den Gedächtnisstecker im Gehirn ziehen. Gradonegs Schweiß wäre nach dieser Nacht eine ideale Flüssigkeit gewesen, um Steaks zu flambieren. Ganze argentinische Rinderherden wären sich damit ausgegangen. Was für ein Gestank aus seinen Poren triefte! Ursula ließ bei offenem Fenster den Sommerregen über die Wand rinnen; seine beiden Kinder, Hemma und Josef, gingen ihm mit den UNO-Karten aus dem Weg, fragten sogar kein einziges Mal nach Süßigkeiten. Bloß Ursulas verächtliche Blicke besuchten ihn in seinem Exil auf der Wohnzimmercouch.

Den ganzen Mittwoch und Donnerstag quälte er sich damit ab, eine Brücke über seine Gedächtnislücke zu bauen, runter in den Krater seiner besinnungslosen Sauferei zu schauen. Dort gab es allerdings nur die brennheiße, zischende Lava des Vergessens und des schlechten Gewissens. Was hatte er nur im Suff angestellt? In diesem glücklosen Wettcafé, keine hundert Meter von seiner Wohnung entfernt? Zumindest wollte er wissen, wie und warum dieser zerknüllte 500-Euro-Schein in seine Brieftasche gekommen war. Sein erster im Leben, und er hatte keine Ahnung! Keinen blassen Schimmer von diesem Geldsegen! Ob der Schein überhaupt echt war, musste er noch herausfinden, sobald sich sein Magen und vor allem seine Frau beruhigen würden.

Was hatte er für dieses Geld nur getan – oder was sollte er noch dafür tun? Das waren die Fragen, mit denen er ständig von der Wohnzimmercouch auf die Toilette und zurück torkelte; verzweifelt in der Lava des Vergessens nach einer noch nicht ganz verkohlten Erinnerung stocherte. Nichts! Absolut nichts fand er darin. Auf den zerkratzten CDs der Städtischen Wiener Bücherei tat sich mehr als in seinem Gedächtnis. Eine ewige Schwarzblende ohne das geringste Flimmern und Surren.

Ursula? Hatte ihm Ursula das Geld wegen seines beruflichen Desasters zugesteckt? Unwahrscheinlich. Sehr sogar. Nach all den Streitereien und seinen politischen Ausrastern in letzter Zeit hätte sie das Geld wohl lieber gespendet. Der Kirche, den Mormonen, der Währinger Faschingsgilde … allen, sogar Bayern München und dem Debütantinnenverein des Wiener Opernballs … doch niemals Gradoneg. Ihr liebevolles „Frerkibääääär" war definitiv nach seiner Sauferei verstummt. Und es sah so aus, als ob für immer – ihr kuscheliges „Frerkibääääär" würden wohl nur noch Außerirdische in ein paar Hundert Jahren als Schallwellen hören. Leider. Ursulas Verständnis schien so erloschen zu sein wie Gradonegs Gedächtnis. Und dafür gab es keine 500 Euro.

Natürlich hatte sich Gradoneg gleich am nächsten Tag im Wettcafé über sein besoffenes Alter Ego informiert. Das schaffte er gerade noch mit seinem kaputten Magen, die paar Meter durch die Kreuzgasse. Eine völlig sinnlose Hochseetour: Der Kellner – ein Kroate, dessen tätowierten Bizeps und Geduld man nicht überspannen sollte – fühlte sich augenblicklich in seiner Ehre gekränkt, missverstand Gradonegs Gekrächze von einem 500-Euro-Schein und wähnte sich als Dieb angeprangert. Feuerte slawische Schimpfwörter auf Gradoneg ab und meinte schließlich auf Machodeutsch: Gradoneg solle verdammt froh sein, sich an nichts mehr erinnern zu können. Sonst würde er sein Leben lang an diesen Abend denken und mit einem hochroten Gesicht rumlaufen; so rot wie es sein ungeputzter Arsch nach dreißig Tagen in der Wüste wäre.

Die Vorgeschichte zu seinem Sturz ins Weinfass wusste Gradoneg wenigstens. Diese hatte ihm Ursula ja tagelang vorgeworfen. So gut konnte er sich gar nicht die schwarz-weiß karierte IKEA-Decke über den Kopf ziehen, all ihre Vorwürfe schlüpften in voller Lautstärke durch die Maschen.

Natürlich. Wieder einmal war es seine Islamophobie gewesen. Seine Hysterie gegenüber einer Islamisierung seiner heiligen Alpenrepublik, sein verzweifelter Kassandraruf – über ganz Österreich werde bald ein muslimischer Gebetsteppich ausgebreitet; die westliche Gesellschaft sei so verloren wie ein Wiener Schnitzel auf einem Kebab-Stand, und überhaupt stolpere die Demokratie einem neuen Antisemitismus entgegen. Um diese heiklen Themen drehte sich neuerdings Gradonegs Welt. Immer schneller und ängstlicher, immer irrationaler. Fast konnte er schon mehr Suren aufzählen als Wunder im Neuen Testament. Ja, während sich in Österreich seit der Flüchtlingswelle 2015 alle Einheimischen lieb hatten, sich alle vor den Schutzsuchenden fürchteten, einander näherkamen und sorgenvoll umarmten, hing ausgerechnet bei Gradoneg und seiner Ursula der Haussegen schief. Die Scheidungsrate sank laut Statistik Austria, und just die Gradonegs stritten und stritten. War doch seine Ursula eine humanistische Rabiatperle, die den Papst übertraf. Bei Weitem!

Gegen ihren lodernden Humanismus war ein Atomreaktor lediglich ein harmloses Lagerfeuer. Und dieses Mal hatte es Gradoneg mit seiner Islamophobie offenbar übertrieben. Unerträglich belehrend und gehässig wäre er gewesen, warf ihm Ursula vor. Mit Alice Schwarzer hätte er sie sekkiert, auch was von algerischen Feministinnen gefaselt … Wie die Freiheit der Frauen an den Kopftüchern des Islams erhängt würde. Und dass er, Gradoneg, nicht seine kleine Hemma in einem Tragetuch herumgeschleppt hätte, damit sie nun mit einem Kopftuch endete. Echt fies, aggressiv wie noch nie, sei er gewesen. Jedes Glas Wein hätte ein noch größeres Arschloch aus ihm gemacht. Nur er und Alice Schwarzer seien Weitblickende unter einem Haufen Kurzsichtiger. Die einzig Sehenden unter gemeingefährlichen Traumtänzern, deren Ziel ein schrecklicher Albtraum sei.

Ursula hätte sich angeblich gar nicht über seine plötzliche Liebe zu Alice Schwarzer und dem algerischen Feminismus lustig gemacht, doch wäre er plötzlich, wie von der Tarantel gestochen, aus der Wohnung gerannt. Genau genommen „getorkelt", fügte sie hinzu.

Na ja, ganz so harmonisch und widerspruchslos wird es nicht gewesen sein, dachte sich Gradoneg unter der Decke. Er kannte seine Ursula. Er wusste, wie diese humanistische Rabiatperle losrollen konnte. Und beim Flüchtlingsthema verstand sie keine Widerrede, nicht den geringsten Muckser. Einen Burschenschaftler-Schmiss wird sie Gradoneg schon empfohlen haben. Wäre nicht der erste gewesen. Persönlich von einem FPÖ'ler geschlagen, das hatte sie ihm auch letztens angedroht. Und vielleicht hatte sie bei diesem Zwist noch was Schlimmeres aufs Tapet gebracht: den Urlaub! A la … *Du kannst ja gerne mit der Alice Schwarzer und den Algerierinnen auf Urlaub fah-*

ren, wenn du's schon mit deiner eigenen Familie nicht schaffst!

„Urlaub". Falls sie dieses Wort in den Mund nahm, war jedes Achtel Wein gerechtfertigt. „Urlaub", das war sein persönliches Unwort des Jahres 2017. Denn erstmals in seinem Leben als Familienoberhaupt konnte er sich keinen leisten. Plötzlich gehörte er zu den Losern, die in Wien Wurzeln schlagen und mit geröteten Chloraugen in den öffentlichen Schwimmbädern rumplanschen würden. Und das trotz einer waschechten österreichischen Staatsbürgerschaft!

Mehr wusste Gradoneg von diesem Abend und seiner Sauftour nicht. Nur die subjektiven Vorhaltungen seiner Frau. Ein Vorschlaghammer in der Dunkelheit. Von hinten und mit voller Wucht. Ansonsten garten die abenteuerlichsten Erinnerungsversuche in seinem Brummschädel: Einmal hatte er Türken am Nebentisch beim Kartenspiel um 500 Euro erleichtert; ein andermal fand er das Geld auf dem Boden, dann hatte sich wiederum der Kellner beim Abkassieren verrechnet – diese Variante gefiel ihm am besten.

Sogar ein Schwuler wollte ihm um 500 Euro an die Wäsche oder auf dem Heimweg hatte ihn ein Autofahrer angefahren und Schmerzensgeld hingeblättert. Jetzt allerdings, durch diese SMS und den Horror im Schubertpark, erschien ihm plötzlich die unsinnigste all seiner Geschichten am glaubwürdigsten. Ja! Der Typ von der Kriminalpolizei war nicht in Gradonegs Spintisiererei aufgetaucht, keine fantasierte Suffkreatur – dieser Typ, dieser Kriminalbeamte saß wohl tatsächlich mit Gradoneg an einem Tisch.

*

Gott!, starrte Gradoneg schon so versteinert wie die beiden Polizisten vor ihm zur Babyschaukel hin. Tage, hochgerechnet wahrscheinlich Wochen, hatten seine Kinder in dieser Schaukel verbracht. Klammerten sich mit ihren Händchen an das orange Plastikgitter und genossen das Kribbeln im Bauch. Höher, immer höher! Hunderte Windeln werden es bestimmt gewesen sein, die sich hier mit Apfelmus und Maiswaffel füllten. Und wie hatte er wegen dieser ellenlangen Anschubsstunden geflucht: *Die Pampersarschlöcher holen sich eine goldene Nase und schlimmstenfalls einen Tennisarm und ich … ich lauf mit einer Sehnenentzündung herum,* jammerte er immer den umherstehenden Eltern und Ursula vor. Gerne, wahnsinnig gerne hätte er jetzt diese Babyschaukel angeschubst! Die restliche Nacht, den ganzen Tag und das kommende Wochenende – bis in alle Ewigkeit hätte er sie angeschubst, bei Tag und Nacht, mit Hunger und Durst … immer und immer angeschubst, wäre da nur wieder Leben in diese runterhängenden Beine eingekehrt. In diese zerfleischten Stummeln! Wären da wieder die Hautfetzen über den Knochen zusammengewachsen, Zehen an den Füßen gewesen!

Bitte, bitte nicht, flüsterte Gradoneg, zitterte am ganzen Körper; verschluckte sich an seiner Keucherei und Angst. Wagte nicht, seinen Blick rauf zum Körper, zum Kopf des Opfers zu heben. War seine kleine Hemma wirklich im Bett? Die Hände und Beine von sich gestreckt, wie ein Frosch aus der Vogelperspektive? Hatte er das beim Rausschleichen tatsächlich so gesehen? Und sein Josef? Wie konnte er sich so sicher sein, dass der Junge den neuen Schlafsack am Boden unter dem Schreibtisch testete? Er hatte Josef doch gar nicht bemerkt! Einbildung und Realität lagen ja bei ihm oft nahe beieinander. Er hatte kein Geld und saß dennoch in Reisebüros herum, ließ sich wie ein Krösus über die teuersten Fernreisen informieren. Mindestens einmal in der Woche. Und dann gab es ja auch noch die vielen anderen Kleinen aus dem Kindergarten und der Schule. Was, falls sein Blick auf Michaela, Anita … auf Antonio oder Konrad fiel?! Eigentlich musste er das Opfer schon gesehen haben, als er den Spielplatz betrat. Beim Eingang, die Babyschaukel lag ja direkt gegenüber. Hatte er das Kind längst erkannt und ertrug er dessen Anblick kein zweites Mal?! Diese zerfleischten Beine, die Hautfetzen und Sehnen, die Fleischklumpen mit den abgerissenen Zehen – waren diese verstümmelten Gliedmaßen noch das Erträglichste für ihn?!

Gradoneg lachte kurz auf. Kicherte hysterisch in den Rücken der Polizisten. Zwei taube Pappkameraden auf Rindenmulch. Jetzt lachte er sogar laut, herzhaft und befreit. So glücklich, wie er sich seit Monaten nicht mehr angehört hatte.

Über dem orangen Plastikgestell der Babyschaukel hingen zwei Brüste aus einem zerrissenen Kleid. Alt und schlaff. Fremd. Eine Greisin starrte ihn im schwachen Schein einer Laterne an. Fettes, zerzaustes, graues Haar hing ihr links und rechts vom Kopf, als hätte sie sich in einem dichten, großen Spinnennetz verfangen. Um ihren Hals zog sich eine Schlinge – möglicherweise ein Seil, ein

Gurt, Stück Stoff oder sonst was, das oben am Schaukelbalken befestigt war und so ihren Oberkörper einigermaßen aufrecht hielt. Jedenfalls war es eine Gradoneg völlig unbekannte Person. Und an Fremden wird das Unerträgliche zumindest zum erträglichen Wahnsinn. *Gott sei Dank!*, lachte er glücklich und fischte in seiner Hosentasche nach dem Handy: *nichts Wichtiges! …*, gluckste er vor sich hin … *Der Tod ist nichts Wichtiges!*, schüttelte er den Kopf und wollte sich vergewissern, ob er die SMS richtig gelesen hatte oder inzwischen vielleicht eine weitere eingetroffen sei. *Wenn's nicht der Tod ist, was dann?!*

„Na, leidet da noch jemand an seniler Bettflucht?", griff plötzlich jemand von hinten nach seinem Handy. Packte ihn am Arm und zwang Gradoneg zu einer schmerzhaften Kehrtwendung. „Sieht man doch, wie ungesund schlaflose Nächte sind. Wer sich durch die Nacht schleicht, ist schnell seine Haxen los", beugte sich ein ziemlich missglücktes Holzschnittgesicht zu Gradoneg runter. Zumindest die große, krumme Nase mit den beiden asymmetrischen Flügeln schien noch in Arbeit zu sein. Obendrein dampfte ein übler Leberkäsegeruch aus dem Mund des Polizisten.

Gradoneg erschrak, fasste instinktiv nach seinem Handy.

„He …!"

„‚He', was?! ‚He' Amtsbeleidigung oder ‚He' Widerstand gegen die Staatsgewalt?!", drückte ihm der Polizist den Oberarm fest zu – fester als es bei einem Schlangenbiss nötig gewesen wäre.

„Ich, ich …", stotterte Gradoneg.

„Einen ICH gibt es nicht! Schon gar nicht bei der Polizei!"

„Gradoneg. Matthias Frerk Gradoneg …"

„Frerk-Gradoneg?"

„Ja …"

„Gleich zwei Zungenbrecher als Doppelname."

„Nein, Frerk ist mein zweiter Vorname."

„Nicht frech werden, ja?!"

„Ich sag' ja nur meinen Vornamen …", ging Gradoneg wegen eines weiteren Armdrucks des Polizisten beinahe in die Knie. Verfluchte sich, dass er bei dieser groben Identitätskontrolle überhaupt mit seinem „Frerk" rausgerückt war. Eine berufliche Angewohnheit von ihm, denn „Frerk" merkten sich alle, selbst der dümmste Marketingfuzzi. „Meinem Vater, dem ist der ‚Frerk' eingefallen. Ich hatte bei meiner Geburt einen Charakterkopf …"

„Da hat also ein besonders hässlicher Zwerg geplärrt", ließ sich der Polizist mit dem Holzschnittgesicht nicht beirren. „Charakterkopf ist immer ein Synonym für schiach …"

„Und das ist jetzt keine Beleidigung?! Hässlich? Oder wird in Österreich nur noch nach Amtsbeleidigungen gefahndet?"

„Aufpassen! Immer aufpassen! Das ist jetzt schon die zweite Verwarnung!"

Gradoneg schluckte. Hatte schon ein … *Du beschissener Holzklotz mit Nasenlöchern* … auf der Zunge, eine durchaus angebrachte Metapher, die allerdings gleich zu Sägemehl zerfiel. Schade.

„Schiach" ist ja wirklich kein menschenwürdiger Ausdruck. Selbst das hässliche Entlein wird eines Tages zum Schwan. Und Gradoneg war alles andere als hässlich.

Wenn er auch kein Fernsehwerbung-Baby war, so hatte sich zumindest niemand vor einem Blick in den Kinderwagen gefürchtet – und man tut dies bis heute nicht vor seinem Äußeren. Der Haaransatz rutscht ihm zwar an den Schläfen kontinuierlich nach hinten, was bei Endvierzigern normal ist. Dafür war sein restliches, braunes, im Sommer fast blondes Haar dicht und nicht angegraut. Absolut keine Selbstverständlichkeit beim Glatzkopfgetümmel in der heutigen Männerwelt. Und seine Stupsnase war weder zu lang noch zu kurz und trennte die dunklen, grünen Augen nicht mit einem gekrümmten, ungehobelten Nasenrücken. Clownesk wäre für diese Nase das falsche Wort, eher zierte sie wie ein Jungbrunnen Gradonegs Gesicht, machte ihn um ein paar Jahre jünger und harmonierte mit den fein geschwungenen Lippen; war er unrasiert, verlieh sie ihm eine Mischung aus ruppiger Männlichkeit und spitzbübischer Lebensfreude. Zwerg? Nein, mit seinen 1,76 Metern war Gradoneg kein Wolkenkratzer, doch gewiss kein Zwerg. Ursula überragte ihn zwar um einen halben Kopf, aber Gradoneg brauchte kein Stockerl, um sie zu küssen.

Besser, man ist kein Humphrey Bogart und küsst dafür ohne Stockerl, witzelte er manchmal, wenn er auf Zehenspitzen Ursulas Lippen erklomm. Gut, diese Höhenflüge würden ihm zukünftig wohl verwehrt sein.

„Muss ja nicht gleich jede Identitätserhebung unter der Gürtellinie stattfinden …", murmelte Gradoneg beleidigt. Dieses „Schiach" steckte ihm mehr in die Knochen als der Schraubengriff des Polizisten.

„Ich hab' gesagt, nicht frech werden!", brüllte dieser nun auf, blies Gradoneg beinahe mit einem Leberkäsesturm aus den Schuhen: „Ich hab' mich hier nicht für ein Faschingsfest verkleidet, falls du das endlich kapierst!" Dann schickte er auch gleich seine Wut zu den versteinerten Kollegen zur Babyschaukel rüber. Die beiden hatten sich zwar kurz umgedreht und den Vorfall registriert, doch der Mund stand ihnen noch immer offen. „Depperter geht's nicht!", schrie das Holzschnittgesicht seine Kollegen an. „Ihr observiert eine Leiche, und ganz Wien schaut euch zu! Wahrscheinlich sind wir schon auf Facebook und im chinesischen Fernsehen."

„Was …?", fand einer der Steine doch noch seine Sprache.

„Ihr habt seit einer halben Stunde einen Zaungast und bemerkt das gar nicht!"

„Um den kümmerst doch du dich gerade."

„Und bei der Mordkommission heißt es dann wieder, wer mit einem Streifenwagen herumfährt, hat auch einen Streifen in der Unterhosen."

Gradoneg witterte bei diesem Polizeidisput eine Chance auf sein Eigentum.

„Könnte ich jetzt bitte wieder mein Handy …"

„Nicht dazwischenreden, wenn sich Erwachsene unterhalten!", riss ihn das Holzschnittgesicht am Arm in die Knie.

„Jetzt scheiß' dich nicht gleich an, der ‚Friedhof' ist schon in Ordnung …", maulte der Stein zurück. „Der ‚Friedhof' läuft zu keinem Kommandanten."

„Wer sagt denn, dass der ‚Friedhof' kommt?!"

„Jeder andere wär' schon da und die Spurensicherung auch. Die rechnen auch mit dem ‚Friedhof'. Ein Kaffee und zwei, drei Zigaretten gehen sich bei dem immer locker aus."

„Übernimm' dich bloß nicht beim Kombinieren …"

„Angeblich ist der ‚Friedhof' in letzter Zeit ein bisschen durch den Wind, erzählt man sich im LKA. Hat bei einer Sitzung plötzlich Rotz und Wasser geplärrt, dabei ging's bloß um den Belag bei der Pizzabestellung …"

„Keine Interna in der Öffentlichkeit, Kollege!", maßregelte das Holzschnittgesicht den aufmüpfigen Stein, wandte sich dann umso verärgerter wieder Gradoneg zu: „Wir heißen also Frerk und haben einen Charakterkopf. ‚Herumfrerken' … Sagt man nicht ‚herumfrerken', wenn ein Kind beim Brotschneiden lauter Brösel fabriziert?"

„Nicht dass ich wüsste …", hätte nun Gradoneg doch noch gerne *Du beschissener Holzklotz mit Nasenlöchern* gesagt.

„Egal. Wir sind ja nicht zum Philosophieren hier. Viel wichtiger ist, warum sich unser Herr Frerk im Schubertpark herumtreibt? Ausgerechnet neben einer Leiche?! Und noch ein guter Tipp, bevor du den Mund aufmachst: Joggen ist eine ganz blöde Ausrede. Ja! Joggen ist saublöd! Vor allem, wenn man dabei ein frisch gebügeltes Eselskostüm anhat."

Jetzt erst bemerkte Gradoneg, was er zu all dem Wirrwarr auch noch angerichtet, vielmehr angezogen hatte: das schwarze Prada-Sakko, die leider nicht ganz exakt sitzende tiefgrüne Gucci-Hose, das Trussardi-Hemd mit dem sensationellen gold-ockernen Muster … all diese Prachtstücke hatte er in ein Schweißbad getaucht. Die Jahresausbeute vom Humana-Laden auf der Währinger Straße, mit der er bei der Schulabschlussmesse so richtig protzen wollte. In seiner Blödheit hatte er diese um Stunden zu früh angezogen. Seine Rache an die Schnöseleltern sinnlos aufs Spiel gesetzt!

„‚Joggen' sollte um diese Zeit nicht einmal dem Marcel Hirscher einfallen. Obwohl ich's dem sogar glauben würde", wartete der Uniformierte ungeduldig auf eine Antwort. „Vielleicht auch noch diesem Tennisspieler … na, wie heißt der? Thiem-irgendwas …, aber bestimmt nicht dir und dem Wiener Bürgermeister."

„Meine Frau …", stammelte Gradoneg.

„Weiber sind zwar auch saublöd, aber immer noch besser als joggen …"

„Wir hatten tatsächlich einen Streit …"

„Was bei einem Charakterkopf leicht vorkommen kann", ließ der Polizist endlich Gradonegs Arm los. Tippte und wischte nun neugierig auf dessen Handydisplay herum, meinte zufrieden: „Wieder einer, der noch nichts von einer Sicherung gehört hat. Gut, unsere IT'ler knacken es sowieso."

„Ich hab' nichts fotografiert, ehrlich …"

„Der ICH und der EHRLICH sind längst ausgestorben, hab' ich doch schon gesagt!"

„Reiner Zufall. Ehrl… Echt, das ist alles ein reiner Zufall. Ich wohn' oben in der Kreuzgasse. Ich brauch' nur mein Handy und bin schon weg …"

Hinten kam wieder ein Stein in Bewegung.

„Jetzt könnten der ‚Friedhof' und die Spurensicherung endlich auftauchen. Sonst haben wir beim Sonnenaufgang noch einen Kindergarten am Hals."

„Sind ja alle auf Urlaub", brachte wie durch ein Wunder auch der zweite Stein seinen Mund auf.

„Dann kümmert euch gefälligst darum! Ruft ihn an und das Kaffeekränzchen von der Spurensicherung auch!", schrie das Holzschnittgesicht. „Bin ich der Einzige in Wien, der noch arbeitet?!"

„Kannst du dir eigentlich vorstellen, dass der ‚Friedhof' plötzlich losplärrt? Wie ein kleines Kind, weil's Salami statt Schinken auf der Pizza gibt? Der hat doch das Begräbnis von seiner eigenen Mutter fünfmal verschoben, bis er einen Mörder überführt hat", kamen die beiden Steine vor der Schaukel ins Gespräch.

„Vergewaltiger. Das war damals ein Vergewaltiger."

„Halt ein Seelenmörder."

Hinter ihnen nahm das Holzschnittgesicht Gradoneg weiterhin ins Visier.

„Ist das Beweisstück brav angemeldet?!"

„Beweisstück …?", schwante diesem Böses.

„Ja oder nein?!"

„Sie möchten doch nicht mein Handy als Bewei…"

„Die Fragen stellen immer noch wir! Ich! Ich bin das ‚Fragezeichen', du die ‚Antwort'."

„T-Mobile", stammelte Gradoneg.

„Na, geht doch. Ist ja so einfach wie bei Tarzan und Jane – Ich ‚Fragezeichen', Du ‚Antwort'", schob er zufrieden das Handy in seine Uniformtasche.

„Bitte, Herr Inspektor. Ich brauche mein Handy unbedingt beruflich ..."

„Dann sind wir schon zwei, die das Ding beruflich brauchen ... Und jetzt ab nach Hause mit dir!"

„Wie komm' ich denn wieder an meinen Besi..."

So schnell konnte Gradoneg das Wort „Besitz" gar nicht aussprechen, schon spürte er den spitzen Holzzinken auf seiner Stupsnase. Spürte, wie das raue Holzschnittgesicht zu einem Funkenflug von Spänen und Schiefern ansetzte: „Besitzstörung gibt's auf privaten Parkplätzen und in Vorgärten, du Vollkoffer! Und jetzt schleich dich! Hörst du! Schleich dich!"

„Bitte ..."

„Soll ich meine Uniform vergessen und ein richtiger Mensch werden?!"

Das hasste Gradoneg an sich. Ein Uniformfurz, schon ging er in die Knie. Ein Furz, und sein Mut war von autoritären Gasdämpfen benebelt. Kaum riss Papa Staat sein Maul auf, biss sich Gradoneg die Zunge ab. Das Gras links und rechts am Weg, den er nun untertänig hinaufschlich, stand aufrechter da, als er es je tat. Ein Gartenzwerg hätte mehr Zivilcourage. Sämtliche Kundenkontakte und Termine, die Quickmemos für die Rechnungslegungen, die Urlaubstage seiner Ursula, der Scan mit der Liste fürs Pfadfinderlager, die Schließtage im Kindergarten – sein komplettes Navigationssystem für diesen Sommer, ohnehin der beschissenste Sommer seines Lebens, ließ er sich widerstandslos abnehmen. Ein Systemabsturz sondergleich! Ein paar bewaffnete Steuerschlucker reichten, schon kroch er durch das Dickicht seiner Feigheit.

Bewaffnete Steuerschlucker, solche Begriffe fielen ihm auch immer erst hinterher ein. Nach seinem Hofknicks vor der Macht.

Dieser … Friedhof? …, zog er schon oben bei der Staudgasse an der dritten verzweifelten Zigarette. *Dieser Friedhof …?*, fragte er sich immer wieder, hoffte, mit dem Rauch auch ein paar Erinnerungen zu inhalieren. *Das muss er gewesen sein. Bestimmt. Mit dem hab' ich mich am Dienstag in dieses Schlamassel gesoffen. Die SMS … freilich, die SMS kann nur von diesem „Friedhof" stammen.* Kurz hielt er inne und wollte umkehren. Er bräuchte doch nur dem diebischen Bullenarsch die SMS zeigen. Angewurzelt wie die Bäume im Schubertpark sollte er sich vor ihn hinstellen und auf sein Recht pochen. *Los, schnell … umdrehen!*, befahl er sich, dem einzig klaren Gedanken in seinem Kopf zu folgen, wieder runter in den Park zu gehen. Doch „sich umzudrehen" gehörte auch nicht zu Gradonegs Stärken. Schon gar nicht, wenn es um bewaffnete Typen ging.

Immerhin hing an diesem frühen Morgen doch noch ein erhellender Stern über seiner besoffenen Dienstagnacht: Er hatte diesen ominösen „Friedhof", diesen Kriminalbeamten, tatsächlich getroffen – ihm wohl sein Leben und seine Phobien auf den Tisch gekotzt; das Urlaubsdesaster, die sadistischen Marketingfuzzis, die muslimischen Kopftuchtheorien, bestimmt auch seinen Zorn auf die Sozialversicherungsanstalt der gewerblichen Wirtschaft, die SVA, die sich ja in Gradonegs Wutranking ganz oben mit dem Islamismus matchte. Seine Hassliste war ja so lang wie die Nacht, und er hatte sie bestimmt Punkt für

Punkt vor diesem „Friedhof" abgearbeitet. Ein erbärmlicher Seelenstriptease für 500 Euro Lohn, bei dem er sich dann auch noch als kostengünstiger – spottbilliger – Assistent beim Kripomann angedient hatte.

In Gedanken sah sich jetzt Gradoneg, wie er sturzbetrunken und bettelnd auf allen vieren vor diesem Typen herumkroch. Er hatte zwar noch immer kein Bild von diesem im Kopf, aber ein umso schlimmeres von sich. Wie er im Wettcafé um sein Leben winselte, sich unterm Tisch an den Beinen des Kommissars festhielt, links und rechts die Gläser vom Tisch purzelten, der Boden wankte und das ganze Lokal grölte. Einfach nur scheußlich. Wen wundert es, dass er stets gedemütigt wurde, wenn er sich doch selbst immer am meisten demütigte, fragte er sich bei seiner letzten Zigarette schon vor dem Haustor in der Kreuzgasse. Dämpfte diese angewidert aus, wäre dabei am liebsten auf sich selbst getreten. Nein, das musste sich ändern! *Alles! Alles muss sich ändern! Das ganze Leben! Gleich morgen!*, kletzelte er den verkohlten Zigarettenstummel von der Schuhsohle. Verlor dabei das Gleichgewicht und kippte rücklings auf den Gehsteig. *Gleich morgen! Alles! Die ganze verdammte Scheiße ...*, fluchte er. Nach der Schulabschlussmesse würde er sich um sein Smartphone kümmern, dem Polizisten eines auf die Diebesgriffel geben und diesen „Friedhof" zur Rede stellen. Mordkommission und Suff hin oder her!

Zwei

Geschafft! Die letzte Prozession in die St.-Gertrud-Kirche. Der Segen für vier Jahre Volksschule. Der letzte Weg der Klasse 4a und ihrer 1A-Eltern. Wie immer die Gene in Zweierreihen voran, danach die Superschnösel und Supermamis, die stolze Währinger Elite, dahinter ein kurzer, aufmüpfiger „Rattenschwanz" mit Polen, Italienern, Tschechen, sogar ein aufmüpfiges türkisches Paar und als Spitze des Frevels eine nigerianische Migrantenmutter. – Die Eltern, die sich wirklich für ihre Kinder abschuften. Jede Klasse ein ähnliches Bild – die bürgerliche Elite mit ein paar sozialen Ausreißern im Schlepptau. Währing, das ist wie Döbling und Hietzing, eine der letzten Wiener Bildungsenklaven. In Währing halten die Reichen ihre Kinder im Himmel fest, und die Armen versuchen, die ihrigen himmelwärts zu schubsen, in ein besseres Leben. Andernorts versinken Tausende Kinder erbarmungslos im Wiener Bildungssumpf, ohne Zukunft und Perspektive, allerdings stets mit einer fachkundigen, gescheiten Evaluierung. Doch in Währing dreht sich noch das soziale Rad – verzweifelt festkrallen und verzweifelt hochschubsen ist sein Mechanismus.

Gradoneg marschierte meist in der Mitte. Er war die Bruchstelle zwischen Aufstieg und Abstieg. An diesem Freitag schaffte er es gerade noch, sich neben der Nigerianerin einzureihen. Am Ende der Maynollogasse, fast schon im Schatten der Kirche. Das aber gut gelaunt: Vor ein paar Minuten hatte man ihm anstandslos in der Bank Austria auf der Währinger Straße den ominösen 500-Euro-Schein in Hunderter gewechselt; Ursula hatte nichts von seinem nächtlichen Ausflug bemerkt und redete sogar beim Frühstück ein paar Sätze mit ihm. Was von einem Abschlussgeschenk für Josef in der Schublade unter dem Fernseher und dass er auch Hemma am Nachmittag vom Kindergarten abholen sollte. Zwar kein „Frerkibääääär …", aber immerhin. Gut, dass er die Schweißflecken auf dem Hemd mit ihrem Parfüm übertüncht hatte. Frauen können oft ihre Männer nicht riechen, aber meistens ihr eigenes Parfüm. Alles in allem war es also kein schlechter Start in die Sommerkatastrophe, in die Herkulesaufgabe, neun Wochen Ferien zu überstehen, vielleicht doch noch eine Airbnb-Wohnung mit einem Hauch Meeresluft zu ergattern. Denn im Geiste sah er sich schon wegen seines Handys auf der Polizeiinspektion toben, hörte sich, wie er diesem „Friedhof" die Leviten las und dabei seinen Sold als Kripoassistent in die Höhe trieb. Schließlich würde er sich höchstens noch in einer Kirche ‚hinknien' und nie und nimmer vor einem Menschen. Mit so vielen Sternen und Orden konnte ihn eine Uniform nicht mehr blenden, das hatte er vor ein paar Stunden gelernt.

Nimm endlich deinen Alten an die Kandare, legte sich Gradoneg gleich in der St.-Gertrud-Kirche mit dem Gekreuzigten vor ihm am Hauptaltar an. Eine Marotte, die sich bei ihm in letzter Zeit zu einem bedenklichen Wahn auswuchs:

Er dachte sich ängstlich, Luzifer und Gott würden wie damals bei Hiob ihr sadistisches Spielchen mit der Menschheit treiben. Ja, Luzifer würde durch sein Loch in der Milchstraße zum Allmächtigen in den Himmel schlüpfen und dem erschöpften Schöpfer alle Grausamkeiten dieser Welt ins Ohr rülpsen: würde Krieg und Hass rülpsen, Mord und Totschlag, Dürre und Hunger, Krankheit und Verwüstung … und der Allmächtige wäre nur noch ein viel zu gutmütiger, leicht dementer Greis, der die Menschen vergessen hatte, vor seinem einstigen Schatz erblindet war. Dies erschien Gradoneg als triftiger Grund für die Brutalitäten der Menschheit – zwei Greise mit Allmachtsfantasien beim blutigen Kaffeekränzchen. Und Jesus sollte diesem gefährlichen Treiben Einhalt gebieten, was eben Gradoneg zu manch seltsamem Zwiegespräch veranlasste.

Senile, widerwärtige Dummheiten! Was heißt, Gott ist ‚unergründlich'? ‚Unerträglich'! Die Welt ist ‚unerträglich'! Dein Alter sollte Luzifer endlich wieder zum Teufel jagen! …, sinnierte Gradoneg vor dem Hauptaltar. Voll Sehnsucht nach etwas göttlich Gutem, voll Angst vor dem satanisch Bösen – voll spirituellem Unvermögen.

Wie schon in den letzten Jahren verzichtete Gradoneg darauf, sich mit den Kindern und Eltern im Erweiterungsbau der Kirche um einen Platz zu balgen, nahm stattdessen bei den friedfertigeren Omas und Opas im spätbarocken Hauptbau der Kirche Platz. Besser schlechtes Barock als ein unästhetischer, klassizistischer Ziegelkropf aus der Zwischenkriegszeit – besser „Echt Kölnisch Wasser" als ätzendes Chanel, dachte er bei dieser Entscheidung immer. Dabei hatte er von Architektur keine Ahnung. Alles nach dem Barock und der Renaissance war für ihn klassizistisch oder modern – und damit unästhetisch und schlecht.

Blöde Spielchen! Alles nur blöde Spielchen …, grollte er wiederum Gott und suchte in Jesus einen Verbündeten … *Die reinste Katastrophe, sobald die beiden zusammenkommen!* Nebenan läutete der Priester bereits mit der Wandlung das große Finale der Schulmesse ein. Noch wenige Minuten, dann würden zehn Schulklassen frenetisch in die Hände klatschen und lauthals „Wir haben Ferien" trillern. Klatsch, klatsch! Wir haben Ferien! Klatsch, klatsch! Wir haben Ferien! … Der Schlachtruf der Jugend an die Eltern.

Schmeiß Luzifer raus, bevor euch die Menschen aus ihren Leben rausschmeißen, gab sich Gradoneg so kämpferisch wie die nun klatschenden Kinder – und doch wurde er nach der Messe gleich wieder weich und ließ sich von ein paar feierlaunigen Schulpapis und Schulmamis, den Göttern Währings, rüber zum Kutschkermarkt, zu einem Abschiedstrunk in den Gastgarten vom „Himmelblau", entführen.

Vom Banker-Oberaffen und seiner Kreativ-Tussi, dem Immofritzen und der Stöckelschuhtante, der Boutiquen-Mami und dem Tesla-Angeber … schließlich ging es mit den Kindern Richtung Gymnasium, und man darf sich nach vier gemeinsamen Schuljahren nicht so trocken den Rücken zukehren. Spätestens im Herbst würden ohnehin mit den Blättern auch die Freundschaften der Kinder und Eltern welken.

*

Hoch und heilig hätte es Gradoneg schwören können. Bei seinen Hunderterscheinen in der Brieftasche, eine Darmspiegelung mitsamt einer Tollwutspritze hätte er über sich ergehen lassen. Ausgeschlossen! Das konnte nicht sein! Er war doch die ganze Zeit am Tisch gesessen, gelangweilt und gedemütigt wie eh und je, von diesen bürgerlichen Protzern.

In ganz Währing hätte es für sein Sakko keinen besseren Wachhund gegeben. Hundertprozentig, tausendprozentig. Er hatte es nicht aus den Augen gelassen. Keinen Moment, keine Millisekunde oder welchen physikalischen Flügelschlag es sonst noch gab. Stolz und demonstrativ hatte er es über die Stuhllehne gebreitet, damit alle das Prada-Etikett sehen konnten. Und wie es sich auf der seidenen Innentasche über dem Portemonnaie wölbte! Mehrmals strich er den feinen Zwirn zurecht. „Cola für alle", rief er stolz zum Kindertisch rüber. „Wenn's geht bio, oder sonst eine echte, so eine grauslich Gute."

Selbstverständlich ließ sich der Oberaffen-Banker nicht den höchsten Ast nehmen. „Das Eis und die Torten gehen auf mich", plärrte er schmierig zu den Kindern rüber.

Was soll's, dachte sich Gradoneg. Prada ist Prada, und ein Affe ist und bleibt ein Affe.

Dass ihm dann der Oberaffen-Banker schon nach dem ersten Achterl auf der Liane daherkam und hundsgemein in die Magengrube trat, verfinsterte allerdings seine Prada-Glückseligkeit: Erst vor wenigen Wochen hätte der

Oberaffen-Banker ein frappant ähnliches Sakko in einer Altkleidertonne versenkt, meinte dieser süffisant. Laut und unüberhörbar und zwinkerte wie ein kopulierender Orang Utan Richtung Gradoneg.

„Klar!", sprudelte seine Frau, die Kreativ-Tussi, mit ihrem Sektglas um die Wette: „Du und eine Mülltonne. Dort bringst du höchstens einen Obdachlosen hin."

Zum Glück verstand niemand am Tisch, dass „frappant ähnlich" nichts anderes als „dasselbe" heißt. Auf den Punkt gebracht: Gradoneg war ein jämmerlicher Müllstierler!

„Die Drecksarbeit bleibt immer an mir hängen", trat die Kreativ-Tussi nochmals nach.

Ausgerechnet diese beiden Arschlöcher musste Gradoneg noch ein paar Jahre ertragen, ging doch die kleine Hemma mit deren jüngstem Sohn in den Kindergarten.

Immerhin konnte er sich schon nach ein paar Gesprächsfetzen rächen.

„Mit vierzig wird das Leben seltsam …", nippte sie bereits an ihrem zweiten Glas Sekt – und: „… da kann man nach einer langen Nacht nicht einmal mehr richtig speien …"

„Ja, stimmt …", frohlockte Gradoneg über seinem Achterl Rotwein, „… dabei möchte man bei manchen Menschen nach einer langen Nacht besonders gerne speien." Doch dieser Pfeil war zu stumpf und juckte den Oberaffen nicht. So hämisch Gradoneg auch in die Runde grinste, niemand reagierte. Die anderen waren schon bei ihren Urlaubsprahlereien: „Die Griechen sind die sanfteren Italiener", argumentierte die Boutiquen-Tussi mit einem

Sektrülpserchen ihre diesjährige Entscheidung für Rhodos. Das kam bei den Schuleltern schon weitaus besser an: „Die portugiesischen Kellnerinnen sind auch nicht für'n Arsch", grölte der Immofritze in die Runde. „In Madrid werden mir die Damen hoffentlich nicht spanisch vorkommen …", ächzte und krächzte ein anderer Papi.

Der Vormittag war jedenfalls für Gradoneg gelaufen, so abgelutscht wie die Eiswürfel bei den Kindern am Tisch nebenan. Die Gespräche plätscherten zäher als der Wein und Sekt dahin und mündeten immer in einem unerträglichen Urlaubsgeprotze: Spanien, Portugal, Griechenland, ein Abstecher in die USA, eine Bootsfahrt durch Irland, Cabriotouren durch Frankreich, weißer Sand auf Sardinien und erfrischende Regentage an der deutschen Ostsee … Wie bei einer Filmvorführung von Charlie Chaplins „Großem Diktator" kam sich Gradoneg vor, alle am Tisch schienen mit einem Hitlerbärtchen vor einem Globus zu sitzen und besessen auf ihr Sommerterritorium zu deuten. *Beim Gruppensex hätten sie nicht so viel Spaß*, dachte sich Gradoneg.

Weg! Er wollte nichts wie weg. Wenn er es schon nicht aus Österreich rausschaffte, dann wollte er zumindest rasch von diesem Tisch weg. Immer ungeduldiger knackste er mit seinen Fingern. Den gerade gebrachten Wein trank er schneller als die Kellnerin wieder im Lokal verschwinden konnte. Josef sollte doch endlich seine Torte unter dem Schlag finden. Nein! Eine zweite Cola gab es auf keinen Fall. „Zahlen!", rief er ungeduldig der Kellnerin nach. Griff beleidigt und genervt in die Innentasche des Prada-Sakkos, dessen Seidenfutter sich nun rau wie Schmirgelpapier anfühlte, was nach der Mülltonnengeschichte ja verständlich war – und dann sprang Gradoneg plötzlich verdattert von seinem Stuhl auf und funkelte mit immer zornigeren Augen die Eltern rings um den Tisch an:

„Verdammt noch einmal!", schrie er in die Runde. „Verscheißert ihr mich nun völlig?"

„Was ist denn bitte?!", lallte die Oberaffen-Frau, also die Kreativ-Tussi: „Jetzt sei nicht beleidigt, du kannst ja gleich von eurem Urlaub erzählen."

„War da jemand an meinem Sakko?!", zischte Gradoneg.

„Also wirklich!", raunten einige empört auf.

„Ich will sofort wissen, wer da an meinem Sakko war!"

Der Oberaffe grinste breit und schlug sich innerlich auf die Brust.

„Das nehme ich dir schon nicht wieder weg …"

„Wehe …", verschluckte sich seine Tussi am Sekt. „Diesen Fetzen schleppe ich kein zweites Mal zur Mülltonne …"

„Ist da wo ein Polizist?!", schrie Gradoneg.

„He, jetzt reicht's aber!", wurde nun auch die Empörung am Tisch lauter.

„Verdammte Scheiße! Habt ihr einen Polizisten gesehen?!"

Nun hüpfte auch der Oberaffe vom Stuhl, baute sich breitbeinig vor Gradoneg auf.

„Spinnst du? Sind wir vielleicht Diebe, oder was?!"

„Natürlich war da jemand mit seinen Griffeln am Sakko!"

„Du! Ich ruf' gleich selbst einen Polizisten, wenn du nicht sofort mit deinen Beschuldigungen aufhörst!", beugte sich der Oberaffe zum Angriff über den Tisch. „Prada ist out, kapierst du! Ich nehm's dir schon nicht wieder weg. Mich interessiert das nicht mehr. Deshalb hab' ich's ja im Müll versenkt."

„Da sieht man's wieder …", mischte sich seine Tussi ein. „Einen Dreck schickt die Caritas unsere Sachen nach Afrika, sonst würden wir jetzt nicht streiten …"

„Und das hier?!", zog Gradoneg völlig außer sich sein Handy – ja, sein Handy! – aus der Innentasche des Sakkos. Fuchtelte damit wutentbrannt vor aller Augen herum: „Wer hat mir dieses Handy ins Sakko gesteckt?! Ich will sofort wissen, woher dieses verdammte Ding kommt?!"

„Ist das nicht dein Handy?", räusperte sich die Boutiquen-Tussi erschrocken.

„Klar ist das mein Handy!", schrie Gradoneg sie an.

„Du stellst uns da also als Verbrecher hin, weil du dein eigenes Handy in deinem Sakko findest?! Geht's noch bescheuerter?!", ließ der Oberaffe einen Brüller los, der im ganzen Urwald, sprich am Kutschkermarkt, zu hören war.

„Bitte, Matthias. Wir sind doch alle gereizt", bemühte sich eine Mami um Besänftigung. „So ein Schuljahr kostet Nerven, viele, viele Nerven. Uns alle, glaub' mir … Aber jetzt fahren wir ja alle auf Urlaub."

Die Kinder schauten längst auch schon zum Erwachsenentisch rüber, zwei, drei wagten sich mit neugierigen Schritten in die Nähe der Streithähne.

„Das glaubt mir ja niemand! Der Typ dreht wegen seinem eigenen Handy durch und will die Polizei rufen!", brüllte der Oberaffe weiter.

„Dich erwisch' ich schon noch!", deutete Gradoneg mit dem Handy auf ihn. „Das lass' ich mir nicht bieten! Du steckst doch mit diesen Bullenschweinen unter einer Decke und hast mir das Ding in die Tasche gesteckt!"

„Weißt du was, Matthias, ich zahl' jetzt alle Getränke, und wir gehen dann alle nach Hause …", schlug die sanftmütige Mami vor.

„Ich brauch' keine Almosen!", nahm Gradoneg einen Hunderter aus der Brieftasche, zerknüllte den Schein und warf ihn auf den Tisch, genau genommen landete er im Sektglas der Oberaffen-Tussi. „Heeee …! Den Sekt zahlst du! Und alles wegen diesem verdammten Fetzen. Der Prada-Dreck hat bei uns auch nur Unglück gebracht. Das ist aus Unglück gewebt …"

Verrückt vor Wut riss nun Gradoneg das Sakko vom Stuhl und warf es dem Oberaffen an den Schädel.

„Du blödes Arschloch!", ging dieser in Deckung, griff sich das Sakko vom Boden und warf es Gradoneg erbost zurück. Der ging allerdings ebenfalls in Deckung, wodurch es gegenüber am Obststand auf einer Kiste landete. Münzen fielen aus den Seitentaschen, klimperten über den Asphalt, und ein paar Kinder versuchten, sich damit ihr Taschengeld aufzubessern. Gradonegs Josef war nicht dabei – der stand schon ganz oben am Ende des Kutschkermarktes, hielt sich die Zeugnismappe vors Gesicht und weinte.

Drei

Nicht nur die Mittagssonne machte Gradonegs Augen glasig. Er hatte Angst. Panische Angst, verrückt zu werden. Mit Josef brüllte er grob herum, weil dem Buben mehr Tränen über die Wangen liefen, als Pipi Langstrumpf Sommersprossen hatte. „Vielleicht schämst du dich ja zumindest nicht für mein Geld.“, warf er dem Jungen einen zerknüllten Geldschein hin und ließ ihn oben am Kutschkermarkt an der Straßenecke stehen.

Dann saß er plötzlich im Reisebüro Gersthof und hörte sich verdutzt zu, wie er einen Griechenlandurlaub reservierte. Das teuerste Crecotel auf Kreta. Nuschelte dem Angestellten was von einer vergessenen Bankomatkarte vor, selbst Ursula raunzte er am Telefon wegen der Bankomatkarte an und vergaß, ihr Josefs Zeugnisnoten mitzuteilen. Gut, die hätte er ohnehin nicht gewusst.

*

Logisch war die SMS gelöscht. Sooft er sein Handy auch drehte und wendete, darauf rumtippte und sogar daran roch: Alles war da! Die Kontakte, die Termine, die E-Mails, die Scans, die Kratzer am Display, Hemmas fettiger Fingerabdruck vom letzten Liptauerbrot … Alles wie gehabt – nur das Wichtigste fehlte, sein Beweis, die SMS.

Und auch im Schubertpark, wo er alsdann so schnell wie in der Nacht hinhetzte, schienen die Gräuel gelöscht, von der Sonne versengt worden zu sein. Nichts! Als wäre er vor ein paar Stunden bloß seinen Wahnvorstellungen nachgelaufen.

Jetzt bin ich endgültig verrückt geworden, fürchtete sich Gradoneg vor sich selbst. Sah sich ängstlich im Park um, als würden jeden Moment die Leute lauthals über ihn loslachen.

Oben beim Hundeauslaufplatz hing ein paar Vierbeinern und Zweibeinern die Zunge raus. Hunde wie Menschen schienen ihn anzuknurren, damit er seinen verrückten Blick von ihnen ließe. Von den Polizisten der Nacht, oder sonst wem von der Kriminalpolizei, gab es nicht die geringste Spur. Niemand bückte sich über einen Strauch, saß mit einem Notizblock auf einer Bank, telefonierte zu leise oder knipste mit dem Handy verdächtig herum. Einzig und alleine Gradoneg fiel wohl seltsam auf, wie er ständig seinen Hals um 360 Grad reckte, alles und jeden anstarrte, vor jeder Bank eine Ewigkeit verweilte und seine Ohren spitzte; wie er mit seinem wirren Blick in fremden Taschen wühlte, immer knieweicher wurde, immer mehr zitterte und schwitzte, je weiter es runter zum Spielplatz ging.

Bitte, bitte nicht!, flüsterte er dabei, *ich will nicht verrückt sein!*

David Copperfield ließ 1983 die Freiheitsstatue verschwinden – in Währing verschwand am 30. Juni 2017 der Tod. Quietschvergnügt freute sich ein Kleinkind in der Babyschaukel, jauchzte vor Bauchkribbeln, „Ja, ja, ja! Du, du, du!“, lachte eine Omi dahinter.

Die Drehgiraffe ratterte wieder im Kreis, das Holzkrokodil schnappte nicht nach den Kindern, in der Sandkiste wurden Kuchen gebacken, und niemand verfing sich im Spinnennetz beim ersten Kletterversuch. Ein Idyll wie eh und je, Währing, wie es schöner und friedlicher nicht sein konnte.

„Vorsicht!“, kam nun doch der Omi ihr Herzschrittmacher ins Stocken, als Gradoneg ungeniert unter die Schaukel kroch und den Rindenmulch inspizierte. „Jetzt passen Sie doch auf, sonst passiert noch ein Unglück!“

Die haben sogar den Rindenmulch ausgetauscht, dachte Gradoneg.

„Jetzt kommen Sie doch da unten raus!“, bremste die Omi ängstlich die Schaukel mit ihrem Enkelkind.

„In Währing gibt's leider kein Unglück“, kroch Gradoneg unter der Babyschaukel hervor.

Absolut nichts! Keine Absperrbänder, wie sie in jedem Film flattern, kein einziger Blutstropfen auf dem Rindenmulch, keine übersehenen Kleidungsreste oder gar Hautfetzen. Ein Nichts, von dem wohl jeder buddhistische Mönch während seiner Meditationen träumt – ein absolutes Nichts, das sich nun in Gradoneg als pure Angst ausbreitete.

Verzweifelt schlurfte er hoch zur Liegewiese, setzte sich dort ins Gras.

Den Tod haben die Währinger ja immer schon perfekt beseitigt, riss er wütend ein Grasbüschel aus. *So wie da im Park! Lauter Tote, und allen ist das wurscht*, erinnerte er sich, dass der Schubertpark ursprünglich der Währinger Ostfriedhof war. *Jeder hopst hier mit seinem Arsch auf Toten rum! Aber mich führen die sicher nicht hinters Licht!*

Ungeduldig rutschte er mit seinem Hintern hin und her, bugsierte sich möglichst unauffällig zu den beiden Studenten links neben ihm. Gerade so weit, dass er noch als Hetero durchging und doch ein paar Wortfetzen aufschnappen konnte. Wäre ja nicht zum ersten Mal, dass die Kripo inkognito ausschwärmen würde.

Irgendwas über eine alarmierende Suizidrate indischer Bauern kam ihm nun zu Ohren, und auch über Fruchtbarkeitsstörungen und Euterkrankheiten bei Kühen wurde eifrig diskutiert. *Quatsch! Ich bin nicht verrückt!*, wehrte sich Gradoneg gegen seinen Gedanken, bloß innere Stimmen zu hören. *Euterkrankheiten sind nicht mein Ding, und Polizisten sind das bestimmt auch nicht. Kein Kripobeamter der Welt tarnt sich mit Euterkrankheiten*, rutschte er wieder zur Seite und zündete eine Zigarette an. *Irre, wie die mich verscheißern … Ein grauslicher Mord, und alles ist eitel Wonne*, zog er an seiner Zigarette und sah zur Mauer mit dem Gräberhain hinüber, wo die leeren Ruhestätten von Schubert und Beethoven heute noch an den aufgelassenen Promifriedhof erinnern. – *Damals wie heute dieselbe Scheiße. Hat sich nichts geändert. Die Reichen und Wichtigen wurden ausgebuddelt und abtransportiert … und die armen Schlucker sind zurückgeblieben. Ein bisschen Gras, und das war's. Sogar die Alma von Goethe haben sie bis nach Weimar geschleppt. Echt toll, das zerbröselte Schambein von Goethes*

Enkelin kommt weiter als ich!, schickte er deprimiert eine Rauchwolke zum Himmel.

Eigentlich sollte der Schubertpark ja Nestroy-Park heißen. Der lag sogar auch hier. Ist doch eine Posse, wie man in Währing mit dem Tod umgeht. Nestroy-Park wäre jedenfalls ehrlicher. Das sollte ich einmal der neuen grünen Bezirksvorsteherin schreiben. Die braucht sowieso ein schnelles Erfolgserlebnis, das nichts kostet. Nestroy ist beliebter als Schubert, und gegen die Wiener Theaterlobby verstummen alle …, dämpfte er im Gras seine Zigarette aus, sah runter zum Spielplatz, wo an diesem idyllischen Tag selbst die Wespen die planschenden Kinder am Brunnen nicht stachen.

„Die Grüne macht wenigstens was!“, fuhr plötzlich ein Mann auf dem mittleren Parkweg seinen Zeigefinger Richtung Gradoneg aus. „Ist auch Zeit geworden, dass endlich einmal in Währing was passiert.“

Gradoneg zuckte zusammen, sah entgeistert zum untersetzten Mittsechziger hin, dessen beide Schneidezähne offensichtlich viel zu lange, wohl missglückte, blitzweiße Kronen waren. *Ich kann nicht einmal mehr meine Goschen halten. Ich führ' schon Selbstgespräche! Der ganze Park hört meinem Wahnsinn zu!*, trieb es ihm noch mehr Schweißperlen auf die Stirn. Am liebsten hätte er sich in diesem Moment auf der Liegewiese sein eigenes Grab geschaufelt.

„Ich hab' die zwar nicht gewählt, aber besser eine Grüne auf dem Fahrrad als ein Schwarzer in der Limousine. Von mir aus kann die Achselhaare haben, so viele sie will. Hauptsache, sie macht was“, blinkten wieder die langen, weißen Schneidezähne Richtung Gradoneg. Frisch poliert, als wäre der Typ gerade von einem Hasenzahnarzt gekommen.

„Behalten Sie doch Ihren rassistischen Dreck für sich!“, mischte sich einer der beiden Euterkrankheiten-Diskutanten ein. Erhob sich dabei sogar aus dem Schneidersitz. „Öffentlicher Park heißt noch lange nicht, öffentliche Hetzerei …!“

„Mit dem Schwarzen ist doch ein ÖVP’ler gemeint“, blinkten die Hasenzähne auf.

„Und was ist mit den Achselhaaren?!“

„Aber, aber … man wird die Dame doch noch loben dürfen.“

„Das geht hoffentlich auch ohne einen Achselhaarfaschismus!“

„Ist mir doch völlig wurscht, ob die Grüne einen Besen unter den Achseln hat. Wichtig ist, dass endlich was in Währing passiert …“

„Den Leuten hier ist aber Ihr Nazischeiß nicht wurscht!“

„Geh, hör’ mir auf! Du redest ja schon wie eine ganze Synagoge. Mit oder ohne Achselhaare, ich find’s gut, dass mit diesen verstunkenen Viechern endlich aufgeräumt wird“, zeigte er zur Hundezone rauf. Mit einem breiten Hasengrinsen, das glücklicher nicht sein konnte.

„Mit den Tieren fängt es ja immer an, oder?“, streckte der wehrhafte Euterkrankheiten-Diskutant sein Rückgrat. „Zuerst vier Beine und dann zwei Beine …“

„Also, Ihnen kann man wirklich nichts recht machen. Ich hab’ mich schon hundertmal über diese Hundsviecher beschwert, und wissen Sie, was mir die Sozis geschrieben haben …“, fischte der streitbare Hase einen Zettel aus seiner Hosentasche, begann laut zu rezitieren:

„Die Situation in Sachen Hundekot hat sich durch die Maßnahmen der Stadt Wien in den letzten Jahren merklich verbessert. Die Hundebesitzer nehmen das breite Angebot an Gratis-Sackerln gut an …“, schüttelte er den Kopf und las noch lauter vor: „*… Es werden über 22 Millionen Gratis-Sackerln von der Stadt Wien im Jahr an HundehalterInnen abgegeben. Dazu stehen bereits über 3.150 Sackerlspender in ganz Wien zur Verfügung. In den Parks der Stadt Wien und auf den öffentlichen Straßen stehen rund 24.000 Papierkörbe für die Entsorgung des Hundekots bereit. Über 60.000 ‚gefüllte' Sackerl landen täglich in Wiens Mistkübeln …* 60.000 gefüllte Sackerl!“, schrie er auf, damit es alle im Park hören konnten, „60.000 gefüllte Sackerl, und Sie reiten auf den Achselhaaren von einer Grünen rum!“

Aber das hörte Gradoneg schon nicht mehr. Endlich kapierte er, was wirklich los war. Sprang auf, lief zur Hundezone und stellte sich dort vor den vom Efeu überwucherten Zaun: Immer mehr weiße Kapuzen mit Mundschutzmasken schlurften mit langen Mänteln in die Hundezone. Die Vierbeiner kläfften, und die Zweibeiner maulten. Ein Dutzend dieser seltsamen „Plastikmännchen“ drängte sich bereits in der Hundezone; die Kapuzen tief in die Stirn gezogen, der Mundschutz reichte ihnen weit über den Nasenrücken und die Wegwerfhandschuhe bis zum Ellbogen. Eine japanische Reisegruppe wäre nicht hygienischer aufgetreten. „Wird's bald!“, schrie ein Typ in einer orangen Müllabfuhrjacke die verblüfften Frauchen und Herrchen an. „Alle an die Leine, und dann ab nach Hause!“

Gott sei Dank!, atmete Gradoneg innerlich auf. *Ich bin nicht verrückt geworden. Das sind bestimmt die Bullen. Eine Grüne verjagt keine Tierliebhaber aus ihrem Revier. Ist doch logisch, die Füße von der Alten waren völlig zerfleischt. Die suchen in der Hundescheiße nach Hautfetzen und Zehennägeln.*

„Ich kann Ihre Lieblinge auch gerne selbst an die Leine nehmen, allerdings landen sie dann im Tierheim“, schien der Typ von der Müllabfuhr schon langsam aber sicher mit den Hundebesitzern die Geduld zu verlieren.

„Wenn's im Guten nicht geht, gibt es bestimmt noch ein paar Zwinger und für Sie das Kommissariat!“, zog er seine schillernd orange Dienstjacke aus und warf sie lässig über die Schulter. Stand breitbeinig da und war von der kläffenden Meute völlig unbeeindruckt. Ließ beim Ausgang von seinen Assistenten jedes Frauchen und Herrchen mitsamt den dazugehörigen Hunden registrieren und fotografieren. Einem Juristen, der ihm drohend eine Visitenkarte hinhielt, warf er diese augenblicklich zurück und brüllte: „Ich gebe heute keine Autogramme!“ Keine Frage, dieser Typ war ein wirklich harter Knochen, vor dem selbst der knurrende Dobermann Respekt hatte und auf Distanz blieb. Ja, er kratzte sich sogar vorm knurrenden Dobermann kurz zwischen den Beinen. *Nichts gegen Müllmänner, aber so agiert kein Typ von der MA-48*, dachte sich Gradoneg glücklich. *Der kratzt sich vor einem Dobermann seelenruhig die Eier.* Wie eine Primaballerina der Wiener Staatsoper tänzelte er auf seinen Zehenspitzen vorm Zaun, damit er jedes Detail wahrnehmen konnte.

Die haben einen Kripobeamten in eine Müllabfuhrjacke gesteckt, hundertprozentig, bemerkte er ein Ralph-Lauren-Emblem auf dem hellblauen Poloshirt des vermeintlichen Müllmannes. *Der ist eine andere Uniform gewohnt. Der gaukelt uns was vor. Dem geht's nicht um Hundstrümmerln, sondern um Mord. Der scheucht hier mit seiner Truppe die Hundehalter auf, um den Mörder von heute Nacht nervös zu machen …*, ratterte es in Gradonegs Gehirn. *Der „Friedhof"! Das könnte doch der „Friedhof" sein!*, dachte er nach, tauchte in die Lava seines Vergessens ein … *Aber diesen Typen hätte ich mir gemerkt. Bestimmt. Ein Hundertkilobrocken, der sich vor einem Dobermann die Eier kratzt, so einen vergisst man nicht. Auch nicht im schlimmsten Suff …*

„Und denkt immer schön daran!", verscheuchte der vermeintliche Müllmann nun die letzten aufgebrachten Herrchen und Frauchen aus der Hundezone. „Wir haben alle eure Daten. Zu jedem Hundstrümmerl gibt es ab sofort eine Rechnung. Und zwar postwendend! Das ist jetzt mit der forensischen Molekularbiologie keine Hexerei mehr. Lest einmal bei den Piefkes und Amis nach. Die verschicken schon mehr Strafzettel für Hunde als für Autos. So einen Dünnschiss kann ein Köter gar nicht haben, dass wir seine DNA nicht in der Datenbank finden!"

Was denn diese ‚forensische Molekularbiologie' eigentlich sei, wollte nun ein verzagtes Frauchen von ihm wissen – und auch dafür hatte er einen Vorschlaghammer parat: „Ganz einfach: Macht es auf dem Gehsteig ‚flatsch', macht es im Postkasten ‚klatsch'!", schob er sie genervt zur Tür raus.

Dachte ich mir ja!, war Gradoneg mit seiner ersten Schlussfolgerung zufrieden … *Die veranstalten diesen Zirkus wegen der DNA-Spuren von der Alten. Denen geht es um die Haut und Zehennägel im Hundekot …*, grübelte er. … *Andererseits? … Ein Hund scheißt doch nicht so schnell. Na ja, beim Spinat ist bei mir auch alles gleich grün. Nur …? Welcher Idiot schleppt seinen Köter ein paar Stunden später zum Tatort? Vielleicht gerade deshalb … damit ihn niemand verdächtigt. Trotzdem wär's blöd. Die haben ja bei der Alten die Bissspuren und wissen, welcher Hund es gewesen sein könnte. Gut, Mord hat ja meistens mit Intelligenz nichts zu tun. Wenn der Blutdruck steigt, sinkt der IQ, und dann passieren die Fehler … Das finde ich schon noch raus … Der Typ ist wahrscheinlich gar nicht so souverän, wie er tut … Jeder kratzt sich die Eier …*

Der Plastikmännchen-Tross schwärmte nun über den ganzen Schubertpark aus. Stück für Stück wurde der Hundekot fotografiert, landete Haufen für Haufen in kleinen, durchsichtigen Plastiktüten, die wiederum genau nummeriert, luftdicht verschlossen und in einer großen Kühlbox abgelegt wurden. Manche Plastikmännchen gingen dabei so ungeübt vor, dass sie mehrmals die braun-schwarzen Würstchen mit ihren Gummihandschuhen auffangen mussten und so schon bald unappetitliche Flecken ihre weißen Mäntel zierten.

Die Parkbesucher mieden daher ihre Nähe. Der Malaria und den Pocken wäre man nicht ängstlicher ausgewichen. Bloß ein paar Kinder, insbesondere sehr kleine, trugen als Kotdetektive ihr Scherflein bei und fanden überraschend schnell und zielsicher so manches gut versteckte Häufchen.

Und natürlich wurden den vermeintlichen Müllmännern auch jede Menge Gerüchte zugetragen: Das Gros der Fäkalien stamme von den Bettlerbanden auf der Währinger Straße, klärte man sie auf - unten auf der Straße säße tagsüber der halbe Ostblock mit Geldschüsseln, und hier oben fände man dann am Abend keine Kloschüssel. Diese Bettlerbanden würden die öffentliche Toilette im Park so sehr verdrecken, dass sie selbst nicht mehr reingingen.

Die Bezeichnung „forensische Molekularbiologie" zog ebenfalls bereits im Park ihre Runden: Es wäre gut und sinnvoll, die Obdachlosen vom Heim in der Lacknergasse mit dieser „forensischen Molekularbiologie" zu registrieren, schlugen ein paar Besucher vor - schließlich trieben sich die Gestalten von dort auch im Park rum und liefen ja nicht bei jedem Bauchstechen ins Obdachlosenheim. „Bauchstechen ist gut!", war auch der Herr mit den zu langen Schneidezähnen wieder zur Stelle. An allen Ecken und Enden im Schubertpark spross die Besserwisserei, nur Gradoneg kam mit sich und seinen Gedanken auf keinen grünen Zweig: Was sollte er tun?! Wann fand er endlich den Mut, diesen als Mistkübler getarnten Kommissar zur Rede zu stellen?

Vielleicht sollte er diesen sogar direkt mit „Friedhof" ansprechen. Einfach „Hallo, Friedhof" sagen - „Endlich seid ihr hier ..."

So ging es jedenfalls nicht weiter. Seine Strategie, sich möglichst verdächtig zu machen und dadurch zum Chef, zu diesem verkleideten Kripotypen, abgeführt zu werden, schlug jedenfalls seit zehn Minuten fehl. Ungenierter konnte er nicht mehr durch den Schubertpark pirschen, die Plastikmäntel mit blöden, zweideutigen Fragen löchern, allen Zigaretten anbieten und sich sogar bei der Babyschaukel verstohlen Rindenmulch in die Hosentaschen stecken. Gradoneg war wieder einmal für alle „Luft“. Ein übersehener Niemand. Selbst in einem Mordfall wurde er ignoriert!

„Entschuldigung, ich will Sie nicht stören.“

„Dann tun Sie's nicht!“

Endlich hatte er all seinen Mut zusammengenommen, sich in den Schatten des mutmaßlichen Kripomannes zu begeben.

„Wie bitte …?“

„Wenn Sie nicht stören möchten, dann tun Sie's einfach nicht!“

„Ich war nur neugierig, ob mein Freund von der MA-48 vielleicht hier ist. Bei den vielen Kapuzen erkennt man ja niemanden“, starrte Gradoneg verlegen auf die Schuhe des Kripomannes, die genauso spitz waren wie dessen Antworten. „Der ‚Friedhof‘ … Ist der ‚Friedhof‘ auch im Einsatz?“

„Da kommen wir alle eines Tages hin …“

„Wie bitte …?!“

„Auf den Friedhof. Eines Tages liegt jeder auf dem Friedhof.“

„Nein, nein … Ich meinte meinen Freund. Der heißt Friedhof, wirklich.“

„Für Friedhöfe ist die MA-43 zuständig. Nicht wir von der MA-48“, ließ sich der Typ nicht aus der Reserve locken. Stellte sich nur noch breitbeiniger vor Gradoneg hin und meinte genervt: „Ach was, die Friedhöfe sind ja jetzt eine eigene GmbH der Stadt Wien. Am besten, Sie schauen im Internet nach."

Endlich! Gradonegs Blick kroch die orange Hose hoch, rauf zum Ralph-Lauren-Polo und sah dem Typen sogar in die Augen.

„Gut, dass es mich auch noch gibt", amüsierte sich der Typ, dass Gradoneg den Mut für einen Blickkontakt aufbrachte.

„Wie bitte ...?", blinzelte Gradoneg irritiert.

„Ich dachte schon, Sie sehen mich überhaupt nicht mehr an und interessieren sich nur für meine Schuhe."

„Doch, doch ...", räusperte sich Gradoneg, „... Ihre Schuhe sind mir egal. Das mit dem Handy allerdings nicht. Sie verstehen schon, was ich meine. Richten Sie das dem ‚Friedhof' aus. Und falls er einen Zeugen für einen Mord sucht, kann er sich ja gerne bei mir melden."

Vielleicht zögerte der Typ einen Moment, vielleicht hob er eine Augenbraue: „Also wie gesagt, am besten Sie schauen im Internet nach, wer für die Friedhöfe zuständig ist", ließ er sich letztlich nichts anmerken und starrte Gradoneg an. So lange, bis dessen Mut erlosch.

Immerhin! Das war ein Fortschritt, ein gewaltiger sogar. Er hatte sich diesem Eierkratzer gestellt, stand so nahe wie der knurrende Dobermann vor ihm und wurde sogar mit „Sie" angesprochen. Ja, vielleicht würde es doch noch etwas mit Gradonegs Polizistenphobie. Mehr als einen Sonnenbrand konnte er sich aber an diesem Tag im Schubertpark nicht mehr holen. Die Plastikmännchen sammelten weiterhin unermüdlich Hundekot ein, und die Besucher streuten weiterhin Gerüchte. Nun sollten auch sämtliche Kindergärten in der Umgebung mittels der „forensischen Molekularbiologie“ gezüchtigt werden, die Zeitungsverkäufer sowieso. Gleich einem erfahrenen Inuit trat Gradoneg seinen Rückzug an, spazierte zum unteren Ausgang des Parks. *Manchmal ist es weitaus klüger, ein Inuit zu sein*, dozierte er oft vor seinen gierigen Magazinchefs, wenn er mit leeren Händen, mit viel zu wenigen Schaltaufträgen, in die Redaktionssitzung kam. *Ein erfahrener Inuit jagt nicht jeder Robbe in den Abgrund nach. Die wissen, wann es genug ist, und kehren dann nach Hause zurück. Mit oder ohne Beute …*, hob er dann vor den Chefs den Zeigefinger und hätte am liebsten den Mittelfinger ausgestreckt. – *Denn wenn die fleißigsten und mutigsten Männer sterben, stirbt bald der ganze Stamm …*

„Jetzt kommen Sie uns doch nicht mit diesen verdammten Eskimos!“, wurde er dann angebrüllt.

Und mit dem Eierkratzer und seinen Plastikmännchen hatte ja Gradoneg an diesem Tag mehr in der Hand als bei den meisten Redaktionssitzungen in letzter Zeit. Er war nicht verrückt und obendrein ein halber Held. Mehr konnte er von sich nicht verlangen, huschte ihm bei jedem Schritt zum unteren Parkausgang ein Lächeln über das Gesicht. Bei seinem Josef würde er sich entschuldigen, vielleicht sogar mit einem neuen Rucksack fürs Pfadfinderlager.

„Wie oft soll ich euch die Geschichte noch melden …?!“, stand plötzlich unten, schon hinter der öffentlichen Toilette bei der Wegkrümmung, ein Hüne vor ihm. Riesig und mit wallendem Haar türmte er sich in einem

Ledermantel vor Gradoneg auf. Mindestens zwei Meter, ein paar Locken von ihm hätten gereicht, um aus einem tibetischen Mönchskloster eine Hippiekommune zu machen. „Habt ihr jetzt schon Analphabeten am Telefon?!"

Gradoneg trat sicherheitshalber einen Schritt zur Seite. Was bei dieser exorbitanten Ledermauer gar nicht so einfach war, ohne sich an den Rosen am Wegrand zu stechen.

„Was …?", stammelte er.

„Jetzt tu nicht so blöd! Zweimal angerufen! Braucht ihr auch noch eine notarielle Eingabe von mir?!"

War dieser Hüne vielleicht ein Schreckschuss vom Eierkratzer bei der Hundezone? Gut möglich, dass sich Gradoneg vorhin bei seiner Heldentat zu weit vorgewagt hatte. Anders konnte er sich jedenfalls diese Situation nicht erklären. Absurderweise fragte er sich nun in seinem Schreck auch noch, wie viel Leder man wohl für einen solch zeltgroßen Mantel brauchte? Ob man dafür mit einem ausgewachsenen Ochsen auskam oder ob doch noch ein zusätzliches Kalb für die Seitentaschen sein Leben lassen musste? Fragen, die so fehl am Platz waren, wie sich Gradoneg gerade fühlte.

„Kennen wir uns?", spürte er schon die ersten Rosenstrauchdornen durch seine Hose.

„Du bist doch da der Oberchecker von den Bullen, ja! Jedenfalls führst du dich so auf! Spar' dir dieses Kasperltheater mit den Mistküblern und frag' lieber einmal bei deiner Sekretärin nach."

„Einen DU gibt es nicht und schon gar nicht bei der Polizei!", erinnerte sich Gradoneg an seine Lehrstunde mit dem Holzschnittgesicht in der Nacht. „Und die Fragen stellen immer noch wir! Ich bin die ‚Frage', du die ‚Antwort'!"

„Spinnt ihr jetzt völlig?!"

„Auf... Aufpassen!", stotterte Gradoneg.

„Ich dachte, ihr habt kein Geld und Personal, und dann lauft ihr hier sinnlos mit einer Elefantenhorde rum. So sieht das nämlich aus: lauter Elefantenschwänze mit Gummis. Dabei hab' ich den Scheiß zweimal gemeldet! Sogar mit einem Rückruf bestätigen lassen!"

„Dürfte ich bitte Ihren Namen wissen ...?"

„Schau endlich ins Protokoll, du Trottel!"

„He! So nicht!", fuchtelte Gradoneg nervös mit den Armen vor dem Hünen rum. Dessen imposante goldblonde Mähne wehte nun wie ein Teppich im Wind. Die seltsam feinen Gesichtszüge, die schmale Nase und dünnen Lippen wirkten nun in dem großen Gesicht noch verlorener.

„Sie! Sie! Immer schön Sie! Und das ist eine Identitätskontrolle, verdammt noch einmal!", hätten sich Gradonegs Worte nicht gar so ängstlich überschlagen, wären sie durchaus amtsgerecht gewesen.

„Hol' dir doch vor einem anderen einen runter, du sinnloser Zwerg!", warf der Hüne den Kopf nach hinten, ließ seine Mähne, den goldblonden Teppich, zur Laterne hochfliegen. „Wollt ihr mir jetzt vielleicht diesen Scheißdreck anhängen?!", zog er eine Brieftasche aus dem Mantel; ein überdimensionales Ding, das jeden „Kellnerfleck" mickrig aussehen ließ und so der Größe seines Besitzers voll und ganz gerecht wurde. „Ich sagte doch, dass es ein Unfall war", klappte er die Brieftasche auf. „Da! Da hast du deine Identitätskontrolle!", kippte er nun den Inhalt auf den Parkweg. Zahlscheine flatterten mit Geldscheinen durch die Luft, Münzen klimperten, eine e-Card, ja sogar eine Bankomatkarte landeten vor Gradonegs Füßen. Klar, dass dieser mehr als verdutzt war: Sollte er sich etwa bücken und so den Namen des Hünen eruieren? Nein, dafür erschien ihm der Typ zu verrückt. Viel zu gefährlich. Wer wusste schon, ob er nicht eine Waffe, ein Messer in seinen Taschen hatte. Ein Genickstich wäre diesem Wahnsinnigen durchaus zuzutrauen.

„Keine Panik. Ganz ruhig, wir können über alles sprechen ...", versuchte ihn Gradoneg zu beschwichtigen.

„Wann kommt ihr denn Stalin und Mao einschläfern?", kickte der Hüne die Karten, Münzen und Zahlscheine noch näher zu Gradoneg hin.

Stalin und Mao?! Einschläfern?! Tatsächlich, der Typ war völlig durchgeknallt, dachte sich Gradoneg und tat gut daran, sich mit der Antwort Zeit zu lassen. Ein Mensch, an dem die Geschichte spurlos vorüberging, verlangte nach besonders ausgewählten Worten.

„Ganz ruhig ... Ganz, ganz ruhig ..."

„Ihr werdet sie doch einschläfern, oder?"

„Aber, aber ... Das drängt nicht, alles braucht seine Zeit. Wir müssen bei Stalin und Mao nichts übereilen."

„Blut. Die beiden können nichts dafür, die haben Blut gewittert. Da muss schon vorher bei der Alten Blut gewesen sein. Ihr Arschlöcher glaubt doch nicht, dass ich die beiden auf das Weib gehetzt habe?! Das war ein Unfall! Oder passt das euch nicht, und ihr wollt mich mit dieser Geschichte drankriegen?!"

Gradoneg traute seinen Ohren so wenig wie dem Geisteszustand des Hünen. Waren Stalin und Mao Hunde und der Typ in der Nacht am Tatort? Vorsichtig lugte Gradoneg auf den Boden, um auf einer Karte seinen Nachnamen abzulesen. Menschen, die man mit Namen anspricht, werden etwas erträglicher, jedenfalls Marketingfuzzis. Gradoneg war allerdings zu kurzsichtig, mehr als ein „P" konnte er nicht entziffern.

„Ich bräuchte bitte nochmals den genauen Tathergang …"

„He! Dein beschissenes Versteckspiel geht mir auf die Nerven! Sie haben sich losgerissen! Kapiert! Losgerissen! Wie ich euch gesagt hab! Das Weib war längst tot. Ich hab' ihren Puls gemessen, und dabei haben sich ja Stalin und Mao losgerissen. Die war schon mausetot und kalt!"

Gradoneg hüstelte verlegen, ein Plastikmännchen tauchte unten bei ihnen in der Wegkrümmung auf.

„Meine Hunde kacken hier nicht!", brüllte der Hüne das Plastikmännchen an. „Wenn schon, dann sucht oben im Ebner-Eschenbach-Park hinter den Büschen!", trieb er den verirrten Hundstrümmerlsucher in die Flucht und knöpfte sich wieder Gradoneg vor:

„Echt, du! Ich warne dich! Lasst eure dreckigen Spielchen! Mich bekommt ihr nicht dran! Nicht mit dieser Geschichte! Das war ein Unfall! Wenn meine Scheiße dampft, dann dampft eure noch viel schlimmer! Das schwör' ich dir!", drehte er sich um und setzte sich Richtung Währinger Straße in Bewegung. „Die Leine könnt' ihr gerne behalten …!", schrie er dabei.

„Den Tod stellen immer noch wir fest!“, rief ihm Gradoneg nach. Ein Satz, den er aus alten Fernsehkrimis kannte und den jetzt zum Glück niemand hörte. Fehlte nur noch, dass er „Harry, hol’ den Wagen“ sagte.

Wahnsinn! …, dachte sich Gradoneg … *Heller Wahnsinn! Das war der Mörder! Die Polizei läuft in Mistkübler-klamotten rum, und ich finde den Mörder …*, bückte er sich rasch, um die Karten, Zahlscheine und auch die Münzen vom Boden aufzusammeln. Er wollte damit gleich zum Eierkratzer laufen … *Nein! Wenn’s keinen Friedhof gibt, dann gibt es auch keinen Mörder …*, ließ er es lieber sein. *Und ich brauch’ noch mehr Beweismaterial. Unbedingt. Die krallen sich den Mörder, und ich gehe dabei wieder einmal leer aus …*, las er nun auf der Bankomatkarte den Namen „Klaus Pellitsch“.

Dieser Pellitsch gehört vorerst einmal mir, und falls dann der Friedhof einen ordentlichen Finderlohn rausrückt, kann man ja drüber reden.

„Ich habe nichts gegen Achselhaare, ehrlich“, kam nun auch noch der Hase mit den langen Schneidezahnkronen Gradoneg in die Quere und beschwerte sich: „Von mir aus kann die Grüne einen Vollbart haben, solange sie etwas Gescheites für Währing macht. Aber heutzutage ist man ja schon wegen einem Achselhaar ein Faschist …“

„Ich hab’ ja nichts gesagt“, steckte Gradoneg schnell die Utensilien des Hünen ein. „Studenten sind oft übersensibel.“

„Und ich? Tut’s mir vielleicht nicht weh, als Faschist beschimpft zu werden? Oder muss auch jede Seele studieren, um sensibel sein zu dürfen – braucht man dafür auch schon einen Titel?"

„Ach was, vergessen Sie's …"

„Das war ein Lob, ehrlich."

„Mir ist da übrigens noch was zur Hundeplage eingefallen", tat Gradoneg der gekränkte Hase leid.

„Haben Sie auch der Stadt Wien geschrieben?"

„Nein, nur was gelesen. Hunde produzieren ja wegen dem Fressen viel CO_2. Ist ein bisschen kompliziert, aber fürs Hundefutter aus der Massentierhaltung geht immens viel Energie und Chemie drauf, und das jagt dann CO_2 in die Luft. Sie wissen ja, das ist reinstes Gift für das Klima."

„Großartig!"

„Alles sogar wissenschaftlich abgesichert. Ein einziger Hund verursacht bis zu zwei Tonnen CO_2 im Jahr und eine Katze auch nicht viel weniger …"

„Diese Scheißviecher, sag' ich doch immer! Und die Welt interessiert sich für Achselhaare!"

„Stellen Sie sich einmal vor, wie viel das dann bei 500.000 Hunden ausmacht. Verstehen Sie, Österreich könnte ganz leicht seine Klimaziele erreichen …"

„Das schreibe ich dem Bundespräsidenten!", hoppelte der Hase glücklich vor Gradoneg herum.

„Und der Bundespräsident hat vielleicht sogar Achselhaare …", ging Gradoneg nach Hause.

Vier

Mit jeder Stunde war Gradoneg fester überzeugt, dass in Klaus Pellitschs Ledermantel kein Unschuldslamm, sondern ein ausgefuchster Mörder steckte. Kein Laie dieser Welt darf den Tod eines Menschen feststellen. Das hatte man Gradoneg damals beim Zivildienst tausendmal eingetrichtert: Erst wenn jemand mit abgetrenntem Kopf und Eislaufschuhen im Hochsommer auf der Donau treibt, ist er tot. Und alle anderen müssen bis zum Eintreffen eines Arztes reanimiert werden. Von wegen „mausetot und kalt", damit würde Pellitsch niemals vor einem Gericht durchkommen.

Immer wieder und immer aufgeregter studierte Gradoneg dessen Zahlscheine und Karten – Klaus Pellitsch wohnte in der Währinger Edelhofgasse, zahlte dort 783,-- EUR für seine Wohnung. *Dich hab' ich!*, jubelte er ... *Wer seine Hunde Stalin und Mao nennt, ist ein Verbrecher. So oder so, Mörder färben eines Tages ab ...*

Um die XL-Jausenbox seiner kleinen Hemma tat es ihm allerdings leid. Angeekelt stopfte er nun schon den zweiten schwarzen Beutel mit Hundekot in die Jausenbox seiner Tochter. Ein Beutel fühlte sich hart an, als wären abgebrochene Äste darin, der andere so gatschig wie Schnee im Frühjahr. Gut, dass seine kleine Hemma am Wochenende keinen Kindergarten hatte und auch sonst kein Ausflug geplant war. Spätestens am Montag würde sie ihre geliebte Prinzessin-Lillifee-Dose zurückhaben.

Was für eine Scheißarbeit …, rackerte sich Gradoneg bei den Hecken hinter dem Fußballtor im Marie-Ebner-Eschenbach-Park ab. Andererseits war er froh, dass sich Klaus Pellitsch so dumm verraten hatte und freiwillig das Versteck vom Hundekot preisgab.

Gradoneg war gewiss kein Esoteriker; dass er jetzt aber die Hautfetzen und Zehennägel, womöglich die Todesschreie einer alten Frau, in die Jausenbox seiner Tochter stopfte, grauste ihn. Andererseits wollte er nicht mit leeren Händen bei diesem „Friedhof" auftauchen – und den musste Gradoneg noch unbedingt ausfindig machen. Kein „Friedhof", kein Finderlohn, kein Urlaub. Vorm inneren Auge sah er schon, wie er diesem „Friedhof" die e-Card und Bankomatkarte hinblätterte und die Prinzessin-Lillifee-Dose triumphierend auf den Tisch knallte; wie er den Kommissar mit einem breiten, stolzen Grinser aufforderte, einen Streifenwagen zu Klaus Pellitsch in die Edelhofgasse zu schicken und den Hundekot ins Labor zu verfrachten. Innerlich formulierte er einen Seitenhieb à la *Dilettanten sind immer die besseren Profis …* Dadurch minderte sich etwas sein Ekel bei der Spurensuche, und zum Glück war der Park am frühen Abend schon leer. Nur ein paar Obdachlose saßen auf den Bänken, warteten dort bis zum Einlass ins Heim in der Lacknergasse, warfen ihre Köpfe weit nach hinten, um die letzten Tropfen aus den Tetrapacks zu retten.

Endlich stand Gradoneg vor der letzten Hecke, die hatte es allerdings in sich: Gleich ein ganzer Haufen Hundstrümmerl breitete sich vor ihm aus, als hätte dort jemand verkohlte Bratwürste entsorgt. Gerade noch ließ sich ein letzter Beutel in die Prinzessin-Lillifee-Dose pressen. Und nun war alles für seinen großen Triumph angerichtet! Die polizeilichen Dienststellen im Umkreis vom Schubertpark hatte er längst recherchiert – sogar den Pressesprecher der Wiener Polizei wegen der Arbeitszeiten und Diensträder von Polizisten gelöchert. Gleich zweimal rief er dort an. Log, die diesjährige Sommervertretung des Österreich-Korrespondenten der „Zeit" zu sein, stellte sich als „Klaus Pellitsch" vor und erkundigte sich akribisch nach dem Arbeitspensum der österreichischen Exekutive, insbesondere nach jenem der Polizisten. Schließlich wolle er doch einen längeren Artikel über das Burn-out-Syndrom bei der Polizei seit der Flüchtlingswelle 2015 schreiben. Ob es hierzu bereits ein verlässliches Datenmaterial seitens der Statistik Austria gäbe, unterstrich er die Ernsthaftigkeit seines Vorhabens.

Gradonegs Chancen standen gar nicht so schlecht: Drei, sogar vier Nachtschichten am Stück seien derzeit keine Seltenheit, meinte der Pressesprecher.

Sehr gut!, freute sich Gradoneg. Seine Chancen, das Holzschnittgesicht und die beiden Steine von letzter Nacht anzutreffen, standen gut.

„Also, was jetzt?!", brüllte ihn ein Zahnstocher in Uniform in der Polizeiinspektion Schulgasse an. Dieser war so dünn, dass ihn Gradoneg auf dem Spielplatz im schummrigen Nachtlicht übersehen haben könnte. Die Stangen der Babyschaukel hatten mindestens seine Schulterbreite.

„Ist es jetzt der Pass oder die Jahreskarte für die Öffis?!", bohrte der Zahnstocher bei Gradoneg nach.

Dieser räusperte sich verlegen: „Wahrscheinlich die Jahreskarte, ziemlich sicher. Ja, ich hab' die Jahreskarte gemeint …"

„Und da draußen bei uns steht ‚Wiener Verkehrsbetriebe' drauf, ja?!"

„Irgendwo muss ich doch einen Verlust melden."

„Klar! Bei Ihrem nächsten Klobesuch kommen Sie dann auch zu uns!"

Der uniformierte Zahnstocher entpuppte sich auf gut Wienerisch als ein echtes „Gfrast". Doch hatte sich Gradoneg auf ebenso gut Wienerisch fürchterlich „patschert" angestellt, er schwamm sozusagen „auf der Nudelsuppe" völlig unvorbereitet in die Polizeiinspektion: Meinte erst, der Pass sei ihm gerade gestohlen worden, hatte dann Angst, sein Reisedokument würde gesperrt werden, korrigierte den Diebstahl rasch auf die Jahreskarte der Wiener Verkehrsbetriebe.

An und für sich war seine Strategie nicht schlecht, er wollte quer durch die Kommissariate des 18. Bezirks mit Verlustanzeigen Zeit schinden. Sich mit Adleraugen umsehen und mit dem Gehörsinn eines Luchses die richtige Spur finden. Auch wie ein Drogenhund herumschnüffeln, denn wer – wie dieses Holzschnittgesicht am Tatort – so penetrant nach Leberkäse stinkt, in dessen Büro riecht es nicht nach Chanel. Dass er aber gleich in der ersten Polizeistube seinen Reisepass aufs Spiel setzte, war ein Mumpitz.

„Vielleicht fällt es ja Ihnen beim Schreiben wieder ein …!", schob ihm der Zahnstocher genervt ein Formular hin und knallte einen Kugelschreiber darauf.

Nein. In dieser Polizeiinspektion lohnte es sich nicht einmal, seine IKEA-Family-Card zu riskieren. Der Zahnstocher war wohl nicht im Schubertpark, auch nicht als Schatten eines dürren Astes – seine beiden anderen Kollegen im Raum schienen ebenso wenig am Tatort gewesen zu sein; selbst der hässlichste von ihnen konnte mit dem Holzschnittgesicht nicht mithalten. Außerdem roch es nicht nach Leberkäse und Nikotin, sondern höchstens nach Red Bull und Selbstbefriedigung.

„Wissen Sie jetzt nicht, wie man Pass buchstabiert?!", stach der Zahnstocher Gradoneg mit einem bösen Blick. „Dummheit schreibt man übrigens mit zwei ‚m'."

„Schön, wie hilfsbereit Sie sind. Ich hätte da ohnehin noch eine wichtige Frage ..."

„Wenn's unbedingt sein muss!"

„Dass man bei der Polizei mit der Bildung spart, weiß ja jeder – aber betrifft das neuerdings auch die Uniformen?"

Gradoneg hörte sein Herz im Hals pochen. *Habe ich das jetzt wirklich gesagt oder nur gedacht?*, zischte ein Blitz als riesiges Fragezeichen durch sein Gehirn.

„Raus da! Sofort!", gab ihm der Zahnstocher die Antwort. „Und falls du deinen Pass verloren hast, sorg' ich dafür, dass er nie wieder auftaucht und du keinen neuen bekommst! Raus!"

Was Gradoneg so was von egal war. Selbst wenn er tatsächlich keinen Pass mehr bekäme: Er trat gerade eine seiner wichtigsten Lebensreisen an, eine Reise zu mehr Mut und Selbstachtung, und dafür brauchte er keinen Pass.

Glücklich küsste er die Jausenbox mit den Hundstrümmerln, schien auf einer Wolke zur nächsten Polizeistation in die Martinstraße zu schweben.

*

„Doch!"

„Bestimmt nicht ...!"

„Doch, doch! Da bin ich mir völlig sicher!"

„Nicht einmal in einem anderen Leben!"

„Mir reicht es vollauf, dass wir uns in diesem getroffen haben!"

Gradoneg wäre per Videobeweis der FPÖ beigetreten oder nach Aserbaidschan übergesiedelt – das war das Holzschnittgesicht! Der Handydieb mit der langen Nase und dem Leberkäseatem! Im grellen Neonlicht sah man noch deutlicher, was da ein grobschlächtiger Holzschnitzer der Evolution so alles angerichtet hatte. Die Nase stand ihm wie ein verwachsener, dicker Ast vom Gesicht ab, auf der Stirn hatte er lauter Verästelungen, die sich unentwegt kreuzten und an eine Luftbildaufnahme eines japanischen Verkehrsknotenpunktes erinnerten.

„Ich kann mich jedenfalls nicht erinnern", gähnte das Holzschnittgesicht müde. Auch sein Atem ließ keinen Zweifel aufkommen: Leberkäse gespickt mit Nikotin.

„Macht nichts, es reicht ja, wenn ich mich erinnern kann", setzte sich Gradoneg unaufgefordert auf einen Stuhl. Wieder ein Pluspunkt für sein Selbstbewusstsein, wieder ein wichtiger Therapiefortschritt bei seiner Uniformphobie. Die Geschichte mit dem Zahnstocher hatte ihn schon beflügelt, nun wollte er in der Polizeistation Martinstraße zum ultimativen Höhenflug ansetzen. Er hatte schließlich den Handydieb vor sich! Und das in dieser ‚sagenumwobenen' Polizeistation: Wie oft hatte er in den letzten Jahren seinen streitenden, herumschreienden Kindern dort beim Vorbeigehen gedroht, dass hinter den schwarzen Spiegelglasfassaden an der Ecke Antonigasse-Martinstraße Polizisten mit Schlagstöcken und Handschellen säßen und auf schlimme Kinder lauerten.

Gradoneg schlug seine Beine übereinander, legte die Prinzessin-Lillifee-Dose auf den Schoß und trommelte darauf mit den Fingerkuppen einen Rhythmus. Nichts Bestimmtes, dafür war er zu unmusikalisch, doch die Titelmusik von *Spiel mir das Lied vom Tod* hätte er wohl gerne in diesem Moment intoniert.

„Sie schreiben mir jetzt die Telefonnummer und die Adresse von diesem ‚Friedhof' auf, und dann sind wir quitt. Fürs Erste jedenfalls", klang er fast befehlshaberisch.

„Ich schreib' dir höchstens die Nummer von einer Psychiatrie auf!", gähnte das Holzschnittgesicht, nahm sich einen Schluck Kaffee aus der Tasse vor ihm.

„Wird's bald!"

„Georg …", rief der Polizist zur offenen Tür nach hinten, „…weißt du die Nummer von einer Psychiatrie?"

„Mich kotzt es auch an, dass uns diese Sklaventreiber am Sonntag den Tagdienst aufgebrummt haben", kam es von hinten zurück. „Bei diesen Dienstplänen werde ich eines Tages nicht einmal meinen eigenen Scheidungstermin schaffen."

„He!", sprang Gradoneg vom Stuhl, knallte die Dose auf den Tisch und zog sein Handy aus der Hosentasche. „Kapierst du, was da drauf ist?!", fuchtelte er vorm Holzschnittgesicht mit dem Handy rum. „Deine Fingerabdrücke! Deine verdammten Diebsgriffel sind da drauf! Ich lass' mich doch nicht von euch verarschen! Nicht mehr! Deine Diebsgriffel liegen bei einem Notar! Kapiert, bei einem Notar! Alles fein säuberlich gesichert und hinterlegt."

„Du hast ja echt einen Psychopathen zu Gast", tauchte nun ein zweiter Polizist hinten im Türrahmen auf. Möglicherweise einer der beiden Steine vor der Babyschaukel, doch das konnte Gradoneg in seiner Wut nicht feststellen.

„Der hat meine Diebsgriffel bei einem Notar hinterlegt", erhob sich das Holzschnittgesicht müde vom Stuhl.

„Deshalb sind an deiner Hand keine Finger mehr dran", füllte der mutmaßliche Stein mit einem Grinser den Türrahmen aus.

„Die Fingerabdrücke!", schrie Gradoneg.

„Süß …", rollte der Stein ins Zimmer. „Mein Kleiner hat auch zum Geburtstag einen Detektivkasten bekommen …"

Zwei Uniformen waren für Gradoneg doch noch etwas zu viel. „Ich will sofort mit dem Friedhof sprechen!", schlich sich nun ein leichtes Stottern ein.

„Du gehst jetzt besser", kam das Holzschnittgesicht hinter dem Schreibtisch hervor, und der Stein stand schon neben Gradoneg.

„Gut, dann mache ich eine Anzeige! Eine Diebstahlsanzeige! Und Zeuge in einem Mordfall bin ich auch. Beides! Ich mach' eine Zeugenaussage und Diebstahlsanzeige!"

„Weißt du was, ich bring' dich jetzt zum Ausgang, und du versprichst mir, nie wieder deine Tabletten zu vergessen", legte der Stein Gradoneg einen Arm auf die Schultern. Der wiederum brachte rasch seine Jausenbox mit einem Griff in Sicherheit.

„Ihr könnt' mir doch nicht die Aussage in einem Mordfall verweigern!"

„Aber, aber … du gehst jetzt zu deinen Tabletten, und alles wird gut", setzte der Stein schon zu einem Schwitzkasten an.

„Wenn ihr nicht sofort meine Aussage aufnehmt, gehe ich in ein anderes Kommissariat! Gleich jetzt! Und zeig' euch wegen Körperverletzung an! Mord, Diebstahl und Körperverletzung!"

„Es gibt keinen Mord in Währing!", zerrte ihn der Stein im Schwitzkasten zum Ausgang, stieß Gradoneg auf den Gehsteig.

„Natürlich gibt es in Währing einen Mord!", krachte Gradoneg gegen ein Stoppschild. „Jede Menge, wahrscheinlich! Und lauter blinde, lauter charakterblinde Polizisten!"

Das tat weh. Fürchterlich weh. Diese Ignoranz schmerzte Gradoneg mehr als der Aufprall beim Stoppschild. Und seine Ratlosigkeit sorgte ebenfalls für einen blauen Fleck auf der Seele. „Es gibt einen Mord in Währing!", schrie Gradoneg auf dem Gehsteig. Da war die Tür der Polizeistation schon geschlossen.

Fünf

„Die Hunde!", hallte Gradonegs Stimme durch das Stiegenhaus.

„Einsperren! Sperren Sie die Hunde weg!" Er hatte ohnehin zwei bleierne Aschenbecher als Lungen, nun schleppte er auch noch seine Angst die Steinstufen rauf. „Hören Sie! Maulkorb rauf und einsperren!", lief er die Gänge im Stiegenhaus ab, war froh, wenn er noch nicht bei Nummer elf angelangt war. „Ins Klo oder Bad! Und die Tür verschließen!", brüllte er und merkte nicht, dass ihm sein eigenes Echo noch mehr Angst machte – die Hunde in seiner Vorstellung immer größer wurden, immer bedrohlicher ihre Zähne fletschten und knurrten.

Die ganze Nacht sprangen sie schon durch seine Albträume. Ursula dachte zum Glück, er träumte von irgendwelchen Marketingfuzzis. Immer wieder weckte er sie mit seinem *Ihr Drecksviecher*-Geschrei. *Ich bring' euch um, ihr Bestien!*

Dobermänner, Rottweiler, Schäferhunde, Bullterrier … eine ganze Horde Vierbeiner mit Skalpellen im Maul stürzte sich auf ihn. Wie blutrünstige Schlittenhunde dirigierte sie Klaus Pellitsch, thronte mit seinem Ledermantel dahinter auf einem rollenden Sarg, peitschte die Rücken der Hunde bis auf die Knochen, damit sie noch aggressiver auf Gradoneg losgingen. Der wiederum saß in einer

Babyschaukel gefangen, sah die Hunde näher und näher auf sich zustürmen, brachte nicht und nicht seine viel zu dicken, eingequetschten Oberschenkel aus dem Plastikgestell der Babyschaukel; bis die zähnefletschende Höllenmeute schließlich auf ihn losging, ihm die Hunde die Zehen von den Füßen abrissen, die Unterschenkel bis auf die Knochen abnagten und die Knie in ihren aufgerissenen Mäulern zermalmten. Währenddessen öffnete Pellitsch den Sarg, freute sich diebisch darauf, darin Gradonegs zerfleischten Kadaver zu verstauen.

Zudem rächte es sich in diesen Albträumen, dass Gradoneg am Abend zuvor die Prinzessin-Lillifee-Dose mit dem Hundekot im Gefrierfach hinter dem Bio-Gehackten und den Käsekrainern versteckt hatte. Hemma und Josef entdeckten die Dose und bereiteten aus dem Hundekot einen dampfenden Brei mit „Nasenrammeln" zu. Wie riesige Regenwürmer zogen sie immer mehr Nasenrammeln aus ihren Nasenlöchern, kauten kurz daran und spuckten sie mit einem zufriedenen „Mhmmmmm!" in den Hundekotbrei. Dann fütterten sie damit genüsslich ihren Papi – denn Gradonegs Torso wurde in der Zwischenzeit von Pellitsch im Stiegenhaus vor der Wohnungstür abgelegt. Ohne Hände und Beine lag er da, seinen eigenen Kindern ausgeliefert. „Mhmmmm!", schmatzte Hemma und kippte einen Schöpflöffel mit Brei in Gradonegs Mund, Josef trommelte wiederum mit zwei Kochlöffeln auf seinen Kopf ein.

Kein Wunder also, dass Gradoneg gleich mehrmals schweißgebadet im Bett hochschnellte, sich Ursula immer erschöpfter und genervter von ihm wegdrehte.

Seltsamerweise kam ihm durch seine Albträume ein wichtiger Gedanke. Pellitsch peitschte darin doch die Hunde blutig … Und hatte er nicht im Schubertpark zu Gradoneg gemeint, die Polizei könne seine Hundeleine gerne behalten? Diese Peitsche im Albtraum war zweifellos ein Symbol für Klaus Pellitschs Hundeleine. *Das war kein „Strick", dieses Ding um den Hals der Alten*, wurde es Gradoneg bewusst. Pellitsch hatte der alten Frau mit seiner Hundeleine einen Galgen um den Hals gelegt, dessen war sich nun Gradoneg sicher. Dieser Wahnsinnige hatte sein Opfer in ein Babygestell gezwängt und hiernach zu Tode geschaukelt. Während sie oben mit einer Hundeleine stranguliert wurde, fraßen ihr unten seine Hunde die Beine weg.

„Sind sie eingesperrt?!", zitterten Gradoneg vor der Nummer elf die Knie. „Verdammt! Die sind doch nicht eingesperrt!", hörte er vor der leicht geöffneten Tür lautes Gebell und Knurren. Griff sich rasch den Knauf, um die Tür ins Schloss werfen zu können. „Scheiße! Sie sperren sofort die Drecksviecher ein oder ich rufe Verstärkung!"

„Noch mehr Oberchecker, da bekomme ich ja richtig Angst …", mischte sich Klaus Pellitschs Stimme in den Hundelärm.

„Ich kann auch die Schusswaffe gebrauchen!"

„Ist ja alles paletti …"

Kaum einen halben Schritt in der Wohnung, bereute Gradoneg schon sein Vorhaben. Er wollte Klaus Pellitsch eigenmächtig überführen, ihm ein Geständnis abringen und ihn ins LKA in die Wattgasse bringen. Das hatte er in der Nacht von den Polizisten aufgeschnappt: LKA war das Kürzel für *Landeskriminalamt,* und in der Hernalser Wattgasse war man auch für Währing zuständig. Dort musste also dieser „Friedhof“ sein Büro haben ... Und wenn er im LKA mit einem Mörder und einem druckfrischen Geständnis antanzen würde, konnte doch niemand behaupten, in Währing gäbe es keinen Mord. Einen Zeugen konnte die Wiener Polizei vielleicht noch brutal vor die Tür schmeißen, doch nie und nimmer einen geständigen Mörder. Und spätestens dann müsste dieser ominöse „Friedhof“ seine Maske fallen lassen.

Die Tür gab ein schmales Vorzimmer frei, nur das schummrige Licht vom Gang ließ ein paar Konturen erkennen. Gradoneg schaltete seine Taschenlampe am Handy ein. Von den feuchten Mauern bröckelte Verputz, auf dem Boden türmten sich Futterdosen. Seltsamerweise stank es nicht, ein Ammoniakgeruch lag in der Luft, aber nicht stechend oder penetrant unangenehm.

Wieder jaulten die Hunde auf. „Mao! Stalin! Aus!“, brüllte Pellitsch irgendwo hinter einem schlammbraunen Streifenvorhang, der das Vorzimmer von einem Wohnraum abtrennte. Die Hunde verstummten.

„Sind die verdammten Köter endlich eingesperrt?!“

„Aber ja ...“

„Dann steck' ich jetzt die Schusswaffe weg.“

„Wie freundlich ...“

So ein Schwein!, zuckte Gradoneg zusammen, als sein Taschenlampenlicht auf den Streifenvorhang fiel. Es waren Fliegenstreifen, die da zu Boden hingen. Fliegenstreifen, wie sie einst über den Küchentischen baumelten und mit ihrem Ungeziefer einem jeden kultivierten

Menschen den Appetit verdarben. Hunderte – ja Tausende Insekten säumten Pellitschs Vorhang. Streifen für Streifen ein Insektenmassengrab, für das er wohl mit mehreren Klebstoffanstrichen auf der Suche nach neuen Opfern war.

Gradoneg wusste nicht, wie er seinen Ekel und vor allem diesen Vorhang überwinden sollte. Schluckte, faltete seine Hände wie zum Gebet, suchte mit den Fingerspitzen zwischen den Streifen die größte Lücke und schob diese schließlich mit seinen Handrücken auseinander. Als würden Dutzende Spinnen über seine Hände laufen, ein Schwarm Mücken zum Stich ansetzen und Fliegen Millionen Eier in seine Poren legen, fühlte sich das an. Dennoch wagte er sich in den dunklen Raum. Wieder jaulten und bellten die Hunde auf.

Gradoneg hatte ihnen versehentlich in die Augen geleuchtet, wäre beinahe über den großen Käfig gestolpert, in welchem sie rechts hinter dem Vorhang eingesperrt waren. Zwei, drei Zentimeter, mehr fehlten nicht, und er wäre mit seinen Fingern zwischen die Käfigstäbe geraten. Hätte die Hunde mit seiner Hand und dem Smartphone gefüttert.

Panisch sprang er zur Seite.

„Verdammt, Schäferhunde!"

„Ein Dackel wird auch nicht gerne von einer Taschenlampe geblendet …"

Klaus Pellitsch stand im Dunkeln. Es brauchte einige Fantasie von Gradoneg, um die Szene richtig einzuordnen. Es roch nun doch intensiver, stechend nach Ammoniak. Feine Lichtfäden spannten sich durch den Raum, schwebten wie ein riesiges Spinnennetz rings um Pellitsch. Die Lichtfäden, bemerkte Gradoneg jetzt, gingen von einem surrenden Projektor aus und trafen sich vor einer Wand auf einer großen Leinwand, Punkt für Punkt zu einem leuchtenden Männerporträt. Ein Mann mit hoher, flacher Stirn, buschigen Augenbrauen und abstehenden Ohren; ein Kopf, dessen Doppelkinn in einem viel zu engen Hemdkragen steckte. Pellitsch stand gebückt davor, hatte selbst zu Hause seinen Ledermantel an, hielt akribisch mit einem Pinsel die Konturen des Männerporträts auf der Leinwand fest. Mit kräftigen, fast hektischen Pinselstrichen.

„Ist der Käfig abgeriegelt ...?!", deutete Gradoneg auf den Hundezwinger, vermied es gerade noch, die Hunde anzuleuchten.

„Käfig! Das ist also ein Käfig ...", lachte Pellitsch geringschätzig. Tauchte seinen Pinsel in einen der Farbtöpfe neben der Staffelei. Knipste sich dabei eine Stirnlampe auf seinem Kopf an, was seinen eigentlich ebenmäßigen Gesichtszügen einen gespenstischen Ausdruck verlieh. „Kunst ist wohl nicht so dein Ding."

Gradoneg wischte seine Handrücken an der Hose ab, hätte sich am liebsten den klebrigen, juckenden Schleim von den Fliegenstreifen mitsamt der Haut von der Hand gekratzt. „Was soll an einem rostigen Zwinger schon Kunst sein?!", fauchte er gereizt. „Na ja, solange die Köter darin eingesperrt sind, ist mir alles recht."

„Der ‚rostige Zwinger' da, wie du so schön geringschätzig und vor allem dumm sagst, hat mehr für die Gesellschaft geleistet, als du es je imstande wärst."

„Ach ja, gut zu wissen, dass ein paar Eisenstäbe mehr zählen als ein Steuerzahler mit zwei Kindern", konnte Gradoneg seine Kränkung nicht unterdrücken.

Klaus Pellitsch hielt kurz mit dem Malen inne, nahm mit dem Lichtkegel seiner Stirnlampe Gradoneg ins Visier.

„In diesem rostigen Zwinger ist immerhin die Performancekünstlerin ‚Yellow Menstruation' aus China geflüchtet. Zwei Wochen lang, Tag und Nacht in einem Lkw mit tonnenweise Hühnerfleisch."

„Na, dann hatten deine beiden Lieblinge was zum Fressen …"

„Trottel!", setzte Pellitsch seinen Pinsel wieder an.

„Und wir bleiben übrigens beim Sie und im Schubertpark. Kunst hin oder her, mir geht es hier um einen Mordfall."

Pellitsch schwieg und malte. Schweigen war übrigens die schlimmste aller Sprachen für Gradoneg. Die übelsten aller Schimpfwörter ließ er lieber an sein Ohr als ein Schweigen, das er nicht deuten konnte. *Indem sie schweigen, schreien sie*, meinte einst Cicero bei seiner Anklage gegenüber Catilina – die schweigenden Senatoren würden Catilina eigentlich schreiend verurteilen. Und auch Gradoneg schrie bei jedem Schweigen innerlich verunsichert auf.

„Alle Achtung, Yellow Menstruation …", versuchte er sich mit einem zynischen Lacher zu befreien. „Eine Chinesin, die sich ‚Gelbe Menstruation' nennt und mit Hühnerfleisch in den Westen flüchtet. Endlich verstehe ich, was wahre Kunst ist."

„Eiter", schaltete Pellitsch wieder seine Stirnlampe aus. „Yellow ist das Symbol für ‚Eiter'. Für die Unterdrückung der Frau in einem ewig eitrigen Patriarchat. Das solltest du in diesem Zusammenhang …"

„Sie! Wir haben uns auf ‚Sie' geeinigt, wenn's Ihnen recht ist."

„Und die Gitterstäbe symbolisieren die Freiheit oder eben Unfreiheit eines Regimes. Egal, ob Diktatur oder Demokratie, der Abstand der Gitterstäbe ist immer bloß das Maß einer jeden Regierungsform und Religion, verstehst du …? Egal, wie weit sie auseinanderstehen, es sind immer Gitterstäbe, immer ein Maß der Unterdrückung. Es gibt keine freie menschliche Existenz, nur …"

„Mich interessieren keine abstrusen Fantasien und menstruierenden Chinesen!", reichte es Gradoneg. „Die Hundeleine! Die interessiert mich. Warum haben Sie Ihr Opfer erhängt und …"

„Es war ja nicht mein …"

„Unterbrechen Sie mich nicht!"

„Gitter vorm Kopf und ein Nudelsieb im Hirn ist übrigens das Schlimmste."

„Also, wird's bald? Warum haben Sie das Opfer erhängt und mit Ihren Kötern hingerichtet?!"

„Vergiss es!"

„Antworten Sie!"

„Das sagte ich euch doch schon …"

„Ich will's aber persönlich hören!"

„Dann lies gefälligst im LKA nach."

„Wozu die Leine?!"

„Festgemacht. Wie oft soll ich mich noch wiederholen? Ich hab' die Tote angebunden, damit sie nicht mit dem Oberkörper nach unten kippt und auch noch andere Hunde über sie herfallen."

„Weiter! Ich will alles hören!"

Pellitsch schwieg, malte an seinem Männerporträt. Immer wieder verfingen sich Lichtfäden auf seinem Rücken und leuchteten wie Glühwürmchen auf dem Ledermantel. Dann bückte er sich tiefer oder ging einen Schritt zur Seite.

Das hitzige Gespräch hatte die Hunde im Käfig aufgescheucht, es brauchte ein paar Sekunden, bis ihr Kläffen verstummte und sie sich wieder hinlegten. Ein metallisches Geräusch erfüllte dabei den Raum. Verstohlen ließ Gradoneg das Handylicht durch den Raum gleiten, sodass es Pellitsch beim Malen nicht in die Quere kam. Die Fenster waren nicht durch Rollos abgedunkelt, sondern mit dicken Zeitungspapierschichten verklebt. Ungefähr in der Mitte des Raumes musste Pellitsch eine Mauer entfernt haben. An der Wand waren noch die Bruchstellen zu erkennen, die roten Ziegelsteine hatte er zu einer Art Sitzgarnitur mit einer großen, rechteckigen Bank und einem quadratischen Würfel davor geschichtet. Gebrauchte Schalen und Teller standen darauf, auf dem Boden lag Besteck.

„Was ist dann passiert?", forderte Gradoneg mit einer Handbewegung Pellitsch zum Sprechen auf.

„Nichts. Für dich ist absolut nichts ‚passiert'. Das geht dich einen Dreck an."

„Wir können unsere Unterhaltung gerne im LKA fortsetzen!", mühte sich Gradoneg um den autoritärsten Tonfall in seiner Stimme. War zufrieden mit sich, dass er sich bei „LKA" nicht verhaspelte. Während einer Übung im Kopf auf dem Weg zu Pellitsch hatte er gleich mehrmals „LKH" statt „LKA" gesagt, das Landeskriminalamt mit einem Landeskrankenhaus verwechselt.

„Ich höre!"

„Lassen wir es lieber. Wir hatten beide unseren Spaß, aber nun reicht's …"

„Los! Anziehen und mitkommen! Mord ist kein Spaß! Die Tote steht nach deinem dämlichen Grinser nicht mehr auf!"

Pellitsch legte den Pinsel zur Seite, knipste die Stirnlampe an und ging zwei, drei Schritte auf Gradoneg zu. Seltsamerweise lag ein weicher, fast freundschaftlicher Ton in seiner Stimme. Jedenfalls nichts Arrogantes oder gar Zynisches.

„Du hast dich ja im Schubertpark wirklich wie ein Oberchecker aufgeführt. Da hätte dich jeder verwechselt, nicht nur ich Idiot", sagte er völlig ruhig.

Gradoneg hatte in seinem Leben schon schneller und mit weniger Stottern geantwortet.

„Wie … wie … bitte …?"

„Du bist kein Bulle. Nicht einmal Portier im LKA …"

„Ach ja …? Und das erzählt mir ausgerechnet ein Mörder!"

„Ich bin genauso wenig ein Mörder wie du bei der Mordkommission. Sie haben angerufen, dass du wahrscheinlich kommst."

Gradoneg blieb die Spucke weg.

„Was …?"

„Besser, du gehst jetzt … ich hab' noch eine Menge zu tun …"

„Wer?! … Wer hat dich angerufen?!"

Pellitsch ging schweigend zur Staffelei zurück.

Scheiße! Verdammte Scheiße!, dachte sich Gradoneg verzweifelt. *Die decken einen Mörder! Die lassen mich hier in die Falle laufen, und der Mörder kommt ungeschoren davon!* Geschockt grübelte er nach, wer ihn wohl verraten haben könnte. Die Polizisten von der Martinstraße? Gut möglich, einer von diesen könnte ihm gefolgt sein und Pellitsch telefonisch gewarnt haben. Während sich Gradoneg im Stiegenhaus vor Angst die Seele aus dem Leib schrie. Sicher, deshalb stand die Tür schon offen, von einem Dilettanten wie Gradoneg hatte Pellitsch nichts zu befürchten. Oder dieser „Friedhof" hatte ihn höchstpersönlich observiert? Schon die ganze Zeit über, ihm bestimmt auch auf dem Kutschkermarkt das Handy ins Sakko gesteckt?

„Wer?"

„Niemand, reiner Instinkt."

„Die Bullen von der Martinstraße, ja? Oder war's euer ‚Friedhof' höchstpersönlich?"

„Glaub' mir, es ist besser so. Wer nichts weiß, dem passiert nichts. Meistens jedenfalls …"

„Der ‚Friedhof', ja? Du steckst mit diesem ‚Friedhof' unter einer Decke?! Und jetzt macht ihr mich fertig, weil ich zu viel gesehen habe! Weil ich euch auf die Schliche gekommen bin!"

Pellitsch nahm einen kleineren Pinsel, schien mit diesem hektisch zu dirigieren. Die buschigen Augenbrauen waren an der Reihe.

„Jeder sieht irgendwann einmal etwas zu viel", hörten sich auch seine Worte hektisch an. „Das ist die Krux im Leben. Wir möchten immer zu viel sehen. Unentwegt müssen uns die Netzhaut und das Gehirn davor schützen. Alles wollen wir sehen. Mit jeder einzelnen Faser. Dabei könnten wir es doch gar nicht verstehen. So gesehen ist die Netzhaut der einzige Freund des Menschen – Millionen von Sinneseindrücken filtert sie ständig für uns, bis uns nur noch jener banale Scheuklappenblick übrig bleibt, den wir einigermaßen ertragen."

„He! Ich brauch' jetzt keinen esoterischen Mist! Ich hab' einen Mord gesehen! Kapierst du, einen Mord! Und das hat nichts mit meiner Netzhaut zu tun. Wenn schon, dann mit deinem beschissenen Charakter und … und diesen miesen Bullenschweinen."

„Ich versuche nur, dir die moderne Neurologie zu erklären."

„Ich pfeif' auf die Neurologie! Mich interessiert, wer hinter mir her ist?! Wer da einen Mord vertuscht und mich am Nasenring durch Währing führt?!", brüllte Gradoneg. Noch lauter, als jetzt die Hunde bellten, ihre Schnauzen zwischen die Gitterstäbe pressten, um vielleicht doch ein Stück von diesem fremden Schreihals zu erwischen.

„Platz! Mao, Stalin!", schrie Pellitsch, ließ sich ansonsten aber nicht aus der Ruhe bringen. „Sei froh. Noch haben sie keinen Spaß an dir gefunden. Nicht wirklich. Noch spielen sie ohne wirkliche Lust mit dir. Und das ist deine Chance. Eine bessere Chance wirst du in dieser Geschichte nicht mehr bekommen. Hau' ab, bevor es endgültig zu spät ist. Aus einem Irrtum kann im Leben schnell ein Irrsinn werden."

Völlig perplex starrte Gradoneg zu Pellitsch rüber. Sein Mund stand weit offen, weiter hätten die Kläffer im Käfig ihre Schnauzen auch nicht aufbekommen. Er wusste einfach nicht, was er darauf sagen sollte. Jede Strategie prallte an diesem Ledermantel ab oder wurde bestenfalls mit kryptischen Anspielungen beantwortet. Ein jedes Orakel im Altertum schien dagegen ein Kommunikationsgenie zu sein. Er stieg nervös von einem Bein aufs andere, wollte durch den ekelhaften Insektenvorhang zum Vorzimmer rausschlüpfen und gehen – und dann doch wieder nicht; witterte wie die Hunde im Käfig doch noch eine Chance, an diesem Tag zuzubeißen.

„Interessant ...", schlenderte er zu Pellitsch und der Staffelei hin. „Andy Warhol, nicht wahr?", bemerkte er erst jetzt, dass sein mutmaßlicher Mörder das Männerporträt im Stile von Andy Warhol malte. Ein grelles Gesicht auf einer gold grundierten Leinwand. Vielleicht würde ja das eine oder andere Lob dem Künstler die eine oder andere Antwort entlocken, änderte Gradoneg seine Strategie. Verhätschelte Künstler reagieren immer wohlwollender, das wusste er aus TV-Dokumentationen.

„‚Marilyn in Gold', oder? Ist doch so ähnlich wie Warhols ‚Marilyn in Gold'. Allerdings weitaus kräftiger, weitaus lebendiger. Ich empfinde das jedenfalls so. Warhol hat ja immer so ein abgedroschenes Violett, da gefallen mir deine Orangetöne weitaus besser", ließ er vor Pellitschs Staffelei Weihrauch aufsteigen. „Orange und Ocker harmonieren auch besser auf Gold." Eigentlich war Gradoneg ein ziemlicher Kunstbanause. Doch bei Andy Warhol kannte er sich fast ein bisschen aus.

Sobald ein greller Lidschatten ins Spiel kam, schrille Farbkleckse die Stirn formten, die Zähne zu weiß und die Lippen zu rot waren, egal ob bei Monroe, Mao oder Goethe – bei Warhol erblühte der Bildungsbürger in Gradoneg.

Das darf doch nicht wahr sein!, zuckte er plötzlich vor der Leinwand zusammen. Sah sich das darauf projizierte Männerporträt nun genauer an, weitaus genauer! Musterte das flache Bauerngesicht mit den abstehenden Ohren und zusammengewachsenen Augenbrauen. Besonders der halb abgeschnittene Krawattenknopf unter dem speckigen Doppelkinn verwirrte ihn.

„Das ist doch …", stammelte Gradoneg, hatte fast schon die frische Farbe auf seiner Nase. „Das ist doch ein Hakenkreuz, oder?!", deutete er auf den Krawattenknopf.

Pellitsch tauchte wortlos den Pinsel in eine Terpentinlösung, wischte sich mit einem Tuch die Farbe von den Fingern, nahm sich die Stirnlampe vom Kopf und drehte ein schummriges Licht auf. Dann setzte er sich auf die Bank aus Ziegelsteinen und schlüpfte in seine Turnschuhe.

„Du machst aus der Monroe eine Nazisau?!", schrie Gradoneg entrüstet. „Das ist Wiederbetätigung!"

Pellitsch blieb unbeeindruckt.

„Ich muss jetzt mit den Hunden raus, bevor die mir noch völlig durchdrehen."

„He! Hörst du mir überhaupt zu?! Du tarnst eine Nazisau als Warhol?!"

„Und du weißt ja, was geschieht, wenn sie durchdrehen."

„Du bringst eine Frau um und malst seelenruhig eine Nazisau!“

Die Hunde sprangen im Käfig auf, kläfften und fletschten ihre Zähne.

„Ist schon gut, Jungs. Wir gehen gleich raus …“

„Wer kauft diesen Dreck?! Hängt dieser Scheiß bei irgendwelchen Burschenschaftlern im Hinterzimmer?! Oder holst du dir mit diesem Dreck selbst einen runter?! Das ist Wiederbetätigung! Kapiert! Das ist Wiederbetätigung!“

„Ich mein’s gut mit dir. Ehrlich. Hau’ ab, bevor du noch draufgehst.“

„Spinnst du?! Du glaubst doch nicht, dass ich hier rausgehe, und alles ist für dich in bester Ordnung! Du gehörst doch mit deinen Kötern eingeschläfert! Und genau dafür werde ich sorgen!“

Klaus Pellitsch stand schon am Käfig, entriegelte die Käfigtüre.

„Lass die Scheißköter …!“, sprang Gradoneg zum Streifenvorhang.

Pellitsch öffnete die Käfigtür, krallte sich die kläffenden Hunde an den Halsbändern.

„Du zuerst! Du Nazisau gehörst zuerst eingeschläfert! Noch vor deinen Hunden!“, stürzte sich Gradoneg zur Wohnung raus. Sprang draußen schneller als ein Ball über die Stufen und hüpfte panisch auf den Gehsteig in der Edelhofgasse. Wenn er auch seit letzter Nacht nichts mehr im Leben verstand, so wusste er doch, dass selbst ein Hüne wie Klaus Pellitsch zwei kläffende Bestien nicht ewig festhalten konnte.

Sechs

Gäbe es eine Telefonschleife für Albträume, Gradoneg wäre darin von Samstag auf Sonntag gefangen gewesen, ohne die geringste Chance, auflegen zu können. Wiederum landete er gefühlte tausend Mal in Pellitschs rollendem Sarg und ernährte sich Hunderte von Jahren vom Hundekotbrei und den Nasenrammeln seiner Kinder. Zusätzlich jagten ihn nun Mao und Stalin durch die Edelhofgasse. Bissen ihm das Genick durch und schubsten mit ihren Schnauzen Gradonegs Kopf vor zur Währinger Straße, bissen ihm dabei seine Ohren ab und sabberten Blut auf sein Haar. Das alles freilich vor aller Augen – vor allen Schuleltern, die gerade ihre Urlaubskoffer in Taxis hoben. Und auch seine Ursula lief Gradonegs abgetrenntem Kopf über den Weg, grüßte ihn nur mit einem kurzen, gefühllosen „Hallo“, rief ihm *Willst du noch immer mit Alice Schwarzer auf Urlaub fahren?* hinterher. Und als sein Kopf schließlich runter zum Währinger Gürtel kullerte, wurde er von einem Lkw der Wiener Müllabfuhr zerquetscht. Am Steuer saß der Eierkratzer aus dem Schubertpark – hupte und rief: *Wir landen alle auf dem Friedhof!*

*

Ja, an diesem Sonntag stand Gradoneg nicht nur mit dem falschen Fuß, sondern mit zwei frisch amputierten Oberschenkeln auf und wusste nicht, wo er den Kopf hatte.

Toast mit Lachs … Aufbacksemmeln mit weichem Ei … oder doch Toast mit weichem Ei und Aufbacksemmeln mit Lachs …? Er hatte tatsächlich seinen Kopf verloren, kannte sich nicht mehr aus, welche Frühstücksvariante bei seinen Kindern dran war. So stand er vor dem Kühlschrank und versuchte, seine einzige kulinarische Wochenaufgabe zu lösen. Dachte mehr an seine Albträume und die versteckte Dose mit dem Hundekot im Gefrierfach als an die Essgewohnheiten seiner Familie. Sicherheitshalber sah er hinter dem Bio-Faschiertem und den Käsekrainern nach und atmete erleichtert auf. Deckte dann den Tisch mit alten Semmeln, ein paar Knabber Nossi, und weil sie schon da war, ließ er auch die aufgerissene Solettitüte auf dem Tisch stehen. Gut, dass Ursula selbst bei diesem deprimierenden Regen laufen war, so schnitt er noch rasch einen Apfel, tauschte das Wasser für die Kinder gegen Blutorangentee. Und den Kaffee für Ursula nahm er auch im richtigen Moment vom Herd. *Neunundneunzig Prozent der Menschheit wären mit diesem Frühstück zufrieden, und meine Kinder sind ohnehin immer unzufrieden*, verzichtete er auf irgendwelche ernährungstechnischen Korrekturen und setzte sich zum Tisch.

Offensichtlich gehörte auch seine Ursula zur Minderheit der Unzufriedenen, bedachte das Frühstück und vor allem Gradoneg mit einem bösen Blick. „Hier!“, schmiss sie ihm die regennassen Zeitungen auf den Tisch, aus denen man mit ein bisschen Leim schon Pappmaschee machen konnte.

Die Zeitungen gehörten ja wiederum zu Ursulas Sonntagsaufgaben, denn Jogger waren nun einmal die flinkeren Diebe, war Gradoneg fest überzeugt. Vor allem wenn es draußen schneite und regnete.

„Der Tag beginnt ja ganz nach deinem Geschmack ...", wischte sich Ursula ein paar Tropfen von der Stirn.

Manchmal, wenn sie im Regen joggen war, fragte sich Gradoneg, wie man wohl Regentropfen von Schweißperlen unterscheiden konnte? Natürlich schmeckten Schweißperlen nach Salz, aber glänzten sie auch anders? Waren sie größer oder kleiner als Regentropfen oder eher elliptisch und durchsichtiger? Am liebsten hätte er dann seine Zunge auf Erkundungstour geschickt, aber er ließ es immer sein.

Egal. An diesem Tag stellte sich Gradoneg ohnehin nicht diese Frage. Er war einfach nur perplex, wie gereizt Ursula nach dem Joggen in der Küche angetanzt kam. *Aus reizenden Mädchen werden viel zu schnell gereizte Alte*, hatte einmal einer seiner Chefs gewitzelt – und Gradoneg hätte das sexistische Sprüchlein an diesem Sonntag mit einem Nicken quittiert.

„Was stimmt mit meinem Geschmack wieder nicht? Ist nicht mehr im Kühlschrank", stammelte er.

„Nichts. Ganz im Gegenteil. Ich sagte doch nur, dass alles nach deinem Geschmack läuft. Gut, eigentlich sollte man Geschmacklosigkeit dazu sagen. Aber dennoch meine Gratulation."

Hunderte Fragezeichen taten sich in Gradonegs Kopf auf, aber kein einziger Satz, den er davorsetzen konnte.

„Ich ... ich hab' ja einen Apfel geschnitten ..."

„Tu nicht so scheinheilig!“, blies sich Ursula eine nasse Strähne aus der Stirn. „Du brauchst dich nicht zu verstecken. Ihr werdet ja immer mehr.“

„Geht's bitte ein bisschen deutlicher oder bin ich plötzlich mit dem Orakel von Delphi verheiratet?!“

Wütend schlug Ursula mit der Faust auf den Tisch. Klar zuckte da Gradoneg erschrocken zusammen. Schlimmer als beim ersten positiven Schwangerschaftstest. Hatten sie Ursula unten auf der Straße beim Joggen abgefangen, ihr was erzählt? Dass er sich nachts im Schubertpark rumtreibe und Hundstrümmerlsammeln sein neues Hobby wäre? Wer einem vor zehn Leuten ein Handy ins Sakko schummelt, schafft es auch, einen Haufen Lügen zu verbreiten.

„Lies und sei glücklich!“ Ursula schob ihm angewidert die Zeitung „AT today“ hin. Endlich kapierte er, dass der Faustschlag nicht ihm, sondern Österreichs größtem Schmierblatt galt. „AT today“, also „Österreich heute“, hatte mit der Wahrheit so viel gemeinsam wie die britische „Sun“ mit dem Himmelsgestirn. – Und an diesem Sonntag machte das Blatt seinem Ruf alle Ehre.

„Das gibt es doch nicht“, schnappte Gradoneg nach Luft. Er dachte, das Titelblatt von „AT today“ sei aus einem seiner Albträume auf den Tisch geweht worden. „Solche Schweine!“

„Sag' ich ja. Jeden Tag Balsam auf eure rechten Wunden.“

„Bitte! Du glaubst doch nicht, dass mich dieser Dreck aufgeilt?!“

„Aber genauso redest du immer daher. Alles nur Verbrecher. Abschaum, der unser Land kaputtmacht. Immer die Afghanen und Tschetschenen. Messer gehören in eine Bestecklade und nicht in die Wiener Innenstadt."

Wie lästige Fliegen hätte Gradoneg gerne jedes Wort aus der Küche verscheucht.

„Wann?! Wann hab' ich das gesagt?!"

„Lauf' jetzt nicht schon wieder in die nächste Kneipe", erhob sich Ursula. Ihre Augen funkelten vor Wut wie die Regentropfen und Schweißperlen auf der Stirn.

Gradoneg wischte über die Zeitung, als wollte er damit das Titelbild auslöschen.

„Ich bring' diese Schweine um!", brüllte er, wischte nochmals über die Zeitung.

„Wart noch ein paar Monate, dann hilft dir die FPÖ."

„Die Journalisten! Ich mein' doch die Journalisten! Diese Schmierfinken! Das waren keine Afghanen! Sicher nicht! Auch keine Tschetschenen! Alle Trump-Tweets zusammen sind wahrer als diese Schweinerei da!"

Ursula verschüttete ihren Kaffee. „Wie bitte?"

„Primitiver geht es nicht! Übelste Ausländerhetze ist das! Feig und primitiv! Die haben der nichts getan! Sicher! Da bin ich mir ganz sicher!"

Ursula fühlte sich, als würde sie gerade der Wandlung eines Sünders zu einem Heiligen beiwohnen. Ihr Mann erschien plötzlich in einem ganz anderen Licht. Ihr vermeintlicher Rassist erstrahlte gerade in einem unbändigen Humanismus.

„Ich … ich gehe jetzt besser duschen …", stotterte sie.

Gradoneg konnte es nicht fassen. Sooft er auch das Titelbild von „AT today" anstarrte und den Text darunter las, er wähnte sich noch immer in einem Albtraum. Nur durch Ursulas Vorwürfe war er sich sicher, tatsächlich aufgewacht zu sein und am Küchentisch zu sitzen. So realistisch konnte er nicht träumen.

Wie die „Oma im Apfelbaum" lächelte ihn die Tote vom Schubertpark auf der Titelseite von „AT today" an. Freundlich, weise und mit der Zerbrechlichkeit des Alters. Die Geisterhand eines Phantombildzeichners hatte hier mit voller Wucht zugeschlagen: Die zerzausten Haare türmten sich nun zu einer adretten Frisur; ein liebevolles, betagtes Landmäderl, das in der bösen Großstadt am Wiener Westbahnhof von einer Horde Afghanen überfallen wurde. So stand es unter dem herzzerreißenden Titelbild zu lesen: Nicht nur die Würde und Handtasche hätte man dieser alten Dame geraubt, sondern ebenso ihr Gedächtnis. Und darum sei nun die Hilfe der Leserinnen und Leser vonnöten.

Das ist keine Personensuche … das … das ist ein Aufruf zur Selbstjustiz!, zerknüllte Gradoneg die Zeitung.

*

Sehr geehrter Herr … Nein, ein „sehr geehrt" hatte der Typ nicht verdient. Gradoneg kürzte die Anrede auf ein ‚Hr.'. *Hr. Haberlesch* würde für den Chefredakteur von „AT today" völlig reichen. Und selbst ein „Hr." erschien Gradoneg zu freundlich. Am liebsten hätte er ihn mit „Chefsudler" tituliert, wollte ihn aber nicht gleich mit dem ersten Satz zum Löschen der Mail animieren.

Gut, dass Hannes Roschinic gleich abgehoben hatte. *Tragisch, eigentlich mein einziger Freund*, dachte sich Gradoneg immer, sobald er bei Roschinic anklingelte. Einem Chronikjournalisten, der sich für eine verkannte „Edelfeder" hielt und nun die Medienwelt schon mit einer sehr langen Auszeit bestrafte, Mindestsicherung bezog und einen Roman auf Staatskosten schrieb. Wie eh und je ratterte bei Roschinic sein aufgezogenes Ego:

„Vergiss' ‚AT today'", kam Roschinic gleich in Fahrt. „Du kennst doch den Gag: ‚AT today immer ein Schmäh'. Nein, nein, du … vergiss das Blatt, die geben dir keinen Job."

„Will ich ja gar nicht. Mir geht's um die private E-Mail-Adresse von diesem Haberlesch. Und wirklich um seine private, in seinen Spam-Ordner schaffe ich es auch alleine."

„Das Anzeigengeschäft ist tot, glaub' mir. Wie oft soll ich dir das noch sagen! Wer braucht heute noch eine Zeitung? Hmm …? Die Journalisten, weil sie dort arbeiten, und die Politiker, weil sie damit ihre Gegner anpatzen können."

„Bitte, Hannes, ich will nur …"

„Kennst du heute noch einen Menschen, der eine Zeitung liest? Ich mein', einen unter achtzig Jahren. Niemand! Klopapier ist genauso billig und lässt sich leichter abreißen. Echt du, steig' aus und schnapp' dir die Mindestsicherung, bevor es zu spät ist. Da jagen dich wenigstens nicht das Finanzamt und die Sozialversicherung."

„He, gib mir jetzt bitte die …"

„Schreib' einen Roman, so wie ich. Kunst ist die einzige Form der Sprache, alles andere ist Lügen auf Knopfdruck. Irrtum und leere Floskeln. Das ist der heutige Journalismus. Und was hast du denn von diesem Anzeigengeschäft? Du bringst dich den ganzen Tag für eine Schaltung von einer Achtel Seite um, und am Abend säufst dann aus Frust gleich zehn Achtel Wein."

„Hast du jetzt seine private E-Mail-Adresse, ja oder nein …?"

„Dir ist echt nicht zu helfen."

„Doch, mit der privaten E-Mail-Adresse von diesem Haberlesch."

„Verdreht. Die ist ganz banal verdreht. So wie sie die Wahrheit verdrehen. Einfach ‚AT today' von hinten gelesen und zusammen … Dann @ und „chef.at". Aber lass' die Finger von dem. Da zahlt sogar die Kirchenzeitung noch mehr. Aber schreib' einen Roman. Kunst ist die einzige Form …"

„Danke!", legte Gradoneg auf.

Ursula kam zur Tür rein. Endlich! Sie strich Gradoneg durchs Haar. Kurz, aber dennoch.

„Tut mir leid wegen vorhin. Wahrscheinlich bekomme ich meine Tage."

„Na ja, bei Humanistinnen dauert die Periode 365 Tage im Jahr."

„Sag' das einmal deiner Alice Schwarzer!"

*

Hr. Haberlesch!

Grundsätzlich meide ich Ihre Zeitung so konsequent wie Sie die Wahrheit. Doch sonntags ist es als Jogger besonders schwer, einen Bogen um Ihr Machwerk zu machen. So wie vorhin, als ich wiederum auf Schritt und Tritt von Ihrer Ausländerfeindlichkeit verfolgt wurde! Heute allerdings, Hr. Haberlesch, sind Sie entschieden zu weit gegangen, um nicht zu sagen, wie ein hirnamputierter Lemming in den Abgrund marschiert. Denn als Insider weiß ich sehr wohl, dass die Dame auf Ihrem Titelblatt weder die Handtasche noch ihr Gedächtnis, sondern etwas viel Wertvolleres verloren hat! Ein kostbares Gut, das Ihnen offensichtlich nichts wert ist. Aber dieses Gut werde ich Ihnen nun besser nicht verraten. Vielmehr rate ich Ihnen, den folgenden Satz sehr, sehr genau zu lesen: Richten Sie Ihrem Mittelsmann bei der Wiener Mordkommission aus, er möge sich umgehend (!) bei mir melden! Oder wie wäre es mit einer Beschwerde beim Presserat?! Dass es mir ernst, völlig ernst, damit ist, ersehen Sie nicht nur aus meiner Entrüstung, sondern ebenso aus der Tatsache, dass ich an Ihren privaten E-Mail-Account schreibe. Und seien Sie getrost: Ich verfüge über weitere Privatadressen. Nochmals: Ihr Mittelsmann hat sich umgehend bei mir zu melden!

Hoffe, Sie verstehen das Wort „umgehend“ besser als den Umgang mit der „Wahrheit“!

Matthias Frerk Gradoneg

Den „hirnamputierten Lemming“ hätte er wohl in einer ruhigeren Minute gestrichen. Doch ansonsten war er mit dem Ergebnis zufrieden, fast euphorisch. Eine durchaus gute Mischung aus Empörung, Gerechtigkeitssinn und gefährlicher Drohung. Wäre in einer Wahlbroschüre der Grünen nicht besser, eher sogar schlechter und hysterischer formuliert worden. Vielleicht sollte er doch Roschinics Ratschlag befolgen und ebenfalls einen Roman schreiben? Weniger Hektik und mehr Muße würden seinen Worten einen noch schöneren Klang und edleren Schliff verleihen. Und gemessen an der schwierigen Situation war die Mail fast schon ein Meisterwerk. Die Kinder quengelten dauernd wegen des spärlichen Frühstücks herum, zerbrachen die Knabber Nossis und bastelten Strichmännchen damit – und Ursula pirschte sich mit ihren Stricksachen gefährlich nahe an seinen Laptop ran.

Verstohlen breitete er die zerknüllte Zeitung wieder aus. Logisch! Die Telefonnummer für die erbetenen Hinweise stimmte mit jener der Polizeiinspektion in der Martinstraße überein. Dieser „Friedhof“ steckte hundertprozentig mit dem Holzschnittgesicht unter einer Decke. Und schlimmer noch: Gemeinsam versuchten sie, einen Mord zu vertuschen und einen Nazi zu schützen.

Sieben

Der Regen ließ nicht nach, ebenso wenig Gradonegs Anspannung. Regen und Nervenflattern und Hühnercurry zum Mittagessen, so zog sich der Sonntag für ihn bis zum frühen Nachmittag hin. Im Minutentakt suchte er sein Smartphone nach einer Rückmeldung des Chefredakteurs von „AT today" ab. Wie bei Wehen vor einer Geburt wurden die Abstände immer kürzer. Eine schwierige Geburt kündigte sich an. Ursula war zwar irritiert, aber besser ein „Handy-Junkie" als ein „Rassist", dachte sie sich. Womöglich kam in diesem Gedanken auch ein „Frerkibärrr ..." vor. Wer weiß?

Das auch noch! Bitte nicht dieses Arschloch!, fluchte Gradoneg.

Franz Schnitzer, Österreichs schmierigster Marketingfuzzi, meldete sich per SMS. „Schmierig", weil er immer eine Tube Gel im Haar hatte und wohl auch seine Seele mit irgendeinem schmierigen Zeug eincremte. „Hinterhältig", „verlogen", „gierig", „selbstsüchtig" ... musste auf diesem Zeug stehen.

Ausgeschlossen! Geht heute nicht. Selbst bei einer Doppelseite, schrieb Gradoneg zurück ... *Nein! Such dir für deine Tochter ein anderes Kindermädchen. Ich kann nicht.*

Bei all der Anspannung hatte Gradoneg keine Lust, auch noch den Animateur für Franz Schnitzers Tochter zu spielen. Der Chefredakteur von „AT today“ raubte ihm schon alle Nerven. Und nun spannte sich bei diesem schmierigen Marketingfuzzi auch noch die Hose. *Halt durch. Prostituierte gibt es seit über 2000 Jahren. Die sind morgen auch noch da,* gingen Gradoneg Schnitzers notgeile SMS auf die Nerven. *Nein! Für eine halbe Seite schon gar nicht!* Wer Franz Schnitzer kennt, weiß, weshalb ein Schwanz mit dem Hund wedeln kann. *Probiere es zur Abwechslung einmal mit deiner eigenen Frau …,* juckte es Gradoneg in den Fingern, auf die nächste SMS zu antworten.

1 Seite, ohne Rabatt und die Auftragsbestätigung gleich heute!, spannte sich Schnitzers Hose zu einem großzügigen Angebot.

Okay. Aber du holst deine Kleine pünktlich ab!

Treffpunkt?

14.30 Uhr, Kindermuseum Schönbrunn. Falls du dort eine Nutte stationiert hast.

Ist rein beruflich.

Klar, die machen es ja nur für Geld mit dir.

Sind nicht alle wie du – bis später Franz Schnitzer

Das „Kindermuseum Schönbrunn“ war eine Art Schlechtwetter-Reflex von Gradoneg. Bei Schnee und Regen, Hagel und Blitzschlag; wenn im Winter die Eiszapfen nicht schmelzen wollten und im Sommer die Sandkisten überliefen, kutschierte er seine Kinder mit dem Bus 10A nach Schönbrunn. Mehr als Fernsehen und das Kindermuseum fiel ihm für die Kleinen nicht ein. Seine Hemma liebte dort die Maskeraden mit den Prinzessinnenkostümen und den Perücken, das Schaukelpferd mit dem abgewetzten Sattel und die Holzsänfte. Josef war längst zu groß für dieses Kasperltheater, doch der wollte sowieso mit Ursula seinen Pfadfinderrucksack packen. Hoffentlich verriet er dabei nicht das Desaster mit dem Sakko, überlegte Gradoneg kurz ihn mitzunehmen; händigte dem Jungen sicherheitshalber gleich das Taschengeld für das Pfadfinderlager aus.

Franz Schnitzer stand bereits mit seiner Göre auf dem Vorplatz. Zwei Ameisen unter einem Regenschirm vor der schlimmsten Architektursünde Österreichs, dem Schloss Schönbrunn. Riesig und kitschig blähte es sich mit seiner gelben Haut auf, versuchte, selbst im Regen ein leuchtendes Beispiel für die einstige Macht der österreichischen Monarchie zu sein. Ein hässliches Entlein mit einer viel zu großen Pfauenfeder.

Kein Wunder, dass der Adel bis heute so depressiv und degeneriert ist. Bei solchen Schlössern wäre ich's auch ..., schimpfte Gradoneg innerlich, als er mit seiner Hemma über den Platz huschte. Spätestens in Schönbrunn erwachte eine sozialistische Seele in ihm: *Schlösser sind gemeingefährliche Steinhaufen. Alle! Zuerst wurden dafür die Arbeiter von Ziegelsteinen erschlagen, und heute ... heute werden die Touristen mit dem schlechten Geschmack erschlagen.*

Sehenswürdigkeiten waren generell für ihn Massengräber für ausgebeutete Seelen. Protzbauten auf den Knochen unschuldiger Menschen. Der sinnlose Tod für einen Kaiser, Gott oder eine sonstige Diktatur. Allein beim Bau des Wiener Stephansdoms, hatte er einmal recherchiert, stürzten 72 Arbeiter in die Tiefe, also in den Tod.

„Endlich!“, zappelte ihm Franz Schnitzer mit seiner Göre entgegen. „Ich habe die Eintrittskarten besorgt. Spendiere ich euch, und Sissi-Taler gibt's auch“, drückte er Gradoneg die Eintrittskarten mitsamt der Auftragsbestätigung in die Hand. Gott, wie Gradoneg diesen Typen und seine Göre hasste! Wie dieser lässig mit seinen Markenklamotten dastand und schon mehr Blut im Schwanz als im Gesicht hatte; wie sich seine Göre aus ihrem Victoria's-Secret-Täschchen einen Sissi-Taler nach dem anderen krallte und in den Mund stopfte, dabei keinerlei Anstalten machte, Hemma eine Kostprobe abzugeben.

„Muss leider gleich wieder los ...“, wartete Schnitzer erst gar nicht Gradonegs Fragen ab. Wann er denn zurückkäme, wo man sich wieder treffen würde? Wann die Sujets für die Werbeschaltung fertig seien? In welchem Magazin die Schaltung erscheinen sollte? Schnitzer ließ ihn im wahrsten Sinn des Wortes im Regen stehen, eilte schwanzgesteuert Richtung Ausgang.

„Paulus!“, rief ihm Gradoneg hinterher. „Denk' bei deinem Leben einmal an Paulus!“

„Was?“, drehte sich Schnitzer kurz um.

„Paulus! Wer nach dem Fleisch lebt, stirbt! Steht so ähnlich in seinen Briefen.“

„Ach so, du meinst den Kirchen-Paulus ...“, tat Schnitzer Gradonegs Einwand mit einer Handbewegung ab, lief weiter.

„Und wenn ihr eins werdet, seid ihr ein Fleisch“, rief Gradoneg über den Platz.

„Lass den Blödsinn, Ich muss dringend ins Büro.“

„Verstehst du?!“, schrie Gradoneg noch lauter, da Schnitzers Rücken schon so klein wurde wie dessen Aufmerksamkeit. „Kapierst du eigentlich, was Paulus damit meint?! Diese Weiber bleiben alle an dir picken! Deine Nutten! Die bleiben alle an dir picken! Deine Nutten und ihr ganzes Elend bist immer auch du! Dein Pimmel lässt sich zwar abwaschen, aber nicht die Seele!“, brüllte er aus Leibeskräften. Vergaß dabei die beiden Mädchen neben ihm und die deutschsprachigen Touristen. So an die Hundert werden es gewesen sein. Ein bisschen Reflektieren hätte ihm in diesem Moment wohl nicht geschadet. Möglicherweise kann ja unbewusster Neid auch eine Art Erektion auslösen.

„‚Pimmel‘ ist lustiger als ‚Schwanz‘“, meinte Schnitzers Göre.

Hemma kicherte.

„Halt die … sei still, so spricht kein Mädchen!“

„Du wolltest Schnauze sagen.“

„Nein.“

„Doch.“

„Wenn schon, dann ‚Klappe‘. Und du schmierst mir da drinnen nichts mit deinem Schokodreck an!“

Eigentlich wollte er die Göre endlich einmal nach ihrem Vornamen fragen. Aber darauf hatte er auch an diesem Sonntag keine Lust mehr.

*

Natürlich kleisterte die Göre mit ihren Sissi-Talern im Kindermuseum überall herum. Wischte ihre schokoverschmierten Finger in die Kostüme und Perücken, fand es besonders toll, auf dem Pferdesattel und Sänftensitz Schokosoße zu verteilen. Und Hemma durfte nach wie vor nur mit einem sehnsüchtigen Blick am süßen Schatz teilhaben. Das Aufsichtspersonal bestand zum Glück aus Studenten, alle sahen teilnahmslos weg.

Gradoneg kauerte mit einem Halbkreisbuckel auf der Bank an der Wand, starrte unentwegt aufs Handy, seine Nervosität schlug sich schön langsam in einem Ausschlag im Gesicht nieder. Nichts. Eine Werbemail für Hörgeräte, das war es.

Hemma hatte ihm bereits die dritte Perücke aufgesetzt, ein juckendes Nylonnest, zerzaust wie bei der Hinrichtung von Ludwig XVI. Eigentlich wollte Gradoneg schon längst einmal recherchieren, ob der Adel damals mit Perücken Sex hatte. Und dies hiernach durch besonders flache Hinterköpfe auffiel. Doch irgendein Ludwig im Bett war nun sein geringstes Problem. Selbst Ursulas ständige Angst vor den verlausten Perücken tangierte ihn nicht. *Keine Perücken! Hörst du, die Kinder dürfen keine Perücken aufsetzen! Die sind voll mit Läusen*, rief sie ihm nach, sobald er mit den Kleinen ins Kindermuseum Schönbrunn aufbrach. *Geh' mit ihnen doch in den Tiergarten, dort sind die Viecher wenigstens eingesperrt!*

Insgeheim waren es vielleicht gerade die Läuse in den Perücken, die Gradoneg magisch anzogen. Es amüsierte ihn, mit welcher Begeisterung vor allem Touristen ihren Kindern die verlausten Perücken auf die Köpfe drückten. Die Kleinen in einen höfischen Fummel zwängten, wie wild mit ihren Handys blitzten und nicht wussten, welch besonderes Wien-Souvenir sie gerade erstanden. Höchst lebendige, krabbelnde Erinnerungen an einen der scheußlichsten Kitschbauten Österreichs und Europas.

„Gibt es hier auch Kopftücher …?“, nahm ein Typ neben Gradoneg Platz. Der würdigte den Witzbold mit keinem Blick, rutschte zur Seite.

„Kopftücher sind ein wesentliches Kulturgut.“

„Bald, sind ja bald vorgeschrieben“, murmelte Gradoneg genervt, „ein bisschen müsst ihr euch schon noch gedulden.“

„Eigentlich eine Schande …“, begehrte der Typ auf. „Damit diskriminiert man einen Großteil der Menschen.“

„Dass die Kaiserin Elisabeth noch nicht mit einer Burka herumläuft, ist also diskriminierend?!“, warf Gradoneg seinem Sitznachbarn einen bösen Blick zu. *Warum bleibt ihr Gutmenschen nicht daheim und fresst Bio-Artischocken,* hätte man diesen Blick übersetzen können.

„Um Gottes willen, nein! Mir geht es nicht um die Kaiserin. Ich meinte die Mägde an den Höfen …“

„Die werden's verkraften …“, rutschte Gradoneg noch weiter zur Seite, hielt sein Handy noch näher vors Gesicht.

Der Störenfried gab sich nicht geschlagen.

„So ein einfaches Stück Stoff ist heutzutage ganz schön kompliziert geworden. Mit allerlei Missverständnissen verwoben …“

„Irrtümern, nicht Missverständnissen …“, murrte Gradoneg. „Das ist ein gewaltiger Unterschied. ‚Gewalt‘ ist übrigens in diesem Zusammenhang das richtige Wort.“

„Wie auch immer. Jedenfalls hat unlängst ein besorgter Vater zu mir gemeint, er hätte seine Tochter nicht in einem Tragetuch herumgeschleppt, damit sie nun in einem Kopftuch lande."

Gradoneg knallte das Handy auf den Boden, die Perücke rutschte ihm über die Augen.

„Friedhof …?", riss er sich das verlauste Nylonding vom Kopf.

Sein Nachbar streckte ihm amüsiert die Hand entgegen. „Godehard. Godehard Alszei. Schön, dich wiederzusehen."

Gradoneg hätte der Göre besser nicht einen Sissi-Taler aus dem Victoria's-Secret-Täschchen gestohlen. Jetzt schämte er sich für seinen klebrigen Händedruck.

„Alszei? Klar! Ich Trottel!", schlug sich Gradoneg an die Stirn. „Die Alszeile beim Hernalser Friedhof, deshalb dein Spitzname. Ist doch logisch, Alszei … Alszeile … Friedhof. Dass ich darauf nicht früher gekommen bin."

„Sag' bloß, das hast du vergessen."

„Ich? Aber nein, bitte! Das wär' was … Wie könnte ich dich vergessen?"

Diese Frage richtete Gradoneg eher an sich. Ja, wie konnte er den „Friedhof", also Godehard Alszei, nur vergessen? Groß und schlank und muskulös, wie der war? Das leuchtende Blau seiner Augen, das dichte, schwarze Haar darüber. Wie auf einer frischen Tuschezeichnung glänzte es über seinem ebenmäßigen, gerade richtig gebräunten Gesicht. Clark Gable, Gary Cooper und James Dean mussten sich eines Tages zu einer gemeinsamen Reinkarnation in Österreich entschlossen haben. – Und damit diese nicht gar so schön ausfiel, hatten sie Egon Schiele im Jenseits um ein paar Korrekturen gebeten; um kantige Backenknochen und ein leicht spitzes Kinn, um etwas tiefere Augenhöhlen, damit dieses leuchtende Blau nicht alles überstrahlte.

Einmal hatte Gradoneg seine Hemma nach der Wohnung einer Kindergartenfreundin ausgefragt: *Größer, schöner und besser*, hatte sie ihm geantwortet. Und genauso ließ sich dieser Godehard Alszei auf den Punkt bringen: Er war größer, schöner und besser als Gradoneg. Obwohl er gut fünfzig, vielleicht etwas darüber war, hatte er keine wirkliche Schramme des Alters davongetragen. Jede seiner wenigen Falten saß an der richtigen Stelle, war nicht zu lang und nicht zu tief, nicht so verästelt wie so manche Flusslandschaft in Gradonegs Gesicht. Selbst der Schatten dieses Mannes schien attraktiver als 99 % der Männer. Ja, wahrscheinlich gibt es auch bei der Schönheit Freudsche Verdrängungsmechanismen – anders lässt es sich jedenfalls nicht erklären, weshalb Gradoneg von diesem Godehard Alszei kein Bild mehr im Kopf hatte. Sauferei hin oder her. Diese Erscheinung konnte kein Blackout verschlucken – dafür brauchte es einen riesigen, psychischen Schutzschild.

„Wie … wie hast du mich hier gefunden?", wischte Gradoneg nervös seine klebrigen Hände in die Perücke. „Geortet. Ihr habt mein Handy angezapft und mich geortet", fiel ihm ein, dass sein Handy noch am Boden lag.

Alszei lachte. So blau seine Augen leuchteten, so weiß strahlten seine Zähne. Er sah sich kurz um, ob von den

Erwachsenen niemand zu nahe saß oder stand, antwortete dann mit gedämpfter Stimme.

„Jaja … die böse Polizei hört überall mit. Aber so einfach ist das nicht. Abhörgenehmigungen sind in Österreich noch schwerer zu bekommen als Baugenehmigungen."

„Nicht, wenn man den Bürgermeister kennt."

„Du verstehst schon, was ich meine. Nein, was die österreichische Polizei betrifft, kannst du ruhig weitertelefonieren. Da funkt dir niemand dazwischen."

„Du sitzt also rein zufällig hier im Kindermuseum Schönbrunn."

„Die nette Dame im Bus war's. In der Reihe hinter euch, von der weiß ich es."

„Die mit den veganen Gummibärchen …?"

„Ja …"

„Du lässt mich also beschatten?!"

„Beschatten ist übertrieben …"

„Freilich, ihr sagt ja Personenschutz dazu."

„Sie sollte dich kontaktieren. War schon bei dir vorm Haus, als du losgefahren bist. Wollte nur eine ruhige Minute mit dir abwarten. Und da dachte ich mir, ich komme besser selbst nach Schönbrunn. War ja schließlich mein Fehler, diese abstruse Geschichte."

„Jedenfalls werde ich meinen Kindern nie wieder erlauben, von jemandem vegane Gummibärchen anzunehmen. Aber alle Achtung, hinter einer veganen Tante hätte ich nie und nimmer eine Kriminalbeamtin vermutet."

Nun, als er sich mit diesem Godehard Alszei schon etwas länger unterhalten hatte, spürte Gradoneg eine seltsame Dissonanz; etwas, das den Kriminalbeamten betraf und Gradoneg in diesem aufgeregten Moment nicht einordnen konnte. Hätte er genauer hingehört, dann hätte er dessen Stimme als Quelle dieser Dissonanz wahrgenommen. Alszei krächzte, brummte oder grunzte nicht, nein, ein Vergleich mit der Tierwelt hatte bei seiner Stimme nichts verloren. Er sprach auch nicht in zu dunklen oder hohen Tonlagen. Vielmehr lag etwas Fremdes, etwas merkwürdig Selbstentfremdetes in seiner Stimme. Als säße ein fremder Mensch in ihm, viel kleiner und verletzlicher, als es eigentlich Alszeis Erscheinung entsprach. Jemand, der nicht an diesem Geschehen teilnehmen wollte, an etwas ganz anderes dachte.

„Und das mit meinem gestohlenen Handy? Seid ihr mir da auch rein zufällig am Kutschkermarkt über den Weg gelaufen?"

Alszei senkte kurz seinen Blick, mehr um nachzudenken als aus Verlegenheit.

„Echt, du, diese Geschichte tut mir leid. Ich hätte dich da nicht reinziehen dürfen. Auf keinen Fall."

„Den Trick wüsste ich gerne. ‚Auf keinen Fall' klingt übrigens gut."

Der Kommissar lächelte.

„Ich dachte an eine verwirrte Person. Eine demente Frau, die sich im Schubertpark verlaufen hatte. Kam auch bei mir so rein. Eine Falschmeldung. Verlaufen sich ja viele Demente. Und für 500 Euro kann man schon jemanden nach Hause bringen."

„Hätte ich auch, bei einer Leiche und drei tollwütigen Bullen ist das allerdings schwer", warf Gradoneg lässig seine Perücke zu den Kisten mit den anderen Läusenestern rüber. „Polizisten, ich meinte selbstverständlich ‚Polizisten'", korrigierte er sich. „Wobei der Typ mit dem Ast im Gesicht in einer Fleischerschürze besser aufgehoben wäre."

„Wie gesagt, es tut mir leid."

Gradoneg gefiel sich zunehmend in seiner neuen Rolle. Der Beichtvater eines Mordkommissars zu sein, gehörte bisher nicht zu seinem Alltag. Wie zwei Flaschen Wein fühlte sich das für ihn an. Zwei Flaschen Wein mit Sex nach einem Sieg vom Wiener Sportclub.

„Kein Problem, jeder macht einmal Fehler", erteilte er Godehard Alszei die Absolution, wurde dann aber, wie es sich für einen Beichtvater geziemt, gleich wieder streng: „Das mit den Afghanen in der heutigen Zeitung hättet ihr euch allerdings sparen können. Ich bin ja kein Schutzherr von denen, wirklich nicht … Da kannst du bei meiner Frau nachfragen, aber bei solchen Lügen kriege ich einen Auszucker. Ich find' Eintopf zum Kotzen, in der Küche und Politik! Sag' das deinem Freund Haberlesch. Wer sich auf alle draufsetzt, hat eindeutig einen zu großen Arsch und ist ein beschissenes Arschloch."

„Glaub' mir, das ist nicht auf meinem Mist gewachsen …"

„Wenn schon Ausländer, dann nehmt bitteschön die Piefkes. Die werden in Österreich auch immer mehr und können sich wenigstens wehren."

„Machen wir", ließ Alszei mit einem Lächeln Gradonegs Größenwahn gewähren. Sein Handy klingelte, er zog es aus der Hosentasche. Der Ton war so leise, dass Gradoneg seine Ohren spitzen konnte, wie er wollte. „Gut, ich komm' dann gleich, behaltet sie dort", legte Alszei auf.

Gradoneg ließ nicht locker.

„Ihr habt das Opfer noch nicht identifiziert, stimmt's?"

Alszei stand auf, blickte sich um. Nicht so auffällig, wie es Gradoneg getan hätte. Er schien bloß eins seiner Kinder im Raum zu suchen, schickte dabei seinen Blick mit einem Lächeln in jede Ecke, setzte sich wieder hin und nahm ein Kuvert aus seiner Jackentasche. „Danke, dass du mich verstehst", schob er das Kuvert Gradoneg hin. „Ist zwar nicht die Karibik, aber auch andere Länder haben schöne Strände."

„Nicht nötig …", wies Gradoneg das Kuvert zurück, legte es Alszei auf den Schoß. „Das regeln wir schon noch. Jetzt zählt einmal, dass wir dieses Nazischwein schnappen. Ich hab' ja schon euren Mörder. Und ob du's glaubst oder nicht: Der war weitaus leichter zu finden als du. Hätte nie gedacht, dass man in Wien einen Mörder schneller findet als den zuständigen Kommissar. Pellitsch. Klaus Pellitsch heißt der. Ein echtes Nazischwein. Den holen wir uns jetzt gleich in der Edelhofgasse, und dann sollten wir auch einmal bei euch aufräumen. Die Bullen in der Martinstraße stecken nämlich mit diesem Nazischwein unter einer Decke. Die erledigen wir …"

„Bitte, Matthias …", schob Alszei das Kuvert wieder Gradoneg hin, flüsterte: „Nimm bitte das Geld und lass die Geschichte auf sich beruhen. Dafür sind wir von der Kriminalpolizei zuständig …"

„Ich hab' ihn ja überführt! Er hat praktisch gestanden!", nahm Gradoneg das Kuvert abermals nicht an. „Alle Beweise! Ich hab' sämtliche Beweise! Alles fein säuberlich dokumentiert. Deshalb war ich ja so sauer …"

„Hörst du, Matthias, das ist nichts für dich!"

„Ich hab' den Mörder, und ihr schickt mich im Kreis herum?!"

„Verstehst du das nicht?! Ich kann dich da unmöglich mit reinziehen! Oder soll ich vor dir auch noch in die Knie gehen und deine Füße küssen, weil ich einen Fehler gemacht habe?!"

Was bitte mache ich da?!, fragte sich Gradoneg entsetzt. Er stand ja oft im Leben schon neben sich und hörte sich beim einen oder anderen Unsinn verdutzt zu. Doch so wie nun hatte er dies noch nie empfunden: *Bin ich jetzt völlig verrückt geworden?! Der Typ schiebt mir ein Urlaubsgeld in den Arsch, und ich sage Nein?!* Weißer Sandstrand breitete sich in seinen Gedanken aus, die Kinder lachten, und Ursula trank zum neuen Bikini einen Cocktail mit der passenden Farbe dazu. *Greif doch zu oder willst du in Währing als Heiliger enden?!*

„Ich bin nicht käuflich!", hörte er sich stattdessen sagen.

„Darum geht's ja auch gar nicht! Ich kann doch wegen dir …"

„Ich hab' doch den Mörder …"

„Lass mich verdammt noch einmal ausreden …"

„Du hörst mir ja nicht zu. Ich hab' den Mörder und alle Beweise! Was ist jetzt daran bitte so kompliziert?!"

Das Flüstern der beiden war längst zu einem Zischen geworden, immer lauter, und so manches Wort war mit Giftzähnen versehen.

„Was glaubst du, was ein Mord ist?! Wenn's im Schubertpark überhaupt einer war …"

„Siehst du, da steckt ja vielleicht noch jemand mit den Bullen in der Martinstraße …"

„He, sei bitte vorsichtig mit solchen Anschuldigungen. Das kann dir …"

„Wenn's Anschuldigungen sind, dann brauchst du dich ja nicht so aufzuregen."

„Nietzsche. Friedrich Nietzsche! Weißt du, was der über den Abgrund gesagt hat?"

„Ich kenn' Nietzsche! Allerdings kenne ich noch jemanden, der gerne philosophiert."

„Wer in den Abgrund blickt, sollte wissen, dass ihn auch der Abgrund anblickt. Kapierst du das?! Ich will dir nur etwas Schlimmes ersparen!"

„Ich brauch' kein Kindermädchen!"

„Und ich brauch' wegen dir kein Disziplinarverfahren am Hals!" Alszei atmete tief durch, versuchte es nochmals mit einem ruhigen Ton, sah dabei Gradoneg in die Augen. „Bitte, Matthias, ich kann dich ja bei dieser Geschichte auf dem Laufenden halten. Versprochen. Aber bitte misch' dich da nicht mehr ein. Deine Sicherheit steht auf dem Spiel, und ich verliere meinen Job. Das macht doch keinen Sinn. Für niemanden von uns beiden. Und vielleicht ist ja bei dieser Geschichte gar nichts Spannendes dahinter. Ein dementer Mensch klettert in eine Babyschaukel, und zwei Hunde reißen sich von der Leine los …"

„Waren aber doch die Afghanen …", gebärdete sich Gradoneg wie ein bockiges Kind.

„Jetzt mach' dich doch nicht völlig lächerlich!"

„Die passen euch offensichtlich besser ins Konzept als ein Nazi …“

„Quatsch!“

Gradoneg legte mit seinem dummen Zynismus noch eine Schaufel nach.

„Die Afghanen haben sie am Westbahnhof überfallen und sind dann mit ihr zum Schubertpark gefahren. Nach einem Abstecher im Tierheim, wegen der Hunde. Und die Taxifahrt hat selbstverständlich die Caritas bezahlt!“

Alszei erhob sich von der Bank, steckte das Kuvert in seine Jackentasche.

„Du bist ja noch immer nicht nüchtern!“

„Zumindest nicht von Nazis geblendet!“

„Glaubst du, ich riskiere wegen dir ein Disziplinarverfahren?! Ja?! Glaubst du das?! Nein, mein Freund! Bestimmt nicht!“

Acht

Schon wegen des Holzschnittgesichts zahlte sich Gradonegs Hartnäckigkeit aus. Dem Polizisten brach beinahe der Ast in seinem Gesicht ab, die Lade hing ihm sowieso weit runter. Auch seine Kollegen schauten nicht unbedingt wie Akademiker drein, als Alszei mit Gradoneg und den Kindern in die Polizeiinspektion Martinstraße trabte.

Genau genommen war es eine „hartnäckige Frechheit", wie sich Gradoneg während Alszeis Abgang im Kindermuseum die beiden Mädchen schnappte, den Kommissar über den Schlossplatz verfolgte und draußen auf dem Parkplatz ungefragt dessen Autotür aufriss, die Kinder auf den Rücksitz verfrachtete. Hemma hatte sogar noch eine Perücke auf, die warf Gradoneg gerade noch bei der Tür raus, bevor Alszei losfuhr.

Dies war in puncto Polizistenphobie Gradonegs Meisterstück. Im Auto lief ihm jedoch rasch ein kalter Schauer über den Rücken. Wie ein Fallschirmspringer beim ersten Einzelsprung wusste Gradoneg nicht, wohin ihn der Wind tragen würde. Der Köpfler aus dem Flugzeug war zwar geschafft, aber unten lauerte eine fremde Welt. So fremd wie dieser Kommissar Alszei, dieser seltsame „Friedhof". Wahrscheinlich war es die gemeinsame Sauferei vom letzten Dienstag, die Gradoneg den Mut verlieh, mitsamt der Kinder ins Auto zu springen. Denn er wusste nur allzu gut, welchen Blödsinn er jenseits der Ein-Promille-Grenze verzapfen konnte. Und wer diesen Blödsinn vertrug, der konnte ihm hinterher kaum noch böse sein. Und das schien auch irgendwie auf Godehard Alszei zuzutreffen: Er hatte weder Gradoneg und schon gar nicht die Kinder angebrüllt, schützte sich auch nicht mit der Türsperre vor den Eindringlingen. Fast schien es ihn zu amüsieren, wie er im Rückspiegel Schnitzers Göre beim Verteilen der letzten Sissi-Taler beobachtete. Autofetischist war er jedenfalls keiner. Nur Gradoneg ließ er lange auf dem Vordersitz neben sich schwitzen. Ignorierte ihn mit einem Schweigen, wie es kälter nicht bei einem Fallschirmsprung über der Antarktis sein konnte.

„Er hat ein Alibi", erlöste Alszei schließlich Gradoneg.

„Pellitsch?"

„Ja. Klaus Pellitsch hat ein Alibi. Ein ziemlich gutes sogar."

So schlau war Gradoneg, dass er diesen versöhnlichen Ton nun nicht schon wieder mit seiner Selbstgerechtigkeit überschrie.

„Welches Alibi?"

„Die Obduktion. Die Frau starb mehrere Stunden vor den Hundebissen."

„Und ein Irrtum ist ausgeschlossen?"

„Ein Herzinfarkt lässt sich zeitlich relativ gut lokalisieren, geronnenes Blut ebenfalls. Ihr Tod und die Bisse liegen mindestens drei, wenn nicht vier bis fünf Stunden auseinander."

Gradoneg schluckte. Innerlich sprang er wie sein Adamsapfel auf und ab, doch er nahm sich zusammen.

„Was, wenn er die Alte vorher bis zu einem Herzinfarkt gequält hat und erst hinterher die Hunde auf sie gehetzt hat?"

„Wir haben sein Alibi auch dahingehend überprüft."

„Bei solchen Gestalten muss ein Alibi nicht viel heißen."

„Lass gut sein, Matthias. Der eine Termin jetzt geht klar. Ich nehm' dich als Zeuge mit. Aber dann ist Schluss, versprochen?"

„Ja."

Gradonegs Gedanken zogen sich über mehrere Ampeln. Einen Nazi mit zwei gefährlichen Schäferhunden vom längst geschnürten Galgen zu lassen, ging ihm völlig auf die Nerven.

„Irgendeinen Fehler hat der Pellitsch schon gemacht, da bin ich mir sicher."

Alszei schickte ihm ein nachsichtiges Lächeln zum Beifahrersitz rüber.

„Kennst du das Experiment mit dem Gorilla?"

„Du meinst diese Jane Goodall …?"

„Nein, nicht die Forscherin, das psychologische Experiment."

„Nein."

„Christopher Chabris und Daniel Simons, so heißen die Psychologen von diesem Experiment …"

„Gorillas haben ja selten einen Nachnamen."

„Also, du zeigst einer Gruppe von Testpersonen ein Ballspiel. Zwei Mannschaften werfen sich einen Ball zu … Drei, vier Personen in einer Mannschaft. Ganz banal, die werfen sich immer nur einen Ball zu. Das ist die einzige Spielregel. Und dann sagst du deinen Probanden, sie sollen den Ball beobachten. Zählen, wie oft der Ball die Personen wechselt. Und weißt du, was dann passiert?"

„Was …?"

„Sie sagen dir, wie oft sich die Spieler den Ball zugeworfen haben."

„Sehr witzig!"

„Danach fragst du sie aber nach dem Gorilla. Wie oft der den Ball gefangen hat."

„Wie kommst du jetzt plötzlich auf einen Gorilla?"

„Der hat sich ins Bild geschlichen. Still und heimlich, mitten ins Ballspiel. Während alle brav zählen, steht er da und trommelt sich auf die Brust … und niemand bemerkt ihn. So wie du, Klaus Pellitsch ist dein Ball, wer und wo ist allerdings der Gorilla? Du fixierst nur den Ball, diesen Klaus Pellitsch … Wir kennen nicht einmal die Identität des Opfers, und du weißt schon den Mörder. Laut Obduktion hätte ihre Physis ausgereicht, um selbst in die Schaukel zu klettern. Wäre nicht der erste Mensch, der verwirrt was tut und sich zu Tode erschreckt. Gibt auch schwarze Wolken ohne Gewitter."

„Pellitsch wäre ebenso wenig der erste Nazi, der jemanden umbringt."

*

Der Polizist mit dem Holzschnittgesicht brauchte eine Ewigkeit, um seine Lade wieder hochzuklappen. Er hätte bei diesem psychologischen Experiment bestimmt einen guten Gorilla abgegeben.

„Ein Zeuge", wies ihn Alszei an, Gradoneg Platz zu machen. „Ist sie hinten im Zimmer?"

Der grobschlächtige Stein, der Gradoneg in den Schwitzkasten genommen hatte, rollte immerhin mit einer Entschuldigung an: „Ich hab' eh nicht richtig zugedrückt, und das Stoppschild ist vom Verkehrsamt."

„Also wirklich, ‚Friedhof'!", fand das Holzschnittgesicht seine Sprache wieder. „Gibt's im LKA keinen Platz mehr? Du kannst doch hier nicht dein Büro einrichten! Wenn die mir nicht den Zeitungsartikel hinhält, weiß ich nicht einmal, dass wir heute in der Zeitung stehen …"

„Ihr kümmert euch hier draußen um die Kinder!", verschwand Alszei schon im Gang auf dem Weg nach hinten „Und stopft sie nicht mit Leberkäse und euren dreckigen Geschichten voll."

„Sollen wir jetzt auch noch Windeln wechseln, oder was?! Ich mein', du bringst uns in die Zeitung, lauter Verrückte tanzen bei uns an, und dann sollen wir auch noch auf die Gfraster von deinem V-Mann aufpassen!", rief ihm das Holzschnittgesicht nach.

„Zeuge!"

„Dein Trauzeuge höchstens!"

„Habt ihr die Personalien aufgenommen? Liegt alles am Tisch?!", zog Alszei Gradoneg zu einer Tür am Ende des Gangs hin.

Das muss ich mir merken, war Gradoneg begeistert. *Keine höfliche Herumeierei, sondern klare Befehle. Sogar meine Kinder würden dem folgen. Jede Widerrede ein Bu-*

merang aus Blei! Tatsächlich schien Alszei wie ausgewechselt. Die fremde, verletzliche Gestalt in ihm war einem Kommandanten gewichen. „Also, was ist jetzt mit ihren Personalien?!"

„Sinnlos. Vergiss es …", stellte das Holzschnittgesicht den Kindern zwei Stühle hin. „Heult seit einer Stunde wie ein Rohrbruch, und auch sonst sind ihre Leitungen nicht dicht."

„Vielleicht solltet ihr ja weniger am Klo rauchen und euch mehr mit den Zeugen beschäftigen."

„Das sagt gerade der Richtige. Viel Spaß übrigens beim Händchenhalten mit der Dame. Auf einen Handkuss würde ich verzichten … Das ist ein Tipp in aller Freundschaft."

*

Das also passiert mit uns … nach dem Tod, unter der Erde …, erschrak Gradoneg, als Alszei die Zimmertür öffnete. Intuitiv spürte er, dass hier nicht eine Tür aufgegangen, vielmehr ein Sargdeckel aufgesprungen war. *„Nicht die Würmer fressen unsere Augen auf, sondern die Angst … die Angst zersetzt sie mit ihrer ätzenden Säure. Zuerst rinnt unsere Angst raus … All diese fürchterlichen Bilder und Erlebnisse … Die Angst zersetzt die Pupillen und das Gesicht … Ein ätzender, schleimiger Tau, der sich über den ganzen Körper ausbreitet. Dann erst kriechen die Würmer in uns rein.*

Tatsächlich schienen in den Augenhöhlen der Frau, die zitternd an einem kleinen Tisch mit einer Holzplatte und Stahlbeinen saß, keine Augen mehr zu sein, eher eine dunkle, zähflüssige Substanz. Schlammiges, verfaultes Wasser, das keine Gefühle, schon gar keine Lebensfreude mehr spiegelte. Wie alt sie wohl sein mochte? Fünfzig, fünfundfünfzig, sechzig, oder mehr ... Gradoneg konnte dies unmöglich schätzen. Ihr Alter, ihre Gesichtszüge, ihre Hautfarbe, ihre Größe ... alles an ihr war undefinierbar. Nur die Form der Brüste unter der bis oben hin zugeknöpften, weiß-grauen Bluse erinnerte noch an eine Frau. Die Stirnfransen hingen ihr fett, in unterschiedlichen Längen, ins Gesicht, bestimmt schnitt sie sich die Haare selbst. Wie ein gestrandetes Wrack saß sie am Tisch, müde vom Getriebensein auf den fremden Meeren des Lebens.

Draußen auf dem Gehsteig gingen ein paar nichts ahnende Passanten an der getönten Glasfront vorüber. Obwohl die Frau mit dem Rücken zur Scheibe saß, spürte sie jeden einzelnen Menschen und zuckte ängstlich zusammen. Der Regen hatte mittlerweile aufgehört. Ein Rocker gaffte provokant in den Glasspiegel, drückte sich einen Pickel aus. Möglicherweise bezahlte er gerade ein Strafmandat.

„Alszei. Godehard Alszei vom Landeskriminalamt Wien", ging der Kommissar langsam zur Frau an den Tisch. Streckte seinen Arm zur Begrüßung, wiederholte seinen Namen. Ruhig und leise, so als wäre er ein Arzt für einen Schwerverletzten. Die Frau ließ regungslos ihre Arme unter dem Tisch, sagte kein einziges Wort, starrte voll Angst das Titelblatt von „AT today“ auf der Tischplatte an.

„Darf ich Sie um Ihren Namen bitten?“, setzte sich Alszei zu ihr. Kurz überlegte dies auch Gradoneg, blieb aber lieber in der Nähe der Tür stehen.

„Ich sichere Ihnen absolute Vertraulichkeit zu“, flüsterte Alszei. „Alles, was wir hier reden, ist streng vertraulich. Selbstverständlich auch Ihr Name, Frau …?“

Alszei schwieg, wartete, doch sie füllte die Pause nicht mit ihrem Namen aus. Zitterte und starrte weiterhin auf das Bild.

„Danke, dass Sie uns helfen möchten, Frau …“, versuchte er es abermals ohne Erfolg. „Zeugen sind besonders wichtig. Nur so können wir helfen. Darf ich Ihnen ein Glas Wasser anbieten?“

Gradoneg ging schnell zum Waschbecken rechts an der Wand, wo auch ein paar Trinkgläser standen. Nahm das sauberste Glas, drehte den Hahn auf und füllte das Glas. Randvoll, was er erst auf dem Weg zum Tisch merkte. Nur ein Chirurg hätte die Wasserspur vom Waschbecken zum Tisch vermieden.

„Er ist nicht tot …“, wimmerte die Frau mit erstickter Stimme.

Alszei beugte sich vorsichtig über den Tisch.

„Wer ist nicht tot?“

„Er! Er ist nicht tot!“, sah sie Alszei vorwurfsvoll an.

„Ich … ich verstehe leider nicht, wen Sie meinen?“

„Der Teufel ist nicht tot!“, schluchzte sie auf.

„Der Teufel? Sie meinen ‚den‘ Teufel?“, betonte er den Artikel. „Oder meinen Sie jemanden, der mit Familiennamen so heißt?“

Ängstlich rutschte sie auf ihrem Sessel herum, schüttelte den Kopf, als könnte sie ihre eigenen Worte nicht glauben. „Ihr habt mir versprochen, dass er tot ist. Für immer! Und nie wieder aufersteht! Aber er lebt! Ihr Lügner!“

„Möchten Sie mir nicht bitte Ihren Namen sagen, Frau …? Dann könnten wir …“

„Ihr habt mir ja nie geglaubt“, ging sie wiederum nicht auf Alszeis Bitte ein. „Es gibt nicht genug Weihwasser im Meer! Wie oft habe ich euch das schon gesagt?! Es gibt nicht genug Weihwasser im Meer für den Teufel!“

Gradoneg drückte sich neben dem Waschbecken an die Wand, verwischte mit seinen Turnschuhen die Wasserspur auf dem Boden. Alszei lehnte sich zurück, suchte in seinen Gedanken nach den richtigen Worten, nach einem Schlüssel zu dieser verletzten Seele.

„Haben Sie bitte keine Angst, hier sind Sie sicher. Völlig sicher.“

Tränen rannen ihr über das Gesicht, ihre Mundwinkel zuckten.

„Es hilft ja nichts, wenn das Meer voll Weihwasser ist. Versteht ihr das nicht?! Er trinkt es aus und kommt immer wieder! So wie jetzt! Ihr habt mich belogen! Er kommt mich holen!“

„Sagen Sie mir bitte, wo … wo … Sie den Teufel gesehen haben.“

„Hören Sie?!“, schaute sie sich ängstlich um. „Er lacht schon!“

„Ich verspreche Ihnen, hier ist kein Teufel.“

Plötzlich schnellten ihre Arme unter dem Tisch hervor, wütend drosch sie mit ihren Händen auf das Titelbild mit der Toten vom Schubertpark.

„Da! Da ist er! Er lacht mich aus und kommt mich holen!", schrie sie aus Leibeskräften. „Ihr Lügner! Er ist nicht tot!"

Gradoneg sah erschrocken auf ihre Hände, selbst Alszei verlor die Fassung. Ihre Finger waren angeschwollen und mit dicken, schwarzen Blutkrusten übersät. Die Handrücken bis zu den Gelenken aufgeschürft und eitrig. Wie ein verwester Seestern klatschten ihre Hände auf die Zeitung. „Ihr seid seine Diener! Ihr Lügner! Ihr seid alle seine Diener!", zerriss sie die Zeitung.

„Brauchst du unseren Beistand, Friedhof?", rief draußen ein Polizist, mehr amüsiert als hilfsbereit. „Hast du gerade ‚Küss' die Hand' gemacht …?"

Alszei hörte nicht hin.

„Sie meinen die Dame auf dem Bild, ja? Die Dame auf dem Bild, das ist der Teufel, oder?"

Verzweifelt spuckte sie auf die zerrissene Zeitung.

„Von mir aus! Hol' mich! Hol' mich, du Scheusal! Aber lass sie in Frieden! Ich fleh' dich an, lass sie in Frieden! Sie hat dir doch nichts getan!"

„Diese Frau auf dem Bild …", redete Alszei ruhig auf sie ein „…wer ist das?"

„Ich darf es ja nicht sagen! Sonst holt er auch meine Sabine!"

„Die Sabine ist Ihre Tochter?"

„Warum habt ihr mich belogen?! Er lebt doch! Er spuckt das Weihwasser nur aus! Das ganze Meer spuckt er aus!"

„Vertrauen Sie uns, bitte. Sagen Sie uns seinen Namen, dann können wir Sie noch besser beschützen …"

„Ich geb' die Sabine nicht her!"

„Ihrem Kind geschieht nichts …"

Gradoneg dachte an einen Vogel, dachte, eine Taube oder Krähe wäre hinter der Frau ins Fenster gestürzt, als die Glasfront plötzlich zu beben begann. Ein Vogel auf der Jagd nach einem glitzernden Sonnenstrahl, welcher das Tier in den Tod führte, an der Glasfront zerplatzen ließ. Erst beim zweiten, noch stärkeren Aufprall kapierte er, dass es menschliche Köpfe waren, die gegen die Glasscheibe flogen und sie mit Blut färbten.

„Er ist da! Hilfe!", schrie die Frau. Sprang auf, warf den Stuhl und Tisch um. „Hilfe! Er holt mich! Hilfe!"

Wieder und wieder flogen draußen Köpfe gegen die Scheibe. Glassprünge zogen ihr Spinnennetz, und Rissquetschwunden hinterließen immer mehr Blut. Auf dem Gehsteig tobte ein Gebrüll: Verbrecher! Saujud! Schwuchtel! Kriminelle Sau! Verlogener Tschusch – brüllten sich Männerstimmen an.

„Gegrüßet seist du, Maria …", warf sich die Frau auf die Knie, „… voll der Gnade, der Herr sei mit dir …", kroch sie in den Scherben vom Wasserglas herum.

„Die Kinder!", schrie Alszei zu Gradoneg, der wie angewurzelt an der Wand stand. „Schnell! Hol' die Kinder! Weg hier! Bring' die Kinder raus!"

„Aufhören! Auseinander! Polizei! Auseinander!", rannten die Polizisten auf den Gehsteig, versuchten, die Streithähne zu trennen.

„Worauf wartest du?! Nimm' die Kinder!"

„Ich bring' dich um, du Gauner!"
„Gegrüßet seist du, Maria …"
„Aufhören! Auseinander!"
„… voll der Gnade, der Herr ist mit dir …"

Neun

Die Göre stolperte über einen Raufbold, der auf dem Boden in einer Blutlache lag. Gradonegs Hemma stürzte gleich mit. Er schnappte sich die Mädchen am Genick, zog sie vom Getümmel weg, schubste sie die Antonigasse rauf, bis die Schreie endlich leiser als sein aufgeregter Atem wurden.

„Kein Wort! Hört ihr!“, scheuchte er die Kinder den Gehsteig entlang. „Zu niemandem, verstanden! Du sagst nichts zur Mama, Hemma! Und du … du …“, tippte er mit dem Zeigefinger auf den Rücken von Schnitzers Göre, „… du erzählst ja nichts deinen Eltern! Wehe! Wir waren die ganze Zeit im Kindermuseum, verstanden?! In Schönbrunn und sonst nirgends!“

„Mein Vater lügt auch immer“, kicherte die Göre.

„Wie heißt du überhaupt?“, entschloss er sich nun doch noch, die Göre nach ihrem Namen zu fragen.

„Julia.“

„Gut, Julia … Du erzählst bitte nichts deinen Eltern. Ja? Julia … ist ein schöner Name. Und jetzt … jetzt fahren wir zurück nach Schönbrunn und essen ein Eis. Zwei Kugeln, von mir aus auch drei, ist ja Sonntag. Und wir waren immer nur in Schönbrunn. Vergesst das nicht! Die ganze Zeit bei den Kostümen. Wir gehen noch einmal hinein, und ich mach’ ein paar Fotos von euch. Dein Papa, Julia, wird dann bald kommen“, sprudelte aus Gradoneg kübelweise schwarze Rhetorik. „Geht doch weiter!“, ärgerte er sich, wie die Mädchen auf dem Gehsteig herumtrödelten, wäre mit ihnen schon gerne in der U6 gesessen.

Bei all seiner Geilheit musste ja Franz Schnitzer einmal schlapp machen, selbst Krebsgeschwüre wachsen nicht ins Unendliche. „Los, macht schon! Sonst sperrt der Eisstand zu!“, schob er mit seinen Handflächen die Kinder vor sich her.

„Ich will aber gar nicht zurück, bei dir ist es viel lustiger“, protestierte Julia.

Was für eine beschissene Welt!, dachte sich Gradoneg, *ein Arschloch wie ich ist das Highlight von diesem verzogenen Fratz.*

Dass sich ihnen nun eine Frau mit hochrotem Kopf in den Weg stellte, merkte er erst gar nicht.

„Sind Sie verrückt!“, keifte ihn die Passantin an. „Ich rufe die Polizei! Das ist Freiheitsentzug!“, schoss sie Gradoneg mit ihrem deutschen Akzent auf dem Gehsteig nieder.

Ein feministischer Klassiker wie aus dem Bilderbuch der männlichen Frauenverachtung, mit kurzem Haar, runder Brille und BH-losen Hängebrüsten.

Sag' ich doch, die Piefkes sind grauslich genug, auch ohne Messer …, sah Gradoneg sie verdattert an.

„Sofort! Oder ich rufe die Polizei!“, schrie die Deutsche weiter.

„Polizisten sind nett“, freute sich Hemma auf ein Wiedersehen mit dem Holzschnittgesicht und seinem Kollegen.

„Was ist denn los?!", wich Gradoneg einen Schritt zurück.

„Diese Dinger!", deutete die Deutsche panisch auf die Kinderbeine. „Nehmen Sie den Kindern sofort diese Dinger ab!"

Gradoneg blieb beim Anblick der Handschellen an den Kinderfüßen die Luft weg. Wie gerne hätte er einen Kanaldeckel aufgerissen und wäre auf dem Rücken einer Ratte davongaloppiert. Egal wohin, nur weg, weit weg von dieser Schmach.

„Lass meinen Papa in Ruhe, du fette Möse!", quietschte Göre-Julia die Deutsche an. „Such' dir einen anderen Schwanz!"

Hemma kicherte, Gradoneg hyperventilierte innerlich, und der Deutschen ging die Munition für ihre Zivilcourage aus. „Das … das … ist doch …", stotterte sie … „Also wirklich … Spricht so euer Vater …?!"

„Fick dich!", schrie Julia.

Gradoneg wusste nicht, wie ihm geschah. „Nein … Ich … ich … Diese Rotzpippn gehört nicht einmal zu mir. Ich bin nur das Kindermädchen", schubste er die Kinder weiter. Vorbei an der Deutschen, deren Kopf wie eine chinesische Glückskatze wackelte.

„Wo ist der Schlüssel für diese verdammten Dinger?!", brüllte Gradoneg die Kinder an. „Das Eis könnt' ihr euch in die Haar' schmieren! Gebt mir sofort den Schlüssel, bevor ich euch von den Polizisten einsperren lasse! Nicht einmal ein Wasser kriegt ihr von mir! Nichts! Sense! Und den Fernseher schmeiß' ich beim Fenster raus. Ein Jahr Fernsehverbot, hörst du, Hemma! Und dem Christkind erzähl' ich's auch!"

„Du bist immer so witzig", gluckste Julia.

Natürlich gab es keinen Schlüssel.

Ich wate immer nur durch Scheiße …, bemitleidete sich Gradoneg, während die Kinder vor ihm die Antonigasse entlangstolperten … *Mein ganzes Leben ist ein Sumpf voll Scheiße. Alles völlig sinnlos!*

Was sollte er tun? Wohin mit zwei Kindern, deren Fußgelenke an Handschellen gefesselt waren? Zumindest kam ihm in diesem Unglück am Ende der Antonigasse der kleine Spielplatz am Anton-Baumann-Park zu Hilfe. Auch so ein Platz, den er ansonsten mied und auf dem Weg zur U6 immer am liebsten übersprungen hätte. Hier glänzten ihn entschieden zu viele serbische und türkische Goldkettchen von den Parkbänken an. Tätowierte Typen mit Jahreskarten für Fitnesscenter in den aufgeplusterten Brusttaschen. Ein seltsames Wiener Spielplatz-Ghetto, das stets von den Autos unten am dicht befahrenen Währinger Gürtel mit Abgasen eingehüllt wurde, für Gradoneg immer nach Gift, Angst und Fremdsein roch. Natürlich sparte er auch hier nicht mit seiner schwarzen Rhetorik, wenn Hemma und Josef auf dem Weg zur U6 in die Sandkiste wollten. „Schaut euch den Turm dort an …", deutete er mit ausgestrecktem Zeigefinger zum halb verfallenen Wasserturm neben dem Spielplatz. „Dort wohnt die Hexe ‚Frissdichauf'. Und genau das macht sie. Jeden Tag fehlt hier ein Kind, weil es nachts in ihrer Suppe schwimmt! Die Zweige an der Mauer …", zeigte er auf den dürren, vertrockneten Efeu, „… das sind ihre Nasenhaare. Für jedes Haar ertrank ein Kind in ihrer Suppe!"

Jetzt allerdings schluckte er seine Schauergeschichten und die Autoabgase runter, war froh, in dieser fremden Welt mit Goldketterln und Anabolikabizeps gelandet zu sein. Wer sonst sollte sich besser mit seinem Problem auskennen und seine Sorgen von den Fußgelenken der Kinder lösen können als Türken und Serben? Klar war das wieder eines seiner Vorurteile – aber besser, es bewahrheitet sich vielleicht ein Vorurteil, als man hat gar keine Hoffnung. Zurück zur Polizeiinspektion wollte er nicht, die Spenglerei in der Kreuzgasse hatte sonntags geschlossen, und Alszeis Handynummer hatte er nicht. Einen Schlüsseldienst holen? Nein! Wer in Wien einen Schlüsseldienst ruft, sollte gleich besser seine Wohnung wechseln. Wiener Schlüsseldienste sind unbezahlbar.

„Diese Scheißbullen!", jammerte Gradoneg in die Runde, als die Goldketterl mit hochgezogenen Augenbrauen auf die Fußgelenke der Mädchen starrten. „Heller Wahnsinn! Mich kassieren diese Scheißbullen wegen einem verjährten Bruch, und was machen meine Gfaster! Die stehlen den Bullen auch noch die Handschellen. Ich werde verhört, und die stehlen den Bullen die Handschellen! Wie einen Kropf brauch' ich das! Bin sowieso am Arsch, und dann das! Malochen! Nichts als malochen! Den ganzen Tag! Immer nur den Staat und diese verdammten Gfraster am Hals!", raunzte er die Spielplatzbesucher an.

„Zahl' wie ein Trottel! Nichts! Nichts bleibt mir!", hörte er sich schon wie ein Sozialdemokrat beim 1.-Mai-Aufmarsch am Wiener Rathausplatz an. Und tatsächlich: Der halbe Spielplatz lag nun den Mädchen zu Füßen, ein babylonisches Fachsimpeln entfaltete sich unter den Männern.

Der richtige Dreh und Abstreifwinkel bei Handschellen wurde getestet und ausführlich diskutiert, besorgte Mütter zogen Haarspangen unter Kopftüchern hervor, um vielleicht so die Schlösser zu knacken. Die Mädchen wurden mit Baklava und Wassermelonen versorgt, Cola und Eistee gab es ebenfalls. Hemma und Julia genossen dieses Scheinwerferlicht der Aufmerksamkeit, freuten sich über die vielen begeisterten Kinderblicke und schwärmten davon, von nun an immer gemeinsam im Leben Pipi zu machen.

Zwischendurch schrieb Gradoneg eine SMS an Franz Schnitzer: Wenn der liebe Gott die Dusche abdreht, gehören die Kinder an die frische Luft, formulierte er die Nachricht so altväterisch, dass niemand Verdacht schöpfen könnte. Und da ja Schnitzer beruflich bis zur Erschöpfung gefordert sei, wäre er mit den Kindern schon Richtung 18. Bezirk aufgebrochen. Schnitzer solle sich einfach melden, falls ihn die viele Arbeit nicht gänzlich flachlege, konnte er sich einen Seitenhieb mit dem Vorschlaghammer nicht verkneifen.

Der soll ruhig seinen Arsch in den Achtzehnten bewegen. Wahrscheinlich hat er ja auch hier eine Nutte stationiert. Der findet ja selbst am Himalaja einen Puff!

Leider wieder so ein Vorurteil, welches sich in Gradonegs Leben nicht erfüllte. Mit der Nachmittagssonne schwand auch die Hoffnung, die Kinder und Gradoneg vom eisernen Ungemach zu befreien. Die vermeintlichen Experten gaben auf, trugen ihre Goldketterl nach Hause – ihre Frauen die Kinder, Spielsachen und den Rest.

Schnitzer machte ihm noch keine Sorgen, der gerade eingetroffene SMS-Hinweis leuchtete allerdings verdächtig nach Ursula. Was, wenn sie ihn und Hemma in Schönbrunn überraschen wollte? Wäre ja nicht das erste Mal gewesen. Hannes Roschinic fiel ihm in seiner Not noch ein. Den könnte er noch anrufen, bevor er mit den Mädchen den Canossagang zur Polizeiinspektion antrat. Ein Schneidegerät würde ihm aus der Patsche helfen. Doch, doch ... Roschinic war eine Option: Wer die Adressen österreichischer Chefredakteure weiß, kennt auch echte Verbrecher.

Brauchst du zufällig einen Schlüssel?, las Gradoneg erstaunt die SMS.

Waren ihm die Polizisten auf die Schliche gekommen oder hatte sich Alszei gemeldet?

Ein Schlüssel kann nie schaden. Sitze im Anton-Baumann-Park fest, schrieb er zurück, speicherte die Nummer ab - unter „Friedrich Hof". Hoffte, dass ihm Alszei aus der Patsche helfen würde und ihm kein Schiefer vom Holzschnittgesicht drohte.

Gibt es eigentlich einen Schlüssel für Handschellen oder doch zwei, fragte sich Gradoneg. Dieser Dilettant! Er passte so gut zu einem Kriminalfall wie Marine Le Pen auf ein Flüchtlingsschiff.

*

Gott sei Dank! Alszeis schwarzes Haar schimmerte im Laternenlicht. Höchste Zeit! Ursula würde sich nicht länger mit fadenscheinigen SMS vertrösten lassen, die Kinder quengelten seit einer Stunde. Fünfmal waren sie zum Pipimachen hinter dem Wasserturm gewesen, ihre Socken trieften vor Urin. Ein Leben als siamesische Zwillinge konnten sie sich nicht mehr vorstellen; sie einigten sich zwar, als Erwachsene Tierärztinnen zu werden, doch Julia wollte sich auf afrikanische Schlangen spezialisieren – Hemma waren Kuschelbären lieber.

Nicht nur der Himmel und die Kinder, auch der Park zeigte sich nun von einer anderen Seite: Die letzten Spielplatzbesucher machten für Obdachlose Platz, die von der U6 kamen, sich müde auf die Bänke setzten und einen ordentlichen Schluck gönnten. Gerne wäre Gradoneg bei der einen oder anderen Flasche mit ein paar Euro eingestiegen. Doch wer weiß, ob dann Alszei auch so nachsichtig gelächelt hätte, als er die Kinder mit dem rettenden Schlüssel von den Handschellen befreite. Er hatte ihnen sogar Pizzaschnitten und Tiramisu in Wegwerfbechern gebracht. Wahrscheinlich vom Lieferdienst in der Kreuzgasse.

„Alles auf Steuergeld", vergaß Juli klarerweise ein Danke.

„Ach ja …?", lachte Alszei.

„Politiker, Polizisten, Beamte und irgendwas mit ‚Päda' leben alle vom Steuergeld. Mein Alter sagt immer, alle ‚Ps' sind Schmarotzer."

„Pädagogen. Dein Vater meint wahrscheinlich die Lehrer."

Alszei nahm müde auf einer freien Bank Platz. Die Obdachlosen lugten misstrauisch rüber. Gradoneg setzte sich zu ihm.

„Danke. Ich … ich bring' das wieder in Ordnung, verlässlich", atmete Gradoneg auf, nahm die geöffneten Handschellen an sich. „Die werden mich wieder in den Schwitzkasten nehmen."

„Schon gut", steckte Alszei den Schlüsselbund ein.

„Pferdeleberkäse …", wollte Gradoneg erst gar kein bestrafendes Schweigen aufkommen lassen. „Im Neunten gibt es einen Würstelstand mit Pferdeleberkäse. Vielleicht rettet der meinen Kopf, wenn ich denen die Handschellen zurückbringe. Ein paar Semmeln mit Pferdeleberkäse und Paprika."

„Passt jedenfalls von den ‚Ps' her."

Alszei fuhr sich durchs Haar, zündete eine Zigarette an und streckte die Beine aus. Gradoneg tat es ihm gleich; wie ein Synchronschwimmer, der dem Rhythmus nachhinkte. Noch schlimmer: wie ein kleiner Junge, welcher zeitversetzt einen Helden im Fernsehen imitierte.

Dabei hatte Alszei in diesem Moment nichts Heldenhaftes an sich. Sein klarer, entschiedener Tonfall war wiederum einer gedämpften, zu seinem Äußeren seltsam disharmonischen Stimme gewichen. Durch den Zigarettenrauch suchte er mit einem verlorenen Blick den Mond. Nur ein blasser Kreis am Himmel kündigte diesen an.

Gradoneg wusste nicht, weshalb der Kommissar bei ihm auf der Bank sitzen blieb – und Alszei wusste es wahrscheinlich auch nicht.

„Konntet ihr jetzt ihre Identität herausfinden?", hielt Gradoneg die Stille nicht aus.

„Wessen Identität …?"

„Klar, sind ja mittlerweile zwei namenlose Frauen … Die von der Toten im Schubertpark, meinte ich."

„Nein."

„Schade."

„War schon schwer genug, den Namen von dieser … sagen wir einmal … ‚Zeugin', zu erfahren. Selbst die Psychiatrien führen heute ein Datenbank-Update durch. Sind dann mit ihr durch ganz Währing gekurvt, bis wir schließlich die richtige Wohnung und ihre Tochter gefunden haben. Egger. Gerda Egger, wohnt mit ihrer Tochter Sabine Egger zusammen."

„Blöd, dass sich diese Wahnsinnigen die Köpfe eingeschlagen haben. Mit etwas Ruhe und Zureden hätte sie vielleicht die Tote identifiziert."

„Wer weiß …"

„Die stand ja gleich doppelt unter Schock. Na ja, vielleicht fällt ihr morgen der Name vom Opfer ein."

Alszei schwieg, sah lange zum Mond hoch. Gradoneg tat es ihm gleich.

„Ob du's glaubst oder nicht …", räusperte sich Gradoneg nach ein paar Sekunden, „… für mich ist der Mond immer näher als Amerika. Ich war ja noch nie in Amerika, und den Mond sehe ich fast jeden Tag."

„Ach ja …"

Bei all seinem Synchronschwimmer-Getue rauchte Gradoneg schneller als der Kommissar. Sein Glimmstängel war nur noch ein zerdrückter Filter, er hatte keine Ahnung, wie er diesen entsorgen sollte. Aufstehen und zum Mistkübel mit dem Aschenbecher zu gehen, war ihm zu riskant; Alszei könnte ja ebenfalls aufstehen und bei dieser Gelegenheit nach Hause gehen. Zumindest die paar Züge, die Alszeis Zigarette noch maß, wollte Gradoneg nutzen.

„Ich bin ja ein Optimist", nahm Gradoneg wieder den Gesprächsfaden auf, „und als Optimist glaub' ich, diese … na, wie heißt sie nochmals …?"

„Gerda Egger."

„Diese Gerda Egger kennt die Tote tatsächlich. Wo wohnt die überhaupt mit ihrer Tochter?"

„Unten am Währinger Gürtel, gleich bei der Volksoper."

„Siehst du, das ist gar nicht so weit von diesem Pellitsch entfernt. Dem seine Wohnung in der Edelhofgasse ist quasi ums Eck."

„Da sind ja gleich zwei Leute vom Teufel besessen", zog Alszei an seiner Zigarette.

„Was?"

„Die Egger und du. Oder sagen wir bei dir besser ‚fixe Vorstellung' dazu. Der Teufel ist eine fixe Vorstellung für die menschliche Angst, und dieser Klaus Pellitsch ist eine fixe Vorstellung für deine Vorurteile."

„Ich hab' keine Vorurteile, ich hab' bloß einen begründeten Verdacht."

Alszei warf seine Zigarette auf den Boden, zertrat sie und kickte den Stummel unter die Bank. Was auch der „Synchronschwimmer" neben ihm auf der Bank gerne nachmachte.

„Ich kenn' mich ja in der Kriminalistik nicht aus …", fürchtete Gradoneg, Alszei würde gleich aufstehen, „… aber kann man bei dieser Toten wirklich nichts machen? Ich mein', in allen Filmen finden sie im Stuhlgang das Buffet von den letzten zehn Urlauben und Fasern von einem Pullover, den jemand vor hundert Jahren anhatte. Irgendwas müssten die doch auch beim Opfer finden."

„Bisher nur das Übliche … Blutdruck, Schilddrüse, Herz, Nieren … die typischen Medikamente für dieses Alter. Krankenkassenprothese ohne Besonderheiten, Kleider von der Stange … bis zu den Stützstrümpfen. Diese Frau könnte überall in Österreich gelebt haben."

„Irgendwelche Fingerabdrücke muss es doch geben … und für die passenden Finger dazu hätte ich durchaus eine passende Idee."

Den Mädchen schmeckte das Tiramisu, sie einigten sich darauf, doch als Tierärztinnen in Wien zu bleiben.

Alszei zündete sich eine neue Zigarette an.

„Vielleicht glaubst du ja zwei buddhistischen Mönchen mehr als mir."

„Wie bitte …?", zog Gradoneg auch schon am nächsten Glimmstängel.

„Deine fixe Idee. Vielleicht heilen dich zwei buddhistische Mönche von diesem Teufel …"

„Wird das jetzt wieder so eine Gorilla-Geschichte?!"

„Also, die beiden Mönche kamen zu einem Fluss, und dort stand eine Frau. Die wollte von ihnen über den Fluss getragen werden, was einer der beiden auch getan hat. Der andere verzog sein Gesicht. Danach gingen sie weiter, und der eine, der die Frau nicht angerührt hatte, meinte vorwurfsvoll zum anderen: ‚Du weißt schon, dass wir keine Frau berühren dürfen.' Worauf der andere meinte: ‚Siehst du, ich habe die Frau am Flussufer abgestellt, du aber hast sie nun schon den ganzen Weg weitergetragen …"

„Du kannst mir noch so viele gescheite Geschichten erzählen, ich schlepp' den Pellitsch nicht herum. Der war nicht nur Gassi gehen."

Alszei stand auf.

„Du kennst doch einige Währinger, oder?", warf er die Zigarette auf den Boden, obwohl er kaum die Hälfte davon geraucht hatte.

„Ja, warum?"

„Die Schläger von vorhin, die beiden Typen in der Martinstraße vor dem Inspektorat … die haben sich wegen der Toten vom Schubertpark geprügelt."

„Was?!", verbrannte sich Gradoneg mit dem Glimmstängel die Lippen. „Scheiß mich an!"

„Sind zwei Geschäftsleute von der Währinger Straße. Beide behaupten, der jeweils andere hätte ihm die Tote in einem Rollstuhl vorm Geschäft abgestellt. Als Bettlerin, um die Kunden zu vertreiben. Die streiten schon seit Jahren wegen einer alten, geschäftlichen Geschichte."

„Verrückt! Eine von diesen slowakischen und rumänischen Bettlerbanden!", sprang Gradoneg von der Bank auf. Er rief das so laut, dass ihn ein paar Obdachlose ins Visier nahmen. „Siehst du!", flüsterte er aufgeregt, „von wegen ‚selbst auf die Babyschaukel geklettert'. Und ob da jemand nachgeholfen hat! Ich will ja nichts sagen, aber wem sind die Zigeuner … äh, die Roma … wem sind die Roma immer schon ein Dorn im Auge gewesen?!"

Alszei ging nicht auf Gradonegs Mutmaßungen ein.

„Das passt einfach alles nicht zusammen …", sprach er mehr mit sich als mit Gradoneg.

„Natürlich passt das zusammen!"

„Nein, nicht unbedingt …“, grübelte der Kommissar weiter … „Die Medikamente, die Kleidung … die war mir viel zu gepflegt.“

„He, ich kauf’ selbst bei der Humana ein, und Medikamente gibt’s überall.“

„Wir werten noch heute die Handys von den Geschäftsleuten aus … Hast du WhatsApp?“

„Jeder hat WhatsApp.“

„Falls was drauf sein sollte, schick’ ich’s dir. Kann ja sein, dass sie etwas fotografiert haben. Vielleicht ist wer drauf, den du kennst. Aber keine Alleingänge, hörst du! Ich will bloß informiert werden.“

„Ja, mach’ ich.“

„Und vergiss bitte die Handschellen nicht.“

Alszei drehte sich um und ging. „Ach ja …“, rief er noch zu den Kindern hinüber. „Wegen deiner ‚Ps‘ und den Steuerschmarotzern. Papa beginnt auch mit ‚P‘, sag’ das deinem Vater.“

*

Endlich! Schnitzer! So gut es mit Alszei lief, Franz Schnitzer hatte Gradonegs Nerven und Gutmütigkeit überstrapaziert. Der Abend spannte schon ein graues Laken über den Park, die Obdachlosen waren aufgebrochen, und der Blutzuckerspiegel der Mädchen fiel in den Keller.

„Ich dachte schon, du bleibst bei deinen Nutten ewig picken!“, brüllte Gradoneg ins Handy.

„Wo ist meine Julia?“, schrie eine Frauenstimme hysterisch zurück. „Ich will sofort mit meiner Tochter sprechen! Julia! Julia! Hat dir diese Drecksau was angetan?!“

„Franz …?“, stotterte Gradoneg.

„Dein Franz braucht kein verlogenes Alibi mehr …“, schrie die Frau noch lauter. „Julia! Julia! Wo ist sie? Ich will sofort zu meiner Tochter! Julia!“

„Ich … ich geb’ ihr gleich das Handy“, lief Gradoneg zu Julia, fragte erschrocken: „Ist dem Franz etwas passiert?“

„Dein Franz liegt mit einem Bauchstich im Krankenhaus, du Schwuchtel!“

„Wie bitte?“

„Du bist doch auch so eine Schwuchtel, oder?!“

„Was …?!“

„Lüg’ nicht so blöd!“

„Ich … ich …“

„Ein einziger Schwuler wird ihm wohl für sein Doppelleben nicht reichen!“

„Da, Julia …“, drückte er der Kleinen das Handy ans Ohr, „sag’ deiner Mama, dass alles gut ist.“

„Nichts ist gut, ihr verdammten Schwanzlutscher!“, hörte er Schnitzers Frau schreien.

Zehn

Bei all seiner Uniformphobie, einer Uniform huldigte Gradoneg: den roten Hemden und grauen Halstüchern der Pfadfinder. Die hatten es ihm angetan, besonders in der ersten Ferienwoche. Da brachen die Pfadfinder zu ihrer größten Tat auf, dem einwöchigen Pfadfinderlager fernab von Wien.

Mittendrinnen sein Josef! Sieben Tage, 168 Stunden, 604.800 Sekunden! Keine Raunzerei, kein Handy- und Tabletstreit! Und ebenfalls famos: Hemmas Kindergarten hatte offen. So mutierte in den letzten beiden Jahren Josefs Abfahrtag zu Gradonegs und Ursulas „sommerlichem Weihnachtsfest"; zu einem Tag voll Frieden und Wärme, sprich Sex. Das Abschiedshupen des Pfadfinderbusses klang für sie wie Beethovens schönste Sinfonie, die letzten Rufe der Kinder verschmolzen zu einem shakespeareschen Sonett – und mit jedem winkenden Pfadfinderhändchen wuchs das Pflänzchen der Freiheit.

Gradoneg und Ursula hatten sich diesen Montag immer freigenommen. Die kleine Hemma rasch mit Schokoriegeln in den Kindergarten gelockt und dann ihre Zweisamkeit so richtig ausgekostet. Rissen ihre „Packerl vom Christkind" voll Freiheit und Lebenslust auf – und sich die Kleider vom Leib. Albert Camus sagte ja schon: *Das Reisen führt uns zu uns zurück* – und an diesem einen Montag im Jahr kutschierten Ursula und Gradoneg zu sich zurück, zur Quelle ihrer einstigen Ausgelassenheit und Verrücktheit.

Diesmal gab es allerdings ein paar Schlaglöcher auf ihrer halbtägigen Reise zum Glück: Schon beim Frühstück fehlte ihnen der verstohlene, anrüchige Blick; das zweideutige, etwas schmutzige Lächeln, als Gradoneg Josef zum Bus brachte und Ursula mit Hemma in den Kindergarten lief. Gut, die obligatorische Sektflasche lag zwar im Kühlschrank, doch war diese bloß das Überbleibsel eines Besuchs.

Außerdem hatte sich Ursula mit ihrer Freundin Daniela für einen Ausflug auf den Kahlenberg verabredet. Schon gegen Mittag, und Hemma musste um 13.00 Uhr vom Kindergarten abgeholt werden. Denn die pädagogischen Ausbildungen der Tanten häuften sich in diesem Juli wie der Brechvirus, die Windpocken und Mumps und Scharlach bei den Kindern. Sonst fielen diese Bildungs- und Krankheitsepidemien erst im August an.

Sicherheitshalber bat Gradoneg seine Lieblingskindergarten-Mami Romana schon vor einer Woche, die kleine Hemma am kommenden „Weihnachtsmontag" vom Kindergarten mitzunehmen. Die Aussicht auf Sex macht generell Menschen zu Optimisten, und Gradoneg mutierte bei solch einem Lichtblick sogar zum Fantasten. So schlecht die Chancen auch standen, dass er seine Hose nicht nur wegen einer neuen Unterhose auszog.

Aber: *Die höchste Form der Hoffnung ist die überwundene Verzweiflung*, meinte Albert Camus ebenfalls. – Und wer weiß? Vielleicht hatte Ursula ihre Verzweiflung überwunden, und Gradoneg konnte Hoffnung schöpfen.

*

Die Wohnungstür war zweimal abgeschlossen, als Gradoneg von den Pfadfindern nach Hause kam. Seine Rufe nach Ursula blieben ungehört – ja, der Fantast wurde nicht erhört. Offenbar war Ursula längst mit ihrer Freundin auf den Kahlenberg ausgeflogen. Die Tür hinter ihm fiel nicht nur ins Schloss, sondern ins Leere – in seine Leere. Weihnachten war abgeschafft. Ursula hatte sich wohl in den letzten Wochen auf eine Reise begeben, die sie nicht mehr so schnell zu Gradoneg zurückführen würde. An diese Leere, die ihn nun umgab, musste er sich erst einmal gewöhnen. Wie in einem dunklen, stickigen Kohlenkeller fühlte er sich, und das größte, schwerste und schwärzeste Kohlestück war seine eigene Seele.

Plötzlich drückte ihm jemand von hinten die Augen zu.

„Nur keine Angst. Entspann' dich …", hörte er ein Flüstern. „Ganz ruhig, dir passiert nichts. Das wird dir gefallen …"

Gradoneg erschrak, fast hätte er Ursulas Stimme nicht erkannt.

„Ich … ich dachte, du bist schon …?"

„Nicht die Augen öffnen. Hörst du, immer schön geschlossen lassen …", führte sie ihn ins Schlafzimmer.

„Schön, ein Blind Date mit der eigenen Frau …"

„Pssst! Erst wenn ich's sage, darfst du sie wieder aufmachen", legte ihn Ursula sanft auf das Bett, zog ihm die Jeans mitsamt der Unterhose aus. „Wehe, du schummelst!"

Gradoneg hörte, wie sie ihren Slip abstreifte; fühlte ihr Gewicht auf ihm, wie es sich langsam auf ihm verteilte und seinen Körper mit einer zweiten Haut, dem weichen Samt der Lust, umhüllte.

„Zu lassen, immer schön die Augen zu lassen …", nahm sie nun einen Schluck Sekt, träufelte diesen in Gradonegs Mund. Langsam, sehr langsam, Perle für Perle. Benetzte damit seine Lippen, sein Gesicht, den Hals und die Brustwarzen.

„Heb' mir bitte einen Schluck auf …", stöhnte Gradoneg, „… den trink' ich dann aus dir. Gibt kein schöneres Glas als deine … du weißt schon …"

„Später. Jetzt lass' die Augen zu …"

„Bist du so wild geschminkt?"

„Vielleicht …"

„Echt?"

Ursula nahm seine Arme, legte sie sanft nach hinten. Der Heizkörper an der Wand fühlte sich etwas kalt an.

„Ganz ruhig. Ganz … ganz ruhig … gleich haben wir's …", rutschte sie seinen Körper hoch, kniete sie über seinem Brustkorb.

Gradoneg war blind vor Verlangen.

„Ja, komm' näher …"

Klick!

Klick!

Klick!

Fesselte sie ihn mit den Handschellen ans Heizungsrohr. Lachte glücklich: „Warum bist du denn immer so schüchtern? Ist doch nichts Schlimmes, wenn du's einmal mit Handschellen willst", hockte sie sich auf ihn. *Gott sei Dank ...*, lächelte Gradoneg in sich hinein ... *Endlich ein Blödsinn von mir, der Sinn macht. Besser die Handschellen im Sockenfach als die Jausendose im Gefrierfach ...*, erinnerte er sich, dass er die Handschellen längst zurückbringen oder zumindest geschickter verstecken hätte sollen.

Aber nein! Bloß nicht! Nichts von dem hätte er tun sollen! Denn nun saß sie auf ihm. Sein Lebensgewicht! Das Gewicht, das ihn stets davor bewahrte, sich in der Sinnlosigkeit zu verlieren. Sein Lebensgewicht, an dem er sich immer vor dem Abgrund der Hoffnungslosigkeit festhalten konnte. Manchmal so leicht wie der Flügelschlag eines Engels, so vertraut, wie der heimlichste Gedanke und so verbunden wie eine Nabelschnur. Und doch auch wieder eine fremde Blume mit skalpellscharfen Blüten. Eben sein Lebensgewicht – sein Lebensmensch. Die Leichtigkeit und Schwere der Liebe.

*

„Jetzt tu nicht so blöd ...", glaubte Ursula noch immer an einen Scherz.

„Ehrlich, ist wirklich so ..."

„Du spinnst ja!"

„Nein. Ich lüg' dich nicht an. Gib' mir bitte noch einen Schluck."

„Damit du noch besoffener wirst!"

„Aber, aber …"

„Die Flasche ist sowieso schon leer."

„Komm, leg' dich zu mir. Jetzt bin ich mit dem Trinken dran … so ein Schluck aus den Tiefen deiner …"

Ursula verlor ihre Geduld, streifte sich das T-Shirt über und schlüpfte in ihre Jeans.

„Wo hast du ihn jetzt versteckt?!"

„Nirgends … ich hab' wirklich keinen Schlüssel."

„Sag' schon!"

„Ich sag' ja, dass ich keinen Schlüssel für diese Dinger habe. Ist doch egal, komm', leg' dich …"

„Wenn du das so witzig findest", zischte Ursula, „… lass' ich dich den ganzen Tag so liegen …"

„Sag' der Daniela ab. Bitte. Was ist denn der Kahlenberg gegen meinen Gipfel …"

„Der redet zumindest nicht so einen Unsinn!"

Ihr Haar hatte noch den nassen Glanz vom Duschen, darunter begannen die Augen gefährlich zu leuchten.

„Also, wo ist jetzt der verdammte Schlüssel?! Oder willst du den ganzen Tag so rumliegen?!"

„Das wäre mir noch immer um Lichtjahre zu kurz …"

Ursula schlug ihm auf die Brust.

„Ich warne dich! Du sagst mir jetzt, wo der Schlüssel ist oder ich geh'!"

„Du bist mein Schlüssel … mein Schlüsselloch zum Glück …"

„Hörst du?!“

„Ich sagte doch … ich muss den Friedrich Hof anrufen …“

„Klar, ein Polizist verliert beim Kartenspielen seine Handschellen, und du löst sie für ihn aus! Und damit er sie nicht wieder verliert, nimmst du sie mit nach Hause und vergisst dabei den Schlüssel …“

„Das Leben ist voll Überraschungen.“

„Verscheißer’ doch jemand anderen!“

„War wirklich so, ehrlich … aber mach’ dir keine Sorgen, ich hab’ alles im Griff. Apropos Griff: Ich könnte schon wieder …“

„Hof …? Friedrich Hof …?“, hantierte Ursula genervt mit Gradonegs Handy herum.

„Ja, Friedrich Hof. Mein Freund und Helfer …“

„Klingt wie Friedhof.“

„So hab’ ich das noch gar nicht gesehen. Sag’ ich ihm das nächste Mal: Friedrich, du Friedhof!“

Ursula drückte Gradoneg wütend das Handy ans Ohr. Fest, sehr fest. Bei einem längeren Gespräch hätte es wahrscheinlich wie ein Bügeleisen gebrannt. Alszei hatte nicht abgehoben. Was Gradoneg in diesem Moment sogar wurscht war. Denn Sex und Alkohol sind die Erektion des Größenwahns. Und in diesem Moment war er sehr größenwahnsinnig. Schimpfte Alszei sogar auf die Sprachbox drauf, weshalb er ihm nicht auch den Schlüssel gegeben hatte, ob dies seine Art von Dankbarkeit für die beglichenen Spielschulden sei; befahl ihn fast mit einem rauen Ton in die Kreuzgasse, der Wohnungsschlüssel würde unter der Fußmatte vor der Tür liegen.

*

Selbst die größte Peinlichkeit erschien Gradoneg in diesem Moment nicht peinlich genug, wie sich dies auch bei Ursulas Abschied bestätigte.

„Werde mir bloß nicht alt ...!", verzog sie angewidert ihr Gesicht. Schüttelte seinen Penis in einer Wasserkaraffe, die notgedrungen als Urinflasche dienen musste. Denn ob und wann ihn Alszei befreien würde, stand ja in den Sternen einer fremden Galaxie, und die Schlafzimmermatratze war noch relativ neu.

„Mach endlich!", ließ Ursula Gradonegs Mannespracht in der Karaffe zappeln.

„Ich trink' besser noch den letzten Schluck Sekt ..."

„Nein!"

Gradoneg hob seinen Kopf, so weit er konnte, und sah nach unten.

„Diese Bio-Flasche kam mir immer schon verdächtig vor ...", schmerzten ihn seine verkümmerten Bauchmuskeln. Tatsächlich hatte Ursula für diese missliche Lage die „Ich will Bio"-Karaffe geopfert.

„Da freu' ich mich ja schon auf dein Alter!"

„Bis dahin haben wir ja noch ein paar Stunden. Die sollten wir beide gleich ..."

„Wird's bald!", schnaubte und schüttelte sie.

„Ich kann nicht. Kommt wirklich nichts raus ..."

„Die Matratze bezahlst du!", ließ Ursula die Karaffe zwischen Gradonegs Beinen liegen und donnerte die Schlafzimmertür hinter sich zu.

„Die Decke! Bitte! Deck' mich zu!", rief er ihr vergeblich nach.

*

Der Sekt perlte in seinem Kopf, und die Gedanken sprudelten.

Ist wie beim Zivildienst, sagte er zu sich … *Irgendwann hat man einmal immer was Grauslicheres gesehen, und dann … dann gibt es nicht Grausliches mehr. Das wird bei der Polizei nicht anders sein, bestimmt nicht … Alszei hat schon etwas Grauslicheres gesehen als mich mit einer Wasserflasche zwischen den Beinen … Und wer weiß, was er selbst alles treibt … Ist sowieso ein Wahnsinn, dass man sich wegen seiner Lust genieren muss … Lust ist das einzig Sinnvolle im Leben*, perlten der Sekt und seine Gedanken weiter: *Dieser Welt fehlt es an Lust … an einer ehrlichen Portion Lust … Die Wirtschaft und Politik, das sind die eigentlichen Perversionen im Leben! Nicht der Sex. Schmutziger als die Politik und Wirtschaft kann ehrlicher Sex gar nie sein … Ein bisschen mehr Lust würde der Welt nicht schaden. Besser, man ist unter dem Nabel glücklich als oben ein Arschloch … Alles über dem Nabel ist ja beim Menschen eine Katastrophe … Brüste einmal ausgenommen … Aber je höher es beim Menschen hinaufgeht, umso schrecklicher wird er. Der Kopf ist ja nichts anderes als eine Kloschüssel für Trugschlüsse. Eine Kloschüssel für Gier und Macht. Die Lust würde völlig für ein sinnvolles Leben ausreichen … Dann gäbe es keine*

Zeit mehr für Kriege ... Wirtschaftskrisen und all den anderen Mist ..., lachte er betrunken und selbstverliebt auf, fühlte plötzlich den Heureka-Moment seines Lebens.

„Ja!“, schrie er überglücklich.

„Ja! ... Ja! ... Ja!“, rasselten die Handschellen am Heizkörper, schepperten wahrscheinlich im ganzen Stiegenhaus. *„Ich mach's!“*, sprach er sich Mut zu. Hätte am liebsten die Handschellen in Stücke gerissen und wäre gleich losgelaufen.

Wer sich mit dem halben Wiener Polizeiapparat anlegt, schafft selbst das!, war er nun von sich selbst so überzeugt wie noch nie in seinem Leben. Sobald Alszei ihn befreien würde, wäre er ein neugeborener Mensch. Nicht aus der Wärme des Mutterleibes, aus der Kälte seiner Angst würde er endlich kriechen.

*

Ein Heureka mit Spermien im Harnleiter und Alkohol im Blut ist schön und gut – doch Luftschlösser verwandeln sich im Sturm der Realität nur allzu gerne ins Vakuum der alltäglichen Banalität. Umso erstaunter war Gradoneg, dass sein Mut nicht mit dem Alkohol verdampfte. Und Hannes Roschinics Telefonverzeichnis war tatsächlich eine Goldmine, ein unbezahlbarer Schatz mit den schillerndsten Geheimnummern der Republik Österreich.

Erwartungsgemäß schwafelte Roschinic wieder seinen Sermon an Belehrungen in Gradonegs Ungeduld.

Anzeigen verkaufen sei wie mit Ameisenmist einen Garten zu düngen, meinte er diesmal – aber er hatte die Nummer. Ja, unglaublich: Er hatte sogar diese Privatnummer!

„Sebastian ist mir am liebsten …"

Gradoneg stockte der Atem. Verrückt! Sebastian Kurz hob tatsächlich ab und war so bescheiden, wie ihn seine Spin-Doctoren brieften.

Analytisch und hellhörig, bescheiden im Ton, konsequent in der Sache. Und er fand Gradonegs „Anliegen", die Idee, mit Peitschen vor der Botschaft Saudi-Arabiens zu demonstrieren, auf Anhieb gut – „Geile Dinger finde ich immer gut, da fahre ich so richtig drauf ab", meinte der Politiker mit einem Zungenschnalzer. Eine Peitsche sei doch gewissermaßen auch eine „Rute", und da er ja die Balkanroute für Migranten geschlossen hätte, gefiele ihm die Idee extrem gut: Ja, besser als den Saudis hundert Sex-Peitschen vor die Nase zu hängen, könne man ein Land nicht an den Pranger stellen.

Logisch, dass sich selbst ein so mutiger Kerl wie Sebastian Kurz zum Start dieser aufsehenerregenden Aktion mit dem Codenamen *Lust statt religiöser Frust* erst einmal verkleiden, verhüllen wollte. Wer lief schon gerne Radikalen mit offenem Visier ins Schwert? Und wer würde ihn jemals in einer Latex-Latzhose und hinter einer Sebastian-Kurz-Maske vermuten?

„Heiß!", schnalzte Kurz wieder mit der Zunge, hellauf begeistert von seiner Idee, sich selbst hinter einer Sebastian-Kurz-Maske zu verbergen. „Machen wir's also mit Latex-Latzhosen und Kurz-Masken! Und weil doppelt bekanntlich besser hält, bekommst du auch eine, Matthias", lachte er.

Gradoneg fühlte sich wie im siebenten Himmel. Ein Wahnsinn, mit welcher Zielstrebigkeit der Politiker allein schon am Telefon vorging. – Wie Peitschenhiebe schlugen seine Ideen im Sekundentakt auf Gradoneg ein. Und als dann „Sebastian" auch noch anbot, die Utensilien für die Aktion *Lust statt religiöser Frust* selbst zu besorgen, war es vollends um Gradoneg geschehen.

Irre, der scheißt sich wirklich nichts!, frohlockte er, als Sebastian Kurz nur drei Tage nach dem atemberaubenden Telefonat tatsächlich auf einem Lastenrad vor der Botschaft auftauchte. Freihändig strampelte er die Formanekgasse hoch! Schon in der Latex-Latzhose und sein eigenes Gesicht hinter einer Kurz-Maske verborgen.

„Gut, dass diese Linkslinken bereits Masken von mir produzieren", lachte er verschmitzt. *Was für ein Wiffzack!*, freute sich Gradoneg, … *genial! Alle werden uns für Grüne halten … absolut genial! Der frisst die Torte, und fett werden davon die anderen!*

Ja! Sebastian Kurz verlieh der Aktion *Lust statt religiöser Frust* einen perfekten, grünen Anstrich. Drückte Gradoneg dessen Verkleidung in die Hand, ebenfalls eine Latzhose und Kurz-Maske, machte sich gleich an die Arbeit. Spannte gegenüber der Botschaft zwischen dem Stoppschild und dem Laternenmast eine Leine.

Selbst einen Wimpel mit der Aufschrift „Schnur aus Natur" hatte er nicht vergessen. Stück für Stück hängte er die Peitschen auf; immerhin hundert an der Zahl. Kein einziger Schweißtropfen rann ihm dabei am Maskenrand runter, keine einzige Allüre kam ihm durch den engen Mundschlitz über die Lippen!

Gradoneg zwängte sich währenddessen in die Latzhose, zupfte verzweifelt daran herum und fluchte unentwegt: „Verdammt, ist die eng! Da komme ich doch nie rein!"

„Nichts ist so eng wie die Balkanroute …", beruhigte ihn Sebastian Kurz, rollte schon das Transparent aus, strich es am Boden mit seinen Handflächen glatt. Was Gradoneg nun allerdings fürchterlich erschrecken ließ: „Hopp, hopp, Triebe! Stopp, stopp, saudische Hiebe!", stand darauf in roten Lettern auf grünem Hintergrund zu lesen. Ein völlig neuer Slogan, gegen jede Vereinbarung! *Auch nicht gerade demokratisch!*, dachte sich Gradoneg beleidigt. *Wir hatten uns doch auf* Lust statt religiöser Frust *geeinigt.*

Doch das war nun Gradonegs geringste Sorge … „Oh Gott! Bitte nicht …", riss er unter der Maske seine Augen auf und starrte ungläubig auf den Botschaftsbalkon.

„Was …?", fragte Sebastian.

„Da! Oben! Schau doch! Oben! Im zweiten Stock, die Fenster hinter dem Balkon!"

„Nur keine Panik …", sah Kurz nach oben, wo sich hinter den Balkontüren schwere Gardinen wie Theatervorhänge zur Seite schoben; sich Burkas mit silbernen Maschinengewehren hinter dem Glas tummelten.

Eins, zwei, drei, vier, fünf … sechs! Sechs Burkas mit Maschinengewehren zählte Gradoneg bereits!

„Der ORF?! Das Fernsehen!", schrie er verzweifelt. „Wo bleibt denn der ORF?! Die knallen uns da ohne Kameras doch ab! Und niemand hat's gesehen!"

Kurz blieb seelenruhig.

„Die habe ich nicht informiert."

„Was ...?!"

„Wer braucht denn schon den ORF?"

„Du hast niemanden informiert?!"

„Ist ja meine Privatsphäre, was ich in meiner Freizeit mache ..."

„Spinnst du?! Mein Tod ist doch nicht deine Privatsphäre!"

Sebastian Kurz blieb weiterhin so ruhig wie bei einer parlamentarischen Anfrage zum Thema Menschenrechte. An diesem Tag schwieg er sogar noch länger.

„He! Du setzt mein Leben aufs Spiel! Mit Burkas ist doch nicht zu spaßen!"

„Nur ruhig bleiben, es passiert schon nichts ..."

„Wir sagten doch *Lust statt religiöser Frust*", schrie Gradoneg verzweifelt, „...und nicht ‚Hopp, hopp, Triebe! Stopp, stopp, saudische Hiebe'. Kapierst du, ‚religiöser Frust' wär' völlig unpersönlich! Da könnten auch die Juden gemeint sein. Aber mit deinen ‚saudischen Hieben' knallen die uns doch ab!"

Und wie recht Gradoneg leider hatte: Oben im zweiten Stock barsten die Fenster, Glassplitter prasselten über den Balkon – immer mehr tödliche Blitze schlugen unten bei ihnen ein.

Tausende Kugeln bohrten sich in die Latexbrust, Hunderte Augenhöhlen übersäten den Kopf. So gingen sie auf die Knie, die beiden Kurzmänner. Zwei blutige Springbrunnen, die bald versiegen würden.

„Nichts passiert ...", röchelte Sebastian Kurz. „Alles nur amerikanische Technologie ..."

„Nein! Nein! Ich will nicht sterben …!“, brüllte Gradoneg. Sah die Burkas wie Ninjas mit doppelten Saltos vom Balkon springen, in Riesensätzen immer näher und näher auf ihn zu stürmen.

„Nein! Bitte nicht! Bitte, bitte nicht! Ich will nicht sterben!“, warfen sie sich auf ihn und umklammerten seine Handgelenke. „Ihr Mörder! Ihr Mörder!“, kämpfte er mit letzter Kraft um sein Leben, versuchte, sie mit den Füßen von sich zu treten.

*

„Aber, aber …! Halt' doch still! Wie soll ich dich denn von den Dingern losmachen?!“

Alszei beugte sich über ihn und versuchte, die Handschellen zu öffnen.

„Noch ein Tritt, und ich hätte zurückgeschlagen“, meinte er zu Gradoneg.

„Oh Gott …“, stöhnte dieser. „Die haben gerade Sebastian Kurz und mich erschossen …“

„Sonst hätte ich es getan. Also, dich zumindest“, warf Alszei Gradoneg die Handschellen und den Schlüssel aufs Bett. „Die schenk' ich dir. Bringst sie sowieso nicht zurück.“

„Lauter Burkas …!“, zog Gradoneg rasch die Decke hoch. „Burkas mit Maschinengewehren, und der Kurz und ich haben in Latzhosen vor der saudischen Botschaft für Menschenrechte demonstriert.“

„Da haben sich ja zwei Humanisten getroffen." Gradoneg wischte sich den Schweiß von der Stirn. „So ein Wahnsinn, diese Weiber!"

*

Was für ein Frevel. Noch einen Tag zuvor hatte Gradoneg mit Paulus moralisiert. Dem armen Franz Schnitzer seine Selbstgerechtigkeit wie ein Hackl ins Kreuz geworfen.

Und nun? Nun wusste er, dass sich die Scham ebenso wenig abwaschen ließ, mindestens so hartnäckig auf ihm klebte. Ja, wenn der Alkohol seine Illusionen zurückfordert, wird die Welt fürs Fremdgehen rachsüchtig. Tausendmal hatte er das schon erlebt und doch nie verstanden. Jetzt klebte wieder einmal diese unerbittliche Scham an ihm und ließ sich unter der Dusche nicht wegschrubben. Da konnte er sich noch so oft mit Ursulas teurem Gel eincremen, Hemmas Erdbeershampoo in die Haare schmieren und den Wasserregler auf die heißeste Stufe drehen.

Mehrmals stieg er aus der dampfenden Dusche raus, trocknete sich ab und wusste nicht, ob sein Körper so nass war oder er wegen seiner Scham so sehr schwitzte. Stellte sich dann wieder unter die Dusche und drehte das Wasser auf.

Dass Alszei sein Angebot angenommen hatte, sich währenddessen einen Kaffee in der Küche zu machen, brachte Gradoneg vollends aus dem Gleichgewicht. War ja wirklich sonderbar: Tagelang hatte er den Kommissar vergeblich gejagt, und ausgerechnet in diesem bitteren Moment hockte er in Gradonegs Küche. Nahm tatsächlich dessen Höflichkeitsfloskel, sich einen Kaffee zu kochen, ernst und belagerte schon seit über einer halben Stunde die Wohnung.

Vielleicht wollte er Gradoneg eine Moralpredigt halten? Sex mit gestohlenen Handschellen aus einer Polizeiinspektion war ja genau genommen eine Schweinerei. Eine Perversion auf Staatskosten!

Mit irgend so einer Gorilla-Geschichte oder buddhistischen Mönchen wird er mir schon kommen, dachte Gradoneg ängstlich. Klar hatte er darauf absolut keine Lust. Alles, was er in seinem Leben noch vorhatte, war, die Urinflecken aus der Matratze zu bekommen und das sauteure Ökoding dann vors offene Schlafzimmerfenster zu stellen. Seine ganze Hoffnung galt der Nachmittagssonne, ein paar wärmende Strahlen gegen seine Scham und Ursulas Wut.

Es half nichts. Er musste aus der Dusche, aus dem Badezimmer raus. Ob er nun vor Scham oder Angst schwitzte, ob nun sein T-Shirt einen so großen Fleck wie seine Seele hatte – und ob er sich nun gegenüber Alszei noch kleiner fühlte. Er musste raus. So bleiern und schwer sich auch seine Beine über den fünf Zentimeter hohen Rand der Duschschale quälten. Er musste diese Hürde nehmen.

„Klar bin ich loyal …!“, hörte er Alszei telefonieren. „Bitte! Komm mir jetzt nicht damit! … He! Ich sag’ doch nur, behaltet die Obduktionsergebnisse im Auge!“

Ursula hatte schon öfters gewitzelt, dass ihre hellhörige Altbauwohnung eine Art Prototyp für Abhörgeräte des Pentagons sein könnte. Tatsächlich verschwanden die meisten Gespräche in Gradonegs Wohnung auf mysteriöse Weise, wurden von den dicken Wänden geschluckt, schlüpften dort ins Leitungssystem und tauchten im Wasserrohr neben dem Badezimmerspiegel plötzlich wieder auf. Was ja bei Kindern gut war. So ersparte man sich ein Babyphone, und heimliches Fernsehen war praktisch unmöglich.

„Was heißt ‚in Deckung gehen'?! Ich bin jeden Tag im LKA …"

Gradoneg drückte sein Ohr an die Wasserleitung, wartete darauf, dass Alszeis Worte, die wie bei einer Rohrpost ins Badezimmer rieselten, einen Sinn ergaben.

„Der Staatsanwalt kann denken, was er will! … He, wie lange kennen wir uns schon?! … Und?! Bin ich jetzt plötzlich ein Verräter für dich …?! … Dann überleg' dir gefälligst deine Wortwahl …"

Noch fester presste Gradoneg sein Ohr an die Leitung, versuchte, die Gesprächslücken mit seiner Fantasie zu füllen, hatte noch immer keine Ahnung, mit wem Alszei worüber genau telefonierte. „Klar gehöre ich dazu …! … Mach doch nicht gleich eine Tragödie daraus … Gott, dass bei euch gleich jeder finanzielle Probleme hat! … Nein, hab' ich nicht! … Lassen wir das besser, ja? … Jetzt komm mir bitte nicht mit dem! … He, das war ein Irrtum! Jeder trinkt einmal zu viel! … Verdammt, ich weiß, dass das ein Narr ist! … Ja, versprochen! Klar werde ich den wieder los … Nein, er weiß nichts! … Blödsinn! Kein Wort! Ich hab' kein Wort gesagt! … He, kümmere dich um die Obduktion, klar? … Hörst du mir endlich zu, die Obduktion ist jetzt wichtig … Was soll daran so schwierig sein? …

Nein! Aber! … Das wäre nicht die erste Obduktion mit einem anderen Ergebnis! … Bitte! Komm' mir nicht schon wieder mit diesem Typen! … Ja! Der ist Geschichte, versprochen!“

Alszei hatte aufgelegt. Nicht nur die Telefonverbindung war unterbrochen – Gradonegs Vertrauen zum Kommissar war zerstört.

Elf

Gut möglich. Vielleicht wollte sich Gradoneg geißeln. Mit den Ketten der Selbstverachtung auf sich einschlagen. Jedenfalls wusste er nicht, weshalb er nach diesem Telefonat zu Alszei ins Auto stieg. Weshalb er mit dem Kommissar im Aufzug hinunterfuhr, auf der Kreuzgasse die Autotür öffnete und auf dem Beifahrersitz Platz nahm. Er, der Narr! Der Narr, der längst ausgedient hatte. Geschichte war!

Und Alszei wusste wohl ebenfalls nicht, weshalb er dies zuließ und ihm in diesem Moment nicht sein eigener Schatten reichte. Der eigene Schatten ist Dunkelheit genug im Leben, hätte sich Alszei denken können. Ein fremder Schatten macht mich nicht lebendiger, hätte sich Gradoneg denken müssen.

Doch sie fuhren gemeinsam los, die Kreuzgasse runter, bogen in die Martinstraße und dann in die Schulgasse.

Gradoneg lugte auf Alszeis Armbanduhr. Schon nach halb zwei. Gut, dass er seine Lieblingsmami Romana gebeten hatte, Hemma vom Kindergarten mitzunehmen.

Auf Romana war Verlass. Immer.

Einmal hatte er sich sogar wegen Romana bei Ursula so richtig in die Nesseln gesetzt, war mit seiner Schwärmerei auf den spitzen Stacheln der Eifersucht gelandet. Romana ist meine Reinkarnationsfrau, war ihm damals entschlüpft. Denn Romana hätte sich im Meer der unerträglichen Vorurteile und brutalen, kapitalistischen Wellen ganz alleine freigeschwommen. Sich alleine von ihrem Schicksal befreit, eine rumänische Roma zu sein – befreit, von einem Alkoholiker, der ihr zum Abschied mit einer zerbrochenen Schnapsflasche eine Narbe unter dem rechten Mundwinkel hinterließ … Befreit von einem untätigen Arbeitsamt, das ihr keinen einzigen Job vermittelt hatte und sie bloß als Lügnerin hinstellte, als sie von einer aussichtsreichen Verkäuferinnenstelle auf der Währinger Straße erzählte. Das imponierte Gradoneg an Romana. Wer heute durch die Jauche des Lebens schwimmt, könnte gut und gerne im zukünftigen Leben in sein Herz schwimmen. Mehr hatte er damals nicht zu Ursula gesagt.

Gradoneg versuchte, sich mit dieser alten Geschichte etwas abzulenken. Von seiner Scham und Alszeis Kränkungen. Irgendwo würde ihn der Kommissar schon rausschmeißen, dachte er sich. Vielleicht war es ja eine Art Wiener-Kripo-Ritual, dass man jemanden, den man loswerden wollte, noch rasch zu einem Pannenstreifen auf die Autobahn brachte und ihn erst dort absetzte. Mafiosi kutschieren ja ebenfalls ihre Opfer durch die Gegend.

*

Rot, rot, rot … wie ein Sonnenuntergang, der nicht weichen wollte, leuchteten die Ampeln vor ihnen auf. Alszei fuhr sich genervt durch die Haare, trommelte nervös mit den Fingern am Lenkrad.

Gradoneg kämpfte wie schon so oft mit dessen Schweigen.

„Falls ihr einen Messerstecher sucht und das Opfer Franz Schnitzer heißt … Das war ein Schwuler. Also, der Messerstecher“, murmelte er, „dem Schnitzer traue ich durchaus zu, dass er sein Doppelleben mit einem Raubüberfall tarnt. Diese Göre gestern am Spielplatz war übrigens seine Tochter.“

Erst an der nächsten Ampel antwortete ihm Alszei.

„Wenn du denselben Franz Schnitzer meinst und den Bauchstich von gestern … seine Frau hat noch am Abend gestanden.“

„Verstehe. Dann bin ich wieder für eine deiner belehrenden Geschichten fällig.“

„Wie bitte …?“

„Irgend so eine Gorilla-Geschichte gegen Vorurteile …“

Nein, Alszei sagte kein Wort.

Schlimm, seufzte Gradoneg innerlich, … *die Göre hat jetzt einen niedergestochenen Vater, und die Mutter kommt in den Häfn. Mehr Geld als psychische Defekte kann die nicht erben.*

Dann versuchte er, Alszeis Telefonat in seinem verwirrten Kopf zu ordnen. Was Alszei mit der „Obduktion“ gemeint haben könnte? Was sagte er noch schnell über Unstimmigkeiten bei Obduktionsergebnissen? Wer sollte diese Ergebnisse gut im Auge behalten? Alszei meinte doch, Klaus Pellitsch hätte ein wasserdichtes Alibi … Nichts ergab einen Sinn in Gradonegs Gedanken. Nur der „Narr“. Den wusste er zu deuten: Wieder einmal in seinem Leben war er ein überflüssiger Kasperl.

Unten auf dem Währinger Gürtel parkte sich Alszei abrupt vor dem Pornokino ein. Wiens letztem Lusttempel, der noch größer als ein Handy oder ein Laptop war.

Jetzt will er mich endgültig fertigmachen ..., dachte sich Gradoneg. *Steckt mich nach dem Handschellendesaster ins Pornokino!*

„Die Hummer ...", sagte Alszei ruhig, als sie zwar nicht ins Pornokino gingen, aber im selben Haus die Treppen hochschlurften. „... Wer verliert, kann von den Hummern am meisten lernen."

Gradoneg war froh, zumindest noch mit einem Hummer verglichen zu werden. Hauptsache, der Kommissar sprach mit ihm.

„Du meinst die Hummer im Kochtopf? Durchhalten, bis es endgültig zu heiß wird und der Koch die Teller holt?"

„Nein, die am Meeresgrund ...", keuchte Alszei seltsamerweise schon im ersten Stock. „Bei einem Kampf am Meeresgrund zwischen zwei Hummern ... Der Verlierer ... der zieht sich dann zurück ..."

Gott, ist das ein Arschloch!, dachte sich Gradoneg ... *Ich bin so ein sinnloses Krabbelviech, das sich zurückziehen soll.*

„Dann werden seine Scheren kleiner, und seine Gehirnströme verändern sich ..."

Ein degenerierter Trottel bin ich also auch noch.

„Die einzige Chance, die so ein Hummer hat ... damit seine Scheren wieder größer werden, ist, dass er seine Höhle verlässt und kämpft."

*

Im dritten Stock klopfte Alszei an die Tür, die Klingel funktionierte nicht.

Gradoneg konnte sich in dieser Selchkammer nicht orientieren. Er wähnte sich in einen Raucherwaggon der Wiener S-Bahn in den 80er-Jahren versetzt. Dicke, stinkende Rauchschwaden, die sich auf Schienen durch Wien wälzten. Und ein jeder S-Bahn-Passagier verpestete danach allen den Tag.

Stumm stand Gradoneg neben Alszei, rieb sich wegen des stechenden Rauchs die Augen, hörte zu, wie sich der Kommissar einer jungen Frau vorstellte, nach ihrer Mutter fragte. Schon wieder zündete sich die junge Frau eine Zigarette an. Ohne Feuerzeug, hielt den Zigarettenstummel zwischen Daumen und Zeigefinger und nutzte die Glut für die nächste Attacke auf ihre Lunge. Ob ihr Gesicht vom Rauch oder einer schlechten Gesundheit so bleich und fahl war, konnten die beiden Männer nur raten. Schmal war es, mit dünnen Lippen und einer etwas zu langen Nase.

„Gehen Sie doch rein. Nur nicht so gschamig …“, deutete sie mit dem Stummel in der einen und der neuen Zigarette in der anderen Hand auf eine Tür. Nahm dann auf einem abgewetzten Sofa Platz, worauf ebenso eine Katze lag, fast leblos wie ein verfilztes Wollknäuel. *Das Viech hat bestimmt von der Raucherei schon einen kapitalen Lungenkrebs,* dachte sich Gradoneg.

„Die Mama freut sich bestimmt auf Sie. Sonst kommt ja niemand zu uns, außer dem Teufel“, dämpfte Sabine Egger den Stummel aus. Eher legte sie diesen auf einen Berg anderer Stummeln im Aschenbecher vor ihr. „Sie sind der erste Polizist und noch dazu ein richtiger Kommissar. Welche Ehre!“

Erst jetzt verstand Gradoneg so richtig, dass er sich in der Wohnung der vom Teufel besessenen Zeugin befand; dieser Gerda Egger, und die Kettenraucherin musste ihre Tochter Sabine sein.

„Seit wann ist denn die Polizei so zimperlich? Oder fürchten Sie sich? Gehen Sie nur rein“, räusperte sich Sabine Egger hinter einer ihrer Rauchwolken: „Falls Sie dann noch mit ihr beten, ist alles paletti. Ein Rosenkranz, und die Welt ist ein Paradies.“

Gradoneg hatte schon die Türklinke in der Hand.

„Nein! Nicht!“, brüllte ihn Alszei aus Leibeskräften an. „Weg von der Tür! Sofort!!“

Perplex ließ Gradoneg die Klinke los, zuckte zusammen. Seine Gesichtsfarbe ähnelte den grau-weißen Lackflecken an der Holztür vor ihm.

„Na, na …Wer wird denn aufgeben?! So knapp vorm Ziel!“, lachte Sabine Egger. Wie die Konturen eines impressionistischen Gemäldes löste sie sich immer wieder im Zigarettenrauch auf.

Vorsichtig beugte sich Gradoneg zum Schlüsselloch, rieb die Augen.

Was verstopfte da das Schlüsselloch? Waren das Haare?

Er kniete sich vor die Tür hin, lag fast schon auf dem Bauch, um den Türschlitz zu inspizieren.

Er verstand Alszeis Brüller. Jeder andere hätte ihn nicht nur angebrüllt, sondern ihm gleich den Arm abgerissen, damit er nie wieder auf die Idee käme, so unvorsichtig und gedankenlos eine Türe zu öffnen. Kein Zweifel! Im Türspalt steckten Gerda Eggers Finger. Sogar die Daumen hatte sie in den Spalt gezwängt. Alszei musste das gesehen oder besser gesagt vorausgesehen haben; er hatte augenblicklich richtig kombiniert, woher Gerda Eggers zerschundene Finger stammten.

„Schade …", hob Sabine Egger enttäuscht den Kopf. „Die Mama hätte sich gefreut."

„Bist du wahnsinnig …!", sprang Gradoneg vom Boden auf. Hätte gerne sein staubiges T-Shirt über dem Kopf der Tochter ausgebeutelt und sie hinterher mit ihrem brennenden Glimmstängel gefüttert. „Ich zeig' dich an!", schrie er. „Ich zeig' dich wegen schwerer Körperverletzung an!"

„Die Polizei wär' ja schon da …", steckte Sabine Egger die Zigarette in ihr breites Grinsen. „Sei froh, dass sie sich heute noch nicht angepinkelt hat, dann wär' dein Stupsnäschen …"

„Halt deine verdammte Schnauze!"

„Außer du stehst auf so etwas!"

„Schnauze!"

Die Katze sprang erschrocken vom Sofa, flüchtete ins Vorzimmer.

„Du bringst deine eigene Mutter um!", konnte es Gradoneg nicht fassen. Er fühlte geradezu, was sich in dieser Wohnung abspielte. Wie sich Gerda Egger in ihrer panischen Angst vor dem Teufel hinter der Tür verschanzte, sich dort hinkniete und ihre Finger in den Türspalt presste; als Buße für eine Wahnvorstellung. Und wie dann Sabine Egger wütend an der Tür rüttelte, ihrer Mutter das Fleisch von den Fingern schürfte.

„Du bist ja völlig durchgeknallt! Du bringst deine eigene Mutter um! Du ziehst deiner eigenen Mutter bei lebendigem Leib die Haut ab!"

„Geh, geh! Mach dich nicht lächerlich!", grinste Sabine Egger Richtung Gradoneg. „Komm' mir nicht mit Verletzungen. Da könnte ich dir ganz andere Narben zeigen."

Alszei beobachtete die beiden gelassen. Dann ging er mit der Fotomontage von der Toten im Schubertpark zu Sabine Egger, legte ihr das Bild auf den kleinen Glastisch.

„Ich kenn' die nicht! Das hab' ich Ihnen schon draußen an der Tür gesagt!"

„Sehen Sie sich bitte das Foto nochmals …"

„Nein! Ich kenn' diese alte Schachtel nicht!"

„He! Du schaust dir jetzt dieses Foto an!", mischte sich Gradoneg ein.

„Ist schon gut …", pfiff ihn Alszei mit einem bösen Blick zurück, wandte sich wieder an Sabine Egger: „Bitte. Vielleicht war die Frau wesentlich jünger. Die Gesichtszüge, sehen Sie sich bitte in Ruhe ihre Gesichtszüge an. Könnte schon Jahre her sein. Aber vielleicht erinnern Sie sich. Muss nicht hier in der Wohnung gewesen sein … Beim Einkaufen, auf einer Behörde, beruflich … könnte praktisch überall gewesen sein …"

„Sorry …", wischte Sabine Egger das Bild vom Tisch.

Die Katze schlich sich neugierig an, rieb sich am Türstock den Kopf. War aber für einen Sprung auf das Sofa zu ängstlich.

„Bitte, Frau Egger. Wir wollen Ihrer Mutter nur helfen."

„Der ist nicht zu helfen! Kapieren Sie das nicht? Die Zeitung ist kein Zufall! Die kniet sich doch vor jedem hin und schreit ‚Teufel'! Verrückt! Die Mama ist verrückt! Plemplem!", klopfte sie sich selbst an die Stirn. „Völlig verrückt! Seit einer Ewigkeit! Die heult Tag und Nacht wegen dem Teufel und steigt bei jedem Zeitungsartikel ins Taxi, um fremde Menschen zu verleumden."

„Wir haben das überprüft, Frau Egger. Uns liegen keine Anzeigen von Ihrer Mutter vor. Keine einzige, sie war noch nie in ihrem Leben auf einem Kommissariat …", sagte Alszei bestimmt, hob das Foto auf.

„Dann hat sie halt nie hingefunden."

„Was ist mit den Fotoalben deiner Mutter, wenn schon dein Gedächtnis völlig vernebelt ist?!", konnte es Gradoneg nicht lassen. Eigentlich eine gute Karte, die Alszei ohnedies ausspielen wollte. Etwas später, sobald er Sabine Egger besser einschätzen konnte, wusste, ob sie log oder die Wahrheit sagte.

„Gibt keine Fotoalben bei uns", zog Sabine Egger an ihrer x-ten Zigarette. „Hat sie alle verbrannt. Waren ja überall Teufel drauf. Der Papa und ich inklusive. Uns hat sie gleich mitverbrannt. Meine Babyfotos und seine Hochzeitsfotos. Hinten im Zimmer … falls die Mama Sie reinlässt. Auf dem Boden ist noch der Brandfleck von ihrem Fegefeuer."

„Ihr legt hier auch noch Feuer?!", entrüstete sich Gradoneg.

„Das geht dich einen Scheißdreck an!"

„Ich stelle hier die Fragen, ja?!“, reichte es Alszei. „Frau Egger, Sie meinten, Ihre Mutter hätte die Hochzeitsfotos verbrannt. Hatten Ihre Eltern viel Streit …?“

„Der Papa war für sie genauso der Teufel, falls Sie das meinen“, lag erstmals keine Aggression in ihrer Stimme. „Den Papa hat sie genauso gequält, sogar noch mehr als mich. Der wollte nur durchhalten, bis ich die Handelsschule fertig hab' und irgendwo in einem Büro bin. Aber ich Trampel bin in der Letzten sitzen geblieben, und noch ein Jahr war ihm zu viel.“

Alszei gab ihr Feuer, wartete ruhig die ersten Züge ab: „Ihr Vater hat Sie und Ihre Mutter verlassen?“

„Da ist er rausgegangen …“, deutete Sabine Egger auf das Zimmerfenster. „Mitgehen … ich hätte damals gleich mitgehen sollen. Ein Haufen Scheiße wird immer nur ein noch größerer Haufen Scheiße – aber das hab' ich damals noch nicht gewusst.“

„Verstehen Sie mich jetzt bitte nicht falsch, Frau Egger, nur … weshalb wurde Ihre Mutter nicht stationär betreut?“

„Warum wir sie nicht in ein Irrenhaus gesteckt haben, meinen Sie!“

„Es gibt viele medizinische Einrichtun…“

„Wollten wir ja. Was glauben Sie, wie oft ich die schon ins Irrenhaus gebracht hab'?! Auf die Baumgartner Höhe, ins SMZ Ost … bis zu die Gscherten nach Ybbs … Hat sie ja niemand behalten! Unheilbar! Der Papa hat sogar die Pfaffen angebettelt, dass sie ihr den Teufel austreiben …“

„Ich wollte nur …“

„Eh klar! Der Papa und ich sind wieder schuld!“, sprang sie wütend vom Sofa auf. „Der Trottel und sein debiles Schulkind sollen doch froh sein, dass sie Pflegegeld kassieren. Für das bisschen Arschauswischen bei einer Verrückten! Und falls Sie einer von den ganz Obergescheiten sind, so ein superintelligenter Wichser …“

„Na, na, na …! Schön sprechen! Immer schön sprechen …“, funkte Gradoneg dazwischen.

„Wenn Sie sich jetzt fragen, warum denn die Kleine nicht längst mit einem Typen abgehauen ist … Irgend so ein Türk' wird die schon nehmen …“

„Bitte, Frau Egger! Niemand denkt …“

„Alle! Alle denken das! Schauen mich doch alle im Stiegenhaus mit diesem Blick an. Die ist sogar für an Flüchtling zu deppert! Das denken sich doch alle! Weil's ja so leicht ist, die eigene Mutter im Dreck liegen zu lassen, angeschissen auf dem Boden … und einfach abzuhauen. Bei mir reitet kein Märchenprinz auf einem weißen Gaul daher, auch kein Türk' oder Jugo. Im Badezimmer unterm Waschbecken, schauen Sie ruhig nach. In der oberen Schublade, dort wohnt mein Märchenprinz – ein Vibrator!“

Heller Wahnsinn, völlig durchgeknallt, die Kleine, dachte sich Gradoneg, wollte das Fenster aufreißen, um kräftig durchzuatmen. Egal ob sich gerade auf dem Währinger Gürtel eine Lkw-Flotte staute, stickiger als in diesem Zimmer konnte es nirgends sein.

Alszei war zwei, drei Schritte nach hinten gewichen, sah Sabine Egger bei ihrem Wutausbruch ruhig an. Kein Stirnrunzeln, kein Spiel mit den Mundwinkeln, kein nervöses Blinzeln. Er wartete, bis sich Sabine Egger einigermaßen beruhigt hatte, sich wieder aufs Sofa setzte.

„Tut mir leid …“, flüsterte er dann, „nur noch eine Bitte. Ihre Mutter … glauben Sie, Ihre Mutter könnte sich das Foto nochmals ansehen? Vielleicht fällt ihr ja heute der Name der Frau ein …“, nahm er das Bild mit der Toten im Schubertpark vom Tisch. „Freilich nur, wenn Sie damit einverstanden sind. Ich will Ihre Mutter nicht belästigen.“

Sabine Egger schnippte Zigarettenasche auf die Tischplatte.

„Viel Glück …“

Kartenspieler ist er keiner ..., dachte sich Gradoneg, während Alszei zu Tür ging. Tatsächlich hatte der Kommissar ziemlich ungeschickt das Foto vom Tisch mit einem anderen aus seiner Jackentasche vertauscht.

Der würde mit seinen Zaubertricks bei jedem Kindergeburtstag auffliegen.

„Frau Egger …?“, klopfte Alszei an die Tür, „machen Sie sich bitte keine Sorgen, Frau Egger. Ich will nicht reinkommen. Wir gehen auch gleich. Nur noch die eine Bitte, Frau Egger. Sie waren ja so freundlich und haben gestern die Dame in der Zeitung bei uns gemeldet. Ich hätte hier noch ein anderes Foto von dieser Frau. Könnten Sie sich's bitte kurz ansehen. Ja, Frau Egger?“

Er kniete sich nieder, schob das Bild vorsichtig in den Türschlitz.

„Nicht erschrecken, Frau Egger. Bitte nicht erschrecken …“

Stille.

Alszei war bereits aufgestanden, als Gerda Egger hinter der Tür verzweifelt aufschrie, mit den Fäusten oder gar ihrem Kopf gegen die Tür schlug. „Gegrüßet seist du, Maria, voll der Gnade, der Herr ist mit dir …“, betete, schrie und brüllte sie.

„Es hört dich doch keiner, Mama …“, warf sich Sabine Egger hysterisch mit dem Rücken auf das Sofa, strampelte mit den Beinen in der Luft.

„Gegrüßet seist du, Maria, voll der Gnade, der Herr ist mit dir …“

„Kapierst du das nicht?! Niemand! Uns hört niemand! Noch nie! Uns hat noch nie jemand gehört, Mama!“

*

Alszei stand bei seinem Auto.

Gradoneg bot ihm eine Zigarette an.

„Ist vielleicht ein guter Tag, mit schlechten Gewohnheiten aufzuhören“, lehnte der Kommissar ab.

Verständlich, dass Gradoneg bei dieser Formulierung zusammenzuckte. Er kannte ja die Botschaft aus der Rohrpost im Badezimmer. Der Narr ist Geschichte! Keine Frage, mit dem Schlussstrich unter den schlechten Gewohnheiten war er gemeint.

„Bei einem Kindergeburtstag wärst du mit deiner Trickserei nicht durchgekommen“, wollte sich Gradoneg noch anständig verabschieden.

Alszei drehte den Autoschlüssel zwischen den Fingern, schwieg.

„Das Foto. Du hast es vertauscht, nicht wahr?", meinte Gradoneg. „War leicht zu sehen …"

„Ach so, da muss ich noch üben."

„Du hast ihr das richtige Bild gezeigt. Das vom Tatort mit den zerfleischten Beinen, oder? Deshalb hat sie so getobt."

Alszei lächelte.

„Nein, die englische Königin …"

„Wie bitte …?!"

„Ich hab' ihr die englische Königin gezeigt. Queen Elizabeth II. mit einem Fliederhut beim Gintrinken. Fand kein anderes auf die Schnelle."

Er entsperrte das Auto.

„Fotos vom Tatort hebt man sich für die wirklich wichtigen Situationen auf", stieg er ein. „Die Sabine Egger hat recht. Ihre Mutter ist von einer fixen Idee besessen. Das ist ihr Teufel. – Jeder hat bei ihr Hörner und Hufe, sogar die englische Königin."

„Aber …", stammelte Gradoneg überrascht. „Die Tochter lügt doch wie gedruckt. Du hast ja selbst gemeint, dass ihre Mutter vorher noch nie bei der Polizei war."

Alszei hatte sich bereits angegurtet.

„So an die zehnmal wird es schon gewesen sein. Über die letzten Jahre verteilt."

Nichts wurde es mit einem würdigen Abschied für Gradoneg. Kurz überlegte er, zu Alszei ins Auto zu steigen. Doch selbst bei den hartnäckigsten Kletten verdorren eines Tages die Stacheln und fallen ab. Außerdem konnte die Beifahrertür verriegelt sein. Zumindest eine Schmach wollte sich Gradoneg an diesem Tag ersparen.

„War sie. Zweifellos. Sogar mit anderen Zeitungsartikeln", schob Alszei den Schlüssel ins Zündschloss. „Die Wahrheit hebt man sich übrigens auch immer bis zum Schluss auf."

Ja, die Wahrheit ..., dachte sich Gradoneg ... *Und was ist deine Wahrheit?*, vermied er es, Alszei in die Augen zu sehen. *Jetzt wirst du mich los und bist glücklich. Ist das deine Wahrheit? Endlich bist du diesen Narren los, das denkst du dir doch, oder?*

Die Wunde seiner Kränkung klaffte noch weiter auseinander, ein Gemisch aus Zorn und Verzweiflung quoll hervor. Wer ist schon gerne ein „Narr"?

„Ich werde auch mit dem Rauchen aufhören ...", zertrat er die Zigarette auf dem Asphalt.

„Gute Idee."

„Jedenfalls eines Tages ... Der Schriftsteller Kurt Tucholsky hat ja gemeint: Mit dem Rauchen aufzuhören sei ganz leicht, er hat es in seinem Leben bereits siebenundzwanzig Mal geschafft."

Er redete um des Redens willen. So wollte er nicht zurückbleiben. Wie ein Kind, das irrtümlich zu einer Geburtstagsfeier eingeladen und rasch wieder ausgeladen wurde. Alle saßen am Tisch, aßen die Torte, spielten und tollten herum – nur für seine Reise nach Jerusalem fehlte wieder einmal der Sessel. Von Anfang an, weil es diesen Sessel gar nie gegeben hatte. Höchstens in seiner Einbildung, wie immer.

„Diese Handyauswertungen von den beiden Geschäftsleuten auf der Währinger Straße … Du … du kannst sie mir gerne schicken."

„Mach' ich, noch heute …", schlug der Kommissar die Autotür zu.

„Unbedingt. Ich kenn' die meisten Währinger. Du weißt ja: Wer Kinder oder einen Hund hat, lebt immer in einem Dorf."

Das hörte Alszei nicht mehr. Er nickte zum Abschied durch die Windschutzscheibe, rumpelte mit seinem Wagen vom Gehsteig runter. Der Auspuff schlug dabei an der Kante Funken. Dann reihte sich der Kommissar in die Blechlawine am Währinger Gürtel ein.

Und dennoch huschte an diesem Nachmittag Gradoneg ein Lächeln über die Lippen. *Das gibt es doch nicht!,* legte er seine flache Hand an die Stirn, um bei der blendenden Sonne auch wirklich sicher zu sein, was er da sah.

Keine Fata Morgana! Keine Wahnvorstellung!

Ihm gegenüber, auf der anderen Straßenseite, saß Sabine Eggers Katze! Leckte sich ihr Fell, reckte sich in den Sonnenstrahlen. Das Tier musste mit Alszei und Gradoneg in die Freiheit entkommen sein. Wenn dies schon Gerda und Sabine Egger nie gelingen würde, ihre Katze schaffte es. Wenn es auch nur wenige Minuten oder hoffentlich doch ein paar Stunden waren, bis auch sie vom Schicksal überrollt werden würde.

Jetzt jagte sie erstmals in ihrem Katzenleben einer Maus namens Freiheit nach – lief neben der Blechlawine den dünnen Grasstreifen Richtung Michelbeuern hoch.

Immer schneller und weiter, bis sie ein kleiner, schwarzer Punkt wurde, der auf einem grünen Seidenfaden tanzte.

*

Es war schon nach 15.00 Uhr, höchste Zeit für seine Hemma.

„Sorry, bin schon unterwegs … Fünf Minuten, ja? Ich wollte dich gerade anrufen. Mir ist leider was dazwischengekommen", lief er die Schulgasse hoch, vermutete Romana hinter der unterdrückten Nummer. Was oft der Fall war: Die Angst vor ihrem Ex-Mann saß tiefer als die Narbe, welche er ihr zugefügt hatte. Nur wenige Vertraute kannten daher Romanas Handynummer. Ein Privileg, das Gradoneg voll Stolz zu schätzen wusste.

„Könnt' ihr Trotteln euch wenigstens einen Namen merken?!", vernahm er eine fremde Stimme.

„Was …?!"

„Trottel! Ihr seid verdammte Trottel!"

„Ich …"

„Hast du was zum Schreiben?"

„Wer sind Sie …?!"

„Schreib's auf! Kapiert! Ihr schafft ja sonst gar nichts!"

Als hätte jemand eine ganze Packung Taschentücher zwischen Mund und Handy gestopft, so gedämpft und verzerrt hörte sich die Stimme an. Nur die raue Diktion und ein, zwei tiefere Töne ließen einen Mann vermuten.

„Gratschel …"

„Wie bitte …?“

„Vergiss den Trick mit der Fangschaltung! Den Scheiß glaubt dir niemand!“

„Einen Moment … Ich … ich hab’ schon den Kuli.“

Gut, dass Gradoneg als Akquisemanager immer einen Stift und ein paar zerknüllte Zettel dabeihatte; schlecht, dass er sich mit der Aufnahmefunktion seines Handys so ganz und gar nicht auskannte.

„Mit ‚G‘ … Gratschel … Und ein ‚r‘ nach dem ‚G‘ … Gratschel! Hildegard Gratschel. ‚Hildegard‘ wirst du ja noch schreiben können.“

„Sie sind sicher nicht falsch verbunden?“

„Eure Leiche, du Vollkoffer! Das ist die Gratschel! Ihr hirnamputierten Wichser könnt ja nicht einmal eine Leiche identifizieren …“

„Sie … Sie meinen die tote Frau im Schubertpark?!“

„Wiederhol’ den Namen …“

„Gratschel …“, stotterte Gradoneg … „Hildegard Gratschel …“

„Na, immerhin was!“

„Woher wissen Sie …?“

„Das nächste Mal tätowiere ich’s euch aufs Hirn!“

Gradoneg drückte wie verrückt an der Lautsprechertaste herum – doch die Stimme verstummte nun endgültig, nur sein Herz schlug wild und laut und pochte ihm in den Ohren.

Zwölf

Thomas Alva Edison hatte angeblich beim tausendsten Versuch die Glühbirne entdeckt, Matthias Frerk Gradoneg halfen selbst zehntausend Fragen nichts. Mehr Fragen, als die Nacht Minuten hatte, schossen ihm wegen des anonymen Anrufes durch den Kopf. Wälzte sich im Bett hin und her, wusste nicht, was nun anstrengender sei, die quälenden Albträume in letzter Zeit oder diese hellwache Nacht mit den vielen Fragezeichen. Zu leise und gedämpft war die Stimme, als dass er sich von dem mysteriösen Anrufer ein Bild hätte machen können. Nicht einmal „Männlein & Weiblein" konnte er mehr unterscheiden. Ein paar tiefere Töne machten niemanden automatisch zu einem Mann, Marlene Dietrich war auch kein Goldkehlchen, und Countertenöre liefen nicht nur in der Oper herum.

Klaus Pellitsch, der Nazischmierer in der Lederkluft, war keineswegs der Typ, der sich Taschentücher oder sonst was auf den Mund presste und sich dahinter verbarg. Sein Ego war für solche Versteckspiele zu groß.

Godehard Alszei? War es eine Falle vom Kommissar? Ein Loyalitätstest? Wollte er damit Gradoneg auf die Probe stellen? Wer sogar Fingerkuppen in einem Türspalt erahnt, eins und eins zusammenzählen und komplexe Sachverhalte kombinieren kann, für den wäre solch ein Anruf ein Klacks. Womöglich war schon das Telefonat, welches Gradoneg im Badezimmer belauscht hatte, nichts als eine Finte; ein nebulöses Kauderwelsch, das sich der Kommissar einfallen ließ, um Gradoneg loszuwerden. Ein paar sinnlose Wortbrocken, die er gut hörbar in der Wohnung verstreute. Er konnte ja ahnen, dass Gradoneg seine Ohren spitzen würde. Das war keine detektivische Meisterleistung. Kein Mensch bleibt freiwillig wegen einer Tasse Nescafé in einer fremden Wohnung. Schon gar nicht, wenn er sich diese selbst machen musste. Keine Frage, Alszei musste diesen intriganten Auftritt geplant haben. Und nun spielte er mit seinem Narren weiter. Alleine wie er Gradoneg nach den beiden Eggers unten am Währinger Gürtel den Auspuff gezeigt hatte. War doch ein süffisanter Grinser dabei gewesen, als er seine Trumpfkarte mit dem falschen Bild, der englischen Queen, zog – dann auch noch so präpotent was von der Wahrheit faselte, die man sich immer bis zum Schluss aufsparen sollte. Und von wegen, er würde Gradoneg Handybilder von den Schlägern, den Geschäftsleuten auf der Währinger Straße, schicken. Nichts dergleichen war eingetroffen! Je mehr Gradoneg nachdachte, umso mehr rückte Alszei ins Visier. Ganz sicher, der Kommissar wollte ihn auf die Probe stellen. Testen, wie viel Zeit Gradoneg verstreichen ließ, bis er mit dem Namen der Toten vom Schubertpark herausrückte. Wenn schon nicht er selbst anrief, dann waren es zumindest seine Polizeikumpanen. Das Holzschnittgesicht hätte bestimmt nichts dagegen, Gradoneg einen Schiefer ins Fleisch zu jagen.

Ratlos starrte Gradoneg aufs Handy. Bereits nach Mitternacht. Ursula wälzte sich schon so unruhig hin und her, wie er es tat. Die Zeit verflog, nur die Ungewissheit blieb. Müde schlich er sich mit dem Handy ins Vorzimmer, tippte *Hildegard Gratschel.* Nur *Hildegard Gratschel*, ohne den seltsamen Anruf zu erwähnen. Zögerte, fluchte und zitterte ... kam schließlich seiner Staatsbürgerpflicht nach und schickte Alszei sein Geheimnis. Ging in die Küche und rührte sich einen Nescafé, löste das braune Pulver in einem halbwegs warmen Leitungswasser auf. Bereute seine SMS. Denn keine einzige seiner tausend Fragen war damit beantwortet. Ganz im Gegenteil: Was, falls der Anruf doch nicht von Alszei stammte – hatte dann Gradoneg mit der übereilten SMS seinen einzigen Trumpf in eine Kloschüssel geworfen, und Alszei musste nur noch die Spülung drücken? War es ein „Full House“ oder gar ein „Royal Flush“, was Gradoneg verspielt hatte? Oder konnte Alszei mit einem lapidaren *Hildegard Gratschel* gar nichts anfangen? Gradoneg könnte sich ja am Handy vertan haben, wollte einfach einer Bekannten, einer „Hildegard Gratschel“, was schreiben. Unmöglich, Alszei wird den Namen nicht automatisch der Toten vom Schubertpark zuordnen, dachte sich Gradoneg. Seine Hellseherei klappte vielleicht bei Fingerkuppen in einem Türschlitz, aber nicht bei Namen, sprach er sich Mut zu. Wurde aber nicht und nicht die Frage los, wie weit und tief er schon mit seiner einzigen Trumpfkarte in der Wiener Kanalisation Richtung Donau und Schwarzes Meer trieb? Nur bei einem Punkt war er sich einigermaßen sicher: Bei Nescafé mit lauwarmem Leitungswasser blieb kein Mensch freiwillig in einer Wohnung. Nirgendwo auf der Welt.

Selbst er stellte die Tasse ab und ging zurück ins Schlafzimmer.

*

Auch das noch! Gleich am nächsten Vormittag! Der Nescafé hatte sich an Gradoneg mit hohem Blutdruck gerächt; Ursula gähnte mehr, als dass sie mit ihm sprach, schleppte sich müde in die Arbeit. Franz Schnitzer ließ ihn freilich mit dem Werbesujet sitzen, gut, der hatte dafür ein stichhaltiges Argument.

Der Tag war ein paar triste Stunden alt, und schon passierte das nächste Malheur …

Der kleinen Hemma wölbte sich der Bauch, wurde größer und größer, wie ein Hügel von genmanipulierten Maulwürfen auf einem spanischen Golfplatz. Ein blutverschmierter, schleimiger Klumpen mit einem riesigen, schwarzen Haarbüschel quoll plötzlich heraus. Gerade noch konnte die Kindergartentante diesen auffangen. Freilich schrie die Kleine wie am Spieß, war untröstlich. Und wie sollte ihr auch die Tante helfen, mit einem großen, widerlichen Klumpen in den Händen?

Die war ja selbst zu Tode erschrocken. Ein schwerer Stein mit nassem, blutigem Moos, so fühlte sich dieser Klumpen an, schrie sie verzweifelt ins Telefon. Geistesgegenwärtig hätte sie dieses Unding in ihrem bis zum Büstenhalter hochgezogenen T-Shirt vor den Kinderaugen verborgen. Rasch den blutigen Schleim abgewischt, bis sie selbst klatschnass war. Hätten die Kinder nicht so gekreischt, wäre ihr gleich aufgefallen, dass der Klumpen sprechen konnte, seltsam unter ihrem Busen seufzte. Aber so ließ sie ihn nur erschrocken fallen, glaubte nicht, wen sie da plötzlich in den Händen hielt. „Oh là …“, rollte nun der Kopf vom nordkoreanischen Diktator Kim Jong-un auf dem Boden zur Puppenküche hin. Unzählige Blutstropfen klebten auf seinen Lippen und verschmierten den Boden wie verspritztes Ketchup. – „Wer sind Sie?!“, schrie die Tante verzweifelt. „Do you speak English?!“, brüllte sie noch lauter, weil sie im Kindergeschrei nichts von Kim Jong-uns fremdem Kauderwelsch verstand. „Bitzli Schwizzerdütsch …“, wurde dem Diktator vom Rollen am Boden schwindlig. „Was suchen Sie hier …?!“, flüchtete die Tante hinter die Kinder. „Atombombli zünden …“, krachte Kim Jong-un gegen den Plastikherd, kullerte ins Backrohr und musste sich dort übergeben.

Ja, so war es an diesem Vormittag. Wie ein nordkoreanischer Atomraketentest fühlte es sich für Gradoneg immer an, sobald die Kindergartentanten eine Laus oder auch nur die kleinste Nisse in den Kinderhaaren entdeckten. So aufgeregt kreischten sie den Eltern ins Telefon. Ein Weltuntergang, wie er schlimmer nicht sein konnte. Alle mussten um ihr Leben laufen, sprich sofort in den Kindergarten kommen und die bestialisch verstümmelten, strahlenverseuchten Kinder abholen. Meist waren es ohnedies nur Schuppen oder Flusen, friedfertige weiße Pünktchen, die im ängstlichen Universum der Tanten zu

Aliens mutierten – aber alle hatten zu kommen, schneller als Usain Bolt in seinen besten Zeiten.

Diese hysterischen Weiber …!, bremste sich Gradoneg mit Blaulichtbeinen vor einer der niedrigen Holzbänke in der Garderobe des Kindergartens ein. Wieder traf er am Katastrophenort als Erster ein, wohnte ja auch ums Eck und hatte wohl am wenigsten zu tun. Konnte quasi in Hausschlapfen aus seinem beruflichen Sommerloch im Kindergarten auftauchen.

Die verstehen ihr Glück noch später als ein Autist einen Witz!, dachte er grantig, streckte auf der kleinen Holzbank die Beine müde von sich. Er wusste, was als Nächstes kam: *Zuerst rufen sie den Dritten Weltkrieg aus, und dann kapieren sie erst schön langsam ihr Glück. Je mehr verlauste Kinder, desto mehr ruhige Arbeitstage. Jetzt sperren sie sich wieder mit den Kindern im Spielzimmer ein und verteilen die Läuse auf alle Köpfe. Und ich kann hier wieder eine Ewigkeit warten! Warum machen diese hysterischen Weiber das nicht gleich und rufen erst hinterher an?!*

*

Alle trudelten nun ein. Alle, die noch nicht im Flugzeug saßen oder am Strand lagen. Und all jene, für die es so oder so keine Buchung ins Paradies gab – und denen in Währing das Wasser bis zum Hals stand.

Gradoneg hatte keine Lust auf Gesellschaft, spreizte seine Beine, legte den Blouson über die halbe Bank aus, damit sich auch wirklich niemand neben ihn setzen konnte. Nur für Romana, seine Lieblingsmami und Reinkarnationsfrau, machte er rasch Platz, wischte sogar mit seinem Blouson über die Bank. Doch Romana ließ sich mit einem müden Winker gegenüber auf die Bank fallen. Erschöpft und gedankenverloren wirkte sie auf Gradoneg, ihre Lippen und die Narbe darunter zitterten. Wäre da nicht ihr feuerrotes Haar mit den züngelnden, gelockten Flammen gewesen, Gradoneg hätte sie kaum wiedererkannt.

Immer mehr vorwurfsvolle Blicke heizten mit der Sonne den Garderobenraum auf. Ein jeder beäugte den anderen – wer war wohl das unhygienische Schwein, dem sie diesen versauten Vormittag zu verdanken hatten? *Bestimmt diese Zigeunerin ... diese Romana ...* konnte sich Gradoneg die Gedanken bei der Tätersuche gut vorstellen ... *Zigeuner bleibt Zigeuner, für Dreck gibt es keinen Lippenstift. Wer das Unglück anzieht, zieht auch jede Menge Ungeziefer an.*

Diese Gedanken schien Romana ebenfalls zu spüren. Jedenfalls vergrub sie ihr Gesicht in den Händen, als wären es Schutzschilder gegen böse Blicke.

Sind ja gar nicht die vollen Windeln und versteckten Jausenbrote, die hier stinken ..., dachte sich Gradoneg ... *Das sind die Ausdünstungen in den Köpfen der Erwachsenen, die verpesten alles!*

„Na, geht's wieder auf nach Simmering ...?"

Logisch, der Oberaffe von der Sakko-Geschichte am Kutschkermarkt durfte nicht fehlen. Warum hatte er diesem Affen das Sakko nur an den Kopf geworfen und nicht gleich um dessen Hals verknotet, fragte sich Gradoneg. Holte dies innerlich nach und zog fest zu.

„Ich nehm' deine Kleine gerne in die Lausanstalt nach Simmering mit", zwinkerte ihm der Oberaffe zu.

„Nicht notwendig …", schüttelte Gradoneg den Kopf, spreizte seine Beine so weit auseinander wie Dolly Buster in ihren künstlerischsten Zeiten. Besser etwas vulgär sein, als einen Oberaffen am Schoß zu haben. Romana würde er einfach seinen freizügigen Auftritt später erklären, die konnte ja den Oberaffen selbst nicht leiden.

„Mach' ich gerne. Hab' sowieso immer zwei Tablets im Auto."

„Nein, danke!", murrte Gradoneg. Zog dabei das „Nein" mit vielen „n's" in die Länge. So, dass seine entschiedene Ablehnung selbst für einen Oberaffen unüberhörbar war.

„Du bist aber heute schlecht aufgelegt. Sag' bloß, dir ist auch eine Laus über die Leber gelaufen", grinste der Oberaffe blöd und einige der Eltern gleich mit.

Gradoneg schwieg.

„Das Sakko ist übrigens schon in der Putzerei, bring' ich nächste Woche hier mit …", zwinkerte der Oberaffe weiter.

„He, mein Kind will weder mit dir nach Simmering noch brauch' ich irgendeinen Fetzen von dir!", reichte es Gradoneg, zog sein Handy hervor und versteckte sich dahinter.

Smartphones mögen ja zur Verdummung der Menschheit beitragen, doch manchmal schützen sie auch vor saublöden Menschen, hätte sich Gradoneg in diesem Moment gedacht, wäre er nicht so wütend auf den Oberaffen und die demütigende Sakko-Geschichte gewesen.

„Ich hänge es dann bei deiner Kleinen an die Garderobe. Was hat sie denn für ein Garderobenzeichen?“, gebärdete sich der Oberaffe weiter.

„Jedenfalls keinen ‚Blutegel‘!“

„Blutegel ist gut!“, lachte der Oberaffe, „Auch wenn du eigentlich mich damit meinst …“

„Ach nein … das muss ein Missverständnis sein …“

„Egal. ‚Blutegel‘ ist jedenfalls bei den heutigen Kindern eine gute Idee. Passt weitaus besser. Würd’ ich sofort als Garderobenzeichen anbringen. Runter mit den Marienkäfern und rauf mit lauter Bestien. So viel Realismus sollte sein.“

Gradoneg hörte nun wirklich nicht mehr hin. Die Läusegeschichte war ärgerlich genug. Ursula würde ihm wieder mit dem Kindermuseum Schönbrunn in den Ohren liegen; Romana, die ihm noch immer wie ein Häufchen Elend gegenübersaß, tat ihm fürchterlich leid. War ja mit großer Wahrscheinlichkeit er gewesen, der den Eltern hier einen Ausflug nach Simmering eingebrockt hatte.

Simmering, oder besser gesagt das „Hygienezentrum der Stadt Wien“, war der Albtraum eines jeden Läuseopfers und vor allem der Eltern. Gab es Läuse, dann musste man mit seinen Kindern dorthin; ohne den Stempel von diesem Hygienezentrum waren die Türen vom Kindergarten auf immer und ewig fest vernagelt.

Ganze 30 Euro und 20 Cent hatten sie letztens für Hemmas Entlausung abkassiert. Was Gradoneg vollends auf die Palme brachte, war die Feilscherei um Hemmas Haarlänge. Lächerlicher ging es nicht mehr: Einen einzigen Zentimeter war Hemmas Haar länger. Sechzehn statt fünfzehn Zentimeter, und schon schnellte der Preis von 19,90 EUR auf 30,20 EUR rauf. Kein Bitten, kein Betteln half gegen diesen perfiden Maßstab. Sein Kind sei doch ein Mädchen und kein Skinhead, versuchte er es mehrmals. Am liebsten hätte er an Ort und Stelle der Kleinen das Haar geschnitten. *Nie wieder! Ich lass' mir keinen Silikongatsch als Goldbarren verkaufen! Nein! Die sehen mich nie wieder!*

Und bei dieser Entscheidung sollte es bleiben, rutschte er jetzt noch wütend auf der niedrigen Garderobenbank hin und her, übersah dabei fast Alszeis WhatsApp-Nachricht. *Streng vertraulich. Gleich löschen!*

Überrascht zogen sich ihm die Augenbrauen hoch, runzelten seine Stirn zu einem Akkordeon. *Gibt's das?!*, versicherte er sich, dass sein Handy auf lautlos war. Gleich dreimal, wie beim Aschenbecher und Bügeleisen, den Wasserhähnen und Toastersteckern, bevor er die Wohnung verließ. Links, rechts, links, rechts … schweifte sein 180-Grad-Blick durch den Raum, bis das Genick knackste, ihn beinahe verriet. Erst danach spielte er den Film ab.

Gradoneg verstand das Mysterium hinter Alszeis Geheimnistuerei nicht.

Na, und? Eine Frau stöckelte mit einem Kinderwagen die Währinger Straße hoch, wie die Reklameschilder am oberen Bildrand zeigten. Der Drogeriemarkt, die Blumenhandlung, der Delikatessenladen … Ein wackeliges, belangloses Handyfilmchen, von hinten aufgenommen. Weder rutschte ihr der Rock sensationell über das Gesäß noch knallte neben ihr das Baby auf den Gehsteig, niemand stahl ihr was, und die Autos hielten brav Abstand. „*Der verscheißert mich doch …*“, zoomte er den Film, stoppte zwischendurch die Aufnahme, suchte die Bilder akribisch nach Details ab. *Was soll der Mist?!*, ließ er die Frau mit dem Kinderwagen wieder die Währinger Straße hochlaufen. Gut, den Ton hatte er abgedreht, doch gar so viele Schimpfwörter wird man der Mama mit dem Kinderwagen wohl nicht nachgerufen haben. *Da ist ja der ORF spannender …*, schüttelte Gradoneg enttäuscht den Kopf, war sich nun endgültig sicher, dass ihn Alszei verschaukelte. Irgendwo oben, schon in der Nähe der Garageneinfahrt und dem Aufgang zum Schubertpark, hielt sie dann an, stellte den Kinderwagen vor einem Geschäft quer zur Seite, wobei sich dieser nun als Rollstuhl entpuppte. *Die Tote von Schubertpark!*, erinnerte sich Gradoneg nun endlich an sein Gespräch mit Alszei. *Das ist ja ein Rollstuhl und kein Kinderwagen! Ich Trottel!* Und erschrak dann so sehr, dass ihm beinahe sein geliebtes Smartphone aus den Händen fiel: Romana! Gradonegs Reinkarnationsfrau fürs nächste Leben! Romana schoss aus dem Geschäft, vor dem nun der Rollstuhl mit der Alten vom Schubertpark stand.

Eilends schnappte sie sich das Gefährt mit der Alten, schob sie in einem wilden Slalom zwischen den Passanten auf dem Gehsteig wieder in die Richtung des Handyfilmers. So wütend konnte also Romana sein! So zornig konnte sie ihr Feuerhaar, die züngelnden Flammen, aus dem Gesicht blasen! So impulsiv konnte sie mit einem Menschen umgehen! Mit Riesenschritten raste sie auf den

Handyfilmer zu, immer größer wurden sie und ihre Wut vor Gradonegs Augen.

Hin und her, rauf und runter, hin und her. Einmal, zweimal, dreimal, viermal … fünfmal! Fünfmal wiederholte sich diese Szene! Fünfmal stöckelte der Rock mit dem Rollstuhl die Währinger Straße hoch, fünfmal schob Romana die Alte im Rollstuhl zurück. Immer wutentbrannter, immer schneller stöckelte der Rock mit dem Rollstuhl dahin, streifte schon Passanten am Gehsteig – immer verzweifelter, aber ebenso wütender schob Romana die Alte zurück. Feuerrote Flammen wehten über Romanas Gesicht, die Alte drohte ihr schon aus dem Rollstuhl zu kippen, knickte immer wieder mit dem Oberkörper nach vorne, die Arme hingen zur Seite raus, streiften beinahe den Boden.

Gradonegs Atem beschlug das Display … Er zoomte und zoomte ein Standbild mit der Frau im Rollstuhl. War sie bewusstlos oder während dieser Tortur in der prallen Währinger Mittagssonne verstorben? Das konnte er natürlich auf dem grobkörnigen, gezoomten Bild nicht feststellen, schon gar nicht medizinisch richtig abschätzen. So sehr er sich auch für Romana wünschte, dass die alte Frau in diesem Moment noch gelebt hatte. Ja, er wünschte sich dies so sehr, dass er sogar Klaus Pellitsch zu einem Freispruch gratuliert hätte. Er wäre diesem Nazischwein glücklich um den Hals gefallen, hätte ihm die Füße geküsst und sich für alle seine Vorurteile entschuldigt. Die Klauen eines Nazischweins wären ihm allemal lieber gewesen, als dass man Romana wegen fahrlässiger Tötung anklagte.

*

„Ich war's!"

Etwas Dümmeres hätte Gradoneg Romana nicht in der Klostergasse hinterherrufen können. „Die Läuse! Ich mein' die Läuse! Die haben wir angeschleppt. Waren am Sonntag im Kindermuseum Schönbrunn ...", korrigierte er sich, zog Hemma an der Hand, ungeduldig wie einen Hund an einer zu kurzen Leine, damit ihm Romana mit ihrer Tochter nicht entwischen konnte. „Du kennst ja die Perücken dort", redete er mit Romanas Rücken. „Ich zahl' das Läuseshampoo, ja? Oder Simmering ... Wir fahren gemeinsam mit dem Taxi nach Simmering ..."

„Nein!", drehte sich Romana nicht einmal um. Zog ihre Kleine ebenfalls ungeduldig an der Hand. Ein Hündchen an einer zu kurzen Leine und ein störrisches Eselfohlen – und zwei verzweifelte Tierpfleger-Eltern schleppten sich die Klostergasse runter.

„Egal was ... Simmering oder eine Apotheke, ich zahl'."

„Ich brauche keine Almosen!"

„Bitte, Romana, lass' mich das wiedergutmachen ...", hatte er sie nun eingeholt und legte ihr die Hand auf den Rücken.

„Greif' mich nicht an!"

Dieser schroffe Tonfall war ihm bisher an ihr völlig fremd. Die Schärfe, mit der ihr die Worte über die Lippen kamen, die Gereiztheit ihrer funkelnden Augen.

„Läuse kommen immer von den Zigeunern!"

„Aber ..."

„Alles Böse kommt von den Zigeunern!"

„Bitte, Romana, du glaubst doch nicht, dass ich …"

„Lass' mich endlich in Ruhe!", drehte sie sich wieder um.

Mehr als jedes Wort irritierte Gradoneg Romanas Alkoholgeruch.

„Eis …", stammelte Gradoneg. „Darf ich wenigstens den Kindern und dir ein Eis spendieren?"

Dem Zauberwort „Eis" folgte bei den Kindern ein begeistertes „Jaaaaa".

Romana sagte nichts, Gradoneg getraute sich nichts mehr zu sagen. Sie ging weiter, zwei, drei Schritte vor ihm; die Kinder spielten Läusetauschen. Ein Mädchen hockte sich auf den Gehsteig, das andere schüttelte ihr Haar darüber aus.

Als dann Romana unten rechts in die Schulgasse ging, atmete Gradoneg auf. Die Richtung zum Eissalon beim Schubertpark stimmte schon einmal, die Kinder streckten auch schon ihre Zungen aus und begannen mit dem üblichen Eispoker – jedes wünschte sich drei Kugeln, Gradoneg ließ diesen Traum auf eine Kugel schmelzen, auf zwei einigte man sich schließlich. Das Leben ist lausig genug.

Romana schleckte widerwillig an ihrem Eis. Es rann bereits über die Tüte, zog eine rot-orange Spur über den Handrücken, tropfte ihr sogar auf die Schuhe. Was sie gar nicht bemerkte. Sie war mit ihren Gedanken wohl zu weit weg, als dass sie ein paar klebrige Tropfen zurückholen konnten.

Gradoneg hatte ihr Melone ausgesucht, sie selbst konnte oder wollte sich ja nicht entscheiden. Auch nicht für eine Parkbank. Nach ein paar Schritten blieb sie einfach auf dem Kiesweg stehen. „Heiß heute …“, wollte sie Gradoneg zumindest unter einen schattigen Baum locken. Vergeblich. Nur die Kinder liefen runter zum Spielplatz.

Sobald ihm eine Frage wegen des Handyfilms auf der Zunge brannte, kühlte er diese rasch mit dem Eis ab und schluckte sie runter. Natürlich wäre dies nun der ideale Zeitpunkt, Romana scheinheilig auszufratscheln. Was es denn Neues gäbe, in der Arbeit oder generell so im Leben? Es wäre aber auch einer der schäbigsten Momente in seinem Leben gewesen. Hinterhältig und berechnend, nur um einem Wiener Kommissar in den Arsch zu kriechen. Nein, in diesen traurigen Augen wollte er nicht mit spitzen Anglerhaken fischen, selbst wenn darin die Wahrheit über die Tote vom Schubertpark zu holen wäre. Wie sie nach Währing kam und wer sie gebracht hatte, ob sie ohnmächtig oder schon tot war – wie sie schlussendlich in den Schubertpark kam und wer sie getötet hatte?

Nein, lieber schwieg er und zählte die Eistropfen, die immer schneller auf Romanas Schuhe fielen.

„Kennst du einen Anwalt?“, war es Romana, die nun die Stille unterbrach.

„Wie bitte …?“

„Einen Anwalt … Kennst du einen guten Anwalt?“

„Wozu brauchst du denn einen Anwalt?“, tat er nichtsahnend, blinzelte verlogen und wurde dabei so rot wie das Meloneneis.

„Nur so eine Frage, nichts Wichtiges.“

„Doch. Einen kenne ich. Der ist allerdings selbst im Gefängnis.“ Dümmer konnte man sich nicht in die Nesseln setzen und seinen Arsch bis zum Rücken rauf verbrennen, auch wenn es die Wahrheit war. „Angeblich ist er unschuldig und kommt bald wieder raus … Aber für was brauchst du einen …“

„Ich werde doch wohl noch fragen dürfen?!“

Romana sprach so impulsiv, dass die vollgesogene Eistüte in der Mitte knickte und die Melonenkugel auf den Kiesweg platschte.

„’tschuldige …“, flüsterte Gradoneg, beugte sich zum Eis runter. Packte den klebrigen Gatsch irgendwie in seine Billa-Serviette von der Vormittagswurstsemmel. Gut, dass der nächste Mistkübel einige Schritte entfernt war. Den Mut, Romana jetzt in die Augen zu sehen, hätte er nicht gehabt.

„Polizisten. Ich kenn’ ein paar Polizisten …“, kam Gradoneg zurück. „Sogar einen richtigen Kommissar. Sag’ mir bitte, worum es geht, bestimmt kann ich dir dann helfen.“

„Ist schon gut.“

„Ehrlich, mach’ ich. Angeblich braucht man nur sieben Personen, um zum amerikanischen Präsidenten zu kommen. Also, die Netzwerke von sieben Menschen, und du kannst dem amerikanischen Präsidenten einen Brief schreiben.“

„Ich will Trump keinen Brief schreiben!“

„War nur symbolisch gemeint. Ich mein’, wir finden jemanden, echt, du …“

„Vergiss es.“

Gradoneg übersah in seinem stupiden Eifer, dass Romana weinte. Innerlich weinte. Denn sie gehörte zu jenen Menschen, die keine Tränen mehr hatten. Deren Augen von viel zu viel Schmerzen und Trauer versiegt waren. Menschen, die innerlich weinten; mit stillen Tränen, die wie Fische unter einer dicken Eisdecke einsam dahintrieben.

„He, was ist denn mit dir …?“, hätte sie Gradoneg am liebsten in den Arm genommen.

„Ich hab’ was Fürchterliches getan …“, schluchzte Romana.

„Du doch nicht.“

„Hab’ ich aber. Einen Menschen im Stich gelassen.“

„Aber, aber … Das machen in Wien jeden Tag zwei Millionen …“, kam ihm der nächste Unsinn über die Lippen. „Wen? … Wen hast du im Stich gelassen?“

„Vor der Tür. Im Rollstuhl. Ich hab’ das Geschäft aufgesperrt. Eine alte Frau. Kein Wort. Sie hat nichts gesagt. Gegrüßt. Ich hab’ sie gegrüßt und aufgesperrt. Kein Wort. Sie hat nichts verstanden …“, erzählte Romana. Sprach mehr zu sich als zu Gradoneg. Holte den Schmerz aus den Tiefen ihrer Verzweiflung. Hoffte, dieser würde ausgesprochen erträglicher sein, als er sich in ihrem Inneren anfühlte. „Er ist nie da. So früh ist er nie da. Ich hab’ ihr ja nur was zum Essen gegeben. Essen und Trinken, dann gehen sie wieder. Oder Geld … Wenn man dem Busfahrer Geld gibt, dann suchen sie ein anderes Geschäft aus. Ich gebe ihnen immer Geld. Aber er schreit immer mit mir … Zigeuner bringen Unglück und Abschaum. Unglück und Abschaum und keine Kunden …“, ließ ihre Angst nur noch Satzfetzen zu, obwohl Romana ansonsten ausgezeichnet Deutsch sprach.

„Langsam, langsam …“, drückte Gradoneg Romana an sich, strich ihr mit der Hand über den Rücken. „Du meinst deinen Chef? Das mit dem Unglück und Abschaum, sagt das dein Chef?“

„Ich wollte es nicht tun. Musst du … Musst du! Er hat so geschrien. Mitgehen. Ich soll gleich mit den Zigeunern mitgehen … Deshalb hab’ ich sie weggeschoben … Aber die haben sie ja immer zurückgebracht …“

„Ganz ruhig, Romana …“, flüsterte ihr Gradoneg ins Ohr. „Du hast der Frau ja geholfen. Was zum Essen und Trinken gegeben. Das ist ja nichts Böses. Sogar was Gutes, was sehr Gutes. Mehr, als alle anderen getan hätten.“

„Aber die Polizei meint, ich habe sie entführt …“

„Die Polizei war bei dir?!“

„Ich hab’ sie nicht entführt. Nur zu den Rosen in den Schatten gebracht. Ich hab’ sie nur rauf zu den Rosen in den Schatten gebracht. Heiß. Ist ja viel zu heiß auf der Straße … Schuld … Aber ich bin schuld, dass sie verschwunden ist. So müde … sie war ja so müde. Bei allen Augenlichtern … ich hab’ sie nicht entführt.“

„Wart einmal …“, drückte sie Gradoneg noch fester an sich. „Wer hat das mit der Entführung gesagt?“

„Er hat so geschrien und mich gekündigt … Zigeuner bringen kein Geld, die stehlen nur und vertreiben die Kunden.“

„Dein Chef hat dich gekündigt?!“

„Ja.“

„Und das mit der Entführung? Wer hat das mit der Entführung behauptet?“

„Die Polizei. Die Polizei hat das gesagt. Einsperren. Sie sperren mich ein, wenn ich das Versteck nicht verrate.“

„Nein, das dürfen sie nicht … Wie hat dieser Polizist ausgesehen? Einer in Uniform oder in Zivil? Ich mein', war er groß …? Groß mit schwarzen Haaren oder hatte er eine scheußliche lange Nase?"

„Überall. Ich hab' sie überall gesucht. Er hat mich ja nicht gehen lassen. Erst am Abend. Sonst zahlt er nichts … den ganzen Juli nichts. Aber sie war nicht mehr da. Jetzt sperren sie mich ein …"

„Du meinst am Abend, nach der Arbeit? Du hast die Frau oben im Park gesucht, und sie war nicht mehr dort?"

„Bei allen Augenlichtern … Ich hab' nichts Böses getan. Niemanden entführt. Ich will nicht ins Gefängnis", zitterte Romana vor Angst und Verzweiflung.

Wie nun auch Gradoneg vor Zorn und Wut bebte:

„Nein, dir passiert nichts. Das lass' ich nicht zu. Ich schwöre es. Niemand wird dir etwas tun", sah er sie fest und überzeugt an. „Ich kenn' zwar keinen Anwalt, aber dafür einen richtigen Kommissar."

„Hoffentlich ist der nicht auch im Gefängnis."

„Noch nicht …"

„Du nimmst mich schon wieder am Arm."

„‚Auf den Arm' … Aber heute heißt das bei uns ‚in den Arm' nehmen", drückte er Romana fest an sich. „Ich bieg' das wieder hin, versprochen."

„Hoffentlich meinst du nicht ‚verbiegen'."

Gradoneg lachte. „Siehst du, du machst ja schon wieder Witze. Und weißt du was? Spätestens morgen ist diese ganze Geschichte nichts als ein großer Witz. Ehrlich. Nichts als ein großer Witz."

„Danke."

„Ich weiß auch einen."

„Wie bitte?!"

„Einen Witz. Ich kenn' zwar keinen Anwalt in Freiheit, aber einen Witz über Anwälte …"

Wie bei allen seinen Witzen, die er generell für gut – ja exzellent – hielt, gluckste Gradoneg laut auf, musste erst sein Amüsement schlucken, bevor er ein verständliches Wort hervorbrachte.

„Also, da fallen ein Kaninchen und eine Schlange in eine Grube …"

„Bitte, Matthias … Ich bin nicht in der Stimmung für …"

„Pssst …", legte er einen Finger auf ihre Lippen. „Eine Schlange und ein Hase fallen in eine Grube. Dunkel, sehr dunkel ist es dort, und beide haben eine fürchterliche Angst. Da kommen sie dann auf die Idee, sich gegenseitig abzutasten. Damit jeder weiß, wer der andere ist, und sich so besser fühlt. ‚Du musst ein Kaninchen sein ...', sagt die Schlange ‚… weil du spitze Ohren und ein weiches Fell hast.' ‚Und du musst ein Anwalt sein', sagt dann das Kaninchen zur Schlange … ‚Ja, du bist bestimmt ein Anwalt, denn du hast eine gespaltene Zunge und bist aalglatt'."

„Gut, dass du keinen Anwalt kennst."

„Morgen … morgen ist alles wieder gut", schüttelte sich Gradoneg vor Lachen.

Dreizehn

„Ich bin ja nur der Depp, der eure Leiche identifiziert hat!"

Hannes Roschinic sagte einmal zu Gradoneg, die Anzeigenakquise sei eine Art Aromatherapie für Arschlöcher. Man müsse seinen Auftraggebern ständig Weihrauch in die Ohren hauchen. Er meinte sogar auch alle anderen Körperöffnungen. Die untertänigsten Wörter, welche der Duden bereithält, müsse man säuseln. Und das schien bei der Wiener Polizei ebenso zu sein. Seit über zwei Stunden kroch Gradoneg nun schon wie der letzte Wurm in Alszeis Sprachbox herum. Zog dort mit seinem Sklavensermon eine Spur, die schmieriger als jedes Politikergewinsel bei Wahlen war. Doch nun reichte es ihm. „Ich lass' dich hochgehen!", schrie er ins Handy, sah Romanas traurige Augen vor sich, spürte ihr Zittern. Rief nun schon im Minutentakt an: „Wenn ihr der Romana was antut, steck' ich euch persönlich in eine Schaukel und komm' mit der Motorsäge!"

Ich rufe Sie später zurück, schickte Alszei beim x-ten Anruf eine vorgefertigte SMS.

„He! Ihr speist mich nicht mit so einer larifari SMS ab!", wählte er bereits alle zehn Sekunden Alszeis Nummer. „Die bringt sich wegen eurer verlogenen Scheiße noch um! Und ihr Kind dazu!"

Stopp! Melde mich in zehn Minuten.

Sofort! Ich muss dich sofort treffen! Persönlich!

*

Der Papst lag im Sterben und wollte Gradoneg die Marienoffenbarungen von Medjugorje mitteilen, Ursula war am Nordpol und hatte das schönste „Frerkibärrrr“ ihres Lebens auf den Lippen, Coca Cola erwägte, alle Anzeigen nur noch über ihn zu schalten, und das weltweit! So lief nun Gradoneg um Romanas Leben die Czartoryskigasse hoch. Endlich eine Audienz bei Alszei! Ein persönliches Gespräch, wie es Gradoneg gefordert hatte. Die bleiernen Aschenbecher schepperten in seinen Lungen, der Alkohol gärte in seiner Leber – länger und länger wurde die steile Gasse zum Schafberg hinauf. Er hatte eindeutig zu viele ungesunde Jahre auf seinem Buckel, dafür aber ein klares Ziel – er musste, wollte und würde Romana retten. Je langsamer seine Schritte wurden, desto schneller liefen seine Gedanken … Schritt für Schritt und Gedanken für Gedanken schrieb er an Romanas Verteidigungsplädoyer. Pathetisch und entschlossen, herzzerreißender hatte einst selbst der Schauspieler Oskar Werner kein Rilke-Gedicht rezitiert. Woher Romana ihre Narbe hätte, wollte er sein Plädoyer beginnen. Diese äußere Verwundung sollte Alszei zur eigentlichen Narbe, zur Wunde in Romanas Herz führen.

Glaubst du, die hat freiwillig mit einer messerscharfen Wodkaflasche geknutscht?!, keuchte er sich den Beginn seiner Rede vor. Hielt Ausschau nach der Nummer 89, wohin ihn Alszei gnadenhalber zitiert hatte. Je weiter es hoch ging, umso protziger wurden die bürgerlichen Trutzburgen – umso größer wurden die Gärten zwischen den Villen, und umso tiefer hing Gradoneg die Zunge raus. Ein Dackel mit gebogenen Arthritisbeinchen kurz vorm Einschläfern wäre gegen ihn ein schöner Anblick gewesen.

„*Leb' einmal mit so einem Arschloch, das dir im Suff dein Baby aus dem Bauch treten will*", keuchte er weiter, „*und ihr seid nicht anders! Wenn ihr die Romana jetzt wegen fahrlässiger Tötung hinter Gitter bringen wollt, dann seid ihr doch nicht anders als ihr beschissener Ex. Dann küsst sie halt keine Wodkaflasche, sondern einen Paragrafen aus Rasierklingen. Versteht ihr das echt nicht? Ihr Chef! Die Romana hat doch ihr Chef dazu angestiftet. Die hatte doch keine andere Wahl!*"

Dann schoss es ihm plötzlich in den Kopf, dass er seine kleine Hemma in der Wohnung eingesperrt hatte. So gedankenverloren und hektisch, wie er Alszeis Gnadenakt gefolgt war. Was, wenn die Kleine mit dem Herd Puppenküche spielte? Gut, dass er ihr die „Eiskönigin" nochmals bis zum Vorspann gespult, eine 200-Gramm-Milkaschokolade vor den Fernseher hingelegt hatte. Mandelsplitter waren zwar nicht Hemmas Lieblinge, aber gegen das Jucken vom Läuseshampoo auf ihrem Haar würden sie schon helfen. Und da gab es ja auch noch die beiden Soletti-Packungen, die das Mädchen hoffentlich vom einen oder anderen Griff unter den Handtuchturban abhielten. Sputen musste sich Gradoneg allerdings, mehr als zwanzig Minuten sollte das Läuseshampoo auf keinem Kinderkopf sein. Eine Substanz, die Läuse erstickt, nagt auch schnell an den Haarwurzeln. Aber mehr als Romana zu retten, hatte er ohnedies nicht vor.

Er wechselte auf die schattige Straßenseite und hechelte nun in der Sonne seinem Ziel entgegen, war schon bei der Nummer 89 angelangt. Seltsam, einen Gemeindebau hatte er hier nicht erwartet, obwohl er die Gasse schon mehrmals mit dem Bus zum Schafbergbad bezwungen hatte. Gemeindebauten in den bürgerlichen Wiener Revieren wie Währing, Döbling oder Hietzing fielen ihm eigentlich auf, er fragte sich dann immer, wer hier wohl wen infizierte: die Arroganz des Spießertums das ruppige Hacklertum oder die Badeschlapfenkultur die Burgtheaterabonnenten? In der Czartoryskigasse war es zweifellos Ersteres, da nahmen wohl die Spießer die Badeschlapfen an die Kandare – jedenfalls zeichnete sich der Rasen rings um die renovierten Gemeindebauten durch Golfplatzallüren aus. Keine verirrten Einkaufswagen wie sonst in den Gemeindebauschluchten, keine Dosen und Plastikflaschen, die mit dem Löwenzahn um die Wette wucherten.

„Endlich! Gott sei Dank!", stolperte und keuchte er auf Alszei zu, der schon ungeduldig vorm Hauseingang wartete. Die Tür mit seinem Fuß einen Spalt offen hielt.

„Ich muss dringend mit dir über die Romana reden. Die Rothaarige auf der Handyaufnahme … Die Frau, die den Rollstuhl zurückschiebt … Nicht die Erste mit dem großen Arsch …"

Alszei stieß das Haustor auf.

„Ich bin gleich zurück, dann reden wir in Ruhe. Wart' hier … fünf Minuten, höchstens zehn."

„Weißt du, woher die Romana ihre Narbe hat?", ließ sich Gradoneg im Stiegenhaus nicht von Alszeis bösem

Blick die Stufen runterschubsen. „Von einem abgeschlagenen Flaschenhals … Ihr Ex-Mann hat sie nämlich damit zum Abschied geküsst … Zuerst vergewaltigt und dann mit einer Glasscherbe geküsst“, hallten Gradonegs Worte und Gekeuche im Stiegenhaus. „Sie hat absolut nichts damit zu tun, verstehst du? Ihr könnt ihr doch nicht eine fahrlässige Tötung anhängen, nur weil sie der Alten geholfen hat. Dann könnt’ ihr gleich alle einsperren, die irgendwann einmal einem Bettler helfen … Krepieren doch alle Bettler … Vielleicht nicht in einer Babyschaukel, aber auch nicht normal, bestimmt nicht …“, lief er Alszei hinterher, erreichte jedoch nicht dessen Ohr.

Der Kommissar läutete bereits an einer Wohnungstür im zweiten Stock.

Wär’ ein ideales FPÖ-Plakat, dachte sich der Alltagsfaschist in Gradoneg, als die Wohnungstür aufging und sich der Türrahmen mit immer mehr wüsten Gestalten füllte. *Der gute alte Wiener Gemeindebau und seine Bewohner. Vielleicht machen die SPÖ’ler deshalb keinen Wahlkampf mehr an den Türen. Die würden sich alle erschrecken …*

Nun füllten bereits vier Männer den Türrahmen aus. Dicht gedrängt und so groß gewachsen, dass keine Fledermaus aus der Wohnung entkommen hätte können. Die Augen so dunkel und beängstigend wie die Donau bei einem stürmischen Unwetter, Bärte, die mehr spitze Nadeln als Haare hatten.

„Herr Erdogan?“, fragte Alszei in die Runde, hielt den Männern seinen Ausweis hin. Suchte die Gesichter nach einem Nicken oder Stirnrunzeln ab. „Wer von Ihnen ist Herr Erdogan?“

Das gibt's doch nicht! Auch noch Erdogan!, grinste Gradoneg hämisch den Fußboden an. Denn vor dem Sperrfeuer der dunklen Blicke war er längst in Deckung gegangen.

„Ahmet ...!", rief ein Typ rechts im Türrahmen nach hinten.

Immerhin nicht auch noch „Recep" ... Recep Erdogan wäre der absolute Hammer. Was für eine Schlagzeile „Selbst türkischer Ministerpräsident hat Zweitwohnsitz in Wiener Gemeindebau!" ...

Die Männer drängten sich zusammen, ein Junge zwängte sich durch den Fleischberg. Vielleicht zehn, zwölf Jahre, wenn man den pubertierenden Oberlippenflaum richtig einschätzte. Alszei beugte sich etwas zu ihm vor, Gradoneg hätte dies wohl als „buckeln" abqualifiziert.

„Hallo, Ahmet", streckte Alszei dem Jungen die Hand hin. „Ich heiße Godehard. Godehard Alszei, von der Polizei. Nichts Schlimmes, ich hätte nur ein paar Fragen an deinen Vater. Dann lasse ich dich auch schon in Ruhe weiterspielen."

Ahmet berührte kurz Alszeis Hand. Eher wie einen giftigen Kaktus.

„Du bist also so lieb, Ahmet, und wirst für mich übersetzen."

„Immer Dolmetscher ..."

„Ausgezeichnet, Ahmet. Wir brauchen einen guten Dolmetscher. Einen sehr guten Dolmetscher. Wer von den Herren ist denn dein Vater?"

„Nichts getan ..."

„Natürlich, Ahmet. Dein Papa hat nichts gemacht. Deshalb bin ich auch nicht hier. Glaub' mir, ich habe nur ein paar Fragen."

Gott! So freundlich sollte einmal ein Beamter zu mir sein!, dachte sich Gradoneg.

Ahmet drehte sich kurz um, zögerte, auf einen der Männer hinter ihm zu zeigen, fürchtete, damit jemanden zu verraten.

„Es geschieht nichts, Ahmet. Niemandem von den Herren, versprochen."

Der Junge deutete unsicher auf das dunkle Augenpaar rechts beim Türstock. Darunter öffneten sich die Bartstoppeln für ein paar türkische Sätze.

Ahmet wandte sich an den Kommissar.

„Alle Freunde von Papa. Wegen Ramadan da", übersetzte der Junge. „Fahren bald … Jetzt immer Licht in …", suchte er nach einem Wort, „immer Licht in … in İsveç …"

„Schon gut, Ahmet. Wir sind nicht von der Fremdenpolizei, sag' das bitte deinem Papa. Wir schicken niemanden fort."

„Der meint wahrscheinlich Skandinavien … irgendein skandinavisches Land", flüsterte Gradoneg hämisch, „dort kann man bei der Mitternachtssonne im Ramadan schon ordentlich hungern."

„Seit wann wohnen Sie bereits in diesem Haus, also hier in der Czartoryskigasse, Herr Erdogan …?", versuchte es nun Alszei mit einem direkten Blickkontakt, bekam aber nur hochgezogene Augenbrauen als Antwort.

„Andere Wohnung Mama verbrannt …", sagte Ahmet.

„Ich weiß, Ahmet. Das tut mir leid", beugte sich Alszei etwas tiefer zum Buben runter, behielt aber dabei auch die Männer, vor allem den Vater, im Auge. Gradoneg schluckte verlegen, hätte gerne seinen Ramadan-Hohn mit einer blitzschnellen Reptilienzunge zurückgeholt.

„Fragst du jetzt bitte deinen Papa, wie lange ihr schon in dieser Wohnung seid? Ich meine, diese Wohnung hier …?"

„Bekommen. Nicht eingebrochen."

„Frag' das bitte deinen Vater!", schlich sich in Alszeis Stimme schon ein ungeduldiges Fragezeichen ein.

Ahmet übersetzte und hörte seinem Vater zu.

„Zwei Jahre. Zwei Jahre und mehr … mehr Tage", meinte der Junge.

„Und als ihr in diese Wohnung gekommen seid, waren da noch Sachen hier?"

„Alles mit Mama verbrannt …"

„Diese Wohnung. Ich meine, diese Wohnung hier, Ahmet. Waren noch Sachen von einer Frau da? Kleider, Möbel, Schuhe …?"

„Nichts gestohlen."

„Sag' bitte deinem Vater, dass ich mir kurz eure Wohnung ansehen möchte."

Allmählich fiel bei Gradoneg der Groschen. *Logisch, das ist die Wohnung von der Toten im Schubertpark. Von dieser Hildegard Gratschel … Die muss hier gelebt haben. Aber was interessiert den „Friedhof" eine Wohnung, die die Gratschel vor zwei Jahren verlassen hat? Wahnsinn! Die Türken haben die wahrscheinlich hier eingesperrt und dann auf der Währinger Straße als Bettlerin entsorgt!*, erschrak er vor seinen Gedanken und Schlussfolgerungen.

Die Männer machten widerwillig Platz.

Alszei schien die kleine Einzimmerwohnung mit seinen Blicken zu vermessen, hunderte Fotos für ein Album in seiner Erinnerung zu knipsen. Jeden Winkel, jeden Sprung in der Wand, die rostigen Abflussrohre unter der frei stehenden Spüle, den Bettwäscheturm und die zusammengerollten Schlafsäcke auf dem Bettsofa, das Geschirr auf dem Tisch.

Selbst die Gardinen schien er mit einem konzentrierten Blick zur Seite zu ziehen, den zerfransten Fleckerlteppich zu heben und alle Kredenztüren zu öffnen.

„Die Möbel waren alle schon da, als ihr hier eingezogen seid, Ahmet?", verzichtete Alszei endgültig auf ein Gespräch mit dessen Vater. „Der Tisch, das Bett … die Sessel? Waren die Möbel schon da?"

„Andere mit Mama verbrannt …"

„Also waren diese Möbel in der Wohnung, als ihr eingezogen seid", gab sich Alszei selbst die Antwort.

Ahmet sah unsicher seinen Vater an, wusste nicht, was er tun sollte. Flüsterte etwas und gab dann ein mürrisches Nicken seines Vaters an Alszei weiter.

„Der da auch …?", blieb Alszei vor einem neuwertigen Kleiderschrank mit Spiegeltüren stehen. Das einzige Möbelstück in der Wohnung, das aus dem 21. Jahrhundert stammte, unter dem sonstigen Sperrmüll wie ein Ufo in Stonehenge anmutete.

„Hat dieser Schrank der Dame gehört, Ahmet?", hörte sich Alszeis Stimme nun sehr bestimmt an.

„Niemand abgeholt …“

Alszei blieb nachdenklich vor dem Schrank stehen. In den Spiegeltüren sah man, wie sich seine Stirn in Falten legte, er den Schrank genau musterte. Dann nahm er sein Handy und begann den Schrank zu fotografieren, kniete sich sogar davor auf den Boden, strich mit den Handflächen über die Druckstellen des Schrankes auf dem Linoleumboden und fotografierte auch diese.

Als er sich wieder erhob und die Schranktüren öffnete, protestierten die Männer mit einem lauten Murren. „Keine Angst, mich interessiert keine fremde Unterwäsche …“, ließ sich der Kommissar nicht davon abhalten, schob die Kleiderbügel zur Seite.

„Nicht gestohlen, nicht gestohlen … schwören bei Mama …“, wimmerte Ahmet sein Unschuldsmantra, während Alszei die Innenseiten der Türen inspizierte, auch diese mit Fotos auf seinem Handy festhielt.

Was für ein Scheißleben, kam es Gradoneg in den Sinn *… Mein Josef könnte auch hier stehen und um das einzige neue Ding auf diesem Schrottplatz betteln. Viel jünger als dieser Ahmet ist ja der Josef auch nicht.*

„Mein Schrank … Ich Harry Potter spielen …“, flehte Ahmet den Kommissar an.

Wenn er diesem armen Schwein den Kasten konfisziert, bring' ich ihn um!, bohrte sich nun auch Gradonegs böser Blick in Alszeis Rücken.

Er wusste ja von seinem Josef, dass Harry Potter in einem Schrank voll Spinnweben von einem besseren Leben träumte – und zumindest diesen Zauber sollte man Ahmet lassen.

*

„Was soll das?!", brüllte Alszei hinter der Windschutzscheibe. Hupte und fuchtelte wild mit seinen Händen herum, als wären diese die eigentlichen Scheibenwischer, mit denen er Gradoneg wie Taubendreck verschwinden lassen wollte. Für einen kurzen Moment hatte Gradoneg vergessen, weshalb er sich dem Kommissar und dessen Auto in den Weg stellte. Schon mit den Knien die Motorhaube berührte und dennoch nicht zur Seite wich.

„Wir müssen reden! Das hast du mir versprochen!", schrie er laut, damit ihn Alszei hinter der Windschutzscheibe und bei laufendem Motor hören konnte. Er war noch mit seinen Gedanken in der Wohnung der Erdogans gewesen, erst jetzt unten in der Czartoryskigasse angekommen. War ja eine merkwürdige Begebenheit: Alszei wurde beim Fotografieren plötzlich leichenblass, starrte entgeistert sein Display an und stürzte sich mit einem hastigen Abschiedsgruß zur Wohnung raus. Was auch Gradoneg tat oder besser tun wollte. Mitten im Vorzimmer stolperte er dabei, legte einen Bauchfleck hin, donnerte mit dem Kopf gegen die Wohnungstür. Ein Kracher, weitaus mehr als ein Kracher! Schwören hätte es Gradoneg können, dass er in diesem Kracher die Stimme von Ahmets Vater hörte: „Jetzt bist du beinahe so tief wie dein Charakter gefallen!" Das war keine akustische Fata Morgana, sondern bestes akzentfreies Deutsch. „Jetzt bist du beinahe so tief wie dein Charakter gefallen!" Eindeutig, Vater Erdogan hatte ihm ein Bein gestellt und eine Metapher über den Schädel gezogen.

„Ich fahr' dich übern Haufen!", schlug Alszei wütend auf die Hupe.

„Mach' die Tür auf", beugte sich Gradoneg todesmutig über die Motorhaube.

„Ich lass' dich abführen!"

„Die Romana ist unschuldig!"

Alszei entriegelte die Tür auf der Beifahrerseite. „Wird's bald!", deutete er fuchsteufelswild auf die Tür.

„Die Hände vom Lenkrad! Nach hinten auf die Kopflehne … Ich kenn' den Trick. Sobald ich zur Tür gehe, gibst du Gas."

Alszei drehte mit einem Hupkonzert auf der Czartoryskigasse um, hoffte, dass oben hinter dem Hügel kein stereotauber Raser auftauchte. Gradoneg zitterte um seine rechte Niere, fühlte schon, wie diese bei einem Unfall in seiner Blase versenkt werden würde.

„Die Romana ist heute wegen eurem Verhör entlassen worden", schloss Gradoneg sicherheitshalber die Augen.

„Das war eine Routinebefragung und kein Verhör!"

„Was?! Eine arbeitslose Alleinerzieherin gehört bei euch zur Routine?!"

„Ich kümmere mich darum!"

„Die Narbe. Weißt du, woher die ihre Narbe …"

„Ich sagte, ich kümmere mich darum!"

„Versprochen?!"

Alszei quetschte sich am Bus der Linie 42A vorbei. „Unten springst du raus! Kapiert! Das ist keine Schnitzeljagd mehr!"

„Ich brauch' da echt dein Ehrenwort …"

„Schnauze!"

„He, ich hab' immerhin eure Tote identifi…"

„Schnauze!"

Endlich verstand Gradoneg, dass Alszei jemanden in der Leitung hatte, die Freisprechanlage einschalten wollte.

„Ja?", setzte der Kommissar im Sturzflug seinen Slalom die Czartoryskigasse hinunter fort.

„Sie sind schon dort …", meldete sich eine Männerstimme.

„Die Cobra hat dort verdammt noch einmal nichts zu suchen!"

„Sag' das denen einmal … Die übernehmen gerade."

Der Eierkratzer!, erkannte Gradoneg hinter der Stimme den Mistkübler vom Schubertpark. *Klar, die beiden haben auch schon bei mir in der Wohnung telefoniert.*

„Einen Dreck übernehmen die!"

Als die Ampel bei der Gerstofhofer Straße auf Rot sprang, trat Alszei noch immer das Gaspedal durch und riskierte endgültig Gradonegs Nieren.

„Ich bin gleich unterwegs …", meinte der Eierkratzer. „Vielleicht schaffen wir's zu zweit."

„Du kümmerst dich um die Exhumierung, ja?!"

„Bitte, du glaubst doch nicht, dass die Tote wirklich diese Hildegard Gratschel ist. Wer hat dir diesen Blödsinn überhaupt gesteckt? Die ist seit über zwei Jahren unter der Erde, und plötzlich hängt sie im Schubertpark in einer Babyschaukel. Echt du, wie geht das zusammen? Die wurde vor zwei Jahren begraben. Dann kann ich gleich den ganzen Zentralfriedhof aufreißen lassen, und es kommt nichts dabei raus."

Spinn' ich?!, wurde Gradoneg so blass wie das Pärchen fünfzig Meter vor ihnen, das Alszei gerade von der Straße hupte. *Die Tote vom Schubertpark ist seit zwei Jahren tot?! Was, wenn diese verrückte Egger doch recht hat und der Teufel tatsächlich auferstanden ist? Quatsch! Nein, unmöglich ...*, stoppte er rasch seinen Horrorfilm.

„Hast du plötzlich Geheimnisse vor mir? Der Pellitsch, ja? Der Pellitsch hat dir diesen Namen geflüstert. Bei dem wäre ich übrigens etwas vorsichtiger. Dem steigt allmählich sein chemisches Zeug von den Farben in den Kopf. Wer weiß, auf welcher Seite der steht?"

Alszei beschleunigte durch die Antonigasse, riss dann den Wagen mit einem Quietscher nach links Richtung Lacknergasse.

„Ich war gerade bei den Erdogans in der Wohnung."

„Ach ja, bastelt der Typ noch immer an seiner Untergrundzeitung?"

„Das tut jetzt nichts zur Sache ..."

„Mir redet jedenfalls keiner ein, dass dieser Brand damals ein Unfall war. Da hat der türkische Geheimdienst schon fleißig mitgezündelt. Dieser Millî İstihbarat Teşkilâtı ist ..."

„Hörst du mir jetzt zu?!"

„Ich mein' ja nur, da ist die Wahrheit mitverbrannt."

Mitte der Lacknergasse stieg Alszei vor dem Obdachlosenheim abrupt auf die Bremse. Gradoneg konnte gerade noch mit seinen Händen einen Ausflug durch die Windschutzscheibe verhindern.

„Friedhof? ... Ist alles in Ordnung mit dir?"

„Ich marschier' jetzt da rein …"

„Nein, lass' die Cobra …"

„Nur so viel zu den Erdogans und der Exhumierung von der Gratschel. Dort steht noch jede Menge Gerümpel von dieser Hildegard Gratschel. Lauter alte Möbel, die die Erdogans übernommen haben. Kein Sessel jünger als vierzig Jahre. Ein Schrottplatz mit ein paar Sitzgelegenheiten und Platz für Geschirr. Aber ein nigelnagelneuer Schrank. Verstehst du, weshalb schafft sich die kurz vor ihrem Tod einen neuen, modernen Schrank an …?"

„Du denkst doch nicht im Ernst … Nein, du … vergiss diese Hirngespinste! Wie haben einen falschen Namen, das ist alles."

„Aber genau das denke ich! Möglich wär's. Jemand schleppt einen neuen Schrank mit einer Leiche an und trägt die Gratschel betäubt in ihrem alten Schrank raus. Die Leiche war ja schwer verwest, als sie gefunden wurde."

„Und der Leichenbeschauer ist rein zufällig ein paar Monate später an Krebs krepiert."

„Hast du das schon recherchiert?"

„Ja … Trotzdem, das passt nicht zusammen. Diese Hildegard Gratschel war ihr Leben lang ein Mauerblümchen im Gartenamt. Eine kleine Beamtin, die nicht einmal einen Strafzettel …"

„Kümmer' dich um die Exhumierung. Ich muss jetzt rein."

„Sei vernünftig …"

Alszei unterbrach die Leitung.

„Kein Wort! Hörst du!“, schrie er nervös Gradoneg an. „Zu niemandem! Auch nicht im Suff! Du hast nichts gehört und gesehen!“

*

Frechheit, Dummheit, Verantwortungslosigkeit? Von allem jedenfalls zu viel, viel zu viel, eben typisch Gradoneg. Ursula vibrierte zum x-ten Male in seiner Hosentasche, als hätte er ein Erdbeben eingesteckt; alle Minuten ein Anruf, zwischendurch Stromschläge von den SMS. Gerade einmal sah er aufs Display. Gut, bei diesem Sturzflug in die Lacknergasse und den enthüllenden Kripogesprächen hätte niemand ein Ohr für seine Frau gehabt, aber wer schon dauernd sein Hirn vergisst, sollte zumindest zwischendurch seine Liebe nicht vergessen. Nichts und niemand hielt ihn von der nächsten Jauchegrube ab. Selbst der Cobra-Typ auf den Steinstufen vorm Haus war nahe dran, sein Maschinengewehr an Gradoneg zu testen.

Vergeblich.

Mit seinem hehren Wunsch, Romana vor den Klauen der Justiz zu retten, hatte er zwar eine gute Ausrede parat, doch wahrscheinlich wollte er sich wieder einmal bloß im Schatten des Kommissars sonnen.

Und Alszei? Den juckte merkwürdigerweise der fremde Schatten nicht, flüsterte dem Maschinengewehr etwas wie „neuer Kollege“ zu, als er mit Gradoneg durch das Holztor der „Zweiten Gruft“, dem Obdachlosenquartier der Caritas in der Lacknergasse, schlüpfte.

Ausgerechnet Währing! Ausgerechnet dieses wunderschöne Jugendstilhaus hatte die Caritas 2013 erkoren, um das Elend der Armut und den Gestank der Hoffnungslosigkeit in diesem blitzsauberen Bezirk einzubürgern. Jede Glasscherbe im Umkreis von zehn Quadratkilometern splittert seither von diesem Gebäude ab, jede Bierdose kullert von hier aus auf alle Spielplätze in der Umgebung, eine jede gestohlene Brieftasche wurde hier entleert. Was für eine frevelhafte, menschliche Mülltonne, in welcher ständig der Kompost des Abschaums gärt! Nur hundert afghanische Bordelle mit tschetschenischen Türstehern wären annähernd so schlimm gewesen.

Alszei folgte dem Lärm, Gradoneg folgte Alszei.

Wider Erwarten war der Gang nicht mit Schnaps überflutet, die Wände nicht mit benutztem Klopapier und Binden tapeziert, als sie nach hinten zu einem zappelnden Vollbart mit kariertem Hemd und zwei Cobra-Typen schritten.

„Das ist Hausfriedensbruch!“, wollte der Vollbart die Tür hinter den Polizisten der Sondereinheit öffnen. Seine Brille hüpfte schon so sehr auf dem Nasenrücken wie er auf dem Boden.

„Gusch, du Gutmenschlein!“, brüllte ihn einer der beiden an.

„Sie verletzen die Menschenrechte!“

„Rasier’ dich lieber und mach’ endlich dein Studium fertig!“

Alszei streckte unmerklich sein Kreuz durch, wuchs beim letzten Schritt noch ein, zwei Zentimeter.

„Sag' dem Werner, der ‚Friedhof' ist da … vom LKA."

„Das LKA ist da, reimt sich ja sogar …", grinste der rechte Typ Alszei an, öffnete dann doch die Tür – „Das LKA schickt einen Friedhof."

Die beiden Türsteher rempelten den Vollbart zur Seite, ließen Alszei und Gradoneg in den Raum.

„Nix Deutsch?! Tschusch nix Deutsch?!", fand im improvisierten Verhörzimmer wohl gerade ein illegaler Deutschkurs statt.

„Echt nix Deutsch?!", balancierte ein Cobra-Beamter in voller Montur auf dem Rücken eines am Boden liegenden, an Händen und Füßen mit Handschellen fixierten Mannes herum. Daneben lag ein zweiter, auf dessen Händen und Armen ein anderer, strenger Cobra-Lehrer die Rutschfestigkeit seines Schuhwerks testete. „Deutsche Sprache, schwere Sprache …", stempelte er die Haut des Schülers mit einem Sohlenmuster.

„Na?! Noch immer nix Deutsch …?!", schritt der erste Lehrer nochmals das Rückgrat seines Schülers ab. „Schmerz nix groß, Deutsch nix gut!"

Ringsum standen vier weitere Cobras, schüttelten sich vor Begeisterung, plusterten ihre Schusswesten auf und klatschten in die Diensthandschuhe. Warteten, bis sie selbst an der Reihe waren. „Maul auf, du Affe!", wurde nun der zweite Lehrer noch böser und ungeduldiger, bestrafte seinen Zögling mit einem Sohlenstempel am Hals. Die beiden Männer am Boden ließen dieses Martyrium mit schmerzverzerrten Gesichtern über sich ergehen, bissen ihre fauligen Zähne zusammen, weil sie mit jedem Schrei einen noch größeren Schmerz fürchteten. Gradoneg versuchte ihren Gesichtern eine Nationalität zuzuordnen. Serben, Bulgaren, Polen, Ungarn, Rumänen …? In seinem Kopf fuhr er den ganzen ehemaligen Ostblock ab. Ursula rief nun noch öfter an, schickte noch mehr SMS. Seltsamerweise störte niemanden das Vibrieren und Summen in seiner Hosentasche.

„Runter! Sofort", befahl nun Alszei mit einem barschen Ton. „Wird's bald!"

„Wo runter …?!", sah sich der Rückgrattester von den beiden Cobra-Lehrern fragend um.

„Ich warne dich, Werner!"

„Ich steh' doch nur auf dem Boden der Realität …", lachte der Cobra-Mann zynisch, stampfte dabei sogar mit einem Stiefel auf dem Rücken seines Opfers auf. „Was man ja von dir nicht mehr behaupten kann, Friedhof. Frag' nicht nur ich mich, wo du dich so rumtreibst. Du verstehst schon!"

Scheiße, der Alszei leckt auch gleich ihre Sohlen. Michelin-Männchen … Das sind durchgeknallte Michelin-Männchen bei einem Horrordreh fürs Darknet …, machte sich Gradoneg um den Kommissar Sorgen. Tatsächlich hatte die Cobra-Truppe mit ihren dicken Schusswesten, gepolsterten Hosen, Schnürstiefeln und Vollvisierhelmen was von blutrünstigen Michelin-Männchen, die auf Klimaschützer eintraten. Besser wären allerdings Gradonegs Sorgen bei Ursula aufgehoben gewesen: *Komm' sofort nach Hause oder ich schicke dir deine Koffer!*, las er mit einem verstohlenen, nervösen Blick am Handy.

Alszei ließ nicht locker: „Sonst steig' ich einmal auf euch drauf! Auf dem Dienstweg! Auf jeden einzelnen pragmatisierten Arsch von euch!"

„Na, na, na! Du und der Dienstweg, Friedhof. Wasser predigen und Wein trinken, ist ja lieb. Aber du predigst ja Wasser und säufst Schnaps. Den Dienstweg schau' ich mir bei dir an …"

Zwar langsamer als ein Großglocknerabstieg mit Krücken dauert, aber immerhin – dieser Werner ließ von seinem Opfer ab, auch der andere Cobra-Mann stieg von den Händen runter.

„Nationalität?!", wich Alszei keinen Millimeter zurück, als die beiden Michelin-Männchen auf ihn zurollten. „Was jetzt? Habt ihr bei eurer anstrengenden Leibesvisite nichts gefunden?"

„Jetzt sei nicht so undankbar, wir lösen gerade deinen Fall …", baute sich Werner vor Alszei auf.

„Raus damit", streckte ihm Alszei die Hand hin.

„Rumänen …", reichte Werner widerwillig dem Kommissar ein zerknülltes Papierbündel.

Alszei faltete dieses auseinander, las konzentriert mit immer hochgezogeneren Augenbrauen. Gradoneg zappelte schon so unruhig wie der Vollbart vor der Tür herum. Natürlich wollte er daheim nicht seine Koffer abholen, der Gedanke, Ursula und die Kinder zu verlieren, kam ihm ohnedies wie lebendig begraben zu werden vor. Seine Angst zog ihn nach hinten zur Tür, seine Neugierde war wiederum ein tonnenschwerer Anker, der ihn bei tobender See im Zimmer festhielt.

„Rumänen, ja?!", sah Alszei diesen Werner wütend an.

„Sag' ich ja!"

„Zwei Rumänen mit tschetschenischen Papieren?!"

Werner grinste ihn an.

„Gestohlen …"

„Klar! Dass ich nicht gleich darauf gekommen bin. Rumänen sind ja ganz scharf auf einen befristeten Aufenthaltsstatus. So ein EU-Pass ist ja langweilig."

„Die sind ja auf alles Mögliche scharf. Sogar auf fette Weiber mit Pferdeärschen."

Alszei warf ihm einen angewiderten Blick zu. Doch wahrscheinlich verstand in diesem Fall das Visier mehr als sein Träger dahinter.

„Wo ist der Rollstuhl?!", schrie der Kommissar.

„Welcher Rollstuhl …?"

„Übertreib' es nicht, Werner. Ich mach' dich fertig."

„Du?! Dann springen wir beide in die Grube."

„Also, wo ist der Rollstuhl?! Die beiden haben sich ja angeblich wegen eines gefundenen Rollstuhls gestritten? Wo ist das verdammte Ding?!"

„Du bist aber gut informiert, ist man beim LKA gar nicht gewohnt."

„Wo ist der Rollstuhl?!"

„Längst im Labor."

„Was …?!"

„Müsst ihr beim LKA nicht regelmäßig zur Ohrenkontrolle?", beschlug Werner mit einem dreckigen Grinser sein eigenes Visier.

„In welchem Labor?!"

„Gibt nur gute in Österreich. Solltest du eigentlich wissen …"

Alszei wich nicht nur nicht vor diesem Typen zurück, er rückte sogar einen Schritt nach vorne. Wie ein Boxer baute er sich vor Werner auf.

„In Ordnung! Ihr verschwindet jetzt hier, ja! Abgang, und das Ganze war nur ein Scheißtraum! Ein Übungseinsatz ohne Konsequenzen! Aber raus hier! Sofort! Und die beiden bleiben hier!"

„Seit wann ist das LKA für Terror zuständig?!", teilte Werner weiterhin seine zynischen Haken aus.

„Zum letzten Mal! Raus! Sofort! Hier spielt es nicht eure rumänischen Tauchgänge! Die beiden bleiben hier! Und ich will den verdammten Rollstuhl in unserem Labor! Kapiert?! Das Ding kommt in unser Labor, und ihr schleicht euch jetzt!"

„Da!", zückte Werner einen Plastikbeutel mit mehreren Military-Messern, stieß Alszei von sich und drückte ihm den Beutel an die Stirn. „Terror, mein Lieber! Unser Revier! Wer sich hier schleicht, bist du und das LKA!"

Alszei wehrte sich, sorgte mit beiden Händen wieder für Abstand.

„Hier spielt's keinen rumänischen Tauchgang! Nicht mit mir!"

„Seit wann bist du denn plötzlich gegen rumänische Tauchgänge?!"

„Halt deine Schnauze!"

„Hast die rumänischen Tauchgänge ja mit erfunden!"

Gradonegs Angst riss doch noch den tonnenschweren Anker der Neugierde los. Ursula war ihm wichtiger, als im blutigen Kampf zweier Streithähne möglicherweise die Wahrheit über die Tote im Schubertpark zu erfahren.

Natürlich hätte er gerne seine Ohren in diesem Raum gelassen. Aber sein Herz wusste, wohin es gehörte – und seine Ohren hatten an diesem Tag ohnehin viel gehört. Und „gehört“ heißt nicht „verstanden“, und mehr gehört heißt nicht mehr verstanden … das leuchtete selbst Gradoneg ein.

Vierzehn

Diesmal hatte er den Bogen überspannt. Wie eine Peitsche schlug die zerrissene Sehne auf Gradoneg ein.

Hemma rieb sich mit verzweifelten Schreien die Augen, die schon zwei feuerrote Murmeln waren – Ursula tobte, warf ihm ein ganzes Wörterbuch mit Begriffen für verantwortungsloses Handeln an den Kopf. Der Rettungsdienst tat die Geschichte mit Hemmas verätzten Augen als Malheur ab; Läuseshampoos wären keine Salzsäure, verweigerte ihm der Telefondienst einen Rettungswagen, verschrieb ihm stattdessen kaltes Wasser und mehr Pflichtbewusstsein. „Siehst du!“, überschrie Ursula sogar Hemmas Verzweiflung. „Sogar die Wiener Rettung weiß, dass du deine Tochter im Stich lässt.“ Hätte ihm wohl am liebsten gleich einer Mutterkrähe die Augen ausgehackt.

Schweißgebadet lief er alsdann mit Hemma die Antonigasse runter, nach Michlbeuern zum AKH. Hielt seine Kleine wie ein Baby in den Armen, spürte ihre Tritte und Fingernägel nicht, doch umso mehr seine Angst – diese fürchterliche Angst, Hemma würde den Sonnenuntergang nicht mehr sehen und keinen weiteren mehr erleben.

Von der Kinderambulanz ging es in die Unfallambulanz, dann endlich auf die Augenambulanz in ein verdunkeltes Zimmer mit einem nervösen Turnusarzt.

Bitte, bitte nicht … Wenn's dich gibt, dann lass' sie leben und schick' mich in die Hölle, betete Gradoneg zum ersten Mal seit Jahrzehnten. *Hilf ihr! Bitte, bitte, hilf ihr!*

Doch immer und immer größer leuchteten die Buchstaben in der Dunkelheit vor Hemma auf – und keinen einzigen konnte sie erkennen. Das A war schon der Eiffelturm, das C ein Sichelmond … nichts! Kein Buchstabe schien mehr die Größe und Leuchtkraft für Hemmas Augenlicht zu haben, selbst Gulliver hätte sie wohl unmittelbar vor ihr nicht mehr gesehen. Als dann der Arzt mit zittriger Stimme – „Dringend!" – einen Oberarzt anpiepste, war es vollends um Gradoneg geschehen.

Sein Vater hatte einmal zu ihm gemeint, Gradonegs Mutter würde aus Kinderliebe gleich beide ihrer Augen opfern – ja, dankbar wäre sie dafür sogar, würde damit einem ihrer Kinder geholfen sein. Und dies hätte nun auch Gradoneg getan: Mit einer Glasscherbe hätte er sich seine Augen rausschneiden lassen, auf Stacheldraht aufspießen und mit einer Knoblauchpresse zerquetschen – alles! Absolut alles! Würde nur seine kleine Hemma endlich dieses riesige A, diesen gespenstisch leuchtenden Eiffelturm im pechschwarzen Untersuchungszimmer erkennen!

Ein Orkan der Selbstverachtung brauste in seiner Brust, Wellen des Hasses – ja des Selbsthasses, spülten ihn fort, trieben ihn in eine völlige Verzweiflung. Hitler und Stalin hätte er in diesem Moment weniger gehasst als sich selbst, den brutalsten Vergewaltiger weitaus mehr geschätzt.

Nur Alszei! – Den hasste er plötzlich. Wie sich selbst. Warum hatte der Kommissar ihm nicht gleich zugehört?

Vorm Gemeindebau, als Gradoneg seine schützende Stimme für Romana erhob?! Lebensrettende Minuten wären dies für die kleine Hemma gewesen! Was in den letzten Tagen Wut und Kränkungen waren, entpuppte sich nun in Gradoneg als Hass. Purer, unreflektierter Hass.

Endlich öffnete der Oberarzt die Tür.

Wie alt denn die Kleine – „der Schreihals" – wäre, wollte er von Gradoneg wissen, während er Hemmas Augen untersuchte.

„Vier, bald schon fünf …", stotterte Gradoneg. Weinte, weil ihm bewusst wurde, dass seine Hemma keine ihrer Geburtstagstorten mehr sehen würde.

„Na, na … Wenn der Papa so eine Heulsuse ist, dann wird sich die junge Dame niemals beruhigen", schüttelte der Oberarzt den Kopf. „Und wenn der Papa selbst keine simple Gebrauchsanweisung für ein Läuseshampoo lesen kann, dann sollte er von seiner vierjährigen Tochter nicht verlangen, dass sie das Alphabet kennt."

„Wie bitte?", atmete Gradoneg erleichtert auf.

„Genau deshalb, geschätzter Kollege …", sah der Oberarzt den Turnusarzt vorwurfsvoll an, „… gibt es bei Kleinkindern für den Sehtest Schablonen mit Tieren!"

Gott sei Dank!

Der Hase war ein Hase, der Löwe ein Löwe, das Schaf ein Schaf und der Schimpanse ein Affe. Und kein einziges Tier musste vor Hemmas Augen über einen kleinen, leuchtenden Punkt hinauswachsen. Gradoneg hatte sie allesamt nicht erkannt, dabei schummelte er sich zwei Schritte vor, beim Schimpansen sogar drei.

*

Das Exil auf dem Wohnzimmersofa blieb Gradoneg zu Hause allerdings nicht erspart. Egal, der bittere Kelch des Leidens war an seiner kleinen Hemma vorübergegangen, schon alleine dafür würde er sich für den Rest seines Lebens auf dieses Sofa zurückziehen.

Obgleich die Noppen auf der Sitzfläche höchst ungemütlich waren und sich schon nach wenigen Minuten in den Rücken gruben. Wie ein frisch geschröpfter Patient wachte man da mit lauter roten Hautflecken am nächsten Morgen auf. Aber an Schlaf war bei Gradoneg sowieso nicht zu denken. Zu viele Gedanken hielten ihn wach, zwei Liter Kaffee wären dagegen eine Wohltat gewesen. Immer wieder leuchteten die grellen Buchstaben vom Sehtest vor seinen Augen auf, wie diese vor Hemmas Augen zu unleserlichen Sternschnuppen zerfielen. Ein unleserliches, grelles Wirrwarr, so fühlte sich auch sein ganzes Leben an, dachte er sich. Ein Regen voll Sternschnuppen prasselte auf ihn hernieder. Ein funkelndes Durcheinander aus einer fremden Welt, das er nie ordnen konnte. Von irgendwoher verirrte Lichtpunkte, die kein verständliches Bild ergaben. Nichts leuchtete in Gradonegs Dunkelheit mit sinnvollen Konturen auf. Doch, doch …, korrigierte er sich. Ursula, Josef und Hemma hätten die allerschönsten Konturen dieser Welt. Und diese dürfte er nicht mehr mit seinem Wahnsinn zerstören. Das wäre das Einzige, worüber er sich noch mit Alszei unterhalten würde. Laut und deutlich und ohne feig den Blick zu senken, würde er das dem Kommissar ins Gesicht sagen. Schreien würde er es, denn es war die Wahrheit.

Je mehr er über Alszei nachdachte, umso mehr verlor der Kommissar seinen imposanten Glanz. Umso unsicherer wurde Gradoneg, mit wem er sich da eingelassen hatte. Was hatte dieser Cobra-Typ, dieser Werner, bloß mit „rumänischer Tauchgang" gemeint? Und sagte er nicht auch, Alszei hätte diesen „rumänischen Tauchgang" erfunden? Kurz überlegte sich Gradoneg, aufzustehen und alles zu notieren. Die Geschichte mit dem Schrank bei den Erdogans, in dem Alszei eine Entführung vermutete. Wäre ja vielleicht sogar eine tolle Story für seinen Freund Hannes Roschinic. Ein kleiner Junge, dessen Mutter vom türkischen Geheimdienst verbrannt wurde, spielt in einer neuen Wohnung in einem zurückgelassenen Kleiderschrank „Harry Potter" und entdeckt in einem Scharnier einen abgerissenen Finger … Nein, diese Geschichte musste sich Gradoneg nicht aufschreiben, die würde er sich für immer merken. Auch der „rumänische Tauchgang" würde in seinem Gedächtnis nicht untergehen.

Was aber sollte er mit Romana machen? Alszei hatte ihm in der Hektik bestimmt nicht zugehört. Sein „Ich kümmere mich darum!" wird nicht mehr als eine Floskel gewesen sein. *Gut, wegen der Romana werde ich noch einmal mit ihm sprechen,* dachte sich Gradoneg. *Aber nur wegen der Romana, und dann soll mir dieses Arschloch den Buckel runterrutschen,* drehte er sich auf dem Sofa zur Seite, ließ nun zur Abwechslung die harten Noppen mit den Nieren spielen. Stand dann auf und holte sein Handy.

Alles in Ordnung, liebe Romana! Habe die Geschichte mit der Polizei geklärt! Die lassen dich in Ruhe und kümmern sich sogar um eine neue Arbeit für dich!, schrieb er und schickte die SMS seiner Reinkarnationsfrau.

Lieber Matthias,

ich weine mit Freude. Du bist der erste Mann, der mir geholfen hat. Vielen, vielen Dank!

LG Romana

Im Schlafzimmer hörte er Hemma und Ursula lachen.

Fünfzehn

„Ich … ich rufe wegen der Frau Hilde an, Herr Inspektor."

„Wegen wem …?"

„Die … die Frau Hilde. Ich soll mich doch wegen der Frau Hilde und dem Bruder Emanuel bei Ihnen melden, Herr Inspektor."

Inspektor? Frau Hilde? Meinte der Anrufer die tote Hildegard Gratschel? Und wer war dieser Bruder Emanuel?

Wieder ein unterdrückter Anruf, wieder eine fremde Stimme. Immerhin nicht verzerrt. Für ein dummes Versteckspielchen klang der Anrufer viel zu nervös. Auch seine Stimme ließ eher einen alten Herrn als einen jungen Spaßvogel vermuten.

„Jaja … danke für Ihren Anruf. Geht drunter und drüber heute bei uns … Da kennt man sich vor lauter Arbeit nicht mehr aus", versuchte Gradoneg seine Überraschung mit ein paar Phrasen zu übertünchen.

„Ihr Kollege meinte, Sie machen die Vernehmung."

„Jaja … die Vernehmung?!"

„Ich wäre jetzt für die Wahrheit bereit, Herr Inspektor."

„Wer … wer hat das gesagt?!"

„Ich … ich bin für die Wahrheit bereit."

„Nicht Sie, ich meinte den Kollegen. Welcher Kollege hat Sie an mich verwiesen?"

„Den Namen hat er mir nicht genannt. Ich sollte mich nur rasch bei Ihnen melden."

Gradoneg war froh, dass der Anrufer bei jedem Wort stockte. Viel half ihm der Zeitgewinn allerdings nicht:

„Jaja … der Kollege. Vergisst immer das Wichtigste. Und Sie … Sie haben doch einen Namen?"

Der Anrufer schwieg.

„Auch vergessen, was? Na ja, so ersparen Sie sich wenigstens den Namenstag."

„Wohin darf ich kommen, Herr Inspektor?"

Mit dieser Frage hatte Gradoneg nicht gerechnet.

„Also, ich … ich spreche … ich mache meine Vernehmungen gerne in einer vertrauten Umgebung. Muss ja nicht gleich beim ersten Mal das Revier sein. Wenn's nicht am Ende der Welt ist, komme ich besser zu Ihnen."

*

Wie die Heilige Dreifaltigkeit zeichnet sich die „Haydn-Kirche" auf der Mariahilfer Straße durch drei Namen aus: Für manche ist sie schlicht und einfach die „Mariahilfer Kirche", für andere die „Barnabitenkirche" und für musikalische Geister eben die „Haydn-Kirche".

Drei Namen sind schon verwirrend genug, die beiden Beichtstuhlreihen, links und rechts im Kirchenschiff, wurden für Gradoneg zu einem harten Selbstbewusstseinstest.

Links, er sagte doch links …, umschiffte er beim Eingang das große Weihwasserbecken, stand nach ein paar Schritten und leeren Reihen vor einem roten Vorhang hinter dem – ganz nach der Beschreibung des Anrufers – der Zugang zu den Beichtstühlen lag. Was aber exakt gegenüber, auf der anderen Seite des Kirchenschiffs, ebenso der Fall war – auch hier verhüllte ein roter Vorhang den Zugang zur Absolution.

Zum Glück machte Jesus in diesem Spiegelbild den feinen Unterschied – wie dieser auf der linken Seite sanftmütig auf einer Glasmalerei lächelte, mit seinem blauen Umhang, symbolisch jenen Frieden ausstrahlte, den Gradoneg dringend nötig hatte.

Freilich, er hatte doch was von den Beichtstühlen beim gütigen Herrn gesagt …, zog Gradoneg den Vorhang zur Seite, öffnete die Glastür und setzte sich in einen der Beichtstühle dahinter. *Den mittleren Beichtstuhl beim Eingang unter dem gütigen Herrn mit dem blauen Umhang des Friedens …*, kam ihm nun die Beschreibung des Anrufers wieder Wort für Wort in den Sinn. *Blau und Frieden ist gut … Blau ist die Farbe der FPÖ*, lauschte er im Beichtstuhl nach Schritten im Gang mit den alten Steinfliesen. Rutschte ungeduldig auf dem durchgesessenen Polster hin und her, spürte eine unangenehme Klaustrophobie in sich aufkommen. *Falle? Das ist bestimmt eine Falle!*, dachte er sich ängstlich, öffnete die Beichtstuhltür einen Spalt, damit zumindest ein wenig schummriges Licht in den beklemmenden Sünderzwinger kam. *Nein, in einem Beichtstuhl stellt man niemandem eine Falle. Auch wenn die Kirchen heutzuta-*

ge alle leer sind, aber irgendein altes Weiberl zündet immer eine Kerze an, versuchte er sich zu beruhigen. Stieg vom Beichtstuhl raus, lief auf und ab, räusperte sich, „Hallo? Ist hier jemand?", und nahm dann wieder Platz.

Lauschte und wartete ungeduldig und nervös.

„Ich fühle mich sehr zerrissen, Herr Inspektor."

Natürlich erschrak Gradoneg. Fürchterlich. In seinem Dilettantismus hatte er den Mann hinter dem hölzernen Gitter übersehen. Wahrscheinlich hatte ihn dieser schon länger beobachtet.

„Wem sagen Sie das, ich fühle mich auch zerrissen", stockte Gradoneg der Atem.

„Mein Schmerz ist groß, sehr groß … Ich verliere mich zwischen dem Weg des Glaubens und jenem der kirchlichen Hierarchie."

Gradoneg versuchte, durch das hölzerne Rautenmuster des Beichtstuhlfensters das Gesicht seines Gegenübers zu erkennen. Doch dieses war nur ein konturenloser, grauer Fleck in der Dunkelheit. Zweifellos war es die Stimme des Anrufers, mit der Tiefe eines fortgeschrittenen Alters und voll Unsicherheit. *Das muss ein Pfarrer sein …,* dachte sich Gradoneg … *Kein Normalsterblicher kümmert sich um den Weg der kirchlichen Hierarchie.*

Gradoneg erholte sich etwas von seinem Schreck.

„Die Wahrheit findet immer das richtige Wort und den richtigen Weg."

„Das haben Sie schön gesagt, Herr Inspektor."

„Na, dann schießen Sie einmal los."

„Sie … Sie suchen ja diese Dame in der Zeitung?"

„Sagen wir einmal, ihre Identität. Gefunden haben wir sie schon. Aber ich bin nicht hier, um Ihnen Details unserer kriminalistischen Ermittlungen zu erörtern. Vielmehr ist das Umgekehrte der Fall. Mich interessiert, was Sie zu dieser Dame zu sagen haben."

„Mir ist bewusst, dass es vor dem Gesetz keine Verschwiegenheit gibt …", räusperte sich der Geistliche hinter dem Holzgitter, „… Gott kennt ebenso keine Verborgenheit, aber die Güte der Liebe. So vergisst er unsere Sünden. Bei ihm sind wir in der Liebe aufgehoben und fallen keinem menschlichen Gesetz anheim."

„Falls ich's richtig interpretiere … Sie möchten, dass dieses Gespräch unter uns bleibt?"

„Ja."

„Versprechen kann ich nichts …", war sich Gradoneg unsicher, worauf sein Gegenüber hinauswollte: „Ich bin nicht der Mensch, der alles gleich an die große Glocke hängt … Also … ich mein', gleich alles ins Protokoll schreibt. Die Wahrheit sollte allerdings schon an der richtigen Stelle zu Wort kommen."

„Danke."

„Was … was haben Sie bereits meinem Kollegen erzählt?"

„Nichts."

„Wie, nichts?"

„Ihr Kollege hat mich ausschließlich an Sie verwiesen."

„Gut, meine Zeit reicht nicht aus für Versteckspiele. Um den heißen Brei rede ich beruflich auch nicht gerne, dafür habe ich eine Familie. Also, woher wissen Sie, dass die Dame ‚Hilde' heißt?"

„Von Bruder Emanuel."

„Von wem?"

„Bruder Emanuel hat sich mir anvertraut."

„Und das ist so ein Bruder im Geiste, also ein kirchlicher?"

„Ja."

„Wie? Wie und wann hat sich dieser Bruder Emanuel Ihnen anvertraut?"

„Bereits vor Jahren. Und … und diese Hilde war sogar einmal hier, im Pfarrhaus."

„Ach ja … kann es sein, dass mir dieser Bruder Emanuel rein zufällig gerade gegenübersitzt?!"

„Nein! Gewiss nicht!", in der Stimme des Geistlichen lag eine glaubhafte Empörung.

„Und was hatte Ihr Bruder Emanuel mit dieser Hilde zu tun?"

Ein langes Schweigen breitete sich im Beichtstuhl aus.

„Sie … sie … also, die Hilde hat die Buben im Seelenheil verführt."

„Die Buben?"

Der Geistliche räusperte sich.

„Die Ministranten."

„Was meinen Sie mit im ‚Seelenheil verführt'?"

„Bestraft."

„Missbraucht?! Hatten die beiden Ministranten missbraucht?!"

„Sie hat sie bestraft, die Buben. Und … und Bruder Emanuel musste ihr dabei helfen", sprach der Geistliche mit gesenktem Kopf immer leiser nach unten, als wünschte er, jedes seiner Worte möge sofort von einer Bodenritze für immer verschluckt werden.

„Klar! Nehmen Sie Ihren Mitbruder nur in Schutz! Eine Hand wäscht die andere, und ein Pfarrer deckt den anderen!“

„Nein, das tue ich nicht! Bei Gott! Ich hab' es doch gesehen. Selbst, mit eigenen Augen. Er hat sich ihr entgegengestellt, doch sie ließ nicht von den Buben ab.“

Gradoneg stutzte.

„Buben? Mädchen waren doch auch darunter, oder?“

„Nein, nur Buben. Die Ministranten.“

Gradoneg fürchtete um seine Spur.

„Woher möchten Sie denn das so genau wissen?!“

„Die Hilde hat Buben gehasst. Sie … sie wollte damit die Mädchen beschützen.“

„Und den Quatsch hat Ihnen dieser Bruder Emanuel erzählt, ja?!“

„Das ist die Wahrheit.“

„Wie … wie haben die beiden die Kinder bestraft …?“

„Die Hilde! Es war die Hilde!“

„Also, was genau ist da vorgefallen?“

„Sie wollte das Böse in ihnen austreiben. Unsittlich, sie war unsittlich zu den Buben.“

Eine tiefe Betroffenheit war im Beichtstuhl zu spüren. Der Priester holte mehrmals tief Luft, als wollte er mit seinem Atem die Wahrheit ersticken, damit diese für immer ungehört bliebe. Gradoneg öffnete vorsichtig auf seiner Seite die Beichtstuhltür, falls sein Zeuge die Flucht ergreifen wollte.

„Ich höre?!“

Weiterhin schwieg der Geistliche.

„Wir können unser Gespräch auch gerne in meinem Büro im LKA fortsetzen, falls Ihnen das lieber ist!“

„Glauben Sie mir bitte, Bruder Emanuel wollte das nicht. Er versuchte es immer zu verhindern. Und dann … dann hat er sogar für diese Hilde vor Gott mit seiner Gesundheit gesühnt."

„Was soll das nun wieder heißen?!"

Der Geistliche schluckte.

„Bruder Emanuel hat sich entmannt und der Zunge entledigt."

Nun verschlug es auch Gradoneg die Sprache.

„Der hat sich kastriert?!", fragte er erst nach einer Weile. „Wo … wo finde ich diesen Bruder Emanuel? Schreiben wird er ja schon noch können oder hat er sich auch die Finger abgeschnitten?"

„Das ist es ja, Herr Inspektor. Ich weiß es selbst nicht. Plötzlich war er verschwunden."

„Wann? Wann hat sich dieses Schwein in Luft aufgelöst?! Der versteckt sich doch irgendwo in einer Kirche und zündet dort Kerzen an! Das meinten Sie doch vorhin mit ‚alle seien in der Liebe Gottes aufgehoben' … Noch besser sind eure Pädophilen im Schutz der Kirche aufgehoben. Stimmt's oder habe ich recht?!"

„Nein. Die Kirche hatte Bruder Emanuel nach seiner körperlichen Buße für einen längeren Aufenthalt in Schweden erachtet."

„Schweden?"

„Bei den Schwestern in Vastena …"

„In Schweden! Wie damals euer Kardinal … dieser … dieser Groer!"

„Bruder Emanuel ist leider nie …"

Gradoneg unterbrach ihn wütend.

„Den habt ihr doch auch dorthin abgeschoben! Dieses Schweden muss ein Atommülllager für die österreichische Kirche sein!“

„Bitte, Herr Inspektor.“

„Nichts ‚bitte‘! Hier gibt es nichts zu entschuldigen!“

„Ich will Ihnen doch nur sagen, dass Bruder Emanuel leider nie bei den Schwestern in Vastena angekommen ist.“

„Was, ‚nie angekommen‘?!“

„Ich durfte mich noch eine Woche vor seiner Abreise von ihm verabschieden. Das wurde mir gewährt, als Einzigem. Nach seiner Abreise habe ich die Brüder und Schwestern in Schweden kontaktiert, über mehrere Wochen … Aber Bruder Emanuel ist nie bei ihnen eingetroffen.“

„Wann … wann sollte er nach Schweden abreisen?“

„Zwei Jahre, mehr als zwei Jahre ist dies nun her.“

„Vor zwei Jahren?!“

„Ja.“

Gradoneg blieb die Spucke weg. Stimmte doch dieser Zeitraum mit dem Verschwinden von Hildegard Gratschel überein. Jedenfalls wenn sich Alszeis Entführungstheorie bewahrheiten sollte.

„Wo hat sich dieser Bruder Emanuel zuletzt in Österreich aufgehalten?!“

Betretenes Schweigen.

„Wo?“

„Mehr weiß ich nicht, Herr Inspektor.“

„Na, wo wird er sich schon versteckt haben?! Steht ja sogar in der Bundeshymne, oder? ‚Land der Dome …‘! Stimmt’s, im Stephansdom, ja? Die Diözese Wien hat ihn beschützt, oder?! Genug Übung haben sie ja dort darin!“

Gradoneg war so in seinen selbstgerechten Schuldspruch vertieft, dass er gar nicht merkte, wie der Priester den Beichtstuhl verließ.

„Gauner! Ihr seid solche Gauner! Alles Gauner in Kutten!", fluchte er, „vor solchen Gaunern fürchtet sich sogar der Teufel!"

Noch in der Kirche schrieb er eine SMS an Alszei:

Die Entführer von der Hildegard Gratschel gegen Romanas Freiheit. Rufe mich sofort an!

Draußen schrieb ihm der Kommissar zurück:

Wer wurde von wem entführt?

Nur persönlich! Und sofort!

Gradoneg hatte bereits seinen Plan. Er wollte Alszei ein Stück Papier unter die Nase reiben; erst wenn dieser ihm Romanas Schuldlosigkeit unterschrieben habe, wäre die Wahrheit an der Reihe. Denn dass Hildegard Gratschel von der Katholischen Kirche Österreichs entführt worden war, stand für Gradoneg fest. So fest wie der Stephansdom in Wien. Gemeinsam mit diesem ominösen Bruder Emanuel wäre sie entführt und in einem Verlies festgehalten worden. Irgendwo in den Katakomben des katholischen Wahnsinns. Eine typisch österreichische Kellergeschichte eben. Und wie die Gratschel schließlich der Kirche entkommen und in einem Rollstuhl auf der Währinger Straße gelandet war, würde er schon noch herausfinden.

Ich kann jetzt nicht sprechen! Unmöglich!

Du bestimmst den Ort und die Zeit!

Besser du schreibst es mir auf: friedhof@alszeile.eu

Nein! Reden!

Sechzehn

Goethe meinte einmal zu einer Geliebten, er hätte an diesem Tag für einen kurzen Brief keine Zeit und müsste ihr daher einen langen schreiben. Kurz und prägnant, so wollte Gradoneg dem Kommissar sein Anliegen vorbringen. Und Zeit hatte er genug: Durch die Läuseshampoo-Katastrophe verband Ursula und Hemma eine neue Nabelschnur, über die sie Gradoneg stolpern ließen. Mit Ignoranz und strafenden Blicken, Schweigen und Abwesenheit. Innig spulten die beiden gleich nach dem Schwimmbad das Kinoprogramm für Kinder ab. Josef war noch auf dem Pfadfinderlager, aber in ihm würde Gradoneg gewiss auch keinen Verbündeten finden. Zu stark ist die Seele einer Frau; wer eine Geburt aushält, kann auch die fürchterlichste Wut gebären. Und dazu gehörte auch Ursulas neueste „Entbindung": Obwohl sie diesen Sommer eigentlich nicht mit ihren Freundinnen und deren Kindern den traditionellen Bauernhofurlaub mitmachen wollte, sagte sie nun doch noch zu. Schlug sogar vor, diesmal nicht eine Woche, sondern zehn Tage zu bleiben.

Kurz und prägnant? Lang und verworren gestaltete sich seine Mail an Alszei. Jeder Satz künstlich gedrechselt und mit einem halb gebildeten Vokabular völlig sinnentleert, als wollte er nicht Romana, sondern sich selbst rehabilitieren.

Allen drehte er einen Strick und knüpfte Galgen daraus: den Eggers, unten am Währinger Gürtel über dem Pornokino, Klaus Pellitsch sowieso, den Geschäftsleuten auf der Währinger Straße, den Erdogans und der katholischen Kirche. Freilich war die katholische Kirche Österreichs der Drahtzieher hinter dem Grauen rund um die Tote im Schubertpark, doch sie alle wuchsen in Gradonegs Schreiben zu einer verschworenen Gemeinschaft zusammen. Ein krimineller Unrat, der sich auf dem Misthaufen dieses Verbrechens perfekt ergänzte. Man kenne doch die historische Verbindung zwischen dem Nationalsozialismus und der Katholischen Kirche in Österreich, holte er in seinem Schreiben weit aus. Und man wisse doch, was heutzutage so alles für eine Gemeindewohnung getan werde. Wie innig die Beziehung zwischen einer Mutter und ihrer Tochter sein könne, spüre er gerade am eigenen Leib – davon könne er ein Lied singen. Für ihn wäre es jedenfalls mehr als logisch, dass sich alle zu dieser Wahnsinnstat verbündet hätten. Lauter Profiteure! Die Kirche wäre einen pädophilen Fall losgeworden, die Eggers hätten ihren Wahn ausgelebt, der Nazi seine Triebe, und eine Gemeindewohnung in bester Lage sei auch nicht zu verachten. Man müsse nur diese blutrünstige Bande einmal ordentlich und getrennt vernehmen. Jeden einzelnen Keller unter ihnen öffnen und die Wahrheit mit starken Scheinwerfern endlich ans Licht bringen.

Doch so lange Gradoneg seine Argumentationskette auch schmiedete, die einzelnen Glieder griffen nicht wirklich ineinander.

So sehr er an diese Verschwörung glauben wollte, so instinktiv spürte er die Knoten in seiner Theorie. Immer länger wurde sein kurzer, prägnanter Brief, immer öfter musste er zwischen seinen verworrenen Erzählsträngen hin und her scrollen, mehr und mehr Korrekturen anbringen.

Schließlich fand er dann doch noch auf seinem Computer und vor allem in seinem Kopf die Löschtaste – beschränkte sich kurz und bündig auf die Geschichte in der Hadyn-Kirche auf der Mariahilfer Straße, erwähnte auch das vorangegangene Telefonat, hielt für beide Ereignisse die genaue Uhrzeit fest. Neun Zeilen, mehr waren es nicht.

Und schloss dann folgendermaßen:

Weißt du, Godehard, manchmal denke ich mir, wir Menschen kommen nur zusammen, um gemeinsam zu lernen. Egal, ob in der Arbeit, Freizeit oder Familie. Und wenn wir was voneinander lernen, haben wir uns nicht zufällig getroffen. Dann haben wir aus einem sogenannten Zufall einen wertvollen Sinn gemacht. Genau das wünsche ich mir für uns beide – dass unser zufälliges Treffen einen Sinn hat. Und Romana zu helfen, ist bestimmt sehr, sehr sinnvoll.

LG Matthias

*

8. Juli 2017: *Habe dir eine Mail geschrieben, bitte lesen!*
9. Juli 2017: *Und? Hast du schon deine Mails gecheckt?*
10. Juli 2017: *Will nicht lästig sein, bitte lesen.*
11. Juli 2017: *Vielleicht wäre Telefonieren doch besser?*

*

Alszei schwieg wie die katholische Kirche zur Pädophilie. Gradoneg wurde immer verzweifelter und wütender, konnte innerlich mit seiner Ursula schon mithalten, wenn es bei ihr ums Flüchtlingsthema ging.

Kein Wunder. Romana verhielt sich ihm gegenüber im Kindergarten äußerst reserviert. Grüßte ihn kaum. Wer weiß, was die Kripo mit ihr aufführte? Bestimmt war Romana ihm, diesem scheinheiligen Samariter mit der Pinocchionase, längst auf die Schliche gekommen.

Sie hörte seinen Beschwichtigungen auch nur noch mit einem müden, resignierten Lächeln zu. Und obendrein hatten die Kindergartentanten Gradoneg geflüstert, Romana hätte ihre Tochter für einen längeren Urlaub abgemeldet. Warum und wohin es ginge, wagte er seine Reinkarnationsfrau nicht zu fragen.

*

Täter kommen ja oft an den Ort ihres Verbrechens zurück, vielleicht gilt das auch für so manche Zeugen. An Ort und Stelle könne man sich vielleicht besser von seinen Verstrickungen lösen; von den vielen Gedanken im Kopf, den Albträumen in der Nacht, der Angst, sich seiner Familie zu entfremden.

Gras! Über die ganze Geschichte musste endlich Gras wachsen, saß Gradoneg müde auf der Liegewiese im Schubertpark. Wollte eigentlich dort nur durchgehen, runter auf die Währinger Straße und vor zu Klaus Pellitsch in die Edelhofgasse, um diesem endlich seine Bankomatkarte und e-Card zu bringen. Zweimal hatte er die fremden Dokumente bereits zu Hause in der Mülltonne versenkt. Zum Glück im Altpapiercontainer, so landete er zumindest mit seinen lächerlichen Rettungsaktionen und Mülltonnenkopfständen nicht in vollen Windeln, faulen Bananenschalen oder gar in Scherben. Denn Gradoneg war in solchen Dingen der personifizierte, kategorische Imperativ. Fragte sich, gleich nachdem er die Karten in die Papiertonne geworfen hatte, ob er so auch von anderen behandelt werden wollte? Freilich war mit seiner Bankomatkarte nichts zu holen, und eine e-Card von der SVA war ohnehin nichts wert. Trotzdem, diese Dinger mussten ja nicht gleich in einer Tonne landen. Und so wollte er sie endlich diesem Klaus Pellitsch zurückbringen. Nazi und Mörder hin oder her.

Er streckte müde die Glieder von sich, legte sich nach hinten ins weiche Gras. Die grüne Bezirksvorsteherin schob ihr Fahrrad den Weg runter, winkte dabei freundlich der Allgemeinheit. *Wenn die wüsste, was in ihrem Bezirk so alles los ist …*, dachte sich Gradoneg mit einem müden Gähner. Überlegte kurz, Pellitschs Karten in den Mistkübel am Wegrand zu werfen. Mitten im Park vor aller Augen würde er diese wohl nicht mehr herausfischen; die Wespen darüber hörten sich auch nicht gerade nach einer Einladung an. Doch für die wenigen Schritte fühlte er sich zu müde.

*

„Na, heute auch freibekommen …?"

Gradoneg blinzelte in die Sonne, eine Ameise lief ihm über die Stirn. Das Kribbeln in der Nase fühlte sich ebenfalls nach einem verlaufenen Insekt an.

„Hab' dich hoffentlich nicht geweckt …"

„Nein, nein …", wischte Gradoneg die Ameise von der Stirn und kratzte sich die Nase. Sah dabei in die hässlichste Sonnenbrille der Welt, die ihn keine zwei Meter neben ihm anstarrte. Dunkle, elliptische Froschaugen mit zerquetschten, goldenen Schnecken an den seitlichen Brillenbügeln.

Gradonegs Lieblingsmodell des deutschen Modepfauen Harald Glööckler. Die Dubai Dreams! Echte „Dubai Dreams"! Es gab nichts Grauslicheres unter der Sonne. Nur deren Preis war noch grauslicher und hielt Gradoneg schlussendlich von einem Kauf ab. Auch wenn die Dinger garantiert niemand stehlen würde und sie sich so über die Jahre hinweg rechneten. Die konnte man sogar in jeder Straßenbahn liegen lassen. Niemand würde dafür Finderlohn verlangen.

„Ein paar Minuten Kinderpause …", stammelte Gradoneg verwirrt, vermutete hinter den Froschaugen des Glööckler-Monsters irgendeinen Kindergarten- oder Schulvater. Die dick aufgetragene, weiße Sonnencreme in dessen Gesicht steigerte nicht gerade den Bekanntheitsgrad des Frosches. Einen Babypopo hätte man in der Sahara nicht stärker eingecremt. Zudem schützte er seinen Kopf mit einem knallroten Piratentuch vor der Sonne.

„Aufwach-Schluck gefällig …?“, hielt der Frosch Gradoneg eine halb volle Weinflasche hin. „Ich trink’ gerade auf meine neue Kühltasche …“, tätschelte er ein blau-weißes Ding neben ihm.

„Na, dann auf die neue Kühltasche …“, achtete Gradoneg darauf, nicht die Stelle mit der 50er-Sonnencreme am Flaschenhals zu erwischen. Gönnte sich für dieses Kunststück noch rasch einen zweiten Schluck.

„Passt schon …“, überließ ihm der Frosch die Flasche.

„Bei diesem Sklaventreiber braucht man einen Ausgleich …“

„Ich … ich bin noch ein bisschen von der Rolle. Die Sonnencreme und die Dubai Dreams …?“

„Du kennst die Brillen?“

„Ja, leider … Ich mein’, die sind leider ein bisschen teuer.“

„Klaut dafür niemand.“

„Hab’ ich mir auch schon gedacht.“

„Thomas …“, streckte der Frosch Gradoneg die Hand hin, hüpfte im Schneidersitz etwas näher.

„Vom Kindergarten, nicht wahr? Ich hab’ die Hemma dort“, Gradoneg schätzte seine Stimme Richtung Kindergarten ein, mehr als dreißig war er wohl nicht.

„Eher unbekannterweise … Genau genommen dürften wir uns gar nicht kennen“, grinste Thomas unter seinen Dubai Dreams wie ein Breitmaulfrosch.

„Dann ist’s ja gut so …“, spürte Gradoneg ein Unbehagen in sich aufkommen.

„Bei den Hundstrümmerln. Du durftest ja in Zivil rumlaufen. War nicht ohne, bei dreißig Grad in der Plastikkluft. Na ja, so konnte ich dich besser im Auge behalten. Der Herr Kommissar wollte doch wissen, wie du dich machst …“, grinste Thomas noch breiter. Wie zwei dünne, rote Peperoni, die in einem Milchtopf schwammen, zogen sich seine Lippen über das Sonnencremegesicht.

„Der Typ im Ledermantel ist ja eine Nummer, was? Diese Tunte in einer Kuhhaut hetzt seine Hunde auf die Gratschel und kommt damit davon. Aber unserem lieben Herrn Kommissar ist das ja wurscht. Dieser Ledermantel muss heilig sein. Zuzutrauen wäre dem jedenfalls so eine Kellergeschichte. Würde mich nicht wundern, wenn die Gratschel aus seinem Keller gekrochen ist. Wollte dort nachsehen, aber der Herr Inspektor hat's mir ja verboten …“

Mehr als ein weiterer, kräftiger Schluck fiel Gradoneg darauf nicht ein.

„So ist er, unser Inspektor. Gehört zu seinen Spielchen … Dich hat er ja bestimmt auch auf mich angesetzt …“, kramte dieser Thomas noch eine weitere Weinflasche aus der Kühltasche. „Gibt noch Nachschub. Bei solchen Arschlöchern hilft ja nur Alkohol. Da ist die einzige Lösung, eine hochprozentige Lösung …“

Gradoneg wischte sich den Wein vom Kinn: „Keine Ahnung, wovon du redest …“

„Gegege… jetzt tu' nicht so naiv. Glaubst du, wir sind die einzigen Idioten, die gerade für den Alszei durch Wien hirschen?! Der sucht sich doch für jeden Mord seine Lakaien aus. Wahrscheinlich freut ihn das mehr, als den

Mörder zu finden. Uns Trotteln im Kreis zu schicken. Und wer brav spurt, wird nicht gleich rausgekickt und darf ihm dann weiter die Sohlen lecken."

Gradoneg stellte die Flasche ins Gras, nahm sie dann gleich wieder in die Hand. Wäre schade um den kühlen Wein – die Sonnenstrahlen tanzten auf der Flasche, und Glühwein mochte er nur im Winter.

„Also, was hat der Herr Kommissar über mich geschimpft? Du hast mich doch hoffentlich nicht bei ihm angeschwärzt, oder?", lugte kurz ein hochgezogenes, blondes Paar Augenbrauen über die Brillenränder.

Gradoneg rettete noch schnell den letzten Schluck Wein aus der Flasche: „Echt du, heißt zwar ‚in vino veritas', aber um bei der Wahrheit zu bleiben: Ich kann dir da beim besten Willen nicht weiterhelfen ...", ein rhetorischer Trick, den er bisweilen bei seinen Anzeigenkunden gebrauchte, wenn sie ihn über die Geschäftsgebaren seiner Verleger aushorchen wollten. Das eine oder andere Glas hatte ja Gradoneg auch beruflich in der Hand.

„Dasselbe, oder? ‚Unnötiger Dilettant' ... So wie er halt über dich redet ...", ließ Frosch Thomas nicht locker. „Ist sein Lieblingswort, ‚Dilettant' und ‚sinnloser Loser'. Aber du sitzt ja auf dem Trockenen ...". Rasch hatte er eine neue Weinflasche in den Händen und drehte am Verschluss. „Weißt du, weshalb diese Kühltaschen und Boxen alle blau und weiß sind? Die möchten uns einreden, dass wir gerade in einer griechischen Taverne sitzen", lachte er und hielt Gradoneg die geöffnete Flasche hin.

Der schlug die Einladung nicht aus, schließlich gab es einiges zum Runterspülen.

„‚Dilettant‘ und ‚Loser‘?!“, schluckte Gradoneg nicht nur den Wein runter, sondern würgte an den Beleidigungen.

„Oder in einem bayrischen Bierzelt. Die stehen ja auch auf einen blau-weißen Anstrich.“

„Mich interessiert jetzt eher, was er über mich so redet.“

„Irgendwas musst du bei den Eggers verschissen haben. Du weißt schon, bei der Mutter und Tochter, unten am Gürtel. Jedenfalls meinte er, dass es schlimmer und dilettantischer nicht mehr ginge.“

„Der spinnt doch …!“

„Erzähl' schon, was war bei den Eggers los …?“

„Nichts!“

„Ich trag' schon keinen Brief weiter, schon gar nicht ins Landeskriminalamt.“

„Ein Scheißdreck war dort los!“

„Auf die Eggers hat er es ja fürchterlich abgesehen. Klar, auf zwei Frauen geht man leichter los als auf einen zwei Meter großen Ledermantel. Was hat er dir über die beiden erzählt?“

„Nichts …“

„Komm' schon! Die will er doch bei dieser Geschichte eintunken. Also, was war bei dir und dem Alszei dort los?“

„Sagte ich doch, nichts!“

„Echt?“

„Ja!“

„Aber, aber … Kenn' ich alles selbst von ihm. Hat mich auch schon stehen lassen, mit dem Auto. Und danach hat er zu einem Kollegen gemeint, ich kriech' schneller in seinen Auspuff rein, als er wegfahren kann.“

„Was?! Hat er das gesagt?!", war Gradonegs Gesicht vom Zorn schon so rot wie der Wein.

„Vergiss es …"

„So ein blödes Arschloch."

„Wem sagst du's …"

Auch der kräftigste Schluck aus der Flasche konnte Gradonegs Zorn nicht kühlen. „Fragt sich nur, wo er selbst hineinkriecht …"

Thomas streckte alle Glieder von sich, erinnerte so tatsächlich an einen überfahrenen Frosch.

„Ich weiß nur, wo er ihn reinsteckt …"

„Wie … reinsteckt?!"

„Na, was schon, sein Ding … den Schwanz", hüpfte Frosch Thomas näher. „Sag' bloß, seine Nutte hast du noch gar nicht gecheckt …?"

„Was für eine Nutte?", hoffte Gradoneg, dass sein Atem noch nicht gar so nach Alkohol stank wie jener von diesem Thomas.

„Morgen ist's ja wieder so weit …", quakte Thomas. „Freitag ist sein Nuttentag. Da ist er wieder zu Diensten, in der Hebzeitler Gasse. Das musst du dir einmal live geben. Unbedingt. Hebzeitler Gasse 9 … Das hässlichste Puff von Wien, und seine Braut schaut auch nicht viel besser aus. Schlaffe Hängetitten über letztklassigen Stöckelschuhen."

Gradoneg gönnte Alszei die Schmach und sich einen triumphalen Schluck.

„Hast du ihm nachspioniert …?"

„Blumen! Mit Blumen …", kratzte sich Thomas im Gesicht eine braune Hautspur frei …, „der kommt dort immer mit einem ganzen Gewächshaus an. Echt. Punkt sieben, am Abend. Auf die Minute genau. Pretty Woman für österreichische Kieberer ohne Geschmack. Musst du dir unbedingt geben … Peinlich, peinlicher, Polizei … Alszei …“

Das amüsierte Gradoneg, für dumme Kalauer war er immer zu haben: „Peinlich, peinlicher, Polizei … Alszei …“, lallte er nach. „Der ist gut … Peinlich, peinlicher, Polizei … Alszei …“

„Ja, der ist gut. Schenk’ ich dir … Unbedingt weitersagen …“

„Und dann?“

„Einfach weitersagen …“

„Nein, was macht er dann? Wie lange schafft er’s mit der Nutte?“

„Das ist ja das Verrückte. Nichts! Nichts ist dann. Er führt sie zum Essen aus …“

„Zum Essen …?“

„Piekfein. Und bringt sie wieder zurück. Ich schwör’s. Die verschwindet wieder alleine in ihrem Puff, und das war’s. Aber ich bin ja nicht blöd. Die hab’ ich mir vorgenommen …“

„Du hast’s mit der Nutte vom Alszei …“

„Unter die Lupe genommen! Nicht flachgelegt. Ist ja gar keine Nutte! Das ist ja der Spaß dran! Der Oberschlaue geht zu einer Nutte, die gar keine ist! Die wartet nur, bis er sich vertschüsst, und macht dann selbst die Fliege. Ist auch kein Puff … Jedenfalls steht’s leer, außer für den einen Besuch von diesem Deppen …“

„Was jetzt …?! Geht er ins Puff oder nicht?!“

„Sag' ich ja dauernd. Die Nutte ist keine Nutte, und das Puff ist kein Puff. Die spielt ihm bloß was vor, kapierst du? War vielleicht einmal eine Nutte. Bestimmt. Schnallst du's jetzt …?! Der steht auf eine Nutte, die gar keine ist. Der … der … kennt sich nicht einmal in seinem eigenen Leben aus …"

Das war Balsam auf Gradonegs Wunden. Wie ein Kind kullerte er die Liegewiese runter. Vom Bauch auf den Rücken, vom Rücken auf den Bauch …

„Ein Dilettant ist kein Dilettant … Eine Nutte ist keine Nutte … Ein Mörder ist kein Mörder … Ein Leben ist kein Leben …", lallte er dabei.

Siebzehn

13. Juli 2017: *Ich weiß, dass du nichts von mir hältst. Aber es geht um Romana!*

14. Juli 2017: *Romana hat mir heute im Kindergarten vor allen Kindern und Tanten ins Gesicht gespuckt!*

Ja, Romana hatte Gradoneg ihre ganze Verachtung ins Gesicht gespien. Ihre Augen, die noch vor wenigen Tagen vor „Freude geweint hatten", loderten dabei mit den Flammen der Wut und Verzweiflung.

Als er dann instinktiv „AT today" googelte, wusste er, warum. Und wusste auch, dass „Spucke" viel zu human für ihn war. Säure hätte sie ihm für seine leeren Versprechungen und Lügen ins Gesicht schütten sollen, bis seine Wangen nur noch Löcher waren und sich jedes seiner Wörter anhörte, wie es tatsächlich war – charakterlos und hohl.

*

Mörderische Rollstuhlbande ausgebremst!
Wien/Währing: *Kriminelle Geschäftsmodelle ausländischer Bettlerbanden machen selbst vor Rollstuhlopfern nicht halt und ziehen ihre Spuren von Wien bis nach Rumänien.*

Die blutige Handschrift der Kriminellen erinnert an einen Thriller: Alleinstehende Rollstuhlopfer werden mit K.o.-Tropfen betäubt, in Parks versteckt und dort bewusstlos ihrem Schicksal überlassen – während der fahrbare Untersatz im Internet Höchstpreise erzielt. Wie „AT today" exklusiv aus gut informierten Polizeikreisen erfuhr, kam es im 18. Wiener Gemeindebezirk Währing jüngst zu einem besonders folgenschweren Verbrechen nach diesem Muster: Hier fiel die 79-jährige Wiener Pensionistin Hildegard G. der Bande zum Opfer – wurde im angrenzenden Schubertpark unter Rosensträuchern versteckt, wo sie schließlich nach stundenlangen Qualen dehydriert verstarb. Besonders dreist und brutal: Vor ihrem Tod musste die bewusstlose Pensionistin noch für die Bande Bettlerdienste auf der Währinger Straße ableisten! Das stellte sich nun bei der Vernehmung fünf tatverdächtiger Personen in Bukarest heraus. Hier klickten schließlich die Handschellen in einem illegalen Rollstuhl-Lager. Ein Coup, den die erfolgreiche Zusammenarbeit zwischen österreichischen und rumänischen Polizeieinheiten ermöglichte. Ob der Bande ebenfalls eine dauerhaft in Wien ansässige Komplizin zur Seite stand, ist noch fraglich. Gegen eine rumänische Verkäuferin wird derzeit auf Hochtouren ermittelt. Für alle Beteiligten gilt die Unschuldsvermutung.

*

14. Juli 2017: *Ich mache dich fertig!*

Achtzehn

Verlorener konnte man nicht durch Wien irren. Ziellos und müde und mit dem schlimmsten Begleiter, den es gibt – sich selbst. Und das tat Gradoneg seit Stunden, gefühlt seit Ewigkeiten.

Fast hätte er seinen Freund Hannes Roschinic angerufen, ihm die ganze Geschichte erzählt. Sogar, wie baff er war, als ihm Roschinic im Traum die Privatnummer von Sebastian Kurz rausrückte, hätte er in seiner Einsamkeit preisgegeben, die Peitschenaktion bei den Saudis und das Burkagemetzel inklusive. Aber nicht nur die Bezeichnung „Freund" war bei Hannes Roschinic übertrieben, noch viel übertriebener wäre die Hoffnung gewesen, Roschinic würde Gradoneg zuhören oder gar verstehen. Mehr als fünf Minuten hätte sein vermeintlicher Freund nicht die Zunge in seiner Krankenkassenprothese einklemmen können. Es gab keine bessere Geschichte, die Roschinic nicht schon längst kannte, und es gab keinen Menschen, den er nicht belehren wollte. Gerade darum hatte er ja die oberflächlichen Redaktionsstuben verlassen und sich als Großdichter in einen Elfenbeinturm begeben. Nein, Hannes Roschinic wäre auch nur ein weiterer „leerer Kilometer" gewesen, und leere Kilometer hatte Gradoneg an diesem Tag schon genug abgespult.

Irgendwann, nachdem er von der Friedensbrücke über den 20. und 2. Bezirk einen weiten Halbkreis zum Schwedenplatz gezogen hatte, schlängelte er sich über den Donaukanal wieder einigermaßen Richtung Heimat – und irgendwann und irgendwo dort kramte er Klaus Pellitschs Bankomatkarte und e-Card aus seiner Brieftasche, hielt diese über einen Mistkübel mit hungrigen Wespen und empfand dabei einen schmerzhaften Heureka-Moment.

Ja, es war gar nicht die Moral, sein ach so großes ethisches Empfinden, das ihn davon abgehalten hatte, Klaus Pellitschs Karten wegzuwerfen – nein, es war seine Zerrissenheit zwischen Feigheit und Mut. Das steckte hinter seinem ständigen Kasperltheater, diesem Kartenspielchen mit „Mülltonne rein und Mülltonne raus". Gradoneg erkannte in diesem Moment, nur seine pure Naivität hatte ihn das erste Mal zu Pellitsch geführt, ein zweites Mal würde ihm hierfür der Mut fehlen. Nicht die Moral stieß ihn von der Mülltonne weg – es war seine Sehnsucht, endlich einmal so richtig mutig zu sein. Nicht nur naiv und unreflektiert in eine Gefahr zu stolpern, sondern sich einer solchen bewusst zu stellen. Diesem Nazi musste und wollte er endlich auf den Zahn fühlen. Mit einem Bohrer, der die ganze braune Fäulnis bei diesem Typen freilegte.

„Ich fürchte, für zartbesaitete Seelchen ist bei mir heute nicht ordentlich genug aufgeräumt." Klaus Pellitsch blieb im Türrahmen stehen. Gradoneg spürte, dass mit dem Maler etwas nicht stimmte, konnte sein Gefühl jedoch nicht in einen rationalen Gedanken übersetzen.

„Sind die Hunde eingesperrt …?“, stotterte Gradoneg. War froh, den mutigen Schritt in die Edelhofgasse gewagt zu haben, zitterte aber in der Erinnerung noch vor Pellitschs beiden Kötern.

„Jaja … die sind eingesperrt.“

„Ehrlich?“

„Hörst du sie?“

Gradoneg verneinte die Frage mit einem ungläubigen Kopfschütteln.

„Siehst du, ich höre sie beinahe auch nicht mehr.“

Pellitsch war ja ein Meister der kryptischen Rede, das wusste Gradoneg von seinen beiden Begegnungen mit ihm. Fragte man Pellitsch nach dem konkreten Inhalt einer seiner kryptischen Aussagen, wurde er bloß noch kryptischer.

„Ich … ich war zufällig in der Gegend und dachte, ich bring' dir deine Bankomatkarte vorbei … und die e-Card“, hielt ihm Gradoneg die Karten hin.

„Wär' nicht notwendig gewesen“, betrachtete Pellitsch teilnahmslos Gradonegs Hand. „Ich kann dir gerne den PIN-Code aufschreiben, müssten noch ein paar Hunderter drauf sein.“

„Ich hab' nicht nachgesehen, ehrlich.“

„Dir glaub' ich's sogar …“

„Tja, was soll ich jetzt damit machen?“, fuchtelte Gradoneg mit den Karten herum. Hypernervös wie eine hundertjährige Opernbesucherin mit dem Fächer.

Pellitsch zuckte gleichgültig mit den Schultern.

Schmächtiger? War es das, was Gradoneg irritierte? Wirkte der Maler schmächtiger, fast zerbrechlich auf ihn?

Tatsächlich ruhte der Ledermantel, den er sonst so imposant und Angst einflößend ausfüllte, seltsam schwer auf ihm. Auch sein Haar war fett und ungepflegt, die Bartstoppeln wucherten ihm bis zu den dunklen Augenringen hoch.

„Wie gesagt, ich bin heute nicht auf Besuch eingestellt", drehte sich Pellitsch um, ließ die Tür aber einen Spalt offen.

„Ich … ich bin nicht anspruchsvoll. Hauptsache, die Hunde sind eingesperrt. Sind sie doch, oder?"

Gradoneg nahm Pellitschs Schweigen als Einladung, schlüpfte ins Vorzimmer und schloss die Tür hinter sich. Kein Bellen, kein Knurren, kein Fletschen … von den Hunden war tatsächlich nichts zu hören. Alszei und die Kripo hatten wohl endlich gehandelt und die Bestien abholen lassen, dachte sich Gradoneg. Ebenso fehlten die ekelhaften, klebrigen Fliegenstreifen mit den Insekten, die in der Wohnung als makabrer Vorhang gedient hatten.

Eine weitere Hürde weniger für Gradoneg, und doch stand er nach wenigen Schritten vor der größten Hürde seines bisherigen Lebens – vor einer schier unüberwindbaren Angst im grellen Licht des menschlichen Wahnsinns.

Nein, diesmal gab es kein Erwachen für Gradoneg. So sehr er sich das auch wünschte, er war nicht in einen Albtraum geraten, sondern in die noch viel schlimmeren Tiefen von Klaus Pellitschs Psyche gestürzt.

Zerteilt wie Schweinehälften baumelten die Hunde an Fleischerhaken von der Decke. Blutige Knäuel aus Gedärmen und Organen quollen aus den Kadavern. Darunter im Käfig, in dem die Hunde noch bei Gradonegs letztem Besuch eingesperrt waren, saß nun eine nackte Asiatin. Die abgeschnittenen Fliegenstreifen vom Vorzimmer kräuselten sich gleich frisch geschlüpften Schlangen auf ihrem nackten Körper, lagen auf ihren Brüsten und zwischen den gespreizten Beinen, hingen ihr links und rechts vom Kopf.

Klaus Pellitsch stand an einer großen Leinwand, malte dieses Stillleben des Grauens, das er arrangiert hatte.

„Du … du …?", stockte Gradoneg der Atem.

„Ich hab' dich gewarnt. Vergiss die Geschichte. Ist nichts für dich."

„Bist du jetzt völlig durchgeknallt?!", sah sich Gradoneg verstört im Raum um. Er spürte förmlich, wie Pellitsch die Hunde abgeschlachtet hatte, sie danach zerteilte und in ihren Gedärmen wühlte; hörte das Blut auf die Asiatin im Käfig tropfen, wie es sie kurz wärmte und dann zu Eis auf ihrer Haut gefror.

Neben Pellitsch und der Staffelei lagen eine Axt und mehrere Küchenmesser in einer Blutlache auf dem Boden. Ein großer, bräunlich roter Fleck breitete sich zähflüssig entlang der Bodenritzen wie ein Spinnennetz aus.

„Von meiner Seite hast du nichts zu befürchten", ahnte Pellitsch Gradonegs Schock.

„Nichts zu befürchten?! Hast du dich hier einmal umgesehen?!"

„Ich hab' es jedenfalls nicht auf dich abgesehen."

„Na ja, dein Wort in Gottes Ohr!"

„Lustig, ein bisschen Blut, und schon kriechen alle zu Kreuze."

Immer besessener malte Pellitsch an seinem Stillleben des Grauens. Als würde es jeden Moment vor ihm zu Staub zerfallen, wollte er es in Windeseile auf der Leinwand festhalten; half mit seinen Händen ungeduldig dem Pinsel nach, wischte bereits aufgetragene Farbschichten mit den Mantelärmeln ab. War unzufrieden damit, wie auf seinem Bild die Hundekadaver durch die schwarze Wolkendecke des Käfigs brachen, die Gedärme sich auf die Asiatin ergossen … sich Insekten durch ihre weiße Haut fraßen und die Brustwarzen als blutige Käfer runter zur Vagina liefen.

Misslang ihm ein Strich, schmiss er verzweifelt den Pinsel gegen die Leinwand, schüttelte diese zornig, als würde sie ihm etwas vorenthalten.

„Verdammt noch einmal, was machst du da?!", fasste sich Gradoneg allmählich.

„Gibt es irgendwas im Leben, das wir machen oder nicht machen sollten? Zwingend. Ich mein', zwingend außerhalb jeder Konvention? Den lächerlichen Gesetzen und …"

„He! Ich hab' die letzten Tage genug obergescheiten Scheiß gehört!", unterbrach ihn Gradoneg. „Ich will wissen, was hier los ist! Ist das zu viel verlangt?!"

Pellitsch drehte sich zu ihm um, ein Lächeln lag auf seinen Lippen, seltsam sanft und freundlich.

„Hab' dir gar nicht so viel Mumm zugetraut. Alle Achtung. Dachte, du kippst mir gleich um und verpfuschst mir mein letztes Bild."

„Was, ‚letztes Bild'?!"

„Kenn' viele, die umgekippt wären. Hast echt Eier", wandte er sich wieder der Leinwand zu, deutete dabei mit dem Pinsel auf die zu einer Art Tisch aufgetürmten Steinziegeln an der rechten Wand. „Falls du was Hochprozentiges willst, bediene dich ruhig. Tu' dir keinen Zwang an. Die Scham ist ja nur dazu da, um schamlos … so richtig schamlos zu sein. Überhaupt ist der Widerpart vom Guten nicht das Böse, sondern das ‚noch Bessere'. Ethik ist generell nichts anderes als ein lächerlicher Angstschrei."

Gradoneg überhörte die Belehrung, schlurfte mit weichen Knien zu den Steinziegeln. Eine Armada halb voller und leerer Schnapsflaschen wartete dort auf ihn. Pellitsch hatte sich in den letzten Tagen wohl schon ordentlich durchgekostet.

Gleich beim ersten Schluck fürchtete Gradoneg, irgendein Terpentin von den Malutensilien erwischt zu haben. So fremd und scharf verbrannte der billige Fusel seine Kehle.

Aber es war die vollste Flasche, und er blieb dabei. Klemmte Pellitschs Karten zwischen zwei Ziegelsteine.

Die Asiatin im Käfig hatte sich einen Joint gedreht.

„I am like a rainbow from yesterday", hauchte sie eine Rauchwolke zu den Hundekadavern an der Decke. „The colours are away, but the feeling is still here."

Gradoneg wusste nicht, wohin in diesem Wahnsinn, fühlte sich in der Nähe der Asiatin noch am sichersten.

„Are you also a rainbow from yesterday?", bot ihm die Asiatin den Joint an. Ihre Hand war so schmal und der Unterarm so dünn, dass er bis zum Ellbogen zwischen den Gitterstäben aus dem Käfig ragte.

„Sorry, my English is terrible …", nahm sich Gradoneg den Joint, seinen ersten im Leben überhaupt.

„Nothing is terrible … only the whole life …", meinte die Asiatin.

Gradoneg wollte sich für den Joint mit einem Schluck Schnaps revanchieren. Schaffte aber die Flasche nicht durch die Gitterstäbe, zwängte sich dabei im wahrsten Sinn des Wortes mit einem „Au!" die Finger ein. Auch so eine Geschichte, die Gradoneg immer wieder in seinem Leben zur Verzweiflung trieb: So ernst konnte keine Situation sein, als dass nicht irgendein gehässiger Regisseur eine völlig deplatzierte, peinliche Szene in seinen Lebensfilm schnitt. Das war schon in seiner Kindheit so, als er beim Begräbnis seiner Großmutter die Erde auf der kleinen Schaufel nicht ins Grab, sondern tollpatschig auf den Rand warf und alle lachten.

„No matter …", winkte ihm die Asiatin freundlich aus dem Käfig zu, drehte sich dann einen neuen Joint.

„Ich dachte, die … die …", hustete Gradoneg zu Pellitsch rüber, da er den Jointrauch nicht gewöhnt war, „ … diese Asiatin gibt's gar nicht und du hättest mich nur verscheißert. Ist doch diese Chinesin … na, diese Freiheitsaktivistin im Käfig mit dem Hühnerfleisch, oder?"

„Alles gibt es und vor allem nichts", nahm Pellitsch mit seinem Pinsel Maß, versuchte, mit seinen fahrigen Fingern am Stiel die exakten Proportionen festzuhalten. „Wie gesagt, tu' dir keinen Zwang an", nahm er dabei auch Gradoneg ins Visier.

„Keine Sorge, ich verdurste schon nicht …"

„Die Ethik. Ich mein' die Ethik. Ruf' ruhig die Bullen an. Mach' einen Schnappschuss mit dem Handy und ruf' die Bullen an. Ich tu' dir schon nichts. Ruf' sie an. Daran denkst du doch gerade. Jetzt hättest du mich endlich. Ein durchgeknallter Nazi, der seine Hunde massakriert, ist ein idealer Mörder."

„Bist du jetzt auch noch unter die Gedankenleser gegangen?"

„Stimmt's oder hab' ich recht?"

„Quatsch!"

In der Tat hatte Pellitsch Gradoneg ertappt. Seit dem ersten Schritt in diesen Wahnsinn überlegte Gradoneg, wie er nun am besten vorgehen sollte. Heimlich ein Foto schießen, sobald ihm Pellitsch den Rücken zudrehte? Sich dann rasch aus der Atmosphäre ziehen und die Polizei rufen? Aber wen von der Polizei? Alszei kam nicht infrage. Irgendein Journaldienst oder spätestens die diensthabenden Kollegen würden mit dem Kommissar Kontakt aufnehmen. Tierquälerei im Namen der Freiheit der Kunst, mehr käme nicht raus. Pellitsch steckte ja nicht nur in einem Ledermantel, er war quasi eine heilige Kuh für die Exekutive.

„Dieser Alszei …", schien Pellitsch tatsächlich Gradonegs Gedanken lesen zu können. „Was hältst du von ihm?"

„Das sollte ich besser dich fragen", lachte Gradoneg nach einem Schluck aus der Schnapsflasche zynisch auf. „Du bist ja aus dem Schneider …", lachte er noch lauter, weil ihm beim „Schneider" die Tierkadaver an der Decke in den Sinn kamen.

„Ist ja dein Schutzengel, der ehrenwerte Herr Kommissar. Mich wundert's, dass ihr nicht gemeinsam feiert. Echt schade um deine beiden Köter. Wär' gar nicht notwendig gewesen, die Viecher an die Decke zu nageln. Mao und Stalin könnten in aller Ruhe weitermorden. Jetzt, wo doch alles so gut gelaufen ist. Die Mörder sitzen in Rumänien hinter Schloss und Riegel, und … und mit ein bisschen Glück oder besser gesagt ‚Schlauheit' haben sie dort schon was anderes verbrochen und kommen nie wieder retour. Der Auslieferungsantrag wird abgelehnt, und alles ist bestens erledigt."

„Das brauchen sie gar nicht."

„Was braucht wer nicht?"

„Die brauchen gar nichts ausgefressen zu haben."

„The colours of a rainbow are like an unborn soul …", flüsterte die Asiatin im Käfig.

„Wie, ‚die brauchen gar nichts ausgefressen zu haben'?", zog Gradoneg nervös am Joint.

Pellitsch legte den Pinsel zur Seite, rieb sich müde die Augen, ohne auf die Farbe an seinen Fingern zu achten. Als wäre er eine seiner zweifelhaften Andy-Warhol-Imitationen, starrte er nun Gradoneg unter seinen grellen Lidschatten an.

„Routine. Das ist zwischen Österreich und Rumänien längst Routine. So werden wir straffällige Asylbewerber los, und niemand dreht durch."

„He, könntest du vielleicht einmal ein, zwei verständliche Sätze von dir geben?!"

„Hat dich Alszei da gar nicht eingeweiht?"

„Bitte! Mich nervt dein kryptischer Scheiß!"

„Der ‚rumänische Tauchgang' … Hat er dir nichts davon erzählt?"

„So blöd ist er nicht. Aber ein Cobra-Typ hat sich verplappert. Angeblich ist Alszei sogar der Erfinder."

„Siehst du“, nahm Pellitsch den Pinsel zur Hand, wandte sich der Leinwand zu.

„Nichts! Ich seh’ überhaupt nichts!“, schrie Gradoneg. „Ich seh’ nichts, ich hör’ nichts und kann mit niemandem reden! Wie die drei Affen! Mir geht’s verdammt noch einmal wie den drei japanischen Affen!“, zog er hastig am Jointstummel, verbrannte sich an der Glut, schluckte den Rauch mit Schnaps runter. „Also, was ist jetzt mit dieser Rumänien-Connection?!“

„Zwei Syrer und drei Iraker, das sind die fünf Rumänen von der Rollstuhlbande in der Zeitung. Eine Vergewaltigung und zwei Messerstechereien. Ist eine praktische Sache, dieser ‚rumänische Tauchgang‘. Abschieben funktioniert nicht bei kriminellen Asylwerbern … die werden ganz einfach als kriminelle ‚Rumänen‘ in Bukarest entsorgt. Irgendwas musste ja für die österreichische Unterschrift bei den rumänischen EU-Beitrittsverhandlungen rausspringen. Wenn man das alles damals schon so schnell unterschrieben hat, sogar das schwierige Menschenrechtskapitel … dann möchte man doch zumindest ein paar Kriminelle dafür loswerden.“

„Langsam! Ganz, ganz langsam bitte … Damit es auch so ein Blödian wie ich versteht. Du meinst allen Ernstes, die jubeln Asylanten einen Mord unter, liefern sie dann nach Rumänien und lassen sie dort hochgehen?! Das ist ihr ‚rumänischer Tauchgang‘?! Die schieben Asylanten in rumänische Gefängnisse ab?!“

„Den einen oder anderen Kriminellen sicher.“

„Klar, sind ja alles Verbrecher!“

„Das sagte ich nicht …“

„Wer?! Wer alles schaut bei dieser Scheiße zu?!"

„Sagen wir einmal, es stört niemanden. Die Rechten sind ein paar Ausländer los, und den Linken kommen bei ihrem Gutmenschentraum keine Kriminellen in die Quere."

Gradoneg schüttelte angewidert den Kopf.

„Die Polizei, dein Freund und Helfer!", rappelte er sich müde auf und holte sich eine neue Flasche. „Und du? … Du und Alszei spielt da fleißig mit, ja?"

Pellitsch schwieg.

„Sag' schon! Ihr beide spielt da doch mit! Deshalb passiert dir nichts! Diese Hildegard Gratschel ist denen doch scheißegal. Ist ja sogar super, dass du die mit deinen Drecksviechern gekillt hast. Je mehr Morde in dieser Stadt, umso besser. Mehr Morde heißt ja weniger Asylanten."

„Ein bisschen verkürzt, deine Sichtweise. Sehr verkürzt."

„Auftragskiller! Bist du so eine Art Auftragskiller für diesen Wahnsinn?!"

„Deine Fantasie möchte ich einmal haben …"

„Klar! Was für eine dreiste Frage!", fuchtelte Gradoneg mit der Schnapsflasche herum. „So was fragt kein anständiger Mensch, und schon gar nicht einen Nazi …"

Pellitsch malte wortlos weiter.

„Sometimes I feel so cold … and sometimes is now …", sagte die Asiatin im Käfig.

„He! Du sprichst mir aus der Seele!", wankte Gradoneg zum Käfig, prostete ihr zu, dass die Gitterstäbe schepperten. „Ja, alles ist kalt. Alles. Und manchmal ist immer und jetzt. Immer nur kalt. Und unsere Geburt ist bloß der erste Tag von einem langen Winter … Und wenn, wenn uns dann das Eis unter den Füßen bricht, fallen wir bloß in einen neuen Winter. Plumps, Winter! Plumps, Winter! Plumps, Winter …!", stellte er die Flasche auf den Boden, klatschte in die Hände, tanzte um die Flasche. „Plumps, Winter! Plumps, Winter …"

Der Schnaps und das Gras breiteten sich nun in ihm aus und ebenso ein langes Schweigen im Raum. Gradoneg setzte sich müde auf den Boden, kauerte dort mehr als er saß, Pellitsch malte, die Asiatin schien im Käfig einzuschlafen, lag dort gekrümmt wie ein Embryo auf dem Eisenboden.

„Konrad Lorenz oder Otto König, ich weiß nie, wer's von den beiden war …", unterbrach Pellitsch die Stille. „Egal, einer von den beiden. Kennst du von denen die Geschichte mit der Ratte? Die von der Ratte mit dem falschen Geruch."

„Redest du mit mir?", sah Gradoneg auf.

„Dazu muss man wissen, dass jedes Rattenrudel anders riecht", erzählte Pellitsch weiter. „Durch den Geruch erkennen sie sich untereinander. Der Lorenz oder König hat jedenfalls einmal eine Ratte von ihrem Rudel sondiert, rausgeholt und für ein paar Wochen weggesperrt …"

„Sag' ich doch, du verstehst dich mit Alszei bestimmt blendend. Der ist auch so ein Märchenonkel."

Kurz sah ihn Pellitsch beleidigt an.

„Weggesperrt, bis die Ratte ihren Familiengeruch verloren hat. Weiß nicht, wie das geht … Die Ratte hat jedenfalls anders gerochen, und dann hat er sie zu ihrer Familie zurückgeschickt. Das arme Ding hat sich wahrscheinlich riesig auf Mama und Papa und seine Geschwister gefreut, wusste ja nichts von seinem anderen Geruch … und schon wurde es von seiner Familie zerfleischt und aufgefressen."

„Sprechen wir jetzt plötzlich über Political Correctness in der Wissenschaft, oder was?!"

Pellitsch ging zu Gradoneg, beugte sich zu ihm nieder. Sah diesem fast bittend in die Augen.

„Es gibt Ratten, die tun nichts Schlimmes und gehen dabei drauf."

„Ach ja …?!", lächelte ihn Gradoneg zynisch an.

„Das mit dem Draufgehen schert mich einen Dreck. Davor hab' ich keine Angst. Nein, die Angst hab' ich wegen was anderem. Wegen dir hab' ich Angst."

„Ganz was Neues, dass sich jemand vor mir fürchtet."

„Für dich bin ich bloß eine Ratte mit einem fremden Geruch. Eine Ratte mit einem fürchterlichen Nazigestank, die zerfleischt gehört."

„Ich hoff', du erwartest von mir jetzt keine Widerrede."

„Kann sein, dass ich dich brauchen werde. In einer verdammt wichtigen Angelegenheit. Nur falls ich's selbst nicht schaffe. Wirklich nur dann. Aber bitte vergiss dann meinen Geruch, ja? Meinen Nazigestank … Wird hoffentlich nicht notwendig sein, aber vergiss dann für diesen einen Moment alles, lösch deine ganze Festplatte im Kopf. Klingt paradox, aber mir geht es wie dir. Ich kann auch niemandem vertrauen. Am ehesten noch dir."

„Mir?"

„Dein Hass ist ehrlich, und das ist schon viel auf dieser Welt", ging Pellitsch zur Leinwand zurück.

*

Das Schwindelgefühl des ersten Joints und die depressive Schwere von zu viel Schnaps begleiteten Gradoneg durch die Edelhofgasse und die Währinger Straße rauf. Ein explosives Gemisch, das er so nicht kannte. Sein Kopf wollte leicht sein, frei und unvernünftig, in den schweren Füßen schienen sich wiederum die Knochen in bleierne Krampfadern aufzulösen. Leicht und schwer und ohne Halt wankte er nach seinem Horrortrip bei Klaus Pellitsch Richtung Wohnung, die durch seine Eskapaden in den letzten Wochen zu einem fremden Mauerwerk geworden war. Ursula hatte ihn seit der Geschichte mit dem Läuseshampoo und Hemmas verätzten Augen noch mehr ignoriert als nach dem schlimmsten Islamistenzwist. Hemma wusste nun noch besser, was sie an ihrer Mama hatte, und weil die ihr sogar einen Urlaub auf einem Waldviertler Pferdebauernhof versprach, war auch die Kleine längst im Galopp aus Gradonegs Leben geritten. Josef entwickelte sich ohnehin zu einem Mini-Ödipus. So wankte und schwankte Gradoneg Richtung Exil nach Hause. Ampeln waren nur tief hängende Sterne für ihn, bei den hupenden Autos bedankte er sich mit einem hochgestreckten Zeigefinger im Scheinwerferlicht. *Ist mir doch wurscht, wer da welche Ratte ins Unglück jagt …*, säuselte er vor sich hin … *Ich werde ja auch von meiner Familie zerlegt, und niemanden interessiert's.* Dann kam ihm die Asiatin in den Sinn: *Was, wenn dieser Wahnsinnige die auch noch zu den Hunden an die Decke hängt …*, erschrak er vor diesem Gedanken, griff panisch zum Handy, hatte aber keinen Akku mehr. Kurz überlegte er, da er ja die Abkürzung über den Schubertpark nahm, bei den Polizisten in der Inspektion Schulgasse Alarm zu schlagen. *Gibt zwar eine Milliarde Chinesen, aber eine weniger wär' auch traurig … Die flüchtet doch nicht in einem Lkw mit vergammeltem Hühnerfleisch nach Europa, damit sie zwischen zwei Hunden endet. Mao …!*, lachte er laut auf … *Der Köter heißt noch dazu Mao …!* Langsam gewann der Leichtsinn in seinem Kopf den Kampf gegen die Schwere der Füße. Zog Gradoneg bei dessen Abkürzung durch den Schubertpark hin auf den Spielplatz, hin zur Babyschaukel. Ließ ihn mit seinen Händen die Eisenketten umklammern und mit letzter Kraft auf das Plastikgestell hochhieven.

Unmöglich! Nie und nimmer …!, passten Gradonegs Füße kaum auf den Sitzboden, geschweige denn gelang es ihm, seine Kniekehlen so abzuwinkeln, dass sie sich durch die Öffnungen im Sitzgitter zwängen ließen.

Die Gratschel hat das nie und nimmer geschafft! Eine Achtzigjährige! So dement kann die gar nicht gewesen sein, dass ihre Knochen da mitgespielt hätten! Gewalt! Das war rohe Gewalt …!, richtete er sich wieder in der Schaukel auf, wäre dabei fast nach hinten gekippt. *Diese Arschlöcher verschaukeln doch alle … Mich sowieso … aber auch alle anderen … Jeder ehrliche Mensch wird von denen verschaukelt. Kripo, Politik, Medien – alles verseucht! Ganz Öster-*

reich wird verschaukelt!, stand er in der Babyschaukel, rüttelte zornig an den Ketten. *Mich nicht! Mich verschaukelt niemand mehr!*

Neunzehn

Ratte? Ja! Tags darauf schlich Gradoneg wie eine tollwütige Ratte durch die Hebzeitler Gasse im 15. Bezirk. Und wie eine tollwütige Ratte wollte er dort zubeißen. Die Viren seiner Rachsucht auf Alszei übertragen. Denn aus den Kränkungen war endgültig Hass geworden, aus Alszei ein Feind.

Bullensau sucht leichte Frau, schrieb er mit seinem Zeigefinger auf das staubige, verdreckte Fenster. Verwischte dann aber schnell seine gehässige Spur, Alszei würde ihn sofort wittern. Einen Gefallen, den er dem „Oberarschloch-Kommissar" keineswegs tun wollte.

Dieser Thomas vom Schubertpark mit der hässlichen Sonnenbrille und der weißen Schmiere im Gesicht hatte recht: Die zwei Fenster vom Bordell im Parterre waren so in Mitleidenschaft gezogen, als hätte man vis-à-vis das Schloss Schönbrunn mitsamt dem Stephansdom abgerissen. Ohne staublöschende Wasserwerfer, und Glasputzmittel wären nie erfunden worden. Diesen Eindruck hatte man generell bei allen Hausfenstern. Die Staubschicht auf den Bordellfenstern war jedenfalls so dick, dass es dahinter keiner Jalousien bedurfte; das schmiedeeiserne Gitter vor der separaten Eingangstür schreckte unerwünschte Besucher mehr durch den Rost und potenzielle Blutvergiftungen als mit seinen Spitzen ab. *Passt zu seinen Per-*

versionen, dachte sich Gradoneg über Alszei, *ein Dreckschwein bleibt ein Dreckschwein …*

Seit über zwei Stunden wartete Gradoneg bereits auf seinen großen Auftritt. Er war viel zu früh dran. Seine Vorfreude auf den Genuss, Alszei leiden zu sehen, hatte die Zeit weit nach vorne gestellt. Der Durst wurde schon so groß wie sein Hass. Unten an der Ecke zur Kerblergasse gab es ein Beisel, ein typisches Wiener Gasthaus, dort kämpfte er mit einem Sommergespritzten gegen den zähen Fluss der Zeit an. Ein guter, ehrlich eingeschenkter Spritzer, randvoll und tiefgelb wie der Urin von Nierenkranken. Mehr gönnte er sich nicht, Alszei würde seine Fahne riechen und ihn als besoffenen Krakeeler abtun. Bei jedem Schluck hatte er konzentriert den Blick rauf zur Nummer 9 gerichtet, den Spritzer auch gleich bezahlt. Dann nahm er wieder seine Position ein, seine Lauerstellung. Setzte sich auf die brennheißen Begrenzungssteine einer kleinen, runden Grünoase, ein trockener Fleck Erde mit einem dürren Bäumchen in der Mitte. Die Düngung des Baumes bestand wohl rein organisch aus Hundekot und Zigarettenstummeln. Die Stadtgärtnerei hatte sich schon lange nicht mehr mit einem Wasserwagen hierher verirrt.

War Alszeis Freizeitvergnügen schon drinnen oder kam sie erst?, versuchte Gradoneg mit Rätselraten die Zeit etwas anzuschubsen. Und wie mochte sie aussehen? „Stöckelschuhe, über denen Hängebrüste zappelten“, wie dieser Thomas meinte, war ja ein sexistischer Klecks, mit dem man sich kein Bild machen konnte.

War das jetzt ein Sonnenstrahl auf dem staubigen Fenster oder ging da ein Licht an? Sollte er sich doch noch einen weißen Spritzer unten an der Ecke spendieren? Die Gläser dort waren so zerkratzt, die konnten ja als Pfand nichts kosten. Schlimmstenfalls konnte er ja die paar Meter rückwärts runtergehen und im Fall des Falles lossprinten.

Und vor allem: Wie sollte er seinen Rachefeldzug anlegen, seinen großen Auftritt inszenieren? Was, wenn nicht er, sondern Alszei ihn überraschte? Ihn womöglich schon aus einem parkenden Auto in der Umgebung beobachtete, sah sich Gradoneg unsicher um. Er saß ja auf dieser mickrigen, verwahrlosten Grünoase in einem Schaufenster. Selbst der größte Dummkopf würde sich hier nicht in der prallen Sonne den Arsch neben Hundekot aufwetzen. Vielleicht wäre ein Hauseingang in der Nähe doch die bessere Lösung, ein klügerer Eröffnungszug? Nein, warum sollte er schon wieder weichen?! Er wich immer vor jemandem, sein ganzes Leben lang. – Wer weicht, weicht nur vor sich selbst, sinnierte er.

In die Hände klatschen? Sollte er einfach laut in die Hände klatschen und so bei Alszei Verwirrung stiften? „Bravo" über die Gasse rufen? Alszei wäre dann überrascht und gefordert, diese Eröffnung zu parieren.

Zwar nicht schlecht, aber zu harmlos, befand Gradoneg. Sah ungeduldig rüber zur Tür hinter dem Schmiedeeisengitter, hatte kurz die Absicht, sich direkt davor auf den Gehsteig zu setzen. Wenn schon im Schaufenster, dann doch gleich als Puppe in der ersten Reihe, dachte er sich. Und Alszei könnte er dann sagen, dieser solle sich gefälligst hinten anstellen. „In Reih und Glied". Ja, in „Reih und Glied" wäre eine treffende Formulierung. Er solle sich in Reih und Glied hinten anstellen und darauf warten, bis die fünf Rumänen mit seiner Nutte fertig wären. Die seien nämlich plötzlich aus dem „rumänischen Tauchgang“ aufgetaucht und würden sich jetzt Alszeis Gespielin vornehmen.

Mehr als eine Nutte war ja auch Romana für Alszei nicht, steigerte sich Gradoneg noch mehr in seinen Hass rein. Nur tote Indianer sind gute Indianer, und nur horizontale Zigeuner sind gute Zigeuner, hatte er einmal bei einem Gegröhle in der Straßenbahn mitgehört. – Die Männer tot am Boden und die Zigeunerinnen mit gespreizten Beinen in der Horizontale. Und so dachte Alszei doch, nach allem, was er Romana angetan hatte, steigerte sich Gradoneg noch mehr in seinen Hass rein. Übersah dabei beinahe, dass seine große Stunde gekommen war, im Kino endlich das Licht ausging und der Schurke auf der Leinwand erschien. Zwar mit dem Rücken zu Gradoneg, doch unverkennbar Alszei. Groß und schlank von gerader Statur wie eine frisch gegossene Kerze und wie immer mit dem dichten Haar einer frischen, glänzenden Tuschzeichnung. Selbst beim Blumenstrauß hatte Thomas nicht gelogen. Die schönsten Blumen, die Gradoneg seiner Ursula je geschenkt hatte, hätten zusammen nicht eine solche Pracht ergeben. Das musste ihm Gradoneg zugestehen. Ehre, wem Ehre gebührt und Neid, wem Neid gebührt. – Und Verachtung, wem Verachtung gebührt!

„Disteln! Bei dir werden alle Blumen zu Disteln! Disteln mit Giftstacheln!“, rief er über die Gasse. War von sich selbst irritiert, mit welchem sinnlosen Pflanzenpalaver er seinen Eröffnungszug vertat. Damit erschreckte er keine

Blattlaus und schon gar nicht Alszei. Der hörte gar nicht hin, nicht der geringste Zucker erwachte auf seinem Rücken, freute sich über die Frau, die nun aus der Tür trat, und tauschte seinen pompösen Strauß gegen einen Kuss ein. Kein schlechtes Geschäft, soweit das Gradoneg mit seiner Kurzsichtigkeit beurteilen konnte. Von wegen „schlaffe Titten über Stöckelschuhen", wie dieser Thomas meinte. Es waren die „süßesten Früchte", die da Alszei entgegentraten. Kein plumper Strapsauftritt mit billigem Lendenschurz und einem Dekolleté, das sich beim Nabel schließt; kein Schminkkasten, der unter platinweißem Stroh schrill und geschmacklos gegen das Alter ankämpft. Nein, es war eine Frau mit Stil, die da Alszei küsste und dann den Duft der Blumen einatmete. Wie sie selbst roch, konnte Gradoneg freilich nicht wissen, doch sie verströmte eine seltsame Sympathie; eine Sympathie, die kurz den Gestank des Hasses in Gradoneg irritierte. Allerdings wirklich nur kurz.

„Pass bloß auf …!", erhob er sich von der Steinumrandung, „ … das ist der ekelhafteste Schwanz, den du je hattest", brüllte er rüber, traf mit diesem ordinären Rülpser doch noch Alszei ins Mark.

„Echt du! Glaub' mir …", stellte er sich auf die Steinumrandung, balancierte darauf tollpatschig und deutete mit dem Zeigefinger zur Frau, „… gibt keinen grauslicheren Schwanz als von diesem verlogenen Bullen! In ganz Wien nicht! Der schickt dich auch nach Rumänien! Dieses verlogene Arschloch nutzt alle aus! Alle! Und dann geht's ab nach Rumänien!"

Alszei hatte sich von der Frau losgerissen, die ihn mit einem „Komm' bitte …" ins Haus ziehen wollte.

„Verdammt! Was suchst du hier?!", stand er schon vor Gradoneg.

„Da staunst du, was?!", fiel Gradoneg fast nach hinten, fuchtelte mit seinem Zeigefinger rum. „Deine dreckigen Geheimnisse stehen nicht nur in der Zeitung!"

„Hau' ab, bevor ich mich vergess'!"

„Bitte, Godi ...", rief die Frau rüber.

„Dein Godi ist ein verdammtes Arschloch!", brüllte Gradoneg. „Dieses korrupte Schwein muss sich selbst eine Nutte nicht antun!"

Alszei verpasste Gradoneg einen heftigen Stoß vor die Brust.

„Halt deine Schnauze ...!"

„Der ganze IS ist besser als der ...", kippte Gradoneg rücklings nach hinten in die Grünoase, wälzte sich auf der vertrockneten Erde. „Der IS bringt dich wenigstens gleich um!"

„Spionierst du mir nach?! Ja?! Wer schickt dich?!", brüllte Alszei, trat Gradoneg mit den Füßen gegen die Rippen.

„Godi! Bitte!", rief die Frau erschrocken.

Gradoneg kroch unter den Fußtritten von Alszei orientierungslos um den Baum herum.

„Ach, wie süß, ‚Godi'", äffte er dabei Alszeis Geliebte nach. „ Godi! Bitte, bitte, Godi ... Das klingt ja wie Gott ..."

„Schnauze! Sofort! Du hältst sofort deine Schnauze und verschwindest von hier", drosch Alszei mit den Handflächen auf Gradonegs Hinterkopf ein, packte ihn am Genick. „Wer schickt dich?! Für wen spionierst du hier rum?!"

„Aber, aber … ich bin doch nur ein sinnloser Dilettant!“, wehrte sich Gradoneg erst gar nicht gegen die Schläge, lachte bloß immer wieder hysterisch auf.

„Wer?!“

„Seit wann interessiert dich plötzlich die Wahrheit …?“

„Godi, bitte …“

„Ich warn’ dich!“, drückte Alszei noch fester zu.

„Find’ doch zur Abwechslung selbst einmal was raus. Die Gratschel und dieser Bruder Emanuel gehen ja auf mein Konto …“

„Sag’ schon! Wer hat dich hergeschickt?!“

„Du … du machst ja nur Unschuldige fertig. Ach ja … in Rumänien bist du ja auch noch, wegen der bösen Rollstuhlbanden. Super Geschichte, noch besser als die mit den Afghanen am Westbahnhof …“

Immer fester, immer brutaler drückte ihn Alszei gegen den Boden. Zog ihn an den Haaren, schürfte ihm mit der trockenen Erde das Gesicht auf. „Wird’s bald!“, schleifte er Gradoneg zu einem Hundehaufen, tauchte ihn in den Kot.

„Genau das bist du!“, schrie Alszei. „Ein Haufen Scheiße!“

„Gibt keinen größeren Haufen Scheiße als dich!“, spuckte Gradoneg.

Alszei sprang ihm mit beiden Knien auf den Rücken.

„Du frisst hier alles auf!“, gönnte er Gradoneg keine Luft mehr. „Bis du mir sagst, mit wem du mich fertigmachen willst!“

„Dein anderer Lakai …“, schnappte Gradoneg nach Luft. Spuckte Hundekot, Erde und Zigarettenstummel.

„Aufhören …! Aufhören …!“, lief Alszeis Geliebte zu ihnen rüber.

„Wer?!“

„Dein Lakai …“

„Ich hab’ keinen Lakaien!“

Gradoneg versuchte, sich zur Seite zu wälzen, zumindest seinen Kopf aus dem Hundekot zu befreien. Hatte jedoch gegen die geschulten Griffe des Kommissars keine Chance.

„Dieser Thomas … der hat mir’s erzählt.“

„Ich kenn’ keinen Thomas!“

„Schluss jetzt! Godehard! Ihr hört sofort auf!“

„Klar, du kennst keinen Thomas! Den bezahlst du doch auch!“

„Spinnst du?!“

„Und wer war mit dem bei den Eggers?! Dilettant! Erinnerst du dich?! Ich bin ein Dilettant und Loser …“

„Das war eine Falle!“

„Falle!“, lachte Gradoneg hysterisch. „Du! Du stellst doch die Fallen auf!“

Gradoneg stand sprichwörtlich die „Scheiße“ bis zum Hals. An seinen Lippen klebte sie, die Zungenspitze war schwarz davon, die Nasenlöcher verstopft.

„Du Trottel bist in eine Falle getappt!“

„Das sagst ausgerechnet du …“, röchelte Gradoneg.

„Lüg’ mich nicht an! Die haben dich umgedreht!“, brüllte Alszei.

„Runter! Bitte! Runter …!“, zerrte Alszeis Geliebte an seinen Schultern. „Sei endlich vernünftig, Godehard!“

„Du bist doch der große Fallensteller …“, musste sich nun Gradoneg übergeben, „ …dabei weißt du ja nicht einmal, welches Kasperltheater dir deine Nutte vorspielt … Ich bin der Dilettant, aber du weißt nicht einmal …“

„Nein! Nicht! Ich will das nicht!“, schlug Alszeis Geliebte verzweifelt mit dem Blumenstrauß auf beide ein.

„Nein! Nein!“

Wirbelten Blüten und Blätter durch die Luft, tauchten den Boden ringsum in ein lila-weißes und ockergelbes, samtrotes und hellblaues, gesprenkelt oranges und olivgrünes Blütenmeer. Vor allem aber trieb darin der Schmerz einer völlig verzweifelten Frau.

Zwanzig

Gradoneg rechnete jede Minute mit ihnen. Lief die Kreuzgasse auf und ab, als wäre er selbst jener Polizist, der ihn aufspüren und zu Alszei bringen sollte. Das Ekelgefühl vom Hundekot in Mund und Hals ließ sich mit einer Packung Fisherman's Friends nur schwer desinfizieren. Wie viele Bazillen in seinen Nasenhaaren nisteten, wollte er gar nicht wissen. Womöglich waren auch Bandwurmeier darunter. Er stieß den Rauch durch die Nase aus, wenn schon Bandwürmer, dann geräuchert.

Schon um halb sieben trat er seine Flucht aus der Wohnung an. Ursula schlief, Hemma noch fester, und Josef war am Vortag von den Pfadfindern zurückgekehrt und vom Zelt in Mamas Arme übersiedelt. Ein Idyll, in dem Gradoneg keinen Platz mehr fand.

Bin in der Arbeit, schrieb er lapidar und legte den Zettel auf den Küchentisch.

Die Zeit drängte, bald würden sie anklopfen – besser, er fing sie unten ab. Alszei konnte die Geschichte doch nicht auf sich beruhen lassen. Unmöglich. Wobei ja auch der Kommissar einen eigenen Streifenwagen verdient hätte. Ein Staatsorgan sollte niemandem in die Nieren treten und auf solch brutale Art den Unterschied zwischen „Freund & Helfer" und „Feind & Quäler" in der Öffentlichkeit demonstrieren. Das würde ihm auch Gradoneg gleich beim Verhör sagen.

Leid tat Gradoneg allerdings die Frau, Alszeis Geliebte. Wieder einmal waren ihm die Worte wie aufgescheuchte Vögel aus dem Mund geflogen. Wieder einmal wäre er gerne ein Vogelfänger für seinen verletzenden Unsinn gewesen. Aber dafür gab es keinen Käfig, nur schlechte Träume. Ja, zumindest wurde er letzte Nacht mit einem schuldbewussten Traum dafür bestraft. Er lag ausgestreckt auf der Grünoase mitten in seinem Erbrochenen und Bergen von Hundekot. Das Bäumchen war noch dürrer als am Vortag in der Realität, doch meterhoch, beinahe wie ein getarnter Handymast. Alszeis Geliebte hatte sich über Gradoneg gebeugt und ihn mit ihrem Schal zugedeckt. Kniete neben ihm im Hundekot und Erbrochenen, ordnete traurig die Blüten und Blätter auf dem Boden. Rote zu roten, blaue zu blauen, gelbe zu gelben, violette zu violetten, orange zu orangen. Sogar die Blätter ordnete sie nach den feinsten Farbschattierungen. Wollte wohl mit den Blüten und Blättern wieder ihren Blumenstrauß zum Leben erwecken. Doch der Wind blies die Blüten und Blätter immer wieder durcheinander, wirbelte sie über Gradoneg. Der wiederum wollte ihr helfen, griff nach den Blüten und Blättern. Doch so achtsam er diese auch berührte, sie verwelkten allesamt in seinen ungeschickten Händen. Verloren ihre Farbenpracht und zerbröselten ihm zwischen den Fingern. *Alles, was ich berühre, zerfällt*, murmelte er verzweifelt, während Alszeis Geliebte neue Blüten und Blätter auf den Boden weinte und diese wieder zu ordnen begann.

Nur gerecht, dass er für sein loses Mundwerk letzte Nacht im Traum büßte und nun verzweifelt die Kreuzgasse rauf und runter lief. Für jedes Schimpfwort zehn Schritte zum Quadrat und immer die Angst vor der Schmach im Genick. Die Schande, wer ihn beobachten würde, sobald ihn die Polizei abholte.

Zu wievielt werden sie wohl auftauchen und ihn abführen, fragte er sich bei jedem Schritt. In Zivil oder gar ein Streifenwagen mit Blaulicht? Grüßte zwischendurch ängstlich vorbeigehende Bekannte und Kindergartenmamis. Würde ihn vielleicht das Holzschnittgesicht mit dem Leberkäseatem von der Inspektion in der Martinstraße abholen oder ein Fremder aus Alszeis Mannschaft? Bestimmt hatte ja Alszei auch ein paar offizielle Lakaien, die solche Dienste für ihn erledigten. Klinkenputzer, wie sie in Filmen durch Stiegenhäuser schlurften und die Nachbarn aushorchten. Hatte er ja bei seinem Rohrpost-Telefonat in Gradonegs Wohnung erwähnt. Die saßen wohl in seinem Vorzimmer im Landeskriminalamt, dem LKA in der Wattgasse. Gut möglich, dass sie dort gerade frühstückten und mit der Buttersemmel auch schon Gradonegs Namen kauten. Wie sie ihn dann gleich in der Kreuzgasse einfangen und zum Verhör abführen würden. Alles gerade planten. Einen lautstarken Auftritt, den die Spatzen bis in alle Ewigkeit von den Dächern der Kreuzgasse pfeifen würden. Ein Konzert der Schande, das niemals in Währing verstummen würde. Oder es saß schon jemand im Auto vor seinem Haus, telefonierte nur noch kurz, bevor er ausstieg und sich Gradoneg griff? Wie der Typ vorne im Passat?!

Fast hätte er in seinem Gedankenwirrwarr Ursula und Hemma übersehen, die jetzt aus dem Haus kamen, vor zum Kindergarten gingen. Lief er jetzt schon eine Stunde wie ein Irrer die Kreuzgasse auf und ab?

Gerade noch sprang er die Stufe zum Penny-Eingang rauf und drückte sich hinter dem Mauervorsprung mit dem Rücken an den Aktionskasten. Den XXXL-Grillwürsteln und den Kohlesäcken zum Grillen, dem Rasendünger für die braunen Sommerflecken und den Gummischlapfen fürs Meer.

Nein, Ursula sah alles andere als glücklich aus. Schlurfte müde mit Hemma an der Hand die Gasse entlang, die Handtasche lastete so schwer auf ihrer rechten Schulter, als trüge sie darin all ihre Sorgen. *Wie die Blüten und Blätter im Traum*, dachte sich Gradoneg, Alles zerfällt in meiner Nähe …

*

„Ich bin schon draußen im Park."

„Wer ist im Park?!"

„Ach so … Matthias Frerk Gradoneg. Könnte sein, dass mich der Herr Alszei sucht, Godehard Alszei."

„Na, schauen wir einmal, ob Sie wirklich so wichtig sind", nahm der Portier widerwillig den Telefonhörer in die Hand.

„Ich bin jedenfalls draußen vor der Tür."

„Aber nicht füttern!"

„Wie bitte …?“

„Die Tauben!“

„Ach so, nein. Mach’ ich nicht.“

Park war übertrieben. Ein paar Bänke und Bäume sorgten vor dem Landeskriminalamt in der Ottakringer Wattgasse für den nötigen Respektabstand zwischen den Bürgern und der Exekutive. Und tatsächlich gab es in ganz Wien keine gepflegtere Sitzgelegenheit als hier vor den Augen Dutzender, teils hochdekorierter Exekutivbeamten. Jedenfalls kannte Gradoneg keinen saubereren Ort. Höchstens Ursulas Küche, wenn seine Mutter auf Besuch kam. Selbst Tauben machten einen ehrfürchtigen Bogen um die Wattgasse 15, der Wind wagte es nicht, ein einziges Papierl auf diese heilige Stätte zu wehen, und auch die hartgesottensten Tattoo- und Goldketterlträger bevorzugten die andere Straßenseite. Zweifellos einer der sichersten Orte Wiens, eine ideale Location für Kindergeburtstage und Seniorenausflüge.

Gradoneg war mit seiner Entscheidung durchaus zufrieden, sich Alszei und dem LKA freiwillig zu stellen: Einem Messer von vorne konnte man besser ausweichen als einem heimtückischen Angriff von hinten. Alles war besser, als in der Kreuzgasse noch ein paar Millimeter vom Gehsteig abzutragen, noch mehr fragende Blicke auf sich zu ziehen. Ein ausgeflogener Vogel lässt sich nicht vor aller Augen rupfen, beruhigte er sich etwas. Sollten sie ruhig an seiner Tür läuten und sogar mit dem Brecheisen nachschauen. Wäre ja nicht die erste falsche Tür in Österreich. Das ließe sich den Nachbarn problemlos erklären. *Blöd, Josef ist ja zu Hause …*, nahm dann sein Puls doch wieder einen Anlauf Richtung Herzinfarkt.

„Mitkommen!", stand der Portier vor ihm.

„Gibt ja gar keine Tauben hier", erhob sich Gradoneg. Müde, als hätte man ihn bereits in Ketten gelegt.

„Was geht Sie das an, ob's hier Tauben gibt oder nicht?!"

*

„Sie wissen schon, mit wem Sie sprechen und wo Sie hier sind, Herr Gradoneg?!"

Offensichtlich hatte Alszei ebenfalls keine ruhige Nacht gehabt. Seine Augenringe unterschieden sich nicht viel vom schwarzen Kaffee im Pappbecher auf dem Tisch.

„Ich kann ja nichts erfinden, was nicht da ist …", maulte Gradoneg zurück.

„Vergessen!", nahm Alszei ungeduldig einen Schluck vom Kaffee. „Sie sollen nichts vergessen! Das alleine wäre schon eine große Hilfe!"

Auch der Phantombildspezialist verzweifelte allmählich an Gradoneg.

„Nichts für ungut, aber Sonnencreme und eine Brille ist wirklich ein bisschen wenig …", ächzte er nicht nur unter seinem tonnenschweren Gewicht, sondern vor allem wegen seiner schier unlösbaren Aufgabe. „Ich hab' zwar mit dem FACETTE Face das beste Programm, aber aus einem Unsichtbaren kann ich auch nichts machen …", hantierte er unschlüssig am Laptop weiter. „Ein rotes Piratentuch ist auch nicht das Gelbe vom Ei. Das ist dann selbst mit solch einem genialen Programm schwierig … Schätzen Sie einmal, wie viele Nasen ich habe?"

„Wie viele Nasen Sie haben …?", sah ihn Gradoneg verwundert an.

„Nicht ich. Das Programm. Über 500 Nasen! Alle unterschiedlich! Und mehr als 1.500 Haarteile! Verstehen Sie! 750.000 Kombinationsmöglichkeiten! Wenn Sie nur diese beiden Parameter kombinieren, kann jeder dritte Wiener ein Verbrecher sein, und wir schaffen sein Profil. Na ja, bald ist es in Wien eh so weit …"

Der Typ erinnerte Gradoneg an die korpulenten Kranfahrer aus seiner Kindheit, die morgens mit drei Bierkisten hoch zur Arbeit fuhren, den ganzen Tag für sauren Sprühregen über den Baustellen sorgten und abends mit einem Riesendurst wieder runterkamen. Und diesen Fettkloß hob man wohl auch mit einem Kran in den zweiten Stock des LKA, gepolstert auf hundert Pizzaschachteln.

„Ist das jetzt ein Computerkurs, oder was?!", rieb sich Alszei genervt die Müdigkeit aus dem Gesicht, massierte seine Schläfen.

„Wie, sagten Sie, heißt diese Sonnenbrille?", zuckte der Phantombildexperte zusammen.

„Dubai Dreams …"

Der Spezialist rückte näher zum Bildschirm. Dabei zog er mit seinem Sessel auf dem Spannteppich eine Spur, als wäre ein Panzer im Neuschnee unterwegs. „Sind sie das, diese Dubai Dreams?"

„Ja."

„Gott, sind die hässlich!"

„Vor allem teuer, sauteuer."

„Glööckler … Harald Glööckler, ist das nicht der Schwule, der immer auf dem Opernball rumläuft?"

„Keine Ahnung …"

Alszei verlor mit den beiden vollends die Geduld. „Könnten Sie jetzt mit der verdammten Brille die Montage fertigstellen!"

„Ein Deutscher ist dieser Glööckler auch noch …", tippte der Spezialist eifrig auf seinem Laptop herum, schickte seine Maus mit vielen Klicks eifrig auf Reisen. „Deutsch, schwul und solche Sonnenbrillen …"

Alszei stellte sich hinter die beiden hin, holte tief Luft und hätte am liebsten den Laptop vom Tisch gepustet. Nur verständlich, dass er mit dem Ergebnis auf dem Schirm unzufrieden war: Ein weißer, ovaler Luftballon schwebte da vor ihm. Unten zogen sich lange, dünne, rote Lippen nach hinten, obenauf war ein rotes Piratentuch zu sehen, wie ein gehäkelter Eierwarmhalter – und dazwischen starrten die Dubai Dreams mit ihren Froschaugen ins Leere. Bei genauerem Hinsehen konnte man vielleicht noch im Nasenbereich eine Wölbung erkennen. Ein Erfolg versprechendes Phantombild sah jedenfalls anders aus.

„Das ist er also! Mehr haben Sie nicht gesehen!", war Alszei knapp dran, mit Gradonegs Gesicht die Tastatur auszuprobieren und den Laptop zuzuklappen.

„Ich hab' ihm ja die Sonnencreme nicht ins Gesicht geschmiert …", war selbst Gradoneg vom mickrigen Ergebnis erstaunt.

„Eine von 500 Nasen sollte man schon finden", sah der Spezialist Gradoneg enttäuscht an. „So können wir das doch nicht an die Medien leiten. Die denken, das ist eine Karikatur … Ist einem Kollegen einmal passiert. Die haben dann das Bild erst am ‚Tag der Wiener Polizei' gebracht, und der Vergewaltiger läuft heute noch frei herum."

„Sie holen mir jetzt einmal einen Kaffee, ja?!", herrschte Alszei den Spezialisten an. Schüttete dabei demonstrativ den Rest von seinem Pappbecher in den Kaktustopf am Fensterbrett. „Und lassen Sie sich ruhig dabei Zeit!"

„Verstehe …", wuchtete sich der Spezialist irgendwie aus seinem Sessel. Selbst der dickste Kranfahrer mit fünf Bierfässern um den Bauch verblasste gegen diesen Typen. Stehend glich er nun schon eher den Monsterfettbergen aus der Londoner U-Bahn. Ein vorwurfsvoller Blick zwängte sich zwischen den ebenfalls verfetteten Ober- und Unterlidern Richtung Gradoneg, dabei schwabbelten die tiefhängenden Mundwinkel genüsslich und voll Vorfreude, welches Gewitter nun wohl Gradoneg bevorstand. Denn so müde Alszei auch sein mochte, sein Zorn schien hellwach und bereit zu einem Funkenflug.

„Spinnst du!", schlug er auch gleich auf den Tisch, nachdem sich der Fettberg durch die Tür gequetscht hatte.

„Kamillentee wär' übrigens besser für die Nerven …"

„Halt deine Schnauze!", beugte sich Alszei weit und angriffslustig über den Tisch. „Du hältst jetzt deine gottverdammte Schnauze und hörst mir zu!"

„Genau das war ja immer mein Fehler! Ich hab' mir ständig deine Lügen angehört!", beugte sich Gradoneg zwar nicht nach vorne, wich aber auch nicht zurück, hielt sogar Alszeis Blick stand. „Deinen ganzen verlogenen

Mist! Die Afghanen am Westbahnhof, die rumänische Rollstuhlbande, der arme Nazi mit seinem tollen Alibi! Also, was jetzt?! Welche Lügen soll ich mir jetzt wieder von dir anhören?!"

„Weißt du, wer das ist?! Dieser ‚Thomas' da, mit dem du im Schubertpark rumlungerst?!"

„Ich lungere nicht im Schu..."

„Kapierst du nicht, wen du da deckst?!"

„He! Willst du mir jetzt auch einen Strick drehen?!"

„Der Entführer! Das könnte der Entführer von der Gratschel gewesen sein! Oder gar ihr Mörder! Und du deckst den! Da geht's um Entführung und Mord. Das ist ein schwerer Strafbestand! Kapierst du?! Du hängst mit einem Schwerverbrecher im Schubertpark rum und hast danach nichts Besseres zu tun, als eine Frau zu demütigen, einen unbeteiligten Menschen in den Dreck zu ziehen!"

„Das sagt gerade der Richtige!"

„Wort für Wort! Ich will wissen, was er zu dir gesagt hat!"

„Frag' doch deine Lakaien selbst ..."

Alszei donnerte mit der Faust auf den Tisch. Dass dieser nicht zusammenbrach oder gleich mit einem Loch im Boden in die Tiefe rasselte, war ein Wunder. Gradoneg war da schon weitaus wackeliger und zitterte wie die Tischplatte.

„Dass du ... du ihn bezahlst ..."

„Das weiß ich bereits und stimmt nicht!", brüllte Alszei.

„Und ... wie ... wie du bei ungelösten Morden Migranten in Rumänien entsorgst."

Alszeis Gesicht wurde plötzlich so weiß, als hätte ihn mitten im Sommer eine Schneelawine begraben.

„Das hat er gesagt …?“

„Syrer und Iraker. Du entsorgst Asylbewerber in Rumänien und polierst mit denen bei deinen Fällen die Aufklärungsrate auf.“

Alszei schwieg, fuhr sich nervös durchs Haar. Selbst dieses hatte nun nichts mehr vom eindrucksvollen Glanz einer Tuschezeichnung, hing ihm matt und kraftlos in die Stirn. Bewusst oder unbewusst?

Gradoneg hatte in seiner Panik nach einem Pfeil im Köcher gegriffen und eine Giftspritze in der Hand. Nicht die Wahrheit, nein, das Gift der Täuschung injizierte er Alszei, indem er Klaus Pellitschs Aussage jenem ominösen Thomas vom Schubertpark unterschob. Pellitsch hätte Alszei bloß mit einem unbekümmerten Grinser abgetan, das spürte Gradoneg instinktiv, aber dieser Thomas war pures Gift für den Kommissar.

Alszei zitterte sogar, schwitzte, schien weder den richtigen Gedanken noch die Sprache zu finden.

„Stimmt also, die Gratschel interessiert dich gar nicht …“, sah Gradoneg sein Gift wirken, „dir geht’s gar nicht um den Mord im Schubertpark. Ganz im Gegenteil, du freust dich höchstens drüber …“

„Bitte, Matthias …“, flüsterte Alszei müde.

„Du hast ja schon die Mörder auf Lager. Praktisch, sehr praktisch. Gibt ja ein paar Tausend Asylbewerber für deine ‚rumänischen Tauchgänge‘. Idealer als die Gratschel kann niemand krepieren. Wen schert’s? Keine Verwandten, keine Freunde oder sonstigen Bekannten. Die Pensionskasse spart sich was, und deine blutigen Hände werden dafür eines Tages mit einem Orden vergoldet. Besser kann's für dich nicht laufen."

Alszei erhob sich müde, nahm seine Brieftasche aus dem Sakko, das zerknittert über der Stuhllehne hing.

„Dein Urlaub … wir sollten uns endlich einmal ordentlich um deinen Urlaub kümmern."

„Ich hab' schon einen gebucht. Einen Trip in die Wahrheit."

„Dubai … wie wär's mit Dubai? Dann hätten diese blöden Brillen sogar was Gutes …"

„Vergiss es …"

„Du sagst mir jetzt deine Kontonummer, und vielleicht schaffen wir auch gleich eine Anzahlung fürs Reisebüro", legte Alszei dreihundert Euro vor Gradoneg auf den Tisch, fand auch noch einen zerknüllten Zwanziger in seiner Hose.

„Graust es dich nicht vor dir selbst?", ließ Gradoneg die Scheine liegen.

„Dann nimm's für diese Romana, ja? Ich … ich brauch' noch ein paar Tage. Aber die bekomme ich schon wieder aus der Schusslinie, glaub' mir."

„Schusslinie?!", grinste Gradoneg verächtlich, „die Romana habt ihr längst erledigt."

Alszei atmete tief ein, faltete die Hände vor seinem Gesicht, dachte angespannt nach.

„Weißt du, was verrückt ist, Matthias? Ich … ich würde mir selbst auch nicht glauben. So wie du. Kein einziges Wort würde ich mir glauben. Und dabei geht's mir hier eigentlich um dich, um deine Familie …"

„Ach ja …"

„Bitte, Matthias! Ihr müsst hier weg. Irgendwohin, unbedingt ein paar Tage raus aus Wien. Denk' zumindest an deine Frau und die Kinder, wenn du schon so unvernünftig bist. Nur für ein paar Tage, damit ihr in Sicherheit seid. Dieser Thomas, ehrlich, ich hab' keine Ahnung, wer das ist. Verstehst du, der Typ kann alles Mögliche sein … der Entführer oder Mörder oder sogar jemand vom …", stockte Alszei.

„Von wem?"

„Ihr müsst jedenfalls hier weg. Sofort, heute noch", tat Alszei Gradonegs Frage mit einer nervösen Handbewegung ab. „Und glaub' mir, ich suche schon den richtigen Mörder von der Hildegard Gratschel. Gibt bald keinen Keller mehr in Wien, den wir nicht schon umgedreht haben, und bei den Geriatrien sind wir auch intensiv dran. Ich find' die Schweine, versprochen, selbst wenn sie mir vorher ein Disziplinarverfah…"

Ohne anzuklopfen, quetschte sich der Phantombildspezialist mit einem Pappbecher in der Hand durch die Tür, watschelte Richtung Tisch. Der Kaffee im Pappbecher hatte ohnedies hohen Seegang; als dann der fette Typ das Geld auf dem Tisch sah, schwappte die schwarze Brühe auf sein Hemd oder wie man die Zeltplane unter dem Doppelkinn auch bezeichnen mochte.

„Reicht Ihnen ein Verfahren wegen Ermittlungsbehinderung nicht?! Soll ich auch noch Bestechung anhängen?!", herrschte Alszei Gradoneg an und deutete wütend auf die Geldscheine.

*

„Jesus fällt zum zweiten Mal unter dem Kreuz". An dieser Stelle donnerte der Ball draußen an die Kirchenmauer. Vielleicht nicht exakt an dieser Stelle, aber irgendwo zwischen „Jesus fällt zum zweiten Mal unter dem Kreuz" und „Jesus begegnet den weinenden Frauen" war es. Dort wiederholte sich alle paar Sekunden ein dumpfes Geräusch.

Natürlich hätte es für Gradoneg etwas Sinnvolleres gegeben, als in der Pfarrkirche der Redemptoristen zu lauschen, welchen Heiligen der Kopf vom Ballspiel der Jugendlichen draußen brummte. Er hatte keine Ahnung, wie lange er schon im Clemens-Hofbauer-Park auf der Bank saß, über Alszei sinnierte und den Jugendlichen bei diesem seltsamen Sport zusah. Immer wieder donnerten sie den Ball möglichst knapp unter das Fenster am Seitenschiff der Kirche, damit das Glas gerade nicht zerbrach und der Ball mit Schwung zurücksprang. Immer wieder, und immer ein anderer. *Eine Art Kirchensquash*, dachte sich Gradoneg und ging ins Gotteshaus. Fragte sich, wohin überall der Ball in seiner Geschichte noch springen würde? Ob er selbst der Ball sei, und wer noch alles auf ihn eintreten werde? Oder ob er sich letztlich selbst mit seinen unüberlegten Handlungen in den Abgrund schoss? Versuchte sich dann wieder von diesen düsteren Fragen abzulenken. Setzte sich in eine Bankreihe und wollte von Google wissen, aus welchem Leder wohl so ein richtiger Profifußball für Weltmeisterschaften sei. Aus Rindsleder oder Schweineleder, Ziegen- oder Schafleder? Würden Inder einem Ball aus Kuhhaut wehtun, Ägypter Schweineleder vorm Elfmeter küssen, und gab es überhaupt koschere Fußbälle? Nicht einmal solche Banalitäten ließen sich für ihn ergründen. *Google und Gott!*, stand er auf … *Die zwei unergründlichen G's unserer Gesellschaft …!*, schlurfte er durch die Kirche zu den Jugendlichen raus.

Nicht einmal die banalsten Antworten liefern die!

Immerhin hatte er eine Antwort auf das Dilemma der Welt parat:

„Schießt lauter!", drückte er den Jugendlichen den Zwanziger von Alszei in die Hände. „Ballert so richtig drauflos, vielleicht wacht dann endlich wer auf!"

Und weil er wissen wollte, ob sich die entgeisterten Gesichter der Jugendlichen noch steigern ließen, blätterte er ihnen auch noch gleich die drei Hunderter hin.

„Lauter! Es muss endlich wer aufwachen!"

Auf der Hernalser Hauptstraße tippte er dann schließlich in sein Handy:

Du hast recht. Ich bin auf einem Biobauernhof besser aufgehoben als bei einem Mord. Fahre morgen Nachmittag mit der Familie ins Waldviertel. Bin gespannt, wie die Geschichte ausgeht. Werde mir die Zeitung kaufen. Den letzten Satz löschte er, schrieb stattdessen: *Bitte finde auch heraus, wie es Romana geht.*

Einundzwanzig

Ganz so dilettantisch war Gradoneg auch wieder nicht. Von wegen, sein Handy würde nicht abgehört werden, Vater Staat nistet längst in allen Poren seiner Bürger, und dazu gehören nun einmal Handys und Computer. „Nicht nur die Chinesen sind Schlitzaugen", lautete einer seiner Lieblingskalauer – gleich nach dem Spruch: „Dein rollendes ‚R' ist so schön, dass selbst Brüssel erträglich klingt."

Jedenfalls wusste Gradoneg, dass sein Handy bei ihm so fehl am Platz war wie sein Vertrauen bei Alszei.

Um 15.04 Uhr zuckelte der REX 2828 mit seiner Familie vom Franz-Josefs-Bahnhof Richtung Waldviertel und einem „Bio-Pferdebauernhof".

Der verlassene Bahnhof im 9. Wiener Bezirk ähnelte Gradoneg auf eine erschreckende Weise. Hohl und leer lag er da, hinter einer vermeintlich modernen Glaskulisse mit grau-schwarz getönten Scheiben. Nicht viel mehr als ein vergessenes Abstellgleis, auf dem man nur noch zu Orten gelangte, von denen sich die Welt und das Leben längst verabschiedet hatten.

Im offenen, leeren Waggon klebte Hemma mit ihren Zuckerwatte-Lippen noch ein paar Bussis auf Gradonegs Stirn. Zupfte Haare aus seinem Ohr und freute sich dabei über jeden gekasperlten Autsch-Schrei. Endlich! Das Läuseshampoo brannte nicht mehr auf ihrer Seele. Und auch Ursula sah ihn eher vergebend als rachsüchtig an: „Vielleicht kommt der Papa uns ja einen Tag im Waldviertel besuchen", sagte sie und schien dies sogar ernst zu meinen. Fast wäre Gradoneg vor Glück im Zug sitzen geblieben. Eine Unterhose, diese Frau und die beiden Kinder – mehr brauchte er nicht. Und leider doch: Er musste sein Leben wieder auf Schiene bringen, auch beruflich endlich wieder auf Zug kommen. Kein einziges Anzeigenangebot hatte er die letzten Wochen verschickt, die Mails von den Chefs lasen sich immer unangenehmer. Bevor man die Zeitung einstampfe, werde man dies mit ihm tun, schrieb ihm etwa ein Herausgeber.

Also stand Gradoneg doch auf, zückte sein Handy mit dem unbegrenzten Datenvolumen, gab es Josef und nahm dafür dessen Gerät, bestimmt mit einer abgelaufenen Wertkarte. Egal, Alszei wäre damit abgeschüttelt, und in Josefs ödipalem Blick leuchtete für einen Wimpernschlag Dankbarkeit auf.

Alle glücklichen Familien gleichen einander, jede unglückliche Familie ist auf ihre eigene Weise unglücklich …, begann Leo Tolstoi seine „Anna Karenina". Und fast waren die Gradonegs eine glückliche Familie! Nur einer fehlte noch, und auch der würde wieder das Glück finden. Gradonegs Sehnsucht war jedenfalls groß, rasch wieder im kollektiven, „austauschbaren Glück" zu Hause zu sein und nicht mehr von den Launen eines individuellen Unglücks gequält zu werden.

*

Doch seine Vorsätze hielten keine fünf Straßenbahnstationen. Anstatt nach dem 5er mit dem 42er nach Hause in die Kreuzgasse zu fahren, sprang er schon unten bei der Volksoper raus. Und mit jedem Schritt, den er unten am Währinger Gürtel vorm Pornokino und Haus der Eggers herumlief, entfernte er sich wieder von seiner Familie. Ja, eigentlich fuhren nicht Ursula und die Kinder fort, er selbst hatte sich in den letzten Wochen bedrohlich weit von ihnen in einem Tunnel entfernt.

Schon seit Minuten sah er nervös rauf in den dritten Stock, sah in seiner Einbildung, wie sich Sabine Egger im Sekundentakt ihre Zigaretten anzündete; sah Gerda Egger ihre geschundenen Hände in den Türspalt pressen. So angespannt war er von seinem Vorhaben, dass er wie ein Pubertierender mit einem Samenstau vor dem Pornokino herumzappelte.

In der Theorie klang ja alles wieder einmal gut und schön, doch Ideen sind himmlisch und deren Ausführung meist die Hölle.

Nochmals tüftelte er im Kopf an seiner Strategie: Er würde die Stufen zu den Eggers hochlaufen, keuchen, läuten und aufgeregt an die Tür klopfen. Außer Atem seine Verspätung entschuldigen und fragen, ob der Herr Inspektor Alszei und der Bruder Emanuel schon eingetroffen seien; ob er wohl hoffentlich nicht die Gegenüberstellung versäumt habe.

B r u d e r E m a n u e l würde er dabei betonen und in die Länge ziehen, wie es die Sphinx bei einer Unheilverkündung nicht eindringlicher hätte tun können.

Er wusste eigentlich gar nicht, weshalb er von dieser Idee so besessen war. Weshalb sich sein Bauchgefühl so sehr gegen die Logik wehrte und eine simple 2+2-Rechnung unbedingt zu einer 5 verbiegen wollte. Vieles, ja das meiste, sprach dagegen, dass die Eggers was mit Hildegard Gratschel zu tun hatten. Die Frau war vom Teufel ihrer kranken Psyche besessen, psychisch so krank, dass sogar die englische Königin mit einem Pferdefuß durch London hatschte. Der Faden zwischen den Eggers und der Toten vom Schubertpark war längst zerrissen, und dennoch wollte Gradoneg diesen mit einem wahnwitzigen Experiment wiederknüpfen, Mutter und Tochter mit diesem Bruder Emanuel überrumpeln.

„Vorsicht!", spürte Gradoneg vorm Pornokino einen groben Rempler.

„He! Verdammt!", schrie er den Typen nach, die nun ziemlich druckvoll ins Pornokino stürmten. „Bleibt mir mit eurem dreckigen Schwanz vom Leib, ja!"

Ich darf's nicht übertreiben, grübelte er weiter … *Zweimal „Bruder Emanuel" reicht. Laut und deutlich „Bruder Emanuel". Entweder sie reagieren darauf entsetzt oder die Mutter ist wirklich verrückt …*

Er stand schon vor der Gegensprechanlage, da klingelte es endlich in seinem Kopf: *Scheiße!*, quietschte er innerlich auf, … *ich Trottel!*

Tatsächlich! Nun kapierte er, wer ihn da vorhin gerempelt hatte und so notgeil mit ein paar anderen Typen ins Pornokino gestürmt war. Sicher! Das war der Polizist aus dem Schubertpark, der seelenruhige Eierkratzer, vor dem selbst ein ausgewachsener Dobermann in die Knie ging. Kein Zweifel, einen solchen Typen vergisst man nicht. Der musste zu Alszeis Mannschaft gehören, also log der Kommissar zumindest in einem Punkt nicht und war offensichtlich noch an dem Mord im Schubertpark dran. Andererseits, dachte sich Gradoneg, hätten auch Bullen ein Recht auf Pornos. Jedem sei eine kurze Verschnaufpause vom Alltag gegönnt – manche essen eben Wurstsemmeln, und andere jausnen mit dem Auge. Hunger bleibt Hunger, nur gestillt wird dieser meist sehr unterschiedlich.

Dennoch erschienen ihm der Eierkratzer und dessen Kollegen zu ungestüm, so eilig würden es nicht einmal Haftentlassene und frisch getraute Zeugen Jehovas mit dem Sex haben.

Gradoneg wähnte sich auf einer pubertären Zeitreise, als er nun im Pornokino vor der Kassa stand: Wie damals musste er zum Glück mit seinem nervösen, hochroten Gesicht dem Kassier nicht in die Augen schauen, sondern wurde von einem „kopflosen", gut verdeckten Oberkörper und flinken Händen wortlos mit einer Eintrittskarte bedient; wie damals musste er kurz wegen der abgestandenen, testosterongeschwängerten Luft husten, diesem seltsamen Gemisch aus kaltem Schweiß und verzweifelter Lust, dem Geruch alter Böcke und junger Stiere. Nur dass nun der einstige Kinosaal in zwei Räume unterteilt war, es doppelt so viel Gestöhne und Fleisch für eine Eintrittskarte gab und man mit seiner Lust zwischen blutjungen Studentinnen und erfahrenen Milfs hin und her switchen konnte.

Weder noch … der Eierkratzer und sein Trupp hatten sich so aufgelöst wie die Erotik und Ästhetik in den abgefuckten Gemäuern. *Lange macht's der Schuppen nicht mehr*, dachte sich Gradoneg bei seiner Suche, stieß dabei nur auf einen sabbernden Greis.

Die österreichische Polizei hat echt Druck …, vermutete er den Eierkratzer schon auf der Toilette, drückte vorsichtig den Türgriff nach unten, der schon so stöhnte wie die Milfs auf der Leinwand.

„Raus hier!", brüllte der Eierkratzer.

Eine halbe Sekunde, mehr war es nicht. Eine halbe Sekunde, in der sich vor Gradoneg die Hölle auftat. Ihn ein grelles Blitzlicht der Perversion blendete. Nackt und ausgestreckt lag Sabine Egger auf dem Boden. Gleich einer Riesenqualle mit verschmiertem Lippenstift und zerrissenen Strapsen klebte sie auf den verdreckten, zersprungenen Fliesen, streckte ihre Gliedmaßen von sich. Mit einem hysterischen Lachkrampf schien sie sich am Leben zu rächen. Rings um sie fummelten ein paar schmierige Typen an ihren Gürteln rum, zogen Hosenschlitze zu; einer weigerte sich, sein Handy der Polizei zu übergeben. Hektik und Panik auf engstem Raum, eine Hölle, in der die Verzweiflung loderte, das Feuer der Sinnlosigkeit von Sabine Eggers Lachen angefacht wurde.

*

Verständlich. Dieser Höllentrip ließ sich für Gradoneg nur mit einer schnellen Flasche Wein löschen, und selbst das war nur ein Tropfen auf den berühmten heißen Stein. Zum Glück war er noch einigermaßen nüchtern, als Ursula anrief, und sie wiederum beschwipst und bestens gelaunt. Alle waren gut angekommen, auch die anderen

Mamas und Kinder schon eingetrudelt, die Pferde gebürstet und die Kinder geduscht. Gerade würden die Erdäpfel in Alufolie gewickelt, dann ginge es mit diesen und den Grillsachen ab zum Lagerfeuer. Gut, dass sie noch zu Hause das ganze Gefrierfach in eine Kühltasche gepackt habe, denn im Waldviertel sagten einem nicht nur die Füchse gute Nacht, sondern auch die Lebensmittelgeschäfte. Dort gäbe es so viele geschlossene Rollläden wie Bäume. Dass Gradoneg den Abend mit Helene Fischer und Florian Silbereisen verbringen wollte, verzieh sie ihm mit einem Kichern. Sicherer könne ja ein Strohwitwer bei keiner Frau aufgehoben sein, verabschiedete sich Ursula mit einem kleinen Sektrülpser und immerhin einem Bussi. Das bildete er sich zumindest ein. Mag es auch bloß das Rauschen des Windes gewesen sein, in seiner Hoffnung klang es nach Versöhnung und Zukunft.

Bitte, bitte nicht …!, lief er leichenblass zum Kühlschrank: nein! Nicht das auch noch!

So sehr und verzweifelt er auch seine Fingernägel ins Eis krallte, die Petersilie vom letzten Jahr und die Fischstäbchen, den Spinat und das Reservebrot hin und her drehte, die Prinzessin-Lillifee-Dose mit den Hundstrümmerln fehlte, war mit seiner Familie ins Waldviertel entschwebt.

„Josef! Hörst du!“, hatte er endlich seinen Buben erreicht. „Schmeiß diese verdammte Lillifee-Dose weg! … Frag’ nicht! … Ja, die bei der Mama in der Grilltasche! … Jetzt! … Sofort! Hörst du?! Nein, die braucht ihr nicht beim Grillen! … Jetzt, sofort! Du kannst dafür mein Handy behalten, immer! … Nicht in den Mistkübel! Draußen! Unbedingt draußen! … Ich weiß, dass die der Hemma gehört! … Sie bekommt ja eine neue und du mein Handy … Schnell! Hörst du?! Und heb' früher ab, wenn dich deine eigene Nummer anruft …"

Nach der zweiten Weinflasche wurde es doch schön langsam was mit seinem Einsamen-Wolf-Abend. Der Wolf in ihm begann zu heulen, die Angst vor einem wutentbrannten Anruf seiner Ursula wurde leiser, irgendwo im Waldviertel knisterte seit einer Stunde ein Lagerfeuer, und aufgespießte Hundstrümmerl waren wohl nicht dabei. Danke, Josef!

Sabine Egger trieb nicht mehr als Qualle über Gradonegs Netzhaut, seine trübsinnigen Gedanken ertranken mehr und mehr im Kitsch von Helene Fischers Schlagern und freilich auch im Wein. Glas für Glas, Zigarette für Zigarette, Gabelbissen für Gabelbissen, Schwedenbombe für Schwedenbombe und Liebeslied für Liebeslied wurde der Abend erträglicher.

Bei „Atemlos" heulte der einsame Wolf sogar mit. Was für ein Abend! Endlich hatte sich wieder ein kleiner Lichtstrahl in den unermesslich langen Tunnel seines trüben Lebens verirrt. Kein Weinfleck störte am Fußboden, niemand regte sich über die ungustiöse Mayonnaise an seinem Kinn auf, der Zigarettenqualm verbrüderte sich mit dem Bühnennebel im Fernsehen. Selbst Florian Silbereisens Moderatorengekrächze wurde melodischer – und der Weg zur Spüle war allemal kürzer als jener zum Klo. Trinken, rauchen, essen, fernsehen – Gradoneg war wieder ein Mensch! Ein Wesen ohne Gesundheitswahn, ohne Ernährungsbewusstsein, ohne Political Correctness … eben ein echter Mann. Und wie immer bei solchen

Abenden ließ sich der einsame Wolf nur zu einer vernünftigen Sache hinreißen: zu einem Kübel Wasser neben dem Aschenbecher für die letzte Zigarette. Denn so romantisch ein Lagerfeuer im Waldviertel sein mochte, in der Währinger Kreuzgasse hatte es nichts zu suchen. Dort brannte ohnehin ein verzweifeltes Leben lichterloh.

Zweiundzwanzig

Feuer?! „Feuer“ war Gradonegs erster Gedanke. So sehr brummte ihm der Kopf und schmerzten die Rippen. Angst und Schmerz und eine völlige Orientierungslosigkeit. Und überall Blut und Durchfall, erschrak er vor sich selbst. Aus der Nase rann Blut, am Hinterkopf waren seine Haare damit verklebt.

Er hatte doch gerade erst mit Ursula telefoniert, hörte noch ihre Stimme im Kopf, sie zwischen seinen fürchterlichen Schmerzen über den gestrigen Grillabend erzählen, über seinen Schlagerabend mit Helene Fischer lachen. Wie er die goldenen Schlagerzeiten mit Wencke Myhre und Nana Mouskouri lobte, als die Röcke noch lang und die Blusen zugeknöpft waren, dafür aber die Fantasie der Männer mitsang.

Vormittag. Es musste Sonntagvormittag sein. Sicher. Ursula erzählte ja was von einem Trachtenumzug am Kirchplatz nach der Messe.

Aber warum lag er plötzlich im Stiegenhaus? Auf den kalten Fliesen neben dem Lift? Gestolpert? Hatte er beim Zeitungsholen einen Köpfler fabriziert, war kopfüber wie bei einem Sprung in ein leeres Schwimmbecken auf dem harten Boden gelandet?

Natürlich, kein Zweifel, er lag im Stiegenhaus. Der lächerliche Fußabstreicher seiner Nachbarn mit der Aufschrift „Bier dabei! Eintritt frei!“ war ja an Peinlichkeit nicht zu überbieten. Freilich sah er die Aufschrift nicht, aber die gewölbte Flaschenform reichte voll und ganz als Indiz. Und dann noch die Kisten mit den leeren Heilwasserflaschen von den anderen Nachbarn in der Nische neben dem Aufzug. „Heile mit Weile“, ebenfalls ein so dämlicher Spruch, den kein Traummännchen erfinden konnte. So viele Drogen gab es weder auf dem Mond noch hatte er mit Helene Fischer und Florian Silbereisen so viel getrunken. Außerdem war er schon angezogen, sogar frisch rasiert.

Er krümmte sich schmerzverzerrt, schämte sich wegen des Durchfalls. Schaffte es gerade noch, sich auf den Rücken zu drehen, spürte wie sein T-Shirt nass und kalt wurde. Als er dann den Kopf hob, wollten ihm alle Rippen vor Schmerz aus der Brust springen.

Immerhin, danke, lieber Gott! Die Wohnungstür hinter ihm stand offen. Die Scham, bei den Nachbarn zu läuten und einen Schlüsseldienst zu rufen, hätte er nicht überlebt. Mühsam rollte er sich wieder auf den Bauch zurück, zog wie eine Schnecke eine schleimige Spur aus Durchfall und Urin. Die zwei, drei Meter ins Vorzimmer würde er schon seine Zähne zusammenbeißen, sprach er sich Mut zu. Eine kalte Dusche würde dann seinen Schmerz und Schock lindern, seine Nachbarn verschliefen ohnehin den halben Sonntag, da bliebe ihm genug Zeit, die Schande im Stiegenhaus zu tilgen. Danchlor und Toilettenspray, so sauber und wohlriechend wäre es im Stockwerk noch nie gewesen.

Stimmen! Ausgerechnet jetzt, ein paar Zentimeter vor seinem Ziel, musste jemand durchs Stiegenhaus gehen.

Nein, das gab es doch nicht! Unmöglich! Und doch kamen die Stimmen aus seiner Wohnung.

Eindeutig! Männerstimmen! Vier, fünf Typen waren es mindestens, die sich in seiner Wohnung unterhielten. Mit letzter Kraft zog er sich am Türgriff hoch. „Raus hier! Ich hol' die Polizei!", schrie er. Vergaß in seiner Angst den Schmerz, dachte nicht daran, dass er ja verletzt und völlig erschöpft war, wie ein angeschossenes Tier seinen Jägern entgegenhumpelte, sich orientierungslos in eine Falle stürzte, aus der er nie mehr rauskäme.

„Tom! Tom, schau einmal nach", hörte er im Wohnzimmer einen Typen flüstern. „Sei aber vorsichtig, Tom."

Scheiße, verdammte Scheiße!, schleppte sich Gradoneg zur Wohnzimmertür. *Tom! Das ... Das ist doch dieser Thomas vom Schubertpark! Der ... der ist hier! Mit seinem Schlägertrupp! Alszei hatte recht. Der hat mich ausgehorcht und will mich umbringen ...*

Gradoneg wusste nicht, wohin. Die Typen einsperren und schnell raus ins Stiegenhaus und nach Hilfe schreien? Wie er aussah und stank, war doch völlig wurscht, hier ging es um Leben und Tod und um einen Mörder und seinen Schlägertrupp. Dafür gab es nirgendwo auf der Welt Dresscodes und Hygienevorschriften.

Panisch klammerte er sich am Griff der Wohnzimmertür fest, wollte diese zudrücken, bis er die Kraft hatte, sich wieder ins Stiegenhaus zu stürzen. Zitterte dabei so sehr, dass die Tür knarrte.

„Was ist los, Tom? Hast du etwas herausgefunden?", vernahm er abermals die Männerstimme.

„Ich bring' dich um, du Arschloch!", schlug Gradoneg die Tür auf, wollte sich voll todesmutigem Zorn auf diesen Thomas werfen.

„Detektive! Detektive!", hörte er dabei seinen Widersacher reden. „Habt ihr alle gut aufgepasst? Wen hat Tom gerade beobachtet? Ist es ‚A' der Tischler mit einem falschen Bart oder ‚B' der …"

„Nein!", brüllte Gradoneg laut auf, sah völlig verdattert zum aufgedrehten Fernseher hin. „Ich Trottel! Ich gottverdammter Trottel!", schlug er sich mehrmals auf die Stirn. Fest und wütend, als wäre sein Kopf ein Kaugummiautomat, der nichts ausspucken wollte. „Ich völlig belämmerter Vollkoffer!"

Fassungslos wankte er zum Fernseher, wo ihn auf dem Bildschirm „Tom Turbo" angrinste. Ein sprechendes Fahrrad, ein sinnloser Drahtesel mit dicken Schlauchlippen aus der Kinderserie „Tom Turbo". Wie oft hatte ihn schon diese Sendung genervt, wenn Josef und Hemma sie ansahen, und nun vertrödelte er selbst den Sonntagvormittag damit. „Was bin ich nur für ein debiler Depp!", raufte er sich mit seinen blutverschmierten Händen die Haare. Ja, am liebsten hätte er nun das TV-Gerät mit einem Wurf durchs Fenster abgedreht und wäre gleich selbst hinterhergesprungen.

Müde und angeekelt von sich selbst streifte er die verdreckten und stinkenden Klamotten ab. Die vollgesogene Jeans und die Unterhose ließen sich fast nicht abstreifen, sein T-Shirt schien plötzlich so eng, als hätte es jemand oben zugenäht. Erschöpft nahm er das Leintuch von der Matratze, wischte damit sein Blut und den Durchfall ab.

Musste ohnehin alles in die Waschmaschine, und dass der Sonntag, also der „Tag des Herrn", ein „Tag der Putzfrau" sein würde, stand ja schon fest.

Nur – warum in aller Welt lag die Zeitung aufgeschlagen auf dem Esstisch?! Wenn er doch beim Zeitungholen im Stiegenhaus gestürzt war, wie kam dann dieses Ding in seine Wohnung?! Noch dazu hatte er bereits den Kaffee zur Zeitungslektüre getrunken, der war noch lauwarm in der halb vollen Tasse.

Wie ein Verrückter suchte er in seinem Brummschädel nach einer Erklärung: *zweimal! Ich hirnloser Vollkoffer hab' zweimal die Zeitung geholt ... Und ... und bin dann beim zweiten Mal im Stiegenhaus ausgerutscht. So eine verdammte Scheiße! Nie wieder Helene Fischer!*

Halb zehn, fand er nun Josefs Handy auf der Matratze. Sonntag und ein paar Minuten nach halb zehn, wie er es richtig vermutet hatte. Und mit Ursula hatte er ebenfalls telefoniert, 8 Uhr 16 las er auf der Anrufliste, elf Minuten hatten sie getratscht.

So plausibel er diesen verunglückten Vormittag auch rekonstruierte, es half nichts, seine Nerven flatterten wie ein Fledermausschwarm, Gradoneg konnte sich nicht und nicht beruhigen.

Viel zu viel! Es war einfach alles viel zu viel für ihn geworden. Stress und Existenzängste, die blödsinnigen islamophoben Streitereien mit Ursula, die Geschichte mit der Toten im Schubertpark und Alszeis hinterhältige Spielchen! Ein Irrsinn jagte den nächsten, und immer war es eine Hetzjagd auf ihn.

Immer heißer wurde es ihm nun. Eine unangenehme Hitze, die von den Nieren ausging, so als würden diese längst gefilterte Giftstoffe wieder in den Körper zurückschicken.

Brennheiß wurde es ihm – ja, ein brennheißer, giftiger Dampf breitete sich in seinem Körper aus. Gradoneg kannte dieses Gefühl, leider, solche Nervenzusammenbrüche hatte er schon öfters gehabt.

Erschöpft sank er zu Boden, wollte nicht auch noch die Matratze der Kinder verdrecken. Eine Weinflasche kippte um, rollte klirrend mit einer roten Spur unter den Wohnzimmertisch. Vielleicht hatte er deshalb die Schritte im Kinderzimmer nicht gleich gehört.

„Ich kann nicht mehr …", flüsterte er vor sich hin, hörte, wie nun die Kinderzimmertür geöffnet wurde. „Bitte, bitte … ich kann nicht mehr!", sah er zur Kinderzimmertür hin. Immer heißer wurde es ihm. „Ehrlich. Ich … Ich kann nicht mehr", kauerte er am Boden, sah, wie nun plötzlich ein Greis aus dem Zimmer kam.

„Bitte, bitte nicht!", wimmerte er, war von seinem Nervenzusammenbruch auf dem Boden gefesselt, saß hilflos da und sah den Greis auf sich zukommen, wie dieser neben ihm stand und seltsam ruhig seine Hand auf Gradonegs Kopf legte, ihm mit dem Daumen Kreuzzeichen ins Haar zeichnete.

„Tun Sie mir nichts … Bitte, bitte, tun Sie mir nichts …", sah Gradoneg zu ihm hoch, zu diesem dürren, buckligen Greis in einem viel zu großen Priesteranzug. Der runde Hemdkragen hing ihm bis zum Brustbein runter, Sakko und Hose waren ihm mindestens drei Nummern zu groß.

Wie eine Vogelscheuche in einem Priestergewand stand er neben Gradoneg, zeichnete diesem immer neue Kreuze ins Haar, murmelte dabei unverständliche Worte. Eher ein Röcheln und Räuspern, wohl irgendwelche Gebete.

„Bruder Emanuel …", flüsterte Gradoneg. „Sie sind dieser Bruder Emanuel, oder? Ich bin gar nicht im Stiegenhaus gestürzt … Er … Dieser Thomas hat mich überfallen … Der … Der wollte mich erschlagen …", verstand nun Gradoneg, was sich draußen im Stiegenhaus zugetragen hatte und wer da vor ihm, mitten in seiner Wohnung, stand.

„Er wollte mich umbringen … Gleich beide wollte er loswerden, mich und Sie."

Und so seltsam es war: Gradoneg beruhigte sich etwas, lauschte den unverständlichen Worten des Priesters, ließ es beinahe dankbar geschehen, wie dieser ihn bekreuzigte. Ja, all die Angst wich aus Gradoneg, fast dankbar schmiegte er sich an die Hosenbeine des Greises und sah mit einem Lächeln zu ihm hoch. Zwei, drei, vier, fünf Minuten … vielleicht waren es sogar zehn und mehr, während derer sich Gradoneg an die fremden Hosenbeine von Bruder Emanuel schmiegte, weniger Angst spürte und sogar Trost bei Bruder Emanuel fand. Und doch wurde es Gradoneg wieder kalt, fürchterlich kalt vor diesem erbärmlichen Menschen, den man ihm in die Wohnung geschleppt hatte. Diese ekelhaften Kreuze fühlten sich nun wie Rasierklingen, wie scharfe Schnitte auf der Kopfhaut an. Immer bewusster wurde es Gradoneg, wer ihn da berührte, immer mehr grauste es ihm vor diesem Menschen, der mit Hildegard Gratschel so viele Kinderseelen auf dem

Gewissen hatte. Der Ekel und die Wut sprengten nun endlich die Ketten des Nervenzusammenbruchs, ließen Gradoneg vom Boden aufspringen und Hildegard Gratschels Spielgefährten zur Verantwortung ziehen.

„Du verdammtes Arschloch!", brüllte Gradoneg, „mit wem wolltest du mich umbringen?! Dieser Thomas, ja?! Du sagst mir jetzt sofort, wie dieses Arschloch wirklich heißt und wo er wohnt! Oder ich schick' dich gleich zur Hölle! Hörst du?!"

Doch Bruder Emanuel röchelte weiterhin nur seine unverständlichen Worte. Hob einen Arm, als wolle er diesen Gradoneg versöhnlich auf die Schulter legen.

„Lass' deine Drecksgriffel von mir!", schlug Gradoneg grob die Hand von sich, „mich graust es! Mich graust es vor euch allen! Also! Wer will mich umbringen?!", schubste er den Priester durchs Zimmer, bis dieser schon gefährlich nahe mit dem Rücken zum offenen Fenster stand. „Los! Dieser Thomas, spuck' seinen Namen aus oder du machst einen Abflug auf die Straße!", verpasste er Bruder Emanuel einen brutalen Stoß, griff nach seinem Hals und drückte den Priester zum Fenster hinaus. „Reiß' dein verdammtes Maul auf! Hörst du?! Die Gratschel! Hast du mit diesem Thomas damals die Gratschel entführt?!"

Räuspern, Röcheln, Grunzen … mehr war aus dem gefallenen Gottesmann nicht rauszubringen. Keine Angst und Gegenwehr. Selbst mit dem Rücken zum Fenster, zum Tod, murmelte er bloß seine unverständliche Litanei, einen ewigen Rosenkranz.

„Bei den Kindern ist dir doch immer was eingefallen!", war Gradoneg drauf und dran, gänzlich seine Beherrschung zu verlieren und Bruder Emanuel aus dem Fenster zu stoßen.

„Mach' dein dreckiges Maul auf!", erinnerte er sich erst jetzt an das Gespräch in der Hadyn-Kirche, an die Geschichte mit der Selbstverstümmelung. Mit aller Kraft zog er den Ober- und Unterkiefer des Priesters auseinander, als gelte es, ein Kind aus dem Rachen eines Hais zu retten. Und tatsächlich schlängelte sich in der Mundhöhle keine Zunge, nichts, rein gar nichts schnappte dort in dieser bedrohlichen Situation nach Luft und Leben; nur ein kleiner, kurzer Fleischstumpf ragte aus der Dunkelheit des Rachens. So pervers und widerlich es auch war, Gradoneg kannte keine Gnade mit Bruder Emanuel: Wutentbrannt riss er ihm die Hose vom Leib, riss und riss sie mitsamt dem geschlossenen Gürtel über die knochigen Hüften, runter zu den Knien, bis dieser nur noch in einer Windelhose dastand. Kein Schreien, kein Wimmern, kein Flehen – als spürte, ja, als wusste der Greis, dass es eigentlich Gradoneg war, der hier seine Würde verlor, ließ er dessen Wut und Wahnsinn über sich ergehen.

„Na! Gefällt dir das?!", riss ihm Gradoneg auch noch die Windel vom Leib. „Bei den Kindern hat's dir doch gefallen, oder?!"

Was für eine grauenhafte Genugtuung Gradoneg dabei empfand! Einem Achtzigjährigen die Windel vom Gesäß zu reißen! Hätte er sich nur dabei in einem Spiegel betrachtet, seinen irren Blick, sein hämisches Grinsen gesehen – er hätte gewiss sein eigenes Spiegelbild angespuckt.

Wie ein Soldat, dessen Psyche im Grauen des Krieges kollabiert, lachte Gradoneg nur noch über seine erschreckende Brutalität. Ja, leider … nicht nur die Stirn hatte er sich im Stiegenhaus blutig geschlagen, nein, der letzte Rest seiner Menschlichkeit war dort in Scherben gegangen. Nicht nur ein Fremder wollte ihn umbringen, er selbst, Matthias Frerk Gradoneg, hatte sein mitfühlendes Wesen erschlagen. So schien es jedenfalls in diesem Moment.

„Zieh' dich an!", stieß Gradoneg Bruder Emanuel nun doch noch vom Fenster weg. „Wird's bald!", sah er ungeduldig zu, wie der Greis hilflos an der Windel herumfummelte, sich die Hose hochzog. „Los! Weiter!", schubste er sein Opfer Richtung Badezimmer, verpasste ihm dabei sogar Fußtritte. Immer wütender und brutaler wurden diese – vor allem weil Alszei nicht und nicht an sein Handy ging. Jeder ignorierte Anruf wurde von Gradoneg mit einer Erniedrigung des Priesters bestraft. Und es wurden immer mehr.

„Schnell! Heb' ab, verdammt noch einmal!", tobte er in Alszeis Sprachbox schon so wie im Badezimmer. „Den Pfaffen! Ich hab' diesen Bruder Emanuel geschnappt! Hörst du! Ich brauch' dich!", Wischte er sich mit einem nassen Handtuch einigermaßen sauber, ohne dabei Bruder Emanuel aus den Augen zu lassen. „Scheiße! Bist du jetzt auch noch eifersüchtig, dass ich den Pfaffen aufgespürt hab'?! He! Geh endlich ran! Hör' zumindest die Sprachbox ab! Ich sitz' hier in der Scheiße, und du rührst kein Ohrwaschel!", kramte er rasch die sauberste Unterhose, eine Jeans und ein T-Shirt aus dem Wäschekorb, versprühte eine halbe Dose Deodorant darauf. „Der bringt mich um! Kapierst du, dieser Thomas bringt mich um!", kam ihm nun ein schlimmer Gedanke. „Verstärkung! Wir brauchen Verstärkung! Der lauert doch noch im Stiegenhaus auf mich! Hörst du! Ich brauch' dringend Hilfe! Dieser Thomas … der hat's schon vorhin probiert, der bringt mich um!" Panisch lief er ins Vorzimmer hinaus, presste ein Auge auf den Türspäher. Immer fester, der Metallring schnitt ihn schon, der Augapfel quoll hervor. Nichts! Zu viele tote Winkel! Weder die Nische links ums Eck beim Lift war zu sehen noch der Treppenaufgang. *Klar, der hat mich rausgelockt und mir eine von diesen Heilwasserkisten über den Kopf gezogen*, war sich Gradoneg nun sicher, wie er auf den harten Fliesen gelandet war. *Angeläutet und brutal mit einer Kiste zugeschlagen! Logisch! Der hat mit meinem Tod gerechnet! Mich! Die wollen mich legen und mir mit diesem Bruder Emanuel die Entführung und den Mord unterschieben!*

„Der schlachtet mich ab! Hast du den geschickt, damit der mich abschlachtet?! Ja?! Ich weiß über dich zu viel, ist es das?!"

Endlich! Zumindest eine SMS von Alszeis Nummer:

Treffen uns bei mir: Steinackergasse 23/17 in Meidling

Völlig perplex starrte Gradoneg auf das Display. Ließ sich sogar von Bruder Emanuel den Arm auf die Schulter legen, wieder Kreuze ins Haar zeichnen.

„Nein! Was soll das?! Ich geh' da nicht raus! Das ist doch eine Falle!", brüllte er ins Handy. „Ich bin doch nicht blöd! So ein Schnösel wie du wohnt doch nicht in Meidling. Für wie bescheuert hältst du mich?! Du! Du kommst her! Und die Bullen! Mindestens zehn Bullen als Zeugen! Mindestens! Eine Minute! Ich geb' dir eine Minute für einen Rückruf, hörst du! Sonst hast du die Hölle auf Erden!"

Drei. Er gab Alszei sogar drei Minuten, die längsten seines bisherigen Lebens. Googelte einstweilen die Meidlinger Steinackergasse. Nein, Alszei war nicht der Typ, der neben einem Bahnhof lebte.

„Du wolltest es ja so! Von mir aus, du bekommst jetzt dein Disziplinarverfahren! Alle! Ich ruf' jetzt alle an! Zuerst die Rettung und die Feuerwehr, und dann erst die Bullen. Glaub' mir! Ich erzähl' denen von deinen Sauereien! Irgendwer in dieser Scheißstadt ist nicht korrupt. Sind nicht alle wie du! Gibt auch noch ehrliche Wiener! Und einen find' ich bestimmt!"

Dreiundzwanzig

Schneeflocken flirren durch die heiße Juliluft, zaubern Seerosen auf die Sonnenschirme der Wiener Schanigärten; der Dalai Lama grillt in der Wüste mit seinen Mönchen ein Schwein – *Nichts ist so schön wie das Leben, und alles ist schöner als das Nichts*, singt er mit ihnen, begleitet vom Brutzeln der Schweineschwarte.

Im Wahnsinn und der Angst wird das Unmögliche möglich. Vielleicht dachte sich das Gradoneg, als er in seiner Panik Bruder Emanuel mit den Handschellen an sich kettete, die Wohnungstür aufriss und sich mit dem Gottesmann tollkühn in die nächste Katastrophe stürzte.

Ja, Hunger ist der beste Koch und die Angst ein Meister der Fantasie und Absurdität. *Nein, die stecken doch alle unter einer Decke!*, gab er seinen Glauben an einen ehrlichen Wiener rasch wieder auf. Wenn schon, dann musste er Alszei selbst enttarnen, kühlte seine Wut auf den Kommissar nicht ab. Und bei aller Wut und sogar Hass machte ihn die SMS mit der Meidlinger Steinackergasse nach wie vor stutzig: Was, falls es doch keine Falle von Alszei war, sondern der Kommissar selbst in eine Jauchegrube von diesem wahnsinnigen Thomas gefallen wäre? Natürlich würde diesem miesen Polizisten ein Bad in der Scheiße nicht schaden, aber selbst für Alszei galt die Unschuldsvermutung. Und darum kettete er kurz entschlossen Bruder Emanuel mit den Handschellen an sich, machte sich mit dem armen, verdatterten Greis auf die Suche nach der Wahrheit. Wer würde ihn schon „Hand in Hand" mit einem wichtigen „Beweisstück" töten, dachte sich Gradoneg. Selbst der verrückteste Mordgeselle, der Dümmste unter den brutalen Schlächtern würde dies nicht tun. Dieser Thomas wollte doch Gradoneg den Bruder Emanuel unterjubeln, seinen Mordanschlag im Stiegenhaus wohl so inszenieren, dass man dachte, Bruder Emanuel hätte Gradoneg erschlagen. Wahrscheinlich fänden sich sogar Fingerabdrücke des Gottesmannes auf den Heilwasserkisten, zuzutrauen wäre diesem Thomas alles. Aber jetzt würde er sich in Gradonegs Handschellen-Plan verheddern. Niemand würde glauben, Gradoneg hätte sich an sein Entführungsopfer gefesselt, dieses getötet und hiernach schuldbewusst Selbstmord begangen. Das würde selbst der gewiefteste Entfesselungskünstler nicht schaffen. Und sicherheitshalber versteckte er den Schlüssel – bevor er sich mit Bruder Emanuel zur Tür hinausstürzte – in der „Hildegard von Bingen-Müsli-Schachtel" mit dem biodynamischen Amaranth. Ein Geheimfach, das sogar bei seinen Kindern funktionierte.

Ja, Schneeflocken stoben im heißen Blau über Wien, der Dalai Lama salzte sein Schwein mit Wüstensand – UND an diesem Sonntag im Juli war endgültig die Zivilcourage aus Währing ausgezogen!

Nachweislich!

Und diesen Nachweis erbrachten Matthias Frerk Gradoneg und ein selbst verstümmelter, greiser Priester.

Gesenkten Hauptes, doch mit hoch erhobenen Händen hetzten und tippelten sie durch die Kreuzgasse. Die Handschellen funkelten in der Mittagssonne gleich silbernen Armbändern.

„Du dreckige Sau hast keine Chance!", brüllte Gradoneg verzweifelt in den Asphalt, fürchtete sich jeden Schritt vor Thomas.

Ein prächtiger Anblick, der da in Währing erstrahlte; ein Blickfang für alle daheimgebliebenen Bürgerinnen und Bürger, ein Fressen für die gepriesene Zivilcourage. Doch nichts! Kein „He!", kein „Halt!", kein „Stopp!"; kein Fenster ging auf, und kein Passant verrenkte sich den Hals; kein Kopfschütteln und kein Lacher. Nicht einmal die Dame mit dem angegrauten Zwergpinscher wechselte die Straßenseite, und der verkaterte Bierbauch ließ sich keine Sekunde vom Zeitungsdiebstahl abhalten. Sollte es was Wichtiges sein, stünde es am nächsten Tag in der Zeitung.

Über die ganze Kreuzgasse trug sich dieses Schauspiel zu, und weiter ging es die Martinstraße runter – ein schweißnasser, paranoider Endvierziger und ein zittriger Methusalem, deren gefesselte Hände den Himmel berühren wollten.

Alle paar Meter ein Brüller: „Zeig' dich, du Sau! Ich bring' dich um!"

Gradonegs hochgestreckter Arm schien schon in der Sonne Feuer zu fangen, die Kurzatmigkeit des Priesters zerrte immer stärker an den Handschellen und den Nerven. So ruhig und sonntagsverträumt nun auch die Martinstraße war, fast menschenleer, als hätte sich Gott erbarmt, so brannten nun Gradonegs Füße auf den glühenden Kohlen seines ewigen Irrwegs. Glühende Kohlen mit zischenden Existenzängsten, erbarmungsloser Selbstverachtung und dem unerträglichen Hohngelächter des Lebens. Jetzt spürte er, dass nicht nur der Angstschweiß von ihm triefte, sondern sich ebenfalls Spott und Hohn und Scham kübelweise über ihn ergossen. Was tat er im Schaufenster Währings nur seiner Familie an! Seiner Ursula, seinem Josef und seiner Hemma! Wie würde man über ihn und seine Familie nur munkeln und lachen!

„Dienstlich! Kriminalpolizei!", konnte er endlich an der Martinstraße Ecke Währinger Straße einen Taxler anbrüllen, den völlig erschöpften Bruder Emanuel ins Auto schubsen.

„Bin im Einsatz!", herrschte er den Fahrer an. „Überleg' dir gut, was du jetzt tust! Finger weg vom Funk! Ein blödes Wort, und ich hol' mir deine Aufenthaltsgenehmigung!", war auch Gradonegs Alltagsfaschist mit ins Auto gesprungen.

„Wird's bald! Meidling! Steinackergasse!"

*

„Ich will sofort Herrn Inspektor Alszei sprechen! Godehard Alszei!"

Die Gegensprechanlage war kaum jünger als die halb verfallene Bruchbude dahinter. Ein Wiener Gemeindebau, an dem man irgendwann in den 60er-Jahren das Schild „Errichtet …“ angebracht und sich hiernach auf Nimmerwiedersehen verabschiedet hatte.

Mehr als ein rätselhaftes Surren drang aus diesem rostigen Ding nicht an Gradonegs Ohren. Bruder Emanuel drückte das Alter in die Knie und zog damit auch an den Handschellen. Gradonegs Kopf dröhnte, Bruder Emanuel wankte, doch ein paar standhafte Gedanken gab es noch: Alszei war – wie gesagt – nicht der Typ für eine Meidlinger Mietskaserne; nicht der Mensch, der hinter einer bröckelnden Hausfassade in der Steinackergasse abends aus seinen gestriegelten Klamotten kroch und psychologische Werke las. Das wurde Gradoneg nun vollends klar. Bei aller Wertschätzung: Meidling und Philosophie ist wie Fliegen und Klimaschutz. Wer hier über den Tellerrand hinausdenkt, wird höchstens von den Zügen des Meidlinger Bahnhofs überfahren. Gradonegs Vermutung schien sich nun vor dieser Bruchbude zu bestätigen: Die SMS war zweifellos ein Hinterhalt, hinter diesen schimmligen Mauern erwarteten ihn Thomas und seine blutigen Helfer. Alszei hatten sie schon in ihrer Gewalt, nur so ließ sich die SMS von dessen Handy erklären.

„Kommen Sie doch rein, zweiter Stock …“, schaffte es nun doch noch eine Frauenstimme durch die Gegensprechanlage.

„Ich mach’ euch fertig“, schrie Gradoneg. „Schickt mir sofort Alszei raus oder wir stürmen dieses Rattenloch!“

„Aber, aber, es ist doch alles in Ordnung“, kicherte die Frauenstimme freundlich.

„Du kannst Kreide fressen, so viel du willst. Alszei! Sofort! Ich will den Kommissar sehen!"

Bruder Emanuel kniete sich erschöpft auf den Gehsteig; Gradoneg zog und zog an den Handschellen, ein gewildertes Reh hätte er leichter wieder auf die Beine gebracht als den gefallenen Gottesmann. Immer wieder knickten dessen Knie ein.

Der Türöffner summte unentwegt.

„Ich beiß' schon nicht …", lachte die Frau.

„He, du verdammte Fotze! Ich bin nicht bescheuert! Ihr wollt uns beide abmurksen! Abmurksen und in diesem Drecksloch verscharren! Aber das spielt es nicht! Ich will sofort Inspektor Alszei sehen! Hörst du?! Bringt ihn raus! Hier, auf die Straße!", fürchtete Gradoneg, Alszei sei bereits tot.

„Glauben Sie mir bitte, das geht leider gerade nicht …"

„Schafft ihn ans Fenster! Kapiert?! Du schaffst jetzt Alszei zu einem geöffneten Fenster! Ich will seine Stimme hören!"

„Ich hab' ja kein Fenster zur Straße. Ehrlich. Es ist doch alles in Ordnung. Kommen Sie ruhig rein. Godehard ist noch etwas … etwas unpässlich …"

„Unpässlich?! Tot! Ihr habt ihn umgebracht, und jetzt bin ich an der Reihe. Aber schau' her! Schau runter, du verlogene Fotze. Ich hab' euren Bruder Emanuel …", rüttelte Gradoneg an den Handschellen, „gefesselt! Ich hab' den Beweis für eure Verbrechen!"

Gradoneg traute seinen Ohren nicht. Hatte er da ein herzhaftes Lachen aus der Gegensprechanlage gehört? Wurde er von dieser kriminellen Komplizin auch noch verhöhnt?

„Gut, ich komme runter …“, lachte die Frau.

Mit aller Kraft hievte Gradoneg Bruder Emanuel auf die Beine, zog ihn vom Hauseingang hoch, hin zur Gehsteigkante und brüllte aus Leibeskräften auf alle Fenster des Gemeindebaus ein.

„Mach' bloß keinen Fehler! Ich bin bewaffnet! Und du bringst Alszei gleich mit. Ein Fehler, und ich schieße! Wisst ihr, was auf Beamtenmord steht?! Der Pfaffe hat längst alles gestanden! Alles! Schriftlich! Schwarz auf weiß! Ich hab' sein schriftliches Geständnis! Seine abgeschnittene Zunge und der Schwanz helfen euch nichts!“

Das Haustor knarrte, als würden alle Särge in der Wiener Kapuzinergruft gleichzeitig aufgehen.

„Bleib', wo du bist! Du Dreckstück!“, brüllte Gradoneg immer panischer auf dem Gehsteig und lieferte damit den Beweis, dass sich die Zivilcourage auch in Meidling verabschiedet hatte. „Hört ihr?! Ich bin bewaffnet! Ich schneid' euch auch den Schwanz ab, wenn ihr mir zu nahe kommt!“, schrie er und dachte voll Angst daran, welche Hells-Angels-Abordnung gleich aus dem Haus stürmen würde. „Nein! Nicht jetzt!“, herrschte er Bruder Emanuel an, dessen Beine wieder dem Alter und der Gravitation nachgaben. „Du verdammter Trottel“, schleifte Gradoneg den Gottesmann auf dem Bauch über den Asphalt. Sah angespannt zu den Fenstern hoch, ob dort schon jemand auf ihn zielte. Ein Auto hupte mehrmals, Bruder Emanuels Kopf lugte schon gefährlich über die Gehsteigkante raus auf die Straße.

„Schleich dich, du Mörderfotze!“, brüllte Gradoneg seinen miesesten Wortschatz zur Frau im Hauseingang rüber. Und am liebsten wäre er in diesem Moment seinen schmutzigen Worten gleich hinterhergehechtet.

Keine Frage, das war sie! Ja, Godehard Alszeis Geliebte stand dort beim Hauseingang, lächelte Gradoneg und Bruder Emanuel freundlich an und hielt ihnen die Tür auf. Bedachte Gradoneg mit einem sanften, verständnisvollen Lächeln, obwohl er noch vor wenigen Tagen ihr Liebesglück zerstört hatte.

Was war das wieder für eine primitive, unverzeihliche Gemeinheit von ihm! Plump und grausam! Nicht nur die Hundescheiße, die ihn Alszei verkosten ließ, hätte er nun gerne wieder gefressen – nein, die Kanalisation unter einer Massenschweinehaltung hätte er ausgeschlürft, um damit endlich einmal seine Dummheit zu löschen! Und dass es für seine widerwärtige Blödheit eigentlich die ganze Kanalisation Wiens bräuchte, dafür lieferte er einen weiteren Beweis: „Entschuldigung, ich … ich könnte mir in den Schwanz beißen“, meinte er zu Alszeis Liebe.

„So was sagt man nicht einmal zu einer Prostituierten“, lachte diese. Lief zu Bruder Emanuel hin, half dem geschundenen Wurm auf die Beine, hakte sich unter seinem freien Arm ein und geleitete ihn ins Haus.

Von wegen, Gott säße nur noch debil mit Luzifer bei einem Kaffeekränzchen. Wer diese Frau nun sah, wusste, dass Gott zwischendurch aufstand und mit all seinen Geisteskräften noch Menschen schuf. Zwar nur vereinzelt, aber dafür perfekt. Eben wie diese Frau mit ihrem Lachen voll Lebensfreude und Güte, einem Glanz in den Augen, der das allerschönste und -glänzendste Mahagonihaar – also ihres – noch überstrahlte.

Nein, seine Dummheit in einer Jauchengrube zu ertränken, war keine gerechte Strafe für Gradoneg. Die Zunge hätte er mit Bruder Emanuel tauschen müssen! Mindestens!

„Ich bin die Sonja …“, stellte sie sich lachend bei Gradoneg vor. Und ihr Lachen erhellte den Gemeindebau, rollte einen weichen Teppich über die abgetretenen Stufen – so weich, dass sich sogar ein grässliches Tier wie Gradoneg geborgen fühlte.

*

Gepfählt, gevierteilt, geteert … mit feurigem Stahl geblendet. In Alszeis Augen lag die Grausamkeit des Mittelalters, als Sonja mit Gradoneg und Bruder Emanuel in der Küche stand.

„Was soll das jetzt?!“, flüsterte der Kommissar überrascht und gereizt zu Sonja.

„Ja, Kindern und Frauen sollte man nie sein Handy überlassen“, wurde ihr Lachen ihm gegenüber noch schöner.

Alszei murrte: „Du solltest dir deine Einladungen besser überlegen.“

„Vielleicht habt ihr Kampfhähne ja noch was zu bereden …“, ließ sich Sonja nicht von den vorwurfsvollen Blicken des Kommissars ins dunkle Mittelalter ziehen.

Irgendetwas stimmte mit Alszei nicht. Er schwitzte, atmete hastig und tief, im Wasserglas vor ihm zischten gleich zwei Aspirin. Und obwohl er in einem Damenbademantel am Tisch saß und sich große, knallrote Mohnblumen zu seinem Hals hochrankten, hatte er nichts Peinliches, auch nichts Verkatertes, vielmehr etwas Trauriges an sich. Seltsam gealtert und erschöpft kauerte er auf seinem Stuhl, starrte mehr ins Leere als Gradoneg und Bruder Emanuel an. Falten furchten seine Stirn, die Mundwinkel hingen ihm nach unten.

„Möchten Sie einen Kaffee, Herr Pfarrer?“, schob Sonja Bruder Emanuel einen Sessel hin. „Du auch? Ich wollte gerade einen machen“, schloss sie Gradoneg nicht von ihrer Gastfreundschaft aus.

„Er ist kastriert …“, flüsterte Gradoneg. „Die Zunge … Er hat keine Zunge …“, fügte er rasch und beschämt hinzu. „Für … für mich bitte keinen Kaffee, danke.“

Alszeis bleierne Mundwinkel hoben sich angewidert. „Wär’ gut, wenn so manch’ anderer auch keine Zunge hätte.“

„Aber, aber, Godehard …“, ging Sonja zur Espressomaschine.

„Das … das ist er. Der pädophile Mittäter von der Hildegard Gratschel“, drückte Gradoneg Bruder Emanuel ungeduldig auf den Sessel. „Ich … ich will nur noch diesen Typen und die verdammten Handschellen loswerden. Ich schwör’s, dann bist du mich los. Für immer“, vermied er es, Alszei anzusehen.

„Ehrlich. Mach’ mir bitte die Handschellen ab, und ich verschwinde. Versprochen. Ich hab’ nichts gesehen und gehört. War nie im Schubertpark … Und … und kenn’ dich nicht. Sperr’ mir bitte diese scheiß Dinger auf, und ich bin weg“, rüttelte er an den Handschellen.

„Hab' ich dir schon von diesem Trottel erzählt, der glaubt, dass Polizisten immer und überall mit Handschellenschlüssel herumlaufen?", sah Alszei zynisch zu Sonja hin.

„Vorher möchte ich aber die Geschichte von einem Mann hören, der einen Schlüssel gefunden hat, mit dem er sein Herz aufsperrt und anderen verzeihen kann", füllte Sonja den Wasserbehälter der Espressomaschine.

Gradoneg sackte verzweifelt nach hinten auf den Stuhl.

„Dieser Thomas … Mit einer Eisenstange … im Stiegenhaus. Das muss dieser Thomas gewesen sein, sicher!", stotterte er verzweifelt, wischte sich Tränen aus den Augen.

„Ich lieg' im Stiegenhaus. Blut … überall Blut. Ich lieg' in einer Blutlache, und niemand hilft mir. Such' und such' diesen Thomas … Plötzlich steht dieser Pfarrer neben mir. Drinnen, mitten in meiner Wohnung. Aber du hebst nicht ab! Niemand hilft mir! Ich werde erschlagen, und niemand hilft mir!"

Alszei trank auf einen Schluck das Glas mit dem Aspirin aus.

„Woran das wohl liegt?!", bemerkte er sogar verächtlich.

„Bitte, Godi!", protestierte Sonja. „Du bist ja noch nachtragender als dieser Mönch da am Fluss, von dem du immer erzählst."

„Entschuldigung …", sah Gradoneg Sonja mit seinen verheulten Augen an. „Ich wollte das nicht zu dir sagen, vorhin. Auch nicht das vorm Pu…"

„Halt deine gottverdammte Schnauze!", fiel ihm Alszei ins Wort.

„Ich … ich würd' das so gerne zurücknehmen. Ehrlich. Jedes Wort. Mir tut das wahnsinnig leid …"

„Bei eurem Streit war sowieso kein Wort zu verstehen", spendete Sonja Trost.

Doch Alszei blieb unerbittlich. „Menschen hören nicht nur mit den Ohren, aber das kapiert ein Trottel nicht."

Jede einzelne Blüte, schwor sich Gradoneg in diesem Moment, jede einzelne Blüte von Sonjas Blumenstrauß – jedes Blatt, das an diesem unglückseligen Tag mit seinen Schimpfwörtern durch die Luft gewirbelt war, würde er Sonja durch ein Blumenmeer ersetzen. Das schwor er sich so sehr und fest, wie ihn Alszei gerade hasste. Ein Blütenmeer aus Orchideen, Malven, Lilien, den schönsten Rosen und farbenkräftigsten Wiesenblumen … ein riesiges Blütenmeer, das fast so groß und weit wie das Herz dieser einzigartigen Frau sein würde. Und so befreiend und erleichternd dieser Gedanke für Gradoneg nun auch war, brach doch das ganze Elend aus ihm heraus: „Das … das waren doch Stützstrümpfe, oder? Bei der Gratschel? Hautfetzen sind doch nicht so lang …", schluchzte er. „Ich träum' noch jede Nacht davon … Meine Kinder, der Josef und die Hemma … die … die sind plötzlich auch dort und reißen der Gratschel immer die blutigen Fetzen von den Unterschenkeln. Knäuel … die Kinder machen Knäuel daraus …", knetete er mit seiner freien Hand die Luft, „solche Knäuel aus Hautfetzen und Stützstrümpfen. Und dann … dann stopfen sie mir die in den Mund. Damit ich nicht schreien kann, wenn dieses Nazischwein mit seinen Hunden kommt …"

Alszei erhob sich angewidert von seinem Stuhl. Band sich den Mantel mit den Mohnblumen zu, ging nach draußen ins Vorzimmer und öffnete die Badezimmertür.

„Na ja, vielleicht haben sie in irgendeiner Psychiatrie noch einen Schlüssel."

„Godehard!", rief ihm Sonja mahnend hinterher, stellte sich neben Gradoneg und streichelte diesem mütterlich über die Schulter.

„Dann fallen seine Hunde über mich her. Beißen, beißen immer zu … Bis mein Kopf abgetrennt ist …", heulte Gradoneg laut auf. „Ich bin tot, und die Hautfetzen im Mund schmecken noch immer nach Blut …"

*

Kein Mitleid mit dem greisen Bruder Emanuel; kein Ohr für sein Röcheln, keine Geduld mit seinen müden Beinen. Nur ein eisiges Schweigen für Gradoneg, nur Spott und Hohn als peitschende Blicke.

„Weiter!", stieß Alszei die beiden die Stiegen rauf. Hatte sie noch immer nicht von den Handschellen befreit. War mit ihnen über eine halbe Stunde kreuz und quer durch Wien gerast. Kreuz und quer seinen verworrenen Gedanken nach, bis ihn schließlich der richtige Gedanke leitete – endlich in seinem Grübeln ein richtungsweisender Gedanke auftauchte. Dem jagte Alszei dann nach, trat beim LKA in der Wattgasse das Gaspedal wieder durch, raste an seiner Dienststelle vorüber.

„Schnauze!“, ließ er erst gar nicht Gradonegs Frage nach dem Wohin und dem erlösenden Handschellenschlüssel aufkommen. Und als Gradoneg dann kleinlaut und versöhnlich flüsterte, sie beide – ja, Gradoneg und Alszei – hätten zwei engelhafte Frauen, deren Flügelschläge den Schwefelgestank des Lebens vertrieben, lachte der Kommissar bloß verächtlich über diesen halb poetischen Schmu.

Nein, Alszei wollte sich nicht versöhnen, er hatte ganz was anderes vor.

*

Sturmläuten. Ein paar Sekunden länger, und Alszei hätte die Türe eigenhändig aus den Angeln gehoben. Wohl auch Gradoneg und Bruder Emanuel als Rammbock gegen die Tür geschleudert.

„Katzenmörder!“, fauchte Sabine Egger.

Alszei drängte sie in die Wohnung.

„Zu dir komme ich später!“, schleppte er Gradoneg und Bruder Emanuel hinter sich her, schlug die Tür zu.

„Ihr Tierquäler!“, fuchtelte Sabine Egger mit ihrer Zigarette gefährlich nahe vor Alszeis Augen rum. „Meine Katze liegt jetzt wegen euch tot unter einem Auto! Ich zeig’ euch an!“

„Mach’ das!“, schrie Alszei.

„Der Teufel!“, wollte die Mutter ins Schlafzimmer flüchten.

Doch Alszei hielt sie fest, fester, als ihn selbst seine Wut im Griff hatte, stieß Gerda Egger grob zu Bruder Emanuel hin. „Ist er das?!", schrie er dabei. „Ist das der Teufel von damals?", packte er sie am Genick, riss ihren Kopf hoch, damit Gerda Egger auch wirklich Bruder Emanuel ansah. „Kennst du den?! Ist das der Teufel?!"

„Ihr Verbrecher!", schrie die Tochter. „Lasst meine Mutter in Frieden. Aufhören! Hilfe! Ihr Verbrecher!"

„Ist doch tot!", strampelte und spuckte Gerda Egger verzweifelt, wollte sich von Alszei und wohl auch von der ganzen Last ihres Lebens befreien. „Er ist tot! Ihr habt mir doch versprochen, dass er tot ist!"

„Ihr Katzenmörder und Verbrecher!", schmiss sich Sabine Egger auf den Kommissar.

„Die Wahrheit! Ich will die Wahrheit wissen! Sofort!", brüllte Alszei.

Die Wahrheit, hallte es in Gradonegs Kopf, laut und fremd, ein Schrei aus einer fernen Welt. Wieder brummt ihm der Kopf, schmerzt noch schlimmer als am Vormittag. Wieder drischt ein Schmied in seinem Kopf auf einen Ambos, treibt Gradoneg Schweißperlen auf die Stirn. Schmiedet Schwindelgefühle und Müdigkeit, Gliederschmerzen und Brechreiz.

Und Bruder Emanuel zerrt ängstlich an den Handschellen. Will weg, sehnt sich nach einer anderen, nach der richtigen Hölle. Röchelt wie salzsäuregurgelnde Wölfe, zittert wie Masthühner im Strombad, weint wie Kühe vorm Schlachten. Will weg und steht dennoch gefesselt vor einer Vergangenheit, die doch längst in seiner Demenz verwest schien.

Jeden Zentimeter, den nun Gerda Egger am Boden zu ihm kriecht, spürt er wie lodernde Flammen am Scheiterhaufen – jeder Zentimeter verbrennt ihn. Immer näher kriecht sie zu ihm hin, näher und näher … und immer lauter wird ihr „Gegrüßet seist du, Maria …“

„Schleich' dich! Raus! Ich bring' dich um!“, läuft Sabine Egger zu Alszei.

„Du machst mir nichts mehr vor!“, stößt sie dieser zu Boden. „Wo habt ihr die Gratschel und den Pfarrer verschwinden lassen?!“

„Ich … Ich …“, stammelt Gradoneg benommen. Das Rasseln der Handschellen, das Gezerre und Wimmern des Priesters, das Schluchzen der Alten, das Toben der Tochter und Alszeis Gebrüll … alles wird in ihm dunkel und schwer.

„Mir … Mir wird schlecht …“, versucht er sich doch noch durch diese Dunkelheit zu tasten. „Ich … Ich …“

Zu spät! Der Boden wankt und will ihn schlucken, schwarze Sonnenstrahlen fallen durch das Fenster, und Gradoneg fällt, reißt Bruder Emanuel mit zu Boden, stürzt auf ihn.

Still. Alles wird still. Gespenstisch still.

Selbst das „Gegrüßet seist du, Maria …“ verstummt für Gradoneg. Nur der Schatten der Tochter huscht noch vor seinen müden Augen durchs Zimmer, greift nach einem Aschenbecher am Wohnzimmertisch. Hält diesen hoch und erstarrt wie alles andere im Zimmer zu einem Scherenschnitt. Immer schwärzer wird es vor Gradonegs Augen, sogar die Ohren verstopft ihm nun diese Dunkelheit.

„Seltsam“, denkt sich Gradoneg, als er zum Wohnzimmertisch blickt. „Das gibt es doch nicht …“, irritiert ihn dort plötzlich ein seltsames Leuchten. „Ich … Ich weiß jetzt …“, flüstert er mit letzter Kraft, wird dann aber endgültig von seinem Kreislaufkollaps bezwungen.

Vierundzwanzig

„Geht's noch?!", tätschelte jemand schroff Gradonegs Wangen. Links und rechts, die Bauarbeiterschwielen fühlten sich hart an.

„Was …?", fragte Gradoneg, sah sich irritiert um. Wüstensand klebte auf seiner Zunge, und heiße Steine lagen auf seinen Augenlidern.

„Dein Orsch-Handy!", schwebte ein sonnengegerbtes Männergesicht mit Bartstoppeln über ihm. „Leiser, kapiert!", schenkte der Typ Gradoneg mit seinen Bauarbeiterschwielen eine zusätzliche Links-rechts-Kombination. „Besser gleich abdrehen! Wir können nämlich den Scheiß schon auswendig mitsingen." Und raunte „Gangnam Style", wie es bedrohlicher noch nie geklungen hatte. Freilich, Josefs Klingelton, kehrte Gradoneg allmählich ins Leben zurück.

„Wo bin ich …", staubte es aus Gradonegs Mund.

„Das sag' ich dir, wenn dein Handy ruhig ist", entfernte sich der Bauarbeiter mit einem ausgestreckten Stinkefinger.

„Hietzing. Im Krankenhaus Hietzing, auf der Notaufnahme", meldete sich eine hilfsbereite Frauenstimme von einer Liege gegenüber am Gang.

Tatsächlich baumelte über Gradoneg ein Infusionsbeutel, sein erster im Leben. „Hietzing …?", betrachtete er die Kanüle in seinem linken Unterarm. Schön langsam erwachte nun auch sein Gedächtnis: Bruder Emanuel, die

Eggers … Sonja und sogar die Mohnblumen auf Alszeis Bademantel blühten kurz auf. Immerhin hatte ihn Alszei von den Handschellen befreit, betrachtete Gradoneg erleichtert seine Handgelenke und ließ seinen Blick über das Elend auf den Krankenliegen schweifen. Nickte den beiden Putzfrauen zu, die ein quietschendes Gestell mit roten, gelben, blauen Plastikkübeln durch den Raum schoben. Für jede entschwundene Körperflüssigkeit eine eigne Farbe.

Er fischte das Handy aus der Hosentasche. Ursula hatte schon mehrmals angerufen. Auch Alszei. Zweimal!

So viel Arbeit? … war auch eine SMS von Ursula eingetroffen … *Die Kinder laufen gerade unter den Pferden durch. Das soll Glück bringen. Pferde haben die schönsten Träume, und wenn man unter ihnen durchläuft, nimmt man ihre Träume mit in den Schlaf. Bussi Ursula.* Das sollte ich auch, dachte sich Gradoneg – einmal unter allen Lipizzanern der Spanischen Hofreitschule durchlaufen, vielleicht habe ich dann Glück, schob er das Handy in die Hosentasche zurück.

„Hietzing!", flüsterte er schockiert. Und nicht nur wegen des Krankenhauses. Hietzing, das war noch reicher als Währing, noch schnöselhafter und mit noch mehr präpotenten SUV-Fahrern versifft. So würden hier wohl auch die Ärzte sein. Weiße Kittel, die darunter schon ihre Golfhosen anhatten.

„Na, den Klingelton kennen wir ja schon, und jetzt lernen wir uns persönlich kennen", stand auch schon ein Gott in Weiß neben ihm. Blies sich eine Strähne aus dem Gesicht und gönnte hierbei Gradoneg ein paar Speichelspritzer.

Gradoneg blieb das Herz stehen.

„Was …Was hat er …?!“, deutete er ängstlich auf eine Liege am Ende des Ganges.

„Spricht er jetzt wie der Kaiser mit mir?“, hatte sich offenbar ein besonders witziger Gott in Weiß zu ihm herabgelassen.

„Der Herr dort hinten auf der Liege!“, riss sich Gradoneg in seiner Aufregung beinahe die Kanüle aus dem Arm. „Was fehlt dem Herrn?!“

„Ach so, unser Herr Pfarrer“, lachte der Arzt, als hätte er gerade bei einem Golfspiel ins Schwarze getroffen. „Laien sagen meistens ‚Oberschenkelhalsbruch‘ dazu. Wir Mediziner sehen das etwas differenzierter und lateinischer …“

Gradoneg starrte verzweifelt zu Bruder Emanuel rüber. „Scheiße! So eine verfluchte Scheiße!“

„Na, na, na … wer wird denn gleich? Der Herr ist gut versorgt und außerdem noch im Himmel zusatzversichert. Sie machen mir da weitaus mehr Sorgen.“

„Ist er mit mir eingeliefert worden? Ich mein', zusammen, waren wir zusammen in der Rettung?“

„Ich sagte doch schon, dass ich mich jetzt lieber mit Ihnen unterhalten möchte“, blies der Arzt wieder mit einem Sprühregen eine Strähne aus seinem göttlichen Antlitz. „Abgesehen davon gibt es einen Datenschutz.“

„So ein Wahnsinn …“, zitterte Gradoneg vor Schuldgefühlen.

„Mir ist jetzt wichtig, dass wir Sie einmal stationär aufnehmen. Die CT gefällt mir nicht. Eine Schwellung und ein Schlaganfall liegen gar nicht so weit …“

Gradoneg fiel ihm in die Diagnose. „Vergessen Sie's. Ich bin bei der SVA.“

„Wie bitte …?“

„Selbstständig. Ich bin selbstständig und bei der SVA.“

„Sie sind nicht der Erste …“

„Verstehen Sie nicht! Selbstständig wie Selbstbehalt. Stationär geht nicht. Unmöglich! Außer Sie versprechen mir, dass Sie mich am letzten Tag erschießen.“

„Jetzt werden Sie doch nicht hysterisch …“

„Klar, ich kann auch beim Fenster rausspringen!“

„Ich bitte Sie!“

Gradoneg rappelte sich von der Liege auf, fummelte an der Kanüle herum. „Einen Revers! Ich will einen Revers unterschreiben!“

„Und ich will keinen unnötigen Papierkram!“

„Dann erschießen Sie mich gleich!“

„He, ganz ruhig … Alles mit der Ruhe, ja? Ich mache Ihnen einen Vorschlag …“

„Unmöglich …!“

„Und was ist mit meinem hippokratischen Eid?“, sprühte nun der Arzt schon mit seiner Galle herum. „Also, wir geben jetzt einmal die Infusion ab, und dann können Sie wieder frei denken. Völlig frei denken, kapiert? Ich hab' ohnehin zu tun … und wenn ich dann wiederkomme, machen wir die stationäre Aufnahme. Ja?“

*

Sicher war sicher. Gradoneg taumelte bis zur Einfahrtsschranke runter. Knieweich brachte er sich Schritt für

Schritt aus der Gefahrenzone. Auf so einen Selbstbehalt für einen Kreislaufkollaps würde unmittelbar ein Herzinfarkt folgen.

Unten bei der Einfahrtsschranke konnte ihm kein hippokratischer Eid was anhaben. Dort konnte er jederzeit von der Bank aufspringen und vor übereifrigen Humanisten ins Niemandsland flüchten. Sich etwas ausruhen und nachdenken, das brauchte er jetzt und keinen Zahlschein von der SVA.

Alszei ging sofort ran.

„Was ist noch passiert …?“, flüsterte Gradoneg schwach ins Handy.

„Wichtiger ist, wie's dir geht.“

„Ich hab' ihn umgebracht“, brodelte es verzweifelt aus Gradonegs Seele.

„Wie bitte?!“

„Den Pfarrer. Bruder Emanuel, ich hab' ihn umgebracht.“

„He, was redest du da? Der war bei vollem Bewusstsein, als ihn die Rettung …“

Gradonegs Schuldbewusstsein ließ sich nicht bremsen.

„Er liegt mit einem Oberschenkelhalsbruch in der Notaufnahme.“

„Na eben, sag' ich doch, er wird medizinisch versorgt.“

„Oberschenkelhalsbruch! Verstehst du?! Das endet meistens in diesem Alter mit einer Lungenembolie.“

„Mach' dir da keine Sorgen …“

„Und falls er's doch schafft, verlegen sie ihn in ein katholisches Krankenhaus. Dann geht er hundertprozentig drauf.“

„Quatsch!“

„Ein Pädophiler weniger in der Kirche. Die sind froh, dass sie ihn jetzt endgültig los sind.“

Alszei atmete tief durch.

„Bist du schon auf der Station?“

„Kapiert denn niemand auf dieser Welt, dass ich bei der SVA bin!“, schnaubte Gradoneg. Bruder Emanuels Schicksal saß ihm wirklich in den Knochen.

„Wo bist du …?“

„Bei der SVA!“

„Nicht die Versicherung. Den Ort. Ich mein’ den Ort.“

„Unten bei der Eingangsschranke vom Krankenhaus.“

Alszeis Stimme beruhigte sich.

„Gut, das passt schon. Aber du rührst dich dort nicht von der Stelle, ja? Dieser Thomas wird zwar nicht mehr in deiner Wohnung aufkreuzen, aber ich schick’ dir zur Sicherheit einen Kollegen vors Haus. Ein bisschen musst du dich aber gedulden, eine Stunde, vorher bekomm’ ich keinen Personenschutz.“

„Die Eggers, haben die gestanden?“

„Versprochen? Du rührst dich dort nicht weg!“

„Was ist jetzt mit den Eggers, haben die beiden gestanden?“

„Nein. Das sind Hologramme, zwei leere Hüllen. Aber irgendwas stimmt mit der Jungen trotzdem nicht. Das spür’ ich. Der trau’ ich zwar keine Entführung oder einen Mord zu, aber die krieg’ ich. Die lügt mehr, als sie raucht. Stinkt wie ihre Zigaretten.“

„Und die anderen Hausbewohner, ist denen bei den Eggers was aufgefallen?“

„Nur dass die Alte spinnt. Und die Junge ist der reinste Unschuldsengel: einkaufen, Sozialamt und Mama versorgen, aufopfernder geht's nicht. Bei der ist Mutter Theresa in die Lehre gegangen."

„Blöd ..."

Gradoneg sah gedankenverloren zum beginnenden Nachthimmel hoch. Gerne wäre er mit den Vögeln oben in ein Nest geflogen. Einmal in einem sicheren Nest sein, dachte er sich – in einer warmen, dicken Decke eingehüllt sein und schlafen. Tief und fest schlafen, ohne Angst und Schuld ..., streiften sein Blick und seine Sehnsucht über den Himmel. Meinte, die ersten Sterne schon glitzern zu sehen.

„Bist du noch dran?", fragte Alszei besorgt. „Der schafft's schon. Priester sind zäh."

„Oh Gott!", flüsterte Gradoneg aufgeregt. „Wie konnte ich das übersehen?"

„Was?"

Nicht Sterne glitzerten am Himmel, sondern das seltsame Licht vor seinem Kreislaufkollaps tauchte in Gradonegs Erinnerung auf. Das kurze Leuchten beim Wohnzimmertisch in der Wohnung der Eggers, bevor alle zu einem Scherenschnitt erstarrten und er auf Bruder Emanuel fiel.

„Er war dort! Und ich Trottel hab's nicht kapiert!"

„Wer war wo?"

„Dieser Thomas! Er war bei den Eggers!"

„Was?!"

„Die Sonnenbrille! Du weißt schon, diese Dubai Dreams, wegen der du beim Phantombild rumgebrüllt hast. Diese

Dubai Dreams liegen beim Wohnzimmertisch, irgendwo in einem Fach! Zwischen den Illustrierten!“

„Bist du dir sicher?!“

„Hundertprozentig! Ich schwör’s! Das war ein Bügel von den Dubai Dreams, dieses Leuchten!“

„Gut! Du bleibst beim Krankenhaus!“, überschlug sich nun auch Alszeis Stimme. „Keinen Millimeter! Du rührst dich dort keinen Millimeter weg! Bis ich einen Kollegen vor deinem Haus hab’. Ich werd’ den beiden Damen noch einen Besuch abstatten, aber diesmal bin ich nicht so höflich …“

„Du denkst, dieser Thomas ist immer noch hinter mir her?!“

„Keinen Millimeter! Hörst du?! Bis ich den Kollegen vor deinem Haus hab’!“

Fünfundzwanzig

Bad und Vorzimmer rochen nach Danchlor, die Wohnküche nach einer halben Flasche Emsal, deren Inhalt wie Morgentau über dem künstlichen Parkett dampfte. In seiner Angst wurde Gradoneg zur Putzhyäne, streifte unaufhörlich mit Bodenfetzen und Wischlappen durch die Wohnung und fiel gnadenlos über den Lurch und Staub der letzten Wochen her. Putzen war für ihn in dieser Situation allemal erträglicher, als ständig und voll Panik das Licht abzudrehen, verstohlen durch den Vorhangschlitz zu schauen und unten die Autos und Passanten auf der Kreuzgasse zu inspizieren. Er wirbelte wie ein Verrückter den Staub in der Wohnung auf und hoffte, seine Ängste würden sich dadurch legen.

Und von diesen gab es jede Menge in seinen Gedanken: Den Priester mit dem Oberschenkelhalsbruch, dessen Krankendecke in Gradonegs Fantasie immer höher rutschte und den gefallenen Gottesmann wie ein Leichentuch begrub; diesen „Thomas", der ihn vor der eigenen Wohnungstür erschlagen wollte, und auch sein Kreislaufkollaps führte ihm nun schmerzlich vor Augen, dass seine Gesundheit längst so zerschunden war wie Gerda Eggers Hände.

Gehetzt und verzweifelt stopfte er das Leintuch mit den Blut- und Durchfallflecken in die Waschmaschine, die Jeans und das T-Shirt dazu. Ins Fach für den Weichspüler goss er Danchlor. Egal dass es Sonntag und nach 21.00 Uhr war, Gradoneg stellte das Programm auf Kochwäsche und drückte den Knopf. Wer hatte ihm denn am Vormittag im Stiegenhaus geholfen, als er blutüberströmt auf den kalten Fliesen um sein Leben kämpfte? Niemand! Kein Wunder, dass er die Flecken im Stiegenhaus seinen freundlichen Mitbewohnern überließ, ihnen das Blut und den Durchfall gönnte. Der Zorn auf die Hausbewohner lenkte ihn ein wenig ab, auch Ursulas neuer Staubwedel mit den Straußenfedern aus biologischer Tierhaltung sorgte für einen sauberen Fernseher und ein paar ruhige Minuten.

Wie gewöhnlich hob Alszei sein Handy nicht ab, auch auf die SMS gab es keine Antwort. Dabei wollte Gradoneg nur wissen, ob der Typ da unten vorm Fenster auf der anderen Straßenseite der angekündigte Schutzengel sei. *Ist es der silbergraue Peugeot?*, tippte er mehrmals in sein Handy. Ein kurzes „Ja" hätte ihm vollends gereicht. Gut, Alszei wollte mit Sabine Egger Schlitten fahren und sich nicht über Automarken unterhalten. Das war zwar für Gradoneg unangenehm, aber endlich einmal nachvollziehbar.

Er wollte dem vermeintlichen Schutzengel unten im Auto einen Drink spendieren, prostete diesem mit einem Weinglas am offenen Fenster mehrmals zu, seine Einladung wurde jedoch mit keinem Flügelschlag goutiert.

Stimmte schon. Alkohol war in dieser Situation nicht gut, beinahe für den Verstand so „ätzend" wie Danchlor für die Haut.

Also schüttete er den Rest ins Waschbecken, die frisch geöffnete Weinflasche gleich hinterher. Versuchte, sich wieder auf das Putzen und Staubwischen zu konzentrieren, schob erstmals seit dem Einzug die TV-Kommode nach vorne, wunderte sich, weshalb seine Familie nicht längst von einer Staubexplosion ausgelöscht worden war.

Dann lief er abermals panisch zum Lichtschalter, wieder trieb ihn die Angst zum Fenster. *Verdammt! Wo ist der?!*, sprang ihm das Herz zum Kehlkopf hoch.

Tatsächlich! Der Typ saß nicht mehr im silbergrauen Peugeot, starrte nicht mehr durch die Windschutzscheibe, als würde er unschuldig auf jemanden warten und währenddessen die Laternen in der Kreuzgasse zählen. Was, falls Alszei wieder einmal sein Versprechen gebrochen hatte? War es nicht von Anfang an Gradonegs Befürchtung gewesen, dass der ominöse Beschützer da unten ebenso gut dieser „Thomas" sein könnte?! Groß und schlank war er ja, so wie sein Kopf über die Fahrersitzlehne ragte. Auch das Profil des Kopfes könnte hinkommen. Schlich sich da unter dem Gefieder des vermeintlichen Schutzengels nicht gar der Beelzebub zu einer neuen Katastrophe an? So musste es sein! Welcher Polizist parkte sich schon so gemütlich auf der anderen Straßenseite ein, wenn er das Haustor eines potenziellen Opfers zu observieren hatte? Eine jede Sekunde zählte in einem solchen Moment, da löste man doch keinen Sicherheitsgurt und wartete den Verkehr auf der Straße ab!

Gradoneg hielt inne, hörte nicht auf das Klopfen an der Tür. Obwohl es immer lauter wurde, der Rhythmus schon einem ungeduldigen Trommeln glich. Schob dann mit einem Ruck den Vorzimmerschrank zur Wohnungstür. Zu allem Unglück im falschen Winkel, die Schrankkante verfing sich am Türgriff,

„Was machen Sie denn da?", hörte er draußen vor der Tür eine unbekannte Männerstimme.

„Sie! Was Sie hier machen, ist die Frage!", brüllte Gradoneg. Kämpfte mit seiner Angst und dem Schrank weiter, beinahe wäre der nun auf ihn gekippt.

„Ich muss mal kurz. Leider dringend, Sie verstehen schon …", klopfte und trommelte es an der Tür ungeduldig weiter.

„Verschwinden! Das ist alles, was Sie hier müssen. Von meiner Tür verschwinden und zwar schleunigst!"

„He, ich muss wirklich dringend, bitte!"

„Was?! Was müssen Sie?!"

„Na, was muss man wohl, wenn man stundenlang im Auto sitzt?"

Noch immer bockte der Schrank wie ein Esel, ließ sich nicht gerade vor die Wohnungstür schieben. Gradoneg versuchte, sich an die Stimme von diesem Thomas im Schubertpark zu erinnern. Möglich und wieder nicht, und wie man vom Wolf und den sieben Geißlein weiß, war eine Gefahr im Leben schnell überhört.

„Dafür gibt's Kaffeehäuser …!", schrie er raus. „Vorne, gleich vorne in der Kreuzgasse ist ein Wettcafé."

„Und Sie? Was mache ich dann mit Ihnen?"

„Genau das, was Sie schon längst machen sollten! Mich in Ruhe lassen! Also! Sie gehen jetzt von meiner Tür weg und runter ins Wettcafé!"

„Personenschutz heißt Personenschutz“, räusperte sich der Fremde, „da gibt es keine Klopausen. Außer in unmittelbarer Nähe zur schützenden oder observierenden Person …“

„Die Hausmauer tut’s auch!“

„Groß. Ich muss leider groß. Ist mir selbst peinlich. Ständig Tomatengatsch aus der Pizzaschachtel schlägt einem auf den Magen. Ist ja nichts mehr als Tomatensoße auf so einer Pizza. Der Boden wird immer dünner und die Soße immer dicker. Sind ja nur noch Oblaten mit …“

„Wer hat Sie geschickt?!“

Der Typ schlug nun schon mit der Faust auf die Wohnungstür. „Verdammt noch einmal! Dann stell’ mir zumindest einen Kübel raus! Ich schaff’ es nicht bis zur Ablöse!“

„Wer hat Sie geschickt?!“

„Alszei. Godehard Alszei vom Landeskriminalamt Wien, verdammt noch einmal!“

„So viel weiß ein jeder …“

„Wattgasse! Der Alszei und ich sind vom LKA in der Wattgasse.“

„Steht bestimmt im Internet.“

„Dann ruf’ ihn an, du Klugscheißer! Aber schnell. Sag’ dem Alszei, der Bernhard Laubner steht bei dir vor der Tür.“

„Der hebt bei mir nie ab …“

„Bei mir doch auch nicht!“

„Also! Wird’s bald! Netter Versuch, aber jetzt vertschüss’ dich!“

„Du … Du …“, trat der Typ mit dem Fuß gegen die Tür. „Du bist vom Hietzinger Krankenhaus zurück. Nach einem Kreislaufkollaps bei zwei Verdächtigen. – Und einen Pfaffen hast du auch erledigt. Alszei meinte, der wird dich mehr verfolgen als der potenzielle Mörder, wegen dem ich ja hier bin."

Gradoneg sperrte die Wohnungstür auf. Sein schlechtes Gewissen drehte den Schlüssel im Schloss um.

„Wo ...?", sprang der Typ mit zusammengekniffenen Pobacken in die Wohnung.

„Dort ...", zeigte Gradoneg auf die Toilettentür an der linken Wand im Vorzimmer.

Tatsächlich war der Typ am letzten Drücker auf der Schüssel gelandet, die Geräusche ließen keinen Zweifel daran.

Gradoneg war geschockt. Die Worte von diesem Bernhard Laubner hörten sich wie eine Todesanzeige für Bruder Emanuel an.

„Was ... was hat dir Alszei über den Priester erzählt?"

„Vergiss' es ...", blubberte es aus der Toilette.

„Erzähl' schon ..."

„Jetzt mach' dir doch nicht wegen einem Pfaffen ins Hemd!"

„Pfarrer! Wenn schon, dann ‚Pfarrer'!", schrie Gradoneg, „und wenn sich hier schon jemand anscheißt, dann bist das du auf meinem Klo!"

Er schob Josefs kaputten Skooter zur Toilettentür, klemmte den Lenker unter die Türklinke.

„Gut, von mir aus, dann ist es eben ein Pfarrer", blubberte es auf der Toilette weiter.

„Der ... der Herr Pfarrer, ist er ...", wagte Gradoneg nicht, das entscheidende Wort auszusprechen.

„Wie bitte?"

„Tot. Ist er tot?"

„He, wir haben jetzt andere Sorgen, oder?"

„Was hat Alszei genau gesagt?"

Die Spülung rauschte.

„Spinnst du! Mach' sofort auf!", drückte Bernhard Laubner wütend die Türklinke.

„Den genauen Wortlaut! Ich will den genauen Wortlaut wissen, was Alszei zu dir gesagt hat!"

Laubner drosch mit den Fäusten gegen die Toilettentür, verpasste ihr auch einen ordentlichen Fußtritt.

„Du Trottel kannst doch nicht deinen eigenen Personenschutz einsperren!"

„Ist er tot?!"

„Leck mich!"

„Ist der Priester tot?!"

„Woher soll ich das wissen ...?!"

„Hast du doch selbst gesagt. Ich hab' den Pfarrer erledigt."

„Aufmachen! Sonst bist du gleich tot!"

„Nicht, bevor du mir die Wahrheit sagst!"

„Geh' scheißen, du Arschloch!"

„Sag's schon!"

„Du kleiner Wichser erpresst mich nicht! Hörst du! Ich hab' doch keine Ahnung. Entweder, du lässt mich jetzt sofort raus, oder der Typ soll dich ein zweites Mal erschlagen. Diesmal aber richtig! Und falls er's wieder nicht schafft, helf' ich nach!"

Die Schockwellen des Schuldbewusstseins drückten nun Gradoneg zu Boden. Zitternd setzte er sich auf den Boden, lehnte den Rücken an die Wand und atmete schwer. Seinen Beschützer in der Toilette störte das Gefangenendasein nicht mehr. „Von mir aus. Geht eh bald wieder los", murmelte Laubner.

Die ganze Katastrophe mit dem Priester spielte sich nun wieder vor Gradonegs Augen ab – wie er Bruder Emanuel den Mund aufgerissen hatte und sich hämisch über den Zungenstumpf hinten am Gaumen freute; wie er dem Gottesmann die Hose vom Leib riss und ihn ins Badezimmer zerrte, die Handschellen anlegte und sich bei den Eggers auf ihn stürzte. Es schien sogar, als hätte er beim Verlassen des Krankenhauses gesehen, wie der Arzt Bruder Emanuel die Decke über den Kopf zog. Die knochige Nase wie ein vergessener Legostein darunterlag und die dünne Decke eine Falte warf.

Dieses Bild erschien nun Gradoneg so echt, dass es einfach wahr sein musste; dass er den Tod des gefallenen Gottesmannes wohl verdrängt haben musste, als er aus dem Krankenhaus humpelte. Dass er, wie so oft in seinem Leben, der Wahrheit den Rücken zugekehrt hatte.

„Seid ihr jetzt alle endgültig verrückt geworden?!", brüllte Alszei ins Telefon.

Gradoneg brauchte einige Sekunden, um die Stimme des Kommissars wahrzunehmen.

„Ich bin mitten in einem Verhör', und ihr schreibt mir SMS, wer wen auf dem Klo einsperrt!"

„Er ist tot …", flüsterte Gradoneg apathisch.

„Wer ist schon wieder tot?!", schrie Alszei.

„Der Pfarrer, Bruder Emanuel …"

„Bei dir ist doch immer wer tot!"

„Das hast du doch selbst dem Personenschutz erzählt …“

„Einen Dreck hab’ ich denen was von einem toten Pfarrer erzählt!“

„Erledigt. Du sagtest, ich hätte Bruder Emanuel ‚erledigt‘.“

„Der war auch erledigt, aber nicht tot! Du lässt jetzt sofort unseren Mann aus deinem Klo und hörst auf herumzuspintisieren! Verstanden?!“

„Gott sei Dank!“, rappelte sich Gradoneg vom Boden auf. „Und habt ihr sie bei den Eggers gefunden, also die Sonnenbrille … die Dubai Dreams?“

„Nein …“, schrie Alszei zwar nicht mehr so wütend ins Telefon, aber seine schlechte Stimmung war unüberhörbar. „Ist auch nicht so leicht, wenn man unentwegt einen Kindergarten am Hals hat …“

„Aber …?! Die muss doch dort sein. Beim Wohnzimmertisch, in einem Fach … irgendwo zwischen den Zeitungen. Ich bin doch nicht verrückt …“

„Sei dir da einmal nicht so sicher …“

„Ich schwöre es! Ich hab’ seine Sonnenbrille dort gesehen!“

„Macht nichts. Die Sabine Egger kauf ich mir auch so. Als ich ihr sagte, ich komme nur kurz vorbei, um die Sonnenbrille für das Labor abzuholen, hat ihr Gesicht schon gestanden. Fehlen nur noch ein paar Sätze zu diesem Gesichtsausdruck. Und die kommen schon noch. Die Zigaretten hab’ ich ihr schon konfisziert. Wird schon … Außer ihr sperrt euch wieder auf dem Klo ein, und ich komm’ nicht zum Arbeiten.“

„Du denkst also auch, dass dieser Thomas dort war und was mit dem Verschwinden von der Hildegard Gratschel zu tun hat …?“

„Alles der Reihe nach. In der Wohnung dürfte er gewesen sein. Zuzutrauen wär's ihm …“

„Nur wie und wo haben sie die Gratschel gefangen gehalten? Und der Bruder Emanuel muss ja auch wo gewe…“

„Ich will jetzt verdammt noch einmal weiterarbeiten! Versteht ihr das?!“, legte Alszei auf.

*

Die Kinder schliefen schon, schrieb ihm Ursula vom Biobauernhof. Bei den Pferden wüsste man das nie so genau, die könnten auch im Stehen dösen. Und so absurd es sich anhöre: Seit die Kleinen wegen der schönen Träume unter den Pferden durchliefen, seien sie ausgeglichener. „K. U.“, also „Kuss Ursula“, verabschiedete sie sich.

Wie gerne hätte Gradoneg in dieser Nacht die Träume seiner Familie mit ins Bett genommen. Bei seinem schriftlichen Gutenachtkuss an Ursula stellte er sich vor, wie sie alle … Hemma, Josef und Ursula … auf riesigen Stelzen vor ihm standen und ihre Träume auf ihn niederrieselten.

Seinen Personenschutz, Bernhard Laubner, hatte er freilich nach dem Scharmützel aus der Toilette befreit. Kochte ihm sogar einen Kamillentee und gab ihm Zwieback zum Eintunken dazu. Durchfall ist der „Wasserfall des Menschen", mit dem man schnell in eine schwere Krankheit stürzt, belehrte er seinen Schutzengel. Trinken, trinken, trinken …

Laubner gewährte Gradoneg wiederum einen Blick auf seine nigelnagelneue Glock 19, mit der er im Notfall Teilmantel-Flachkopfgeschosse für Gradoneg abfeuern würde.

„Die sind toll …", meinte der Kriminalbeamte stolz. „Die Glocks sponsern auch den Tiergarten Schönbrunn."

Seltsam …, dachte sich Gradoneg bei der Verabschiedung seines Schutzengels … *Mit diesen Dingern werden Millionen Menschen erschossen und Käfige und Gehege für Tiere gesponsert. Und alle sind glücklich …*

Die Waschmaschine beendete den Schleudervorgang. Das Danchlor hatte den Schriftzug auf seinem T-Shirt getilgt. Aber „Let's go coconuts" passte ohnehin nicht zu diesem Sommer.

Erschöpft schob er die Matratze zum Fenster, vergewisserte sich mit einem amikalen Winker, ob Bernhard Laubner und seine Glock 19 mit den Teilmantel-Flachkopfgeschossen im silbergrauen Peugeot auf dem Posten seien. Ja. Laubner blähte seine Backen auf, nickte dankbar, der Zwieback schmeckte ihm.

*

„Ein verkappter Theologiestudent …" Alszeis Stimme hörte sich aufgekratzt an, mit einem Hauch von Euphorie, welche ihm Gradoneg nicht zugetraut hätte.

„Ihr habt ihn?!“, war Gradoneg wieder putzmunter, als hätte jemand mit der Glock seine Müdigkeit erschossen.

„Ist wie in der Bibel mit den Bäumen und den guten und schlechten Früchten …“

„Bitte, Godehard, erzähl' mir jetzt bloß keine von deinen Weisheitsgeschichten. Ich sitze hier auf Nadeln …“

„Ein guter Baum bringt gute Früchte, aber ein fauler Baum bringt schlechte Früchte. Ich glaub', das heißt sogar ‚arge Früchte‘. Muss da einmal genau nachlesen …“

„Echt, du! Mich interessiert kein Baum, sondern dieser Thomas.“

„Jedenfalls hat mir einmal ein Theologe von der Uni gesagt, auf den Menschen gemünzt ist das eigentlich ziemlich brutal … Eine gute Tat, also ‚gut‘ im Sinne einer spirituellen Reinheit, kann demnach nur von einem guten Menschen ausgehen. Während ein sogenannter ‚schlechter Mensch‘ nichts Gutes bewirken kann. So viele Taten kann er gar nicht setzen, als dass dabei was Gutes …“

„He! Habt ihr ihn jetzt, ja oder nein?!“, verlor Gradoneg die Geduld. „Kannst du bitte die Bibel zuschlagen und mit mir endlich Tacheles reden?!“

„Gregor Hormaier. Thomas ist natürlich falsch, er heißt Gregor Hormaier.“

„Sehr gut. Gott sei Dank!“

„Die kleine Egger hat nicht durchgehalten und nach zehn Minuten gesungen. Rauchern geht immer die Luft aus. Gibt nichts Leichteres bei einem Verhör als Süchtler …“

„Wo haben sie die Gratschel gefangen gehalten?“, zündete sich Gradoneg eine Zigarette an.

„Die Eggers sind unschuldig. Das glaube ich der Tochter aufs Wort. Dieser Gregor Hormaier hat auf eigene Faust gehandelt. Da bin ich mir sicher. Die Sabine Egger kannte den gar nicht so richtig. War eher eine Zufallsbekanntschaft … Sie hat ihm vielleicht ein paarmal schöne Augen gemacht … Kino, Eis essen, Händchenhalten im Park, aber mehr war da nicht."

„Geh, geh …! Eis essen! Die ist ganz andere Portionen gewohnt! Ich war ja selbst in der Pornohütte unter ihrer Wohnung dabei …"

„Dieser Gregor Hormaier war jedenfalls platonisch unterwegs. Der hat zwar brav den Einkaufskorb getragen, aber nie die wirklich spannenden Früchte gepflückt. Das glaub' ich, zwischen denen war nichts … Glaub' mir … Das ist ein verkappter Theologiestudent … und noch dazu ein verkappter Romeo. Hormaier hat das im Alleingang durchgezogen. Retten. Er wollte die beiden Eggers retten. Die Alte vorm Teufel und seine angebetete Sabine vor einem Leben in der Hölle. Das hat er dann vor zweieinhalb Jahren im Alleingang durchgezogen. Die Hildegard Gratschel entführt und gehofft, dass sich alles ändert, sich für die Eggers und ihn der Himmel öffnet und der liebe Gott alles wiedergutmacht. Er hat sich zurückgezogen und gehofft. Ist der Sabine in den letzten beiden Jahren nur noch sporadisch über den Weg gelaufen. Zufällig. Alle paar Monate ein harmloser Plausch, und das war's. Gut, wahrscheinlich hat er sie gestalkt, aber sie hat nichts bemerkt. Und heute ist er dann plötzlich bei ihr aufgetaucht und wollte sich verabschieden. Da hat er dann der Sabine Egger alles erzählt, dass er die Gratschel entführt hätte. Aber leider nichts Näheres, nur die Entführung und seine Liebe hat er ihr gestanden."

„Und du glaubst denen dieses Märchen …"

„Ja, hab' ich dreimal getestet. Für eine Zigarette sagen Kettenraucher sogar die Wahrheit. Und die Sabine Egger hätte sowieso nichts zu verlieren. Ein schlimmeres Gefängnis als ihres bei der Mutter gibt es nicht."

Aufgeregt wie Gradoneg war, zündete er sich mit dem Zigarettenstummel gleich die nächste an.

„Und was sagt dieser Gregor Hormaier dazu? Die haben sich bestens abgesprochen, nicht wahr?"

„Jetzt läuft einmal die Fahndung."

„Wie bitte?!"

„Der kommt nicht weit."

Gradoneg verschluckte sich am Rauch, hustete. „Ihr habt den noch gar nicht eingebuchtet?!" Schon wieder hatte er bei einem wichtigen Gespräch nicht aufgepasst, mehr an seinen Gegenargumenten im Kopf gebastelt, als dass er dem Gesprächsfaden gefolgt wäre. Und wer wie Gradoneg einem wichtigen Gesprächsfaden nicht folgt, hält mitunter eine Zündschnur in der Hand.

„Dieser Wahnsinnige läuft frei herum, und ihr lasst euch von seiner Tussi einlullen?!"

„Hormaier will nichts mehr von dir."

„Scheiße!"

„Der hat schon sein Paket abgeliefert …"

„Ach ja! Dieses Arschloch hätte mich beinahe umgebracht!"

„Jetzt sei nicht so pan…"

„Mir spritzt das Blut aus dem Schädel, und du sagst, der will nichts von mir!“

„Langsam, Matthias …“

„War doch so!“

„Der Bernhard Laubner steht ja unten vor der Tür …“

„Der kämpft mit seinem Durchfall! Bis der seine Hose oben hat, bin ich tot! Da hilft die beste Glock nichts! Die könnt ihr dem Tiergarten Schönbrunn spenden und mich gleich mit … als Futter!“

„Hörst du mir jetzt bitte …“

„Der lässt zwei Menschen verschwinden, und ich …“

„Du hörst mir jetzt sofort zu! Ja?!“

„Ich …“

„Halt die Klappe!“

Das wirkte. Außerdem saugte Gradoneg bei seiner Zigarette bereits am Filter und verbrannte sich die Lippen.

„Nochmals, Matthias …“, holte Alszei Luft. „Du hast vom Gregor Hormaier nichts mehr zu befürchten. Wirklich nicht. Ich lass’ auch unseren Mann bei dir, und ich schick’ später eine Ablöse.“

Dass er die letzte Weinflasche im Abfluss versenkt hatte, verzieh sich Gradoneg so wenig wie Alszei dessen beschwichtigendes Gerede. Wen interessierte schon eine „Packerltheorie“, wenn der blutrünstige Bote noch frei herumlief?

Nach ein paar nervösen Ehrenrunden durch die Wohnung, zig Absperrkontrollen an der Wohnungstür rückte Gradoneg die Matratze zum Fenster.

Alles Winken half nichts, selbst die dramatischsten Gesten nicht – Bernhard Laubner war nicht aus dem Peugeot zu bekommen. Er plusterte nur immer wieder seine Backen auf und nickte dabei dankend für den Zwieback. War schon hochintelligent von Gradoneg, dass er mit seinem Schutzengel nicht die Telefonnummern ausgetauscht hatte.

Er klemmte noch den robustesten Küchensessel unter den Griff der Küchentür und legte sich dann doch auf die Matratze.

Für die Nacht war Gradonegs Fantasie generell nicht geschaffen, für diese schon gar nicht. Unten vorm Haus würde längst kübelweise Blut aus Bernhard Laubners Peugeot tropfen, wälzte er sich auf der Matratze, sah im Geiste, wie der Kopf seines Schutzengels regungslos auf der Sitzlehne ruhte; Hunderte Schatten huschten über den Gehsteig, rein ins Haus, rauf zu Gradonegs Wohnung. Mit spitzen Krallen gleich Springmessern …

Blödsinn!, rieb er sich immer wieder die Trugbilder aus den Augen. Aber seine Angst starrte weiter in die Nacht, lauschte angespannt, ob auf der Kreuzgasse ein Auto hielt, sich verdächtige Schritte in die Stille drängten – ob es ein Rauschen gab, welches nicht der Kastanienbaum mit seinen großen Blättern verströmte … und ob auch wirklich kein Blut und rote Engelsfeder vom Mond auf die Erde fielen.

Ja, wie gerne wäre Gradoneg nun ein träumendes Pferd gewesen; ein Pferd, dessen sanfte Träume sich sogar Kinder wünschten. Endlich einmal ein Lebewesen ohne Angst zu sein!

Sechsundzwanzig

Und Gradonegs Wunsch erfüllte sich!

Schon am nächsten Morgen! Frischer und ruhiger war er seit Monaten nicht mehr aufgestanden. Als alter Gaul war er noch in der Nacht vorm Fenster eingenickt und auf die Matratze gekippt – als Fohlen sprang er nun in den Tag. Selbst den Finanzminister und Generaldirektor der SVA hätte er zum Frühstück eingeladen, kein böses Wort hätte er verloren, ihnen keinen Tropfen Danchlor in den Kaffee geträufelt.

Kein Mörder, kein Priester, keine zerfleischten Beine und zerschundenen Hände, keine Kettenraucherin und kein dubioser Kommissar, kein Nazimaler und keine geschlachteten Hunde … allesamt hatten sie sich in dieser sonderbar befreienden Nacht verloren. Nichts und niemand beschwerte an diesem Morgen sein Leben, all seine Ängste hatten sich aufgelöst, leicht und strahlend wie das Morgenlicht schwebte er dem Tag entgegen.

Flüchtig sah er zum Fenster hinunter, wo der silbergraue Peugeot nicht mehr parkte. Wahrscheinlich hatte man ihm einen anderen Schutzengel geschickt, vielleicht hatten sie diesen Gregor Hormaier bereits festgenommen. Doch das interessierte ihn plötzlich nicht mehr.

Alszei? Nein, selbst den wollte er nicht anrufen. Ja, ein völlig anderer Gradoneg war da erwacht; einer, der im

Sonnenaufgang den Schatz des Lebens glänzen sah und im kommenden Abendrot kein Blut witterte.

Als wäre er sein eigener Zwillingsbruder von einem anderen Planeten, hüpfte er voll Lebensfreude durch die Wohnung. Ein völlig fremder und doch so naher Gradoneg – einer, der soeben als lebendiges Beispiel der physikalischen Chaostheorie entsprungen war, wonach ja jeder Mensch in unendlich viele Universen zerstreut sei, ein jedes „Ich“ unendlich viele „Ichs“ und Leben hätte; ein jeder Mensch unendlich oft in den Weiten der Galaxien existieren würde, ohne sich seiner eigentlichen Pluralität jemals gewahr zu werden. Und all diese Gradonegs und Alszeis, ihre Ursulas und Sonjas, diese Eggers und Pellitschs, die Gratschels und Bruder Emanuels seien voneinander so unerreichbar weit entfernt, dass sie sich nie treffen und darum immer einzigartig fühlen würden. Einzigartig in ihrem Fühlen und Handeln, in ihrem Glück und Unglück, in ihrer Freude und Angst … unendlich viele Sternschnuppen, die mit ihrem Traum nach Einzigartigkeit das Weltall erleuchteten.

Ein solcher „Gradoneg“ war nun wohl in der Kreuzgasse im 18. Wiener Bezirk zu Besuch. Ein „Gradoneg“ aus einer anderen, viel, viel glücklicheren Galaxie, der seinen schicksalsgeschlagenen Zwillingsbruder endlich für ein paar Stunden ablöste.

Und weil dieser „Gradoneg“ nun einmal wusste, dass es unendlich viele Hildegard Gratschels gab, die irgendwo auch glücklich lebten wie generell alle Unglücksraben dieser Welt irgendwo als Glückskinder existierten, weil er die Relativität des Glücks und Unglücks in den Weiten des Alls plötzlich spürte, kümmerte er sich nicht mehr um den Mord im Schubertpark.

*

„Was ist denn mit dir passiert?", war auch Ursula schon nach den ersten Sätzen am Telefon Gradonegs Wandlung nicht entgangen.

„Ich liebe dich einfach ...", lachte welcher Gradoneg auch immer. „Das Leben ist einfach unendlich schön, und du bist wunderbar."

„So oft hast du mir noch nie gesagt, dass du mich ... magst."

„Lieben! Ich lieb' dich. Ich bin nämlich auch heute Nacht unter einem schlafenden Pferd durchgelaufen und hab' von dir geträumt."

„Schön ...", freute sich Ursula. „Und noch schöner wär's, wenn wir's gemeinsam hier im Waldviertel täten. Schade, dass du so viel Arbeit hast."

„Ich versuch's, vielleicht schaffe ich ja schon morgen einen Sprung rauf zu euch."

„Ja, bitte! Mach' das."

Gradonegs Herz wieherte vor Freude, das war wieder seine Ursula.

„Aber vorher könnten wir doch schon gemeinsam spazieren gehen", lachte er, „du weißt schon, so einen Handyspaziergang wie in den guten alten Zeiten."

„Oh ja, das machen wir. Versprochen? Gleich heute."

„Unbedingt. Passt bei dir so gegen 15.00 Uhr?"

„Immer. Wenn du anrufst, passt's immer."

Ein „Handyspaziergang"? Dieses romantische Relikt stammte aus den Anfängen ihrer Liebe, als es noch so richtig zwischen Ursula und Gradoneg gefunkt hatte. Damals unternahmen sie beinahe jeden Tag einen solchen „Handyspaziergang". Egal, wie weit sie auch voneinander getrennt waren, wer wo gerade war, sie riefen sich zu einer vereinbarten Uhrzeit an, schilderten sich ihre jeweilige Umgebung und spazierten glücklich los.

Und endlich tauchte nun vor seinem inneren Auge wieder einmal ein schönes Bild auf: Er stellte sich nun vor, wie er Ursula noch an diesem Tag im Waldviertel überraschen würde; wie er auf dem Pferdebauernhof um Punkt 15.00 Uhr ums Stalleck lugen würde, seine Ursula anrief und dann wie ein Prinz auf einem weißen Pferd auf sie zuritt, ihr das Handy aus der Hand nahm und sie küssen würde. Ja, Gradonegs Zwillingsbruder aus dem All schien vom Kitsch beseelt, aber er schien ebenso ein Glücksritter zu sein, und das zählte in diesem Moment. Noch galt es aber, für welchen Glücksritter-Gradoneg auch immer, einen Schatten der vergangenen Tage aufzuspießen, etwas sehr Wichtiges und Unaufschiebbares in Wien zu erledigen.

*

Bestens, alles lief bestens: Zehn, höchstens fünfzehn Minuten wartete Gradoneg, dann kam schon jemand aus dem Haus. Dass die Türmechanik alt und nicht mehr die Schnellste war, kam ihm auch entgegen. Musste ja niemand mitfilmen, wie er dieses große Ding ins Haus schleppte.

Müllraum, Kellertür, Innenhof, jede Ecke im Stiegenhaus … alles gefährliche Fallstricke. Was, falls seine Zielperson mit einem Mistkübel im Haus unterwegs war, just in diesem wichtigen Moment was aus dem Keller holte? Oder sie war womöglich gar nicht zu Hause, dann wäre seine Mission völlig zum Scheitern verurteilt.

Nein, daran wollte er nicht denken!

Hastig klebte er sich den Hansaplaststreifen über den Mund. Den „Classic“ zum Selbstabschneiden, gleich fünf Zentimeter breit und doppelt so lang. Falls mit dem Pflaster was schiefginge, hatte er noch zwei Reservestreifen in seiner Hosentasche. Denn er fürchtete, dass er im entscheidenden Moment so sehr sabbern würde, dass sich das Pflaster vom Mund lösen könnte.

Leider vergaß er, das alles entscheidende Wort spiegelverkehrt auf das Pflaster zu schreiben. Das fiel ihm erst jetzt auf. Egal, es leuchtete groß genug, war auch spiegelverkehrt gut lesbar. Auch dieses Riesending in seiner Hand hatte er unterschätzt. War gar nicht so einfach, sich damit das Pflaster auf den Mund zu kleben. Und auf den Boden legen wollte er es nicht, keinesfalls, Schmutz und Staub hatten darauf nichts zu suchen. Zu breit. Das Pflaster war eindeutig zu breit, verstellte wie eine piksende Gartenhecke seine Nasenlöcher, fast bekam er keine Luft mehr, aber da musste er nun durch. Wichtig war ja, dass ihm bloß kein eigenes Wort durch das Hansaplast entwich und stattdessen der Schriftzug auf dem Pflaster für ihn sprach.

Und was für ein Glücksritter er an diesem Tag war!

Sonja öffnete bereits nach dem ersten Läuten.

Und wie überrascht sie war, als Gradonegs Gesicht mit dem Pflaster auf dem Mund hinter dem riesigen Blumenstrauß auftauchte!

Alle drei Blumenkübel hatte er beim Billa im Franz-Josefs-Bahnhof gekauft, als er sich dort die Bahnkarte ins Waldviertel besorgte. Nelken, Rosen und die letzten niederländischen Tulpen, die sich um diese Jahreszeit noch nach Österreich verirrt hatten. Ein schriller Blütenchor in allen möglichen Farbtönen … rot und weiß, orange und gelb, violett und blau … und dahinter Gradoneg mit seiner spiegelverkehrten „ENTSCHULDIGUNG“ auf dem Mund. Endlich einmal das richtige Wort!

Sonja war noch sprachloser als Gradoneg. Las dessen Wunsch von den Lippen ab, nahm den Blumenstrauß entgegen und schien mit ihren Gefühlen in diesem Blütenmeer unterzugehen.

Gut, dass Gradoneg sein loses Mundwerk verklebt hatte. Spätestens jetzt wäre der Damm seiner Zurückhaltung gebrochen, wären ihm fürchterliche Blödsinnigkeiten aus dem Mund getrieft. Sonjas ganze Dankbarkeit und Schönheit wären seinen Worthülsen zum Opfer gefallen. Ja, Shakespeare hätte er zitieren können – und dennoch wäre ein jedes Wort zu laut, zu oberflächlich, viel zu plump gewesen; es gab für Sonjas Schönheit und Freudentränen einfach kein Wort … nur Schweigen und Stille unter dem Baum der menschlichen Achtsamkeit.

Natürlich wollte Gradoneg diesen einzigartigen Moment möglichst lange genießen.

Aber wie lange durfte er Sonja so betrachten, und wann wäre der richtige Augenblick zu gehen?, fragte er sich. Wann würde seine aufrichtige Entschuldigung in eine selbstgerechte Eitelkeit umkippen? Und weil er keine Antwort darauf wusste, drehte er sich um und lief zum Haustor hinunter.

*

Was für ein wunderbarer Tag, was für ein perfektes Timing! Bis zum Zug nach Krems hatte er noch über eine Stunde Zeit, dann würde er die Donau entlangzuckeln, hiernach mit einem Bus in die sattgrünen, dunklen Wälder des Waldviertels eintauchen. Gewiss würde Ursula sich ebenso wie Sonja freuen, diese sogar mit ihrer Liebe überstrahlen. Er sah sich wieder ihr das Handy vom Ohr nehmen, wie er im Spiegel ihrer überraschten Augen lachte und mit ihr losspazierte.

Zuvor aber gönnte er sich einen Kaffee, nicht im McCafé am Franz-Josefs-Bahnhof, nein, an einem solchen Lotto-Sechser-Tag sollte es eine stilvollere Verschnaufpause sein: ein verlängerter Brauner mit einer Linzerschnitte im Schanigarten gegenüber.

*

„Wo brennt's denn …?", fragte Gradoneg Alszei amüsiert, da der Kommissar schon seit Minuten für ein Wetterleuchten auf dem Handydisplay sorgte.

„Verdammt, wir brauchen dich! Dringend!", brüllte Alszei.

Wie ein Krächzer im hintersten Winkel der entferntesten Galaxie fühlte sich dieser Brüller für Gradoneg an.

„Hab' leider keine Zeit!"

„Wo bist du?!"

„Im Waldviertel, hab' ich dir doch geschrieben."

„Red' nicht so einen Blödsinn!"

„Also hört ihr doch mein Handy ab?", amüsierte sich Gradoneg.

Eine Diskussion, die Alszei offenbar nicht führen wollte.

„Kapierst du?! Wir brauchen dich sofort!"

„So geht's zum Glück auch meiner Frau …"

„Jetzt gleich! Wo zum Teufel steckst du?! Er will dich sehen, sonst springt er!"

„Wer …?"

„Der Gregor Hormaier. Er ist auf das Dach vom Krankenhaus Nord geflüchtet. Droht uns mit Selbstmord, falls du nicht kommst."

Gradoneg blieb die Spucke weg. „Was …?"

„Also, wo steckst du jetzt?!"

„Beim Franz-Josefs-Bahnhof, gegenüber im Schanigarten. Ich fahr' in ein paar Minuten zu meiner Frau und den Ki…"

„Ich schick' die Kollegen vom Bahnhof!"

*

Krankenhaus Nord. Mehr war von den Polizisten auch nicht zu erfahren, die Gradoneg mit Blaulicht aus dem Schanigarten entführt hatten. Mit ihm einen halsbrecherischen Elchtest in einem VW Touran unternahmen, halb Wien mit ihrer Sirene beschallten und mit einer Bestzeit ins Guinnessbuch der Rekorde rasen wollten.

Da half es Gradoneg nichts, dass er seinen Rucksack mit den drei Unterhosen, der Jeans und den beiden T-Shirts im Schanigarten vergessen hatte. Selbst beim Geständnis der Zechprellerei stieg der uniformierte Verkehrsrowdy nur noch mehr aufs Gas. Und die Frage, ob vielleicht die Republik Österreich den verlängerten Braunen und die nur halb gegessene Linzerschnitte bezahlen würde, hätte er sich ohnehin sparen können. Außerdem hing er da schon wegen des abrupten Bremsmanövers vorm Krankenhaus im Sicherheitsgurt.

„Gehen Sie weiter! Das ist nur ein Übungseinsatz", schrie dort ein junger Feuerwehrmann seine „Fake News" hinter dem Absperrgitter. Hielt ein Schild mit der Aufschrift ÜBUNGSEINSATZ hoch, brüllte Richtung Brünner Straße: „Habt ihr kein Gaspedal?!", und schwenkte genervt sein Schild, als wollte er damit den Autostau wie einen lästigen Schwarm Mücken vertreiben.

„Weiter! Weiter!", schrie er. „Hier gibt's nichts zu gaffen!" Warf genervt das Schild gegen die Absperrung und rief zu seinen Feuerwehrkollegen: „Weiß hier jemand, was

‚weitergehen' auf Türkisch oder in sonst einer Tschuschensprache heißt?!"

Sogar die Taxler quietschten sich vorm Krankenhaus Nord ein, unterdrückten ihren ansonsten unheilbaren Hupreflex und versuchten, sich durch die Absperrgitter ein Bild des Schauspiels zu machen: Polizisten pressten ihre Funkgeräte fest an die Ohrmuscheln, Feuerwehrmänner mit Sprungtüchern stolperten die Fassade des Hauptgebäudes entlang, gleich mehrere Gruppen spannten lebensrettende Planen auf. Starrten zur Dachkante hoch, riefen: „Dort ist er!", und schleppten die Sprungtücher weiter.

„Hinten! Hinten! Er haut auf die Rückseite ab!", liefen sie ums Eck. Folgten dabei wohl mehr ihrem Bauchgefühl, denn Gregor Hormaier war eigentlich von unten nicht zu sehen. Jedenfalls nicht für Gradoneg, den jetzt seine Blaulichtentführer grob durch einen schmalen Spalt beim Absperrgitter schoben.

Rechts vor einer kleinen Glastür löste sich Godehard Alszei aus einer Gruppe, offenbar Kripomänner in Zivil.

„Herr Gradoneg!", ruderte Alszei mit seinen Armen: „Schnell! Hierher! Kommen Sie, Herr Gradoneg!"

Alszeis Stimme klang nervös, mit dem „Sie" schwang schon die Angst vor einem Disziplinarverfahren mit.

Gradoneg, der Lebensretter in spe, lief nicht nur in Alszeis gestresst fuchtelnde Arme, sondern ebenso in einen Steinschlag mit Vorwürfen der Kripobeamten:

„Ist das Kaffeekränzchen endlich beendet?!"

„Wir wollten schon den Papst einfliegen!"

„Auf dem Sozialamt sind Sie wahrscheinlich pünktlicher …!"

„Ja, Herr Bürgermeister …“, deutete ein Beamter angespannt auf sein Funkgerät, fuchtelte und zischte ein „Ruhe!“ … „Ja, Herr Bürgermeister, selbstverständlich haben wir alles unter Kontrolle … Über fünfzig Feuerwehrleute mit acht Sprungtüchern … Ja, direkt vor Ort … Nein, alles lückenlos geschlossen … Das versichere ich Ihnen, Herr Bürgermeister … Nein, die Lücke gibt es gar nicht, in die hier jemand springen könnte … So ist es, Herr Bürgermeister, ein Selbstmord ist völlig ausgeschlossen … Ja, auch mit Anlauf, Herr Bürgermeister …“

Nur logisch, dass der Wiener Bürgermeister ums Krankenhaus Nord fürchtete. Diese einstige Müllhalde war jahrelang das Grab der Wiener Politik, hatte Steuergelder so mysteriös verschluckt wie das Bermudadreieck Flugzeuge. Und jetzt, als der große Bauskandal sich endlich mit einem Hauptgebäude und mehren Nebentrakten in einem matten Oliv und getönten Glasfronten entfaltet hatte, jetzt, als das Steuergeld ein Gesicht oder zumindest eine erträgliche Fratze hatte – jetzt wollte es ausgerechnet ein Verbrecher mit seinem Selbstmord besudeln.

„Sie folgen ausschließlich unseren Anweisungen!“, sah Alszei Gradoneg mit einem Stecknadelblick in die Augen.

Keine Frage, dort oben am Dach wartete nicht nur ein suizidgefährdeter Ikarus auf sein Schicksal, nein, dort flatterte ebenso Alszeis berufliche Zukunft im Wind. Der schlaue ‚Friedhof‘ schien kein Schlupfloch mehr zu haben; selbst wenn dieser Gregor Hormaier nicht vom Dach springen sollte, Alszei kam nach dieser Aktion bestimmt auf dem Boden der Tatsachen an. Das wusste und spürte der Kommissar, das stand ihm jetzt schon mit Schweißperlen auf die Stirn geschrieben. Zu viele Kripobeamte, Polizisten und Feuerwehrmänner standen hier herum.

„Ich sagte Ihnen schon am Telefon, dass ich keinen Gregor Hormaier kenne!“, versuchte es Gradoneg dennoch, indem er Alszei voll Wut anherrschte. „Geht man so mit unbescholtenen Bürgern und Steuerzahlern um?!“

„Sie, beruhigen Sie sich und folgen Sie unseren Anweisungen“, spielte Alszei in dieser Posse mit, packte Gradoneg am Arm und zog ihn in den Eingang.

„Hände weg!“, schrie Gradoneg. „Sind Sie sicher, dass Sie überhaupt von der Polizei und nicht von der SVA sind?! Dort wird man auch so herumgestoßen!“

Immer mehr Uniformen tummelten sich mit den beiden im engen Flur.

Ein Testosterondurcheinander mit dem Farbenspiel der Macht – blaue, schwarze, rote, graue Jacken rieben sich aneinander.

Enger und enger, hektischer und hektischer, angespannter und angespannter wurde es, sogar die schmale Treppe – wahrscheinlich ein exklusiver Notausgang für die zukünftige Krankenhausdirektion – füllte sich mit aufgeregten Männern.

„Lassen Sie das!“, schrie Gradoneg einen Polizisten an, der an Gradonegs T-Shirt herumfummelte.

„Vorschrift ist Vorschrift“, grapschte der weiter, zog das T-Shirt bis über Gradonegs Brustwarzen hoch.

„Was soll die Scheiße?!“

„Wir brauchen da oben jede Information …“, klebte nun der Grapscher Wanzen und Drähte auf Gradonegs Brust.

„Sind Sie verrückt?!", riss Gradoneg sein T-Shirt nach unten, sprang mit dem Fuß auf die Wanze, die am Boden kullerte. „Der bringt mich um, wenn er diesen Scheiß entdeckt!"

„Die Schutzweste … Dann nehmen Sie zumindest eine Schutzweste", tauchte ein anderer Polizist mit einem blauen Gilet auf, das eher den Flair einer Anglerweste als Sicherheit verströmte. „Seien Sie vernünftig, es geht hier um Ihre Sicherheit."

„Verkauft mich nicht für blöd!", schrie Gradoneg. „Dieses Ding ist doch genauso verwanzt!"

„Einsatz! Der springt gleich!", purzelte eine Hiobsbotschaft die Treppe runter.

„Los!", stieß Alszei Gradoneg die Treppe hoch. Ein ganzer Tross an Kripobeamten, Polizisten und Feuerwehrmännern folgte ihnen.

„Eine Feuerwehruniform! Ich brauch' eine Feuerwehruniform in seiner Größe!", schnaufte Gradoneg schon nach ein paar Stufen.

„Was …?", stieß ihn Alszei weiter.

„In England. In England machen sie das so … Bei Selbstmördern …", keuchte Gradoneg, „dort geben sie Selbstmördern eine Feuerwehruniform, damit sie dann unbemerkt verschwinden können. Mit den anderen Feuerwehrmännern …"

„Das ist ein Mörder, Sie Trottel", zischte ein Kripobeamter.

„Sie beruhigen ihn und warten auf unseren Einsatz!", gab Alszei oben seine Anweisungen. „Sie setzen keine eigenmächtigen Handlungen, verstanden?!"

„Ist er bewaffnet?!“, kam Gradoneg wie immer der wichtigste Gedanke erst am Ende.

„Sie halten sich von ihm fern und zeigen ihm ihre geöffneten Hände …“

„Der Typ ist also bewaffnet, oder?! Nein! Ich mach’ das nicht! Ich hab’ zwei kleine Kinder …“

„Wir sind ja in einem Krankenhaus …“, outete sich nun sogar ein Spaßvogel im uniformierten Tross.

Die Uniformierten wussten nicht, wie sie Gradoneg durch den Schacht zur Lichtklappe hochbringen sollten. Die Leiter hing gut zwei Meter über dem Boden. Als ein kräftiger Feuerwehrmann seine Hände zu einer Räuberleiter verband, schrie Gradoneg bloß, er sei nicht schwindelfrei. „Es passiert Ihnen nichts, versprochen. Wir werden uns auch für Ihre Hilfe erkenntlich zeigen“, musste Alszei mehrmals insistieren, bis sich Gradoneg doch noch auf eine Schulter heben ließ, sich an der Leiter festhielt und den Schacht zur Lichtklappe hochkletterte.

*

„Mach’ den Deckel zu!!!“, brüllte Gregor Hormaier.

„Der Deckel! Nur wir beide! Sonst spring‘ ich!“ Er hatte seine Brille, die Dubai Dreams, auf, allerdings weitaus weniger Sonnencreme im Gesicht.

Die hat er sich nach uns bei den Eggers wiedergeholt, so eine Chuzpe!, blendete Gradoneg die Sonne. Auf allen vieren kroch er erschrocken um die geöffnete Lichtklappe.

Fast wäre er in den Schacht gekippt, als er die gewölbte Plastikabdeckung zu schließen versuchte.

„Scheiße! Du verdammtes Arschloch!", brüllte Gregor Hormaier plötzlich. „Ich bring' dich um, du verlogener Bastard!"

Gerade als Gradoneg die Abdeckung runterzog, wurde eine Feuerwehrjacke durch die Luke geworfen.

„Du beschissener Verräter!", tobte Hormaier, lief wie auf glühenden Kohlen über das Flachdach. „Ich hab' dir vertraut, du Arschloch! Vertraut!"

Gradoneg folgte Alszeis Rat und hielt seine Hände mit gespreizten Fingern in die Höhe. Stand dabei sogar auf Zehenspitzen, als wolle er den Himmel berühren, auf die eine Wolke flüchten, die gerade über dem Krankenhaus Nord schwebte und sich nicht für das seltsame Schauspiel da unten interessierte.

„Ist nur zu deiner Sicherheit, ehrlich ...", stammelte Gradoneg, „du ... du ... brauchst dir nur die Jacke anzuziehen, und niemand erkennt dich mehr."

„Spinnst du?! Was redest du da für einen Scheiß daher?!", funkelte ihn Hormaier an.

„In England machen sie's so. Für die Selbst...", schluckte Gradoneg, „... so ... so kannst du dein Gesicht wahren."

„Ich soll mein Gesicht wahren ...?!"

„Ja."

„Bist du schon wieder besoffen?!"

„Nein, nein ... Die machen das wirklich so."

„Und im Gefängnis bin ich dann der Brandschutzmeister, oder was?"

„Glaub' mir, es ist nicht so schlimm. Du hast ja die Gratschel gar nicht umgebracht. Das war ein Nazi … Und der Pfarrer … Der Pfarrer … lebt ja noch."

Hormaier deutete auf die Feuerwehrjacke. „Schmeiß das verdammte Ding her!"

„Siehst du, alles halb so schlimm …", warf Gradoneg die Uniformjacke zu Hormaier rüber. „Wenn schon, dann hast du der Gratschel ein paar Jahre Gefängnis erspart. Das war sowieso keine Gute."

Hormaier griff sich das Kleidungsstück vom Boden und durchwühlte die Taschen. Fuchsteufelswild hielt er einen Abhörchip in die Höhe, den er in einer der Uniformtaschen gefunden hatte.

„Was ist das da, du Arschloch?!"

Obwohl ihn die Sonne blendete, er unentwegt blinzelte, sah Gradoneg instinktiv ein Unglück am Himmel aufleuchten. „Ich … ich …"

„Du Oberschlauer willst mich reinlegen!"

„Nein … glaub' mir … das … das …"

„Zieh' dich aus!"

„Wie bitte?"

„Deine Scheißklamotten! Du bist doch verwanzt!"

„Nein, ich …"

„Ausziehen!"

„Das … das kannst du doch nicht machen …"

Gradoneg schlüpfte aus seinem T-Shirt, ließ die Jeans runter, sogar auf die Socken und Unterhose bestand Hormaier. Befahl dann dem nackten Elend auf dem Dach, die Kleidungsstücke weit von sich zu legen. Bei jedem Schritt brannten Gradoneg die Füße von den heißen Steinplatten, und als Hormaier dann die Jeans mitsamt dem Handy und Wohnungsschlüssel, das T-Shirt, die Socken und Turnschuhe und sogar die Unterhose in weitem Bogen vom Dach hinunterschleuderte, brannte Gradoneg natürlich auch das Herz. So als wäre seine ganze Scham vom Abgrund verschluckt worden, fühlte er sich.

„Damit du nicht so nackt bist", warf ihm Hormaier mit einem breiten Grinser die Sonnenbrille, die Dubai Dreams, vor die Füße. „Nimm sie schon! Ist ein Abschiedgeschenk."

„He, komm … wir gehen jetzt da runter und bringen die Geschichte wieder in Ordnung", bückte sich Gradoneg nach der Sonnenbrille. Diesem Ding mit den zerquetschten goldenen Schnecken an den Bügeln, das er sich immer gewünscht hatte.

„Jetzt kannst du dein Gesicht wahren", lachte Hormaier hysterisch auf. Lief zur Dachkante, beugte sich schwindelerregend nach vorne: „Dieser Feuerwehrclown da unten mit dem Schild … Was steht da drauf?"

„Übungseinsatz."

„Was …?"

„Übungseinsatz, wegen der Schaulustigen."

„Einweihung!", schrie Hormaier in die Tiefe. „Schreibt da sofort ‚Einweihung' drauf! Ich weih' heute euer verdammtes Krankenhaus ein!"

Drehte sich dann wieder zu Gradoneg um: „Wo würdest du runterspringen?"

Gradoneg hockte sich auf die Lichtschachtabdeckung, dachte kurz an die dummen Gesichter und überraschten Augen der Polizisten und Kripobeamten unter dem durchsichtigen Plastik. Setzte sich schließlich die Sonnenbrille auf, lachte hysterisch: „Dubai Dreams! Ich wollte auf Urlaub fahren … und … und jetzt sitze ich mit den ‚Dubai Dreams' da. Pudelnackt am FKK-Strand vom Krankenhaus Nord."

„Klar bist du besoffen."

„Das Leben … das Leben ist besoffen, und wir müssen uns ständig übergeben."

Hormaier sah ihn verwirrt an. „Echt du, lass' die Flaschen und dreh' lieber einmal einen Wasserhahn auf."

„Ist doch so, die Erde ist gar nicht rund – das ist eine riesengroße Schnapsflasche zum Kotzen."

„Also, wo würdest du runterspringen?"

„Nirgends. Wär' mir überall zu viel Beton. Das Leben soll springen und uns endlich in Ruhe lassen …"

„Trottel!"

„Du bist ein Trottel, wenn du dich umbringst."

Hormaier schwieg, kam dann einen Schritt näher. „Die Sabine hat damit nichts zu tun, kapiert?"

„Schau an, die kleine Egger hinter der Rauchwolke. Deshalb zitierst du mich her. Du brauchst einen Fürsprecher für die Sabine Egger, damit du dich aus dem Staub machen kannst."

„He, die Sabine hat absolut nichts damit zu tun! Unschuldig! Die ist völlig unschuldig!"

„Klar, die weiß von nichts, und du verlegst deine Brille bei ihr", kam sich Gradoneg nicht mehr ganz so nackt vor, sah bei Hormaier den Lack der Überlegenheit abblättern.

„Ich war's! Ganz allein! Ich hab' die Gratschel und den Pfaffen entführt! Die Sabine hatte keinen Schimmer davon."

Instinktiv spürte Gradoneg, wie er nun vorgehen musste und Hormaier vom Dach bekommen könnte.

„Vergiss es, ich spiel' nicht deinen Anwalt. Das sagst du den Bullen schön selbst."

„Schau mich an!", stand Hormaier nur noch ein paar Meter von Gradoneg entfernt: „Ihr lasst eure verdammten Wichsgriffel von der Sabine! Kapiert?! Die weiß nichts! Kein Wort! Rein gar nichts! Ich schwör's!"

„Na ja …"

„Die Sabine hat mich ja nicht einmal wiedererkannt", schwang nun Selbstmitleid in seiner Stimme mit. „Nach dem Essen … Die Sabine hat nach dem Essen gefragt, als ich mich gestern bei ihr verabschiedet habe. Die hat mich für einen Lieferservice gehalten! Verstehst du?! ‚Essen auf Rädern' für ihre Mutter! Ein Jahr war ich weg, und sie hat mich nicht mehr erkannt. ‚Hallo Sabine, sag' ich', und sie fragt mich, warum das Essen für ihre Mutter so früh kommt …"

„Siehst du, genau so beginnst du unten deine Geschichte … Ist ja schon ein guter Einstieg für das Gespräch mit der Polizei."

„Du! Du sagst es denen! Mir glauben die kein Wort."

„Und mir schon gar nicht."

„Lasst sie in Ruhe, ja! Die Sabine liegt schon in einem Grab und krepiert dort mit ihrer Mutter."

„Falls dir deine Sabine …"

„Sie ist nicht meine Sabine!"

„Falls dir die Sabine schon so am Herzen liegt, dann musst du sie schon selbst retten. Diesmal aber wirklich … und nicht so wie bei euren verunglückten Entführungen."

„He! Spinnst du?! Was redest du da?!"

„Über eure verunglückten Entführungen. Die Kripo nimmt nämlich der Sabine nicht ab, dass du's alleine warst."

Hormaier baute sich mit seinem Zorn bedrohlich nahe vor Gradoneg auf.

„Halt's Maul! Halt sofort dein dreckiges Maul!"

„Ich sag' nur, was die sich da unten denken. Wenn du dich jetzt umbringst und nicht stellst, fühlen sich die Bullen noch mehr in ihrer Annahme bestätigt."

Hormaier stampfte mit dem Fuß auf, lief entschlossen Richtung Dachkante.

„Weg da, hörst du!", sprang Gradoneg von der Abdeckung auf. „Bevor dein Schädel auf dem Asphalt zerplatzt, brichst du der Sabine das Genick. Das kommt bei diesem Blödsinn raus. Du brichst der Sabine das Genick, und sie hat keine Chance auf ein faires Verfahren."

„Ich wünschte, es gäbe Gott …", beugte sich Hormaier über die Dachkante, noch weiter als zuvor. „Dann könnt' ich ihm jetzt gleich die Augen auskratzen. Dafür, dass er uns erfunden hat. Diese ganze menschliche Katastrophe …"

„Wenn er schon an allem schuld ist, dann auch an der Liebe. Das muss man ihm fairerweise zugestehen."

„Wir sind nichts als ein missglückter Entwurf von ihm. Ein dilettantischer Plan in einer seiner verstaubten Schubladen. Eine Sehnsucht, die er längst vergessen hat."

Für einen ehemaligen Theologiestudenten klingt der wie eine Nietzsche-Reinkarnation, dachte sich Gradoneg.

„Wie … wie habt ihr die Hildegard Gratschel überhaupt gefunden?“, fragte Gradoneg.

Hormaier brüllte aus Leibeskräften.

„Ich! Ich war's, verdammt noch einmal! Ich allein!“

„Die Kripo war da völlig chancenlos. Mehr als hundertmal ‚Teufel‘ hat die Mutter von der Sabine Egger nicht von sich gegeben … Ich mein', wie bist du eigentlich auf diese Hildegard Gratschel gekommen?“

„Am Kutschkermarkt! Damals … Ich hab' dort die Sabine und ihre Mutter beim Einkaufen getroffen. So getan, als würd' ich dort was besorgen. Und plötzlich schreit ihre Mutter auf und fällt auf die Knie … mitten auf dem Markt … Die Leute schütteln den Kopf und stolpern fast über sie, aber sie kniet nur da, schreit und betet: ‚Gegrüßet seist du, Maria … Ich … ich hab' mich dann umgesehen … Alle waren schockiert, aber beim Bio-Stand hat eine Alte hämisch gegrinst. Diese Hexe schaut seelenruhig die Frau Egger an und lacht sie aus … Lacht sie nur aus, obwohl die betet und weint. Endlich! Wir haben sie, Sabine, sag' ich dann … Endlich haben wir sie, und deine Mutter wird wieder gesund.“

Hormaier setzte sich erschöpft auf den Boden, die Hitze der Steinplatten schien ihm nichts auszumachen.

„Und was habt ihr … also du, was hast du dann gemacht?“

„Scheiße! So eine verdammte Scheiße! Einmal im Leben triffst du einen Menschen, einen richtigen Menschen …“, redete Hormaier mehr mit sich als mit Gradoneg. „Was wollte ich denn schon groß? Einmal mit einem anderen Menschen gemeinsam durch die Scheiße waten, mehr Sinn gibt's sowieso nicht auf dieser Welt. Gemeinsam die ganze Scheiße ausbaden und alt werden …"

„Die Sabine, hat sie sich gefreut? Ich mein', wie hat die Sabine auf die Gratschel reagiert?"

Hormaier schwieg.

„Die muss sich doch gefreut haben", ließ Gradoneg nicht locker. „Immerhin konnte sie endlich den Teufel loswerden …"

„‚Schleich dich! Schleich' dich', hat sie mich angeschrien …", glänzten Hormaiers nasse Augen im Sonnenlicht. „Dabei hätten wir's geschafft. Bestimmt. Ihre Mutter wäre gesund geworden, und die Sabine hätte einen Job gefunden … ‚Schleich' dich, ich bring' dir nur Unglück' … hat sie mich dort angeschrien. Und die Hexe lacht … Immer lauter … lauter als die Frau Egger betet … ‚Schleich' dich!', hat mich die Sabine nur angeschrien und ihre Mutter vom Markt weggeschleppt."

„Und du? Bist du dann der Hildegard Gratschel nachgegangen, ja?"

Gregor Hormaier wischte sich die Tränen aus den Augen.

„Bis zu ihrem Gemeindebau in die Czartoryskigasse, so war's doch?", insistierte Gradoneg.

„Hörst du?! Die Sabine ist unschuldig! Lasst sie in Frieden!"

„Die Gratschel … hat sie was zugegeben? Dass sie gemeinsam mit dem Bruder Emanuel die Frau Egger als Kind missbraucht hat? Hat sie dir das erzählt? Ich mein' dass es wirklich um die Frau Egger ging? Mir hat ja so ein

Mitbruder von diesem Bruder Emanuel ganz was anderes aufgetischt …“, stockte Gradoneg fast schon zu spät. Dachte sich endlich, dass es der falsche Moment wäre, Gregor Hormaier auf seinen fatalen Irrtum hinzuweisen. Dass sich die Egger und Gratschel womöglich gar nicht gekannt hatten. Die Gratschel zwar in ihrem Leben ein erbärmlicher Teufel gewesen war, aber nie ihre Klauen nach Gerda Egger ausgestreckt und diese missbraucht hatte. Alles nur ein fataler Irrtum gewesen sei. Ein Irrtum, der schließlich im Schubertpark auf einer Babyschaukel endete. – Eine teuflische Verstrickung, in welcher sich Gregor Hormaier verfangen hatte. Ja, vielleicht hatte Gerda Egger gar nie in ihrem Leben Hildegard Gratschel getroffen, außer eben in diesem schicksalhaften Moment vor über zwei Jahren am Währinger Kutschkermarkt. Und vielleicht hatte Gerda Egger selbst in diesen schicksalhaften Sekunden Hildegard Gratschel weder erkannt noch gesehen, sich möglicherweise vor einem ganz anderen Menschen auf dem Markt gefürchtet – und es war bloß Gregor Hormaiers Trugschluss, der späterhin all die Katastrophen auslöste. Nichts als ein Irrtum und Zufall, und doch die pure Grausamkeit des Lebens.

„Ich hätte mich gleich am Kutschkermarkt aufhängen sollen“, erhob sich Hormaier vom Boden.

„Falls dir die Gratschel die Geschichte gestanden hat, warum hast du dann nicht die Polizei gerufen?“

„Was hätte das denn gebracht?! Nichts! Der Gratschel wär’ ein Dreck passiert!“, kam Hormaier näher, als wollte er Gradoneg für dessen naive Frage bestrafen: „Ist doch alles verjährt! Keinen Tag wär’ die ins Gefängnis gekommen! Nicht einmal vors Gericht. Und der Frau Egger hätte sowieso niemand geglaubt. Die ist ja verrückt! Unheilbar! Angstpsychosen! Kapierst du das nicht?! Einem Elefanten glaubt man mehr als einem Menschen! Ein Elefant darf sich an jeden Fußtritt erinnern, sein ganzes Leben lang … Aber ein Mensch nicht an seine Peiniger! Der ist dann verrückt und kommt in die Klapsmühle! Hauptsache, ein Elefant darf sich erinnern! Was für ein kluges Tier!", stand er nun direkt vor Gradoneg und klatschte wie ein Verrückter in die Hände. „Super! Super! Toll, wie intelligent so ein Elefant ist! Super! Echt geil! Scheiß' auf die Menschen! Die Elefanten sind wichtig!"

Der dreht jetzt endgültig durch, dachte sich Gradoneg ängstlich. *Ich muss da endlich vom Dach runter, bevor der mich mitnimmt.*

Hormaier beruhigte sich schließlich etwas, hörte zumindest mit dem Klatschen auf.

Gradoneg vernahm unter seinem Gesäß ein leichtes Klopfen auf die Plastikabdeckung, meinte sogar ein leises „Alles in Ordnung?" zu hören. Er kratzte mit seinen Nägeln über die Abdeckung. Verzweifelt suchte er nach einer Strategie. Sollte er Hormaiers Psyche einen brutalen Hieb versetzen oder diesen mit vielen Sticheleien erschöpfen?

„Der neue Schrank in der Wohnung von der Hildegard Gratschel", fand er wieder seine Stimme. „Den haben wir bei den Nachmietern noch gefunden. Ein nagelneuer Schrank kurz vor ihrem Tod … Kein noch so wahnsinniger Mensch stellt sich einen neuen Schrank in dieses Altwarengerümpel. Ihr habt damit eine Leiche in die …“

„Ich! Ich, verdammt noch einmal! Zum letzten Mal! Zieh’ noch einmal die Sabine mit rein, und ich breche dir alle Knochen!“

„Nein! Ihr! Mehrzahl! Ihr!“, entschied sich Gradoneg für den brutalen Hieb. „Ihr beide! Du und die Sabine! Ihr habt es gemeinsam getan! Du konntest das unmöglich alleine durchziehen. Unmöglich! Den Schrank mit einer Leiche hochschleppen, die Gratschel betäuben und die dann wieder in ihrem alten Schrank entführen. Und dann die Gratschel über zwei Jahre irgendwo in einem Keller versorgen …“

Wütend kam Hormaier näher. „Halt deine Schnauze!“

„Ach ja, ich weiß aber noch viel mehr über euch, über die Sabine und dich …“, sprang Gradoneg von der Abdeckung auf.

„Hörst du?! Schnauze! Oder ich polier gleich den Boden mit deiner verlogenen Fresse!“

„Wir haben es nämlich herausgefunden. Pech gehabt. Wir wissen es längst. Was für ein Zufall … Rein zufällig fällt auch noch der Tod von Sabines Tante in diese Zeit …“, bluffte Gradoneg. „Und das Alter von der lieben Tante passte ideal zu dem von der Gratschel. Die Tante! Ihr habt die Tante von der Sabine in diesem neuen Schrank hinaufgeschleppt und dann die Gratschel entführt. Du und die Sabine!“

Hormaier sah ihn irritiert an. „Spinnst du?!“

„Eine bessere Gelegenheit gab es für euch nicht. Du spionierst die Gratschel aus, und die Tante von der Sabine stirbt. Zwei Fliegen auf einen Schlag für das Pärchen vom Pornokino. Dort hast du ja die Sabine kennengelernt bei einem eurer Gangbangs …“

„Du dreckiges Arschloch!!!“, stürzte sich Hormaier auf Gradoneg. Ohrfeigte ihm die Dubai Dreams vom Kopf, warf ihn zu Boden, trat auf ihn ein. „Verdammte Sau! Du verdammte Sau!“

„Blöd gelaufen … dann ist es für euch blöd gelaufen“, krümmte sich Gradoneg unter Hormaiers Schlägen, bluffte aber weiter. „Die Gratschel hatte keine Verwandten … Bei der war für die Sabine und dich nichts zu holen. Da sprang nichts raus bei eurer Erpressung. Aber immerhin, die Gratschel erzählt von diesem Bruder Emanuel … Also holt ihr euch auch noch den. Die Kirche hat jede Menge Geld. Das weiß jeder Depp. Die Kirche könnt ihr erpressen …“

„Ich bring’ dich um!!!“

„Aber die Kirche hat nicht mitgespielt. Und ihr musstet die Gratschel und den Bruder Emanuel irgendwo wieder loswerden. Die hatten sich ja nicht für euch rentiert. Also habt ihr die Gratschel unten auf der Währinger Straße vor einem Geschäft abgestellt und mir dann den Pfarrer untergejubelt …“

„Nein!“, brüllte Hormaier, trat auf Gradoneg ein. „Lügen! Alles Lügen! Ich war’s! Ich und der Direktor vom Altersheim! Ich hab’ den Direktor vom Altersheim erpresst! Sonst niemanden! Den hab’ ich erpresst! Alleine! Ich ganz alleine!“

„Klar! Der unbekannte Dritte! Wenn’s eng wird, taucht immer ein unbekannter Dritter auf“, schrie Gradoneg vor

Schmerzen. Hoffte sehnsüchtig, dass sich endlich die Abdeckung vom Lichtschacht öffnen würde.

„Ich schwör's. Ich hab' diesen Erbschleicher erpresst! Ich bin dem dort bei meinem Zivildienst draufgekommen, wie er die Testamente von den Insassen fälscht und sich ein Vermögen erschleicht. Ein beschissener Erbschleicher! Deshalb musste er die Gratschel nehmen … und die hat ihm dann was von diesem Pfaffen erzählt. Ich hab' ja von dem gar keine Ahnung gehabt. Das hat sich dieses Direktorenarschloch mit der Alten ausgedacht!"

„Ach ja, und dann hat er die beiden an die frische Luft gesetzt?! Einfach so …"

„Krebs! Das Arschloch hat Krebs. Dem sind seine Schweinereien wurscht. Der kratzt sowie ab. Der hat nur gelacht und gesagt, ich soll meine Leichen abholen, sonst schickt er mir gleich die Polizei."

„Krebs! Du und die Sabine habt höchstens Krebs …"

„Ich bring' dich um!", sprang Hormaier auf Gradoneg, packte ihn an der Gurgel, schlug dessen Kopf gegen die Steinplatten. „Ich bring' dich um!"

„Nein! Hilfe!", krümmte sich Gradoneg wie ein Wurm auf glühenden Kohlen.

„Hilfe! Verdammt, wo bleibt ihr?! Hilfe!"

„Zugriff!", hob sich endlich die Abdeckung vom Lichtschacht.

„Das ist die Wahrheit! Aber die interessiert euch ja nicht!", ließ Gregor Hormaier von Gradoneg ab, hetzte zur Dachkante.

Immer mehr Uniformen sprudelten wie Öl aus der Luke, Schritte und Schreie überfluteten das Dach.

„Stopp!“, „Dorthin!“, „Stehen bleiben!“, „Nicht schießen!“ … wurden immer mehr Wortsalven auf dem Dach abgefeuert.

Nach links und nach rechts, nach vorne und nach hinten … das ganze große Viereck hetzte Hormaier wie ein verwundetes Tier die Dachkanten entlang.

„Arschlöcher!“

„Stehen bleiben!“

„Verbrecher!“

„Hände hoch!“

Ein Stakkato der Angst und Verzweiflung, ein panisches Stimmengewirr, über dem sich nun ein mächtiger Donner, ein allerletzter Schrei, entlud, ein Gelächter des Wahnsinns.

„Niemand interessiert sich für die Wahrheit!“, stürzte sich Gregor Hormaier in die Tiefe.

*

„Die Brille … Er hat mir seine Brille geschenkt“, flüsterte Gradoneg in die Stille, die sich nun weiter als der Himmel über dem Dach des Krankenhauses ausgebreitet hatte.

Nackt stand er dort am Dach, hob die Sonnenbrille, die Dubai Dreams, auf.

Seine Schürfwunden bluteten.

Alle schwiegen.

Der Schrei und der dumpfe Knall waren stärker als jedes Wort. Niemand wagte einen Blick in die Tiefe. Jeder ahnte, dass ihn ein solcher Blick viel tiefer führen würde als die zwanzig, fünfundzwanzig Meter runter zum Vorplatz. Zum Tod, direkt zum Tod würde dieser Blick führen. So betrachtet, waren sie dort oben am Dach alle nackt.

Alszei reichte Gradoneg seine Jacke.

*

Seltsam, wie belanglos das Leben für Gradoneg plötzlich wurde. Wie jeder Lebenssinn in Hormaiers Todesschrei unterging.

Falls Gradoneg beim Runterklettern über die Leiter und dann im Stiegenhaus überhaupt noch ein Gefühl hatte, dann war es jenes einer unendlichen Belanglosigkeit. Jeder Atemzug, jeder Gedanke, jedes Ziel, alles nur ein Ausdruck der Belanglosigkeit des Lebens, und selbst diese Belanglosigkeit wäre wiederum völlig belanglos, dachte er sich. Alle und alles, das ganze Geschehen rund um ihn, erschien ihm nur noch belanglos. Der uniformierte Tross, der ihn die Treppen runtergeleitete, war ein belangloser Rattenschwanz. Als man ihn unten im schmalen Flur auf einen Rettungssessel setzte und seine Schürfwunden versorgte, fühlte sich das Desinfektionsmittel weder angenehm noch unangenehm an, es brannte nicht und kühlte auch nicht seine Wunden. Eben eine belanglose Flüssigkeit, auf den belanglosen Wunden eines belanglosen Körpers. Und als man ihm dann den Schlüssel, die Turnschuhe und das Handy von seinem Josef aushändigte, ihm erzählte, diese Gegenstände seien wie durch ein Wunder „unversehrt“ geblieben und auf einem Sprungtuch gelandet – ja, die Polizistin sagte „unversehrt“ und stotterte sich erst dann zu einem „Unbeschädigt“ durch – als man ihm diese unbeschädigten Gegenstände reichte, waren es für Gradoneg auch nur irgendwelche belanglosen Stücke. Dass seine Jeans und das T-Shirt irrtümlich in ein Labor geschickt worden waren, empfand er ebenso als eine belanglose Nachricht. Nein, die zu lange Feuerwehrhose und das zu weite Hemd störten ihn nicht – waren doch belanglos!

Alles völlig belanglos. Selbst Alszeis Fragen erschienen ihm nur noch belanglos. Wer neben Alszei stand, Gradoneg gerade ein Diktiergerät vor die Nase hielt, vielleicht damit das Disziplinarverfahren gegen den Kommissar aufnahm, erschien ihm freilich auch belanglos. Kurz wollte er gegenüber den Kriminalpolizisten seine Vermutung äußern, dass vielleicht sogar dieser Bruder Emanuel unschuldig sei, der arme Gottesmann womöglich tatsächlich die Schandtaten der Hildegard Gratschel verhindern hatte wollen und darum ihr letztes Opfer gewesen sein könnte – nein, Gradoneg schwieg besser, er wollte niemanden mit einer Belanglosigkeit belästigen. Er öffnete zwar seinen Mund, aber jeder Gedanke, jedes Wort erschien ihm viel zu belanglos. Dass die ganze Geschichte im Schubertpark nichts als eine unglückliche Verkettung an Zufällen gewesen sei, Gregor Hormaier bloß dem verlogenen Sirenenruf eines gehässigen Schicksals gefolgt wäre, wie eben alle Menschen nur einem verlogenen Sirenenruf in die Welt der Illusion folgen würden – auch dies war für Gradoneg völlig belanglos und keiner Rede wert. Die Tote, der Nazi, die Eggers, der Priester, Alszei und der geschäftige Kriporattenschwanz rings um ihm – alle belanglos! Völlig belanglos! Zufälle im verlogenen Sirenengeheul des Lebens!

Er müsste nicht nach Hause gebracht werden, meinte er dann schließlich zu den Polizisten. Immerhin hätten diese nun Wichtigeres zu tun. „Wichtigeres zu tun", log er und wusste, dass es auf dieser Welt nichts Wichtiges, sondern nur Belangloses gab.

*

Und doch! Zum Glück gab es noch etwas Wichtiges für Gradoneg. Etwas, das sich über die Macht der Belanglosigkeit erhob, Hormaiers Wahnsinn übertönte und den schlimmen Fall in die Tiefen der Empathielosigkeit abfederte.

„Na! Bis du bereit?"

„Für was …?"

„Für unseren Spaziergang. Ist ja schon drei vorbei …", freute sich Ursula am Handy.

„Unser Spaziergang …? Ja, unser Spaziergang. Gerne. Ja, den machen wir jetzt, schön …"

„Welchen Platz hast du dir ausgesucht?"

Gradoneg sah sich verwirrt um. So langsam, wie er nun einen ersten Schritt aus dem fauligen Meer der Belanglosigkeit an den Strand des Lebens setzte, so langsam musste er sich in den letzten Minuten vom Krankenhaus Nord entfernt haben. Gerade einmal die Schnellbahnstation lag hinter ihm.

„Auf … auf der Brünner Straße", orientierte er sich.

„Was?! Auf der Brünner Straße?!", lachte Ursula.

„Ja …"

„Wie kommst du denn dorthin?"

„Ein Kunde."

„Wie romantisch …"

„Floridsdorf ist immer eine Reise wert …", machte sogar Gradonegs Humor wieder Fortschritte. „Und du …? Wo bist du gerade?"

„Hör' einmal …", hielt Ursula irgendwo im Waldviertel ihr Handy in die Luft. „Na? Errätst du's …?"

„Wiehernde Pferde? Du stehst im Pferdestall beim Ausmisten …"

„Nein, weiter …"

„Wart', ich drehe das Mikro lauter. Sonst höre ich nur die Blechkübeln von der Brünner Straße. Jetzt hab' ich's … Ein Sturm. Das ist ein Sturm. Du stehst irgendwo hoch oben, auf einer Waldviertler Burg."

„Gott, bist du schwerhörig!"

„Oder Wasser? Ja, Wasser. Das klingt wie meine Blase nach einem Liter Bier …"

„Gar nicht so schlecht. Ich lese es dir vor … *Gleich einer imposanten Naturterrasse entfaltet sich das Südliche Waldviertel vor seinen Besuchern …*", rezitierte Ursula möglichst pathetisch, „… *Ein Naturschauspiel guthin mit vielen, vielen sehenswerten Hauptdarstellern: so auch die Ysperklamm mit ihren Wasserfällen. Tosend und atem-*

berauschend stürzt sie sich über 300 Höhenmeter durch die 2 Kilometer lange Klamm und lädt auf Stegen und Brücken zum hautnahen Erleben ein. Hier möchte man unter einem Stein all seine Geheimnisse verbergen und täglich wiederkehren …", lachte Ursula zufrieden. „Na, was sagst du …?"

„Da kann ich allerdings mit der Brünner Straße nicht mithalten."

„Wer, glaubst du, hat das geschrieben?"

„Goethe war's jedenfalls nicht …"

„Hannes Roschinic …!"

„Was, mein Hannes?!"

„Steht zumindest im Impressum …"

„Und am Telefon ist er immer der große Schriftsteller und zukünftige Nobelpreisträger."

„Eine Broschüre hat er immerhin schon einmal geschafft."

„Und? Ist es dort wirklich so schön, in dieser … na, wie heißt diese Klamm …?"

„Ysperklamm …?"

„Klingt schon einzigartig."

„Ja, und in Wirklichkeit ist es hier noch viel schöner."

„Sag' ich doch: Der Hannes Roschinic lügt immer wie gedruckt."

„Am allerschönsten wäre es aber mit dir …"

„Das holen wir nach, versprochen."

„Und bei dir? Wie sieht's bei dir aus?"

„Lauter Tankstellen und Autohäuser. Die Alfa Romeos sind übrigens bei Weitem nicht so schnittig wie du … und die Hühnerbrust auf dem Bild vorm Gastgarten …"

„Hör' auf, sonst leg' ich dich wieder in Handschellen", genoss Ursula das Kompliment.

„Danke!", schrie nun Gradoneg seltsam glücklich ins Handy. „Danke, danke, danke …!!!"

„He, was ist denn mit dir wieder los?"

„Danke!"

„Wofür …?"

„Dass ich lebe! Dank dir lebe ich. Wir alle leben dank dir …"

„Quatsch, ich bin doch keine Heilige."

„Vielleicht doch …", wurde er ernst, aber nicht schwermütig. „Du bist nicht nur einen Kopf größer als ich, sondern … wie … wie der Eiffelturm zu einem Maulwurfshügel."

„Jetzt hörst du dich schon wie der Hannes Roschinic an."

„Ist ja so. Ich muss mich endlich ändern. Werde ich auch. Gleich heute. Ich such' mir einen neuen Job. Ich … ich bin ja schon so unecht wie diese blöden Werbesujets von meinen Kunden. Alles nur Lug und Trug, und ich gehe dabei drauf. Wir gehen dabei drauf."

„Aber …"

„Echt du, irgendwann macht es einen Knall, und das Leben war nichts als eine Werbeeinschaltung. Blöd und teuer und nichts dahinter. Das muss sich endlich ändern. Ich bin ja schon so verlogen wie die Werbung …"

„Nein, bestimmt nicht. He, wir wollten doch spazieren gehen und nicht auf eine Beerdigung …", duldete Ursula am glasklaren Wasser der Ysperklamm keine trüben Gedanken. „Komm', wir gehen jetzt gemeinsam den Wasserfall rauf. Wir sind ja noch über jeden Berg gekommen, sogar huckepack mit den Kindern."

„Du … du nimmst uns immer huckepack."

„Schluss jetzt."

„Wie diese Kröten-Mamis. Ich sitz' auf deinem Rücken, und du schleppst uns dahin."

„So was will ich nicht mehr hören. Also los jetzt …"

Und so machten sie ihren Handyspaziergang. Gingen wieder ein entscheidendes Stück weiter in ihrem gemeinsamen Leben. Sie stieg die Ysperklamm hoch; er kämpfte sich die Brünner Straße entlang, von Ampel zu Ampel. Bisweilen wurden Ursulas Naturbeschreibungen vom dunklen, kräftigen Rauschen des Wassers und dem stürmischen Wind verweht.

Er stülpte sich die zu lange Feuerwehrhose hoch, kratzte seine Beine, die unter dem dicken, rauen Stoff juckten und schwitzten … und las seinem „Eiffelturm" die *Heiße Schlachtplatte* vom *XXL Brünner Stadl* vor. Mit lauten Schmatzern, damit Ursula die imaginären Stelzen, Spareribs, Chicken Wings, Schnitzel und Frikadellen genießen konnte.

Und als dann am Gipfel der Ysperklamm die Handyverbindung ihren Geist aufgab, waren sie nicht traurig. Denn sie hatten die wichtigste Verbindung der Welt – sich beide.

Siebenundzwanzig

„Was ist denn mit dir, Josef …?“

Der Junge antwortete nicht, jedes Wort wurde sogleich von seinem Weinen verschluckt.

Gradoneg saß seit Stunden zu Hause am Küchentisch. Hatte noch immer die Feuerwehrhose an, kratzte sich unentwegt am Oberschenkel. Zumindest das Hemd hatte er ausgezogen, das lag vor ihm auf der Tischplatte, war wie eine finnische Seenlandschaft mit Schweißflecken übersät. Sobald er aufstehen und die Hose ausziehen wollte, hielten ihn seine Gedanken nieder. Der Mord an der Toten im Schubertpark würde endlich aufgeklärt werden. Ein „Knäuel“ an sinnlosen Verwechslungen, Irrtümern und Grausamkeiten, das nun auch dank Gradoneg entwirrt würde. Den einen und anderen Faden hatte er dabei gezogen, das konnte niemand abstreiten. Dennoch spürte er keine Genugtuung, schon gar keine Zufriedenheit. „Mord“ ist die sinnloseste Eskalation des Lebens, dachte sich Gradoneg.

Wie ein ekelhafter Eiterpickel zerplatzt bei einem Mord die ganze Illusion einer sinnvollen, menschlichen Existenz. Was ist da schon ein aufgeklärter Mord? Irgendwo platzte gerade der nächste Eiterpickel … und dann der nächste und nächste und nächste …

Außerdem hatte Gradoneg längst sein Vertrauen in die Exekutive verloren. Alszei würde sich aus seinem Lügengespinst befreien, diesem Gregor Hormaier noch alles Mögliche ins Totenhemd stopfen.

„Sag' schon, Josef, was ist denn passiert?", fragte Gradoneg ängstlich.

Noch immer brachte der Junge kein Wort raus.

„Die Mama! Ist die Mama von ihrem Ausflug nicht zurückgekommen?!", fürchtete Gradoneg, Ursula wäre in der Ysperklamm ein Unfall zugestoßen. Ein morscher Steg über den Fluten der Ysperklamm.

„Wo ist die Mama?!", schnellte sein Puls hoch.

„Der ruft immer an ...", fand nun der Bub doch noch die Sprache.

„Wer? Wer ruft immer an?", dachte Gradoneg an einem Rettungsdienst und noch was Schlimmeres. Ursula hatte ja immer einen Notfallzettel mit seinen Daten im Portemonnaie.

Josef weinte.

„Ganz ruhig, Josef. Wer? Wer ruft immer an?"

„Der Mann ...?", schluchzte der Bub.

„Welcher Mann?"

„Er! Er ...!", wurde das Kind schon auf sich selbst wütend, weil es solche Angst hatte.

„Hat er dir seinen Namen genannt?"

Josef musste sich irgendwo draußen bei einem Stall aufhalten, jedenfalls glaubte Gradoneg, aufgescheuchte Hühner zu hören.

Er versuchte, den Buben zu beruhigen.

„Dich ruft jemand auf meinem Handy an, ja? Ist das so, Josef?"

„Er soll damit aufhören!"

„Er meint ja mich, Josef. Bestimmt. Du brauchst dich gar nicht vor ihm zu fürchten. Sag' ihm einfach, dass ich nicht da bin."

„Hab' ich ja!", schrie Josef. „Er glaubt mir ja nicht!"

„Und? Was sagt er dann?"

„Du … du bist ein feiger Kindermörder!", brach es aus dem Buben raus.

„Ich? Meint er mich damit?"

„Ja! Du bist ein feiger Kindermörder, weil du nicht abhebst."

„Sag' diesem Verrückten, er soll damit aufhören. Oder … oder gib' ihm meine Handynummer, also deine … Du gibst ihm deine Nummer, und ich bring' das in Ordnung, versprochen."

Gradoneg überlegte, wer seinem Sohn eine solche Angst einjagte. Alszei konnte es unmöglich sein. Der wusste ja, dass Gradoneg sein Handy auf die Reise ins Waldviertel geschickt hatte und unter einer anderen Nummer zu erreichen war. Nein. Selbst wenn der Kommissar jetzt ein Disziplinarverfahren am Hals hatte und völlig durchdrehte, auf Kinder würde er nicht losgehen. Gregor Hormaier war tot, lag wahrscheinlich schon auf einem Metalltisch in der Gerichtsmedizin. Klaus Pellitsch? Höchst unwahrscheinlich. Pellitsch ging nicht auf Kinder los, das würde seinen narzisstischen Größenwahn entehren.

Kam eigentlich nur noch dieser schmierige Marketingfuzzi Franz Schnitzer infrage, dessen Göre Gradoneg gehütet hatte, während die betrogene Ehefrau zustach. Schnitzer dachte sich wohl, Gradoneg hätte ihn verraten, ihn im wahrsten Sinn des Wortes ans Messer geliefert.

„Du sagst ihm das, Josef. Ja? Nein, du gibst mir besser gleich seine Nummer, dann …"

„Die ist ja bei seinen Anrufen nicht drauf!"

„Hast du der Mama schon etwas von diesen Anrufen erzählt?"

„Nein …"

„Das passt so, Josef. Ist besser so. Die Mama ist sonst auch noch besorgt. Sag' ihr lieber nichts. Was sagt er noch, außer dass ich ein Kindermörder bin?"

„Ich leg' immer schnell auf."

„Gut. Sehr gut, Josef! Am besten, du hebst gar nicht mehr ab. Nur noch bei der Mama und bei mir … und sag' nichts der Mama …"

„Er schreit ja auch auf die Sprachbox."

„Was …?"

„Weiß ich nicht …"

„Ich … ich hör' mir das jetzt gleich an. Jetzt gleich, und du hebst nicht mehr ab. Das machen wir so, ja? Du bist doch mein großer Junge. Nein, nein … wart noch einen Moment, Josef!", fiel nun Gradoneg ein, dass er ja gar nicht das Passwort für seine Sprachbox hatte, seine Nachrichten nicht von einem fremden Handy aus abhören konnte. Lag doch die Notiz mit seinem Passwort seit einem Jahr in der Türkei, auf einem anatolischen Tomatenacker, wohin ihn ein Kunde damals für eine Bio-Exkursion eingeladen hatte. Auch wieder so eine Nachlässigkeit in seinem Leben. Gleich nach seiner Rückkehr wollte er sich darum kümmern, nun war der Zettel längst auf einem anatolischen

Bio-Acker verrottet, und Gradonegs Gedächtnis war ohnehin ein rostiges Nudelsieb.

„Wir … wir … machen das anders, Josef. Du hörst mir jetzt bitte ganz genau zu, ja? Du wählst jetzt einfach 2200, wichtig, 2200 … das merkst du dir bitte, 2200. Von meinem Handy aus kommst du ja in die Sprachbox. Und dann hörst du dir ganz genau an, was er sagt … Ist wie bei einem Aufsatz in der Schule, du hörst genau hin und schreibst es auf. Hol dir ein Heft und schreib' es ganz genau auf. Du hast doch dein Ferienheft mit, da schreibst du's auf. Immer genau hinhören, wie bei einem Schulaufsatz … Hinhören und aufschreiben, und wenn du was nicht verstehst, nochmals anhören. Und nichts der Mama sagen, auch nicht den Zettel zeigen … Du rufst mich dann gleich an, ja?"

*

„Hast du's geschafft, Josef?"

„Ja …", klang der Bub mehr als verunsichert.

„Ausgezeichnet, Josef! Lies vor. Die Mama, ist die Mama eh nicht in der Nähe?!"

„Nein …"

„Los, Josef. Schnell."

Der Bub begann zu lesen. Stotterte mehr, als er las. Wie Legosteine, die nicht recht zueinanderpassen wollten, reihten sich die Wörter aneinander.

„Du … Du … feiger Wichser …"

„Was dieser Verrückte da sagt, vergisst du dann schnell wieder, Josef."

„Ja."

„Weiter ..."

„Du feiger Wichser. Ich ... habe gewusst ... du bist ein feiger Wichser. Aber ... aber ich habe ... ich habe leider nur dich. Einen ... einen feigen Wichser ... ohne ... ohne ... Eier.

Du ... du verkri... du verkriechst dich hinter deinem eigenen ... eigenen Kind. Die ... die Ratte ... er ... erinnerst du dich ... die Ratte ... Ich ... ich bin die Ratte ... die ... die jetzt ... nur dich ... dich hat ..."

„Sehr gut, Josef!", enttarnte Gradoneg spätestens jetzt hinter dem Anrufer Klaus Pellitsch. „Schnell weiter ..."

„Aber ... aber viel... vielleicht bist du ja auch ... auch so ein Kindermörder ... Hörst du, Papa, er sagt, du bist ein Kindermörder."

„Nein, Josef. Der lügt. Das ist ein Verrückter, der lügt. Lies' bitte weiter ..."

„Vielleicht bist du ja auch ... so ein Kindermörder. Da ... da ... sind Kinder darunter. Hörst du ..."

„Ja ..."

„Das sagt der Mann ... Hörst du ..."

„Ach so, los, weiter ..."

„Hörst du ... da sind ... Kinder darunter ... Aber .., Aber ... du ... du beschissenes ... Arschloch freust ... dich ja. Bist ... bist auch dort ... wenn sie heute Nacht ... im Burgenland ... in Hendels... Hendelsdorf ... die ... die Flüchtlinge um ... umbringen ..."

„Langsam, Josef. Das ist jetzt sehr, sehr wichtig. Lies' nochmals den letzten Satz."

„Die … die Flüchtlinge umbringen …"

„Nein, den ganzen. Den ganzen Satz, Josef."

„Bist … bist auch dort, wenn sie heute Nacht im Burgen…land … in Hendelsdorf … die … die Flüchtlinge umbringen …"

„Hendelsdorf? Steht dort genau ‚Hendelsdorf', Josef?"

„Ja …"

„Gut, danke … weiter."

„Falls … nicht … du nicht … zu diesen … diesen Mördern … Mördern ge… gehörst. Bei den … den Bahn… Bahnglei…sen … neben den … den Feldern … Drau… Draußen vorm Ort … ein paar Hundert … Hundert Meter … dort fahren … fahren … diese Schweine … in … in sie rein … Ein Epilip … macht das …"

„Was …?"

„Ein … ein Epilip macht … macht das …"

„Wahrscheinlich ein Traktor …?", folgerte Gradoneg. „Weiter, Josef …"

„Heute … um drei oder … vier in der … Nacht … Praktisch … Ist praktisch … einen … einem Epilip … passiert nichts. Aber … du … du weißt das … so … wie … so. Deshalb dein … dein Handy … Du … du … miss… miss… brauchst … dein Kind … als … als Alibi. Dieser … dieser Alszei und du … ihr seid … schon … schon dort … Habe mich … mich … auch bei … bei dir ge…irrt … Du gehörst … gehörst zu denen … Falls … falls nicht … Ich … ich habe noch … ein Geschenk … für … dich … Findest … findest … du bei … bei … mir in der … Wohnung

… Die … die Hunde … bei…ßen dich ja nicht … Den … den … Schlüssel … findest du … in … in La… Laquen… teltopf … vor … der Tür … Ich … ich … muss bald … muss bald … Ma … und Ralin … füt… füttern. Falls du … falls du kein … kein feiger Wichser bist … Hole es dir … das Geschenk … und … und … denke immer … daran … du musst dir in die Augen schauen … Schaue … schaue … dir immer in die Augen … Du musst dir … immer in die Augen schauen …“

„Ja, Josef, das hab’ ich schon verstanden …“

„Er sagt das so oft …“

„Weiter …“

Aber es gab kein „Weiter“. Nur eine weitere Katastrophe für Gradoneg.

Josef …?, war im Hintergrund deutlich Ursulas Stimme zu vernehmen.

„Schnell!“, fiel Gradoneg beinahe das Handy runter. „Reiß den Zettel raus und wirf ihn weg!“

„Josef?!“, wurde Ursulas Stimme lauter. Ließ Gradoneg zusammenzucken, als stände Ursula bereits neben Josef oder gar neben ihm in der Wiener Kreuzgasse.

„Mach’ das!“, schrie er ins Handy, hätte am liebsten eine Geisterhand ins Waldviertel geschickt, damit diese die Mitschrift aus Josefs Ferienheft riss, er das Blatt zerknüllen und schlucken könne.

ACHTUNDZWANZIG

Besser, er hätte den verdorrten Lavendel aus dem Topf gehoben und dann den Schlüssel einigermaßen bequem an sich genommen. So hatte es auch Klaus Pellitsch gemacht. Aber nein, Gradoneg bohrte sich von oben nach unten durch die trockene Erde, die dürren Wurzeln piksten ihn in die Fingerkuppen, stachen ihn unter den Fingernägeln. Blind in Ursulas Nähkästchen zu greifen, wäre angenehmer gewesen.

„He?! Was ist jetzt?! Bist du jetzt das feige Arschloch?", rief er nach ein paar unbeantworteten „Hallos" im Vorzimmer. Fand dort ebenso wenig einen Lichtschalter wie auf Josefs Handy die Taschenlampenfunktion. Immer wieder knipste er das Handy an, um zumindest einen kleinen Schein zu haben, der ihn durch die Dunkelheit führte. Als hinter ihm die Tür ins Schloss fiel, blieb ihm freilich das Herz kurz stehen. Gut, das Gangfenster draußen war geöffnet, ein Luftzug und eine zufallende Tür nichts Ungewöhnliches, beruhigte er sich.

Das Fenster hatte Pellitsch wohl geöffnet, damit seinen Mitbewohnern nicht der Gestank von den Hundekadavern in der Nase stach. Denn der chemische, aber nicht unangenehme Geruch der Malfarben war nun einem fauligen, ungesunden, fast bedrohlichen Mief gewichen. Gradoneg zog sich zwar das T-Shirt über die Nase, aber seine

Angst war ohnedies größer als der erbärmliche Gestank der Welt. *Klar, der ist ohne seine geschlachteten Freunde getürmt*, dachte er sich.

„Also, wer kneift jetzt?!", rief er laut ins Wohnzimmer. „Den Psychiater für mein Kind zahlst übrigens du", tastete er sich an der kalten, feuchten Wand Richtung Zimmer. Fand noch immer keinen Lichtschalter. „Echt mutig, auf einen zehnjährigen Buben loszugehen! Alle Achtung!"

Josefs Handy glühte schon vom ständigen Aus- und Einschalten.

„Ist das dein Geschenk für mich?! Du verarschst mich jetzt so richtig, ja?! Machst meinem Kind Panik und verarschst mich mit dieser Burgenland-Geschichte. Ich dachte, die Burgenländer Witze wären schon out, oder? Gut, Nazis sollten eigentlich auch längst out sein."

Endlich fand er an der Wand beim Türrahmen zum Zimmer einen Lichtschalter. Der sogar auch funktionierte, das Wohnzimmer schwach, aber doch beleuchtete.

„Ist doch so! Eins deiner Spielchen … Wenn du schon unnötig deine Hunde verloren hast, dann sollen alle anderen den Verstand verlieren", wagte Gradoneg nicht den entscheidenden Schritt ins Zimmer. Wie auf einem frisch geteerten Gehsteig klebte er im Vorzimmer.

„Was ist jetzt, fehlen dir plötzlich die Eier?!"

Oh Gott!, wagte Gradoneg doch noch den entscheidenden Schritt ins Zimmer, sah zur Decke hoch. *Das meinte er mit: ‚Ich muss jetzt Mao und Stalin füttern'.*

Klaus Pellitsch baumelte nackt, splitternackt, zwischen den zerteilten Tierkadavern. Vor ihm auf dem Boden lag ein umgekippter Stuhl, auf dem er wohl stand, als er sich erhängt hatte. Der Käfig war leer, immerhin schien der Asiatin nichts passiert zu sein.

Und das also war das Geheimnis seines Ledermantels, oder besser gesagt, das Geheimnis, welches er darunter verbarg: Seine Brust, der Bauch – ja sogar die Oberschenkel bis runter zu den Schienbeinen waren mit Davidsternen übersät. Zwanzig, fünfundzwanzig … mehr. Manche eher Kratzer, andere wieder tief in die Haut geschnitten. Schwarze Blutkrusten, eitrige Schnitte, Narben … Dreiecke, die sich zum berühmten Hexagramm-Symbol verbanden. Wahrscheinlich hatte sich Klaus Pellitsch diese selbst zugefügt, dachte sich Gradoneg in seiner Angst, denn sein Rücken war frei von den gewaltsamen Spuren dieser Autoaggression. Seltsamerweise schockten ihn diese Davidsterne noch mehr als die Schlinge um Pellitschs Hals, die sich tief in die Haut gefressen und das blonde Lockenmeer des Malers mit Blut gefärbt hatte.

Sein Brechreiz wurde nun endgültig so stark, dass er sich von diesem Grauen abwenden musste. Und so fiel sein Blick erst jetzt auf Pellitschs „Abschiedsgeschenk".

Verrückt.

Klaus Pellitsch hatte tatsächlich vor seinem Tod noch ein Porträt von Gradoneg gemalt. Unverkennbar, das war „Matthias Frerk Gradoneg", der ihn dort von der Staffelei anstarrte. Ein Porträt im Style von Andy Warhols „Gold Marylin Monroe"! Die eher buschigen Augenbrauen Gradonegs in einem schillernden Orange, die Haare darüber in einem glänzenden Hellblau, die Lippen so türkis wie eine kitschige Südseelagune und die etwas übertriebene Stupsnase zinksilber, als würde sie zu einem Zinnsoldaten gehören.

„Kein schöner Anblick, was?", spürte Gradoneg von hinten plötzlich zwei Hände an der Gurgel, die ihm die Luft abschnitten, nach unten drückten.

Gleichzeitig erlosch das Licht im Zimmer. Der Typ ließ nicht von Gradonegs Gurgel ab, warf ihn rücklings auf den Boden, machte eine rasche Kehrtwendung und hechtete mit seinem ganzen Gewicht auf Gradoneg.

„Was machen wir mit dem Wichser …?"

„Vielleicht wünscht er sich ja noch so ein einschneidendes Erlebnis", war offenbar noch ein zweiter Typ in der Wohnung.

„Du meinst einen Schmiss?"

„Bingo!"

„Okay, schneiden wir dem kleinen Scheißer einmal seine Neugierde raus."

„Oder schächten, wär' auch nicht schlecht … Muss sowieso noch mein Messer ausprobieren", beugte sich nun der zweite Typ über Gradoneg. Dessen Hals war für jeden Hilferuf zu fest zugedrückt, die Oberarme von den Knien seines Angreifers gelähmt.

„Müssen ja nicht so kleinlich sein, Schmiss und schächten. Das geht sich schon noch locker aus …", klappte der Typ über Gradoneg ein Messer auf, setzte die Spitze an Gradonegs Wange.

Wieder und mit allerletzter Kraft versuchte sich Gradoneg zu wehren. Einem getrockneten Betonblock wäre er leichter entkommen als diesen Angreifern.

„Jetzt stell' dich doch nicht so an …", lachte der Typ mit dem Messer. „Jungfrauen sind hinterher auch glücklich." Bohrte die Messerspitze tiefer in Gradonegs Wange, führte die Klinge langsam nach unten.

Tränen schossen Gradoneg in die Augen. Hätten es Worte aus seiner zugedrückten Gurgel geschafft, er hätte die Typen um sein Leben angefleht, ihnen die Ärsche und Eier geleckt.

„Aber, aber … wer wird denn flennen! Ruhig! Bleib jetzt bloß ruhig, sonst schneide ich dir auch noch in die Zunge. Ist mir beim Letzten passiert …"

Gradoneg spürte, wie sich die Spitze immer tiefer in seine Haut bohrte, das Messer vom Jochbeinbogen bis zum Unterkiefer gezogen wurde.

„Desinfizieren ist auch nicht schlecht …", spuckte ihm der Typ über ihm auf die Wunde, drückte Gradonegs Gurgel mit einer Hand auf den Boden, verteilte mit der anderen die Spucke.

„Jetzt aber schächten …", lachte der Messertyp zufrieden.

„Das heben wir uns fürs nächste Mal auf", drückte der andere nun mit aller Kraft Gradonegs Gurgel zu, hob dessen Kopf und drosch ihn auf den Boden.

Nein, kein Schmiss! Nein!, waren Gradonegs erste Worte, als die Wohnungstür ins Schloss fiel.

Neunundzwanzig

„Ich tu' dir nicht weh, versprochen …"

„Nein! Nicht! Bitte nicht!"

„Ich schau's mir doch nur an. Nur anschauen, dann lass ich dich in Ruhe."

„Später. Nicht jetzt. Bitte, bitte nicht jetzt."

„Ich schwör's, ich mach' nichts Schlimmes …"

„Nein!"

Gradoneg wusste nicht, wohin. Für seine Panik gab es keine Adresse. Ursula vielleicht. Doch die war im Waldviertel. Beinahe hätte er auch den Taxler rauf zu ihr dirigiert, egal was es kostete. Nur, wie würde er Ursula die klaffende Wunde erklären? Dass ihm seine Wange wie ein brutal aufgerissener Vorhang vom Gesicht hing? Vor einem Haufen Kindern mit offenen Mündern und kopfschüttelnden Müttern!

Dann wollte er ins Krankenhaus, so konnte er nicht weiter durch Währing laufen. Als er keine Schritte mehr hinter sich hörte, keine Schatten mehr über ihn herfielen. *Ich verblute! Ich muss schnell ins Krankenhaus!*, dachte er sich da noch. Mit dem nächsten Taxi würde er ins Krankenhaus fahren.

Noch immer kam Blut aus der Wunde, sosehr er auch seine Handfläche daraufpresste. Ein rotes Rinnsal lief die Wange und den Hals runter. Warm, ekelhaft warm und erschreckend fremd, wie damals beim Blutspenden, als der Schlauch einen Riss hatte.

Vorsichtig tastete er mit der Zunge die Innenseite der Wange ab, ob er dort Blut oder gar ein Loch spürte. Immer panischer machte ihn der Gedanke, von nun an sein Leben lang mit einem rechtsradikalen Stigma herumlaufen zu müssen. Was, wenn sie ihm gar ein Hakenkreuz ins Gesicht geschnitten hatten? Zuzutrauen wäre es diesen Verbrechern. Noch fester presste er dann seine Hand auf die Wunde, schob mit der anderen das T-Shirt hoch, um sich das Blut vom Hals zu wischen.

„Ich kann' dich doch hier nicht verletzt herumsitzen lassen, Matthias?"

„Gleich. Ich geh' gleich wieder."

„Das meine ich ja nicht. Du brauchst Hilfe. Komm', Matthias … nur kurz …"

„Nein …!"

„Nimm' nur einmal die Hand weg. Vielleicht …"

„Nein! Bitte ruf' ihn wieder an …"

„Ich gebe dir dann eine Salbe und das Pflaster drauf, ja? Mehr mach' ich nicht, versprochen."

„Er muss doch endlich rangehen."

„Wird er ja. Bestimmt."

„Bitte ruf' ihn an."

„Ich hab' ihn doch schon fünfmal angerufen."

„Jetzt! Ruf' ihn jetzt an."

„Weißt du was, ich bringe dich ins Krankenhaus. Die helfen dir dort, und vielleicht meldet er sich ja in der Zwischenzeit."

„Ich muss mit ihm reden. Unbedingt. Ohne Lügen … Egal, ob er was getan hat. Ich will nur endlich die Wahrheit wissen."

Er überquerte bereits die Gentzgasse, als endlich ein Taxi seinen Weg, sein Martyrium, kreuzte. *Zahnschmerzen. Ein ausgeschlagener Zahn*, fiel ihm ein, und er riss den anderen Arm hoch. *Ausgeschlagene Zähne bluten fürchterlich. Der Taxler denkt bestimmt nur an einen ausgeschlagenen Zahn.*

„Steinackergasse!", hörte er sich dann aber plötzlich sagen. „Ja, nach Meidling! … Nein, nicht ins Meidlinger Unfallkrankenhaus! Ich will zur Sonja! Schnell! Bitte schnell, ich will zur Sonja!", schrie er den Taxler an.

„Glaub' mir, die Wunde ist nicht so tief", streichelte Sonja seine unverletzte Wange. „Die wollten dir einen Schock einjagen. Machen sie immer. Ich kenn' das. Vielleicht ist es nur ein Kratzer."

„Hat er dir was von einem Nazi erzählt? Einem Klaus Pellitsch? Ein Maler mit zwei Schäferhunden?"

„Er bespricht nie was Berufliches mit mir …"

„Den haben sie aufgehängt. Ein paar Minuten vor mir. Dann … dann haben sie mich …", stockte Gradoneg.

Sonja hob sanft sein Kinn.

„Denk' jetzt nicht dran. Schau', wie schön deine Blumen noch sind. So schöne Blumen hat mir noch niemand geschenkt. Teure, ja. Aber nicht mit einem Pflaster vorm Mund und so schöne …"

„Oder vom BVT? Und gefälschten Obduktionsergebnissen …? Hat er darüber einmal in deiner Gegenwart telefoniert? Dass sie Asylanten in Rumänien verschwinden lassen?"

„Ein paar von deinen Blumen lass ich stehen. Vielleicht treiben sie Wurzeln, und dann setzen wir beide sie ein."

Sonja hatte Gradonegs Blumenentschuldigung über den ganzen Raum verteilt. In Vasen, Krügen und Gläsern, sogar aus Mineralwasserflaschen lugten Tulpen, Nelken und Rosen. Die meisten ließen verwelkt ihre Köpfe hängen, nur der süße Duft im Zimmer erinnerte noch an ihre Pracht.

„Verstehst du? Ich will endlich die Wahrheit wissen. Wenn er ein Nazi ist, dann soll er es mir sagen. Die bringen mich sowieso um. Aber er soll mir sagen, ob er zu denen gehört."

„Pssst, pssst ...", hauchte ihm Sonja ins Ohr, strich ihm übers Haar.

„Heute! Heute Nacht planen sie so was wie ein Attentat. Im Burgenland. Sie fahren dort in eine Gruppe von Flüchtlingen. Deshalb hebt er nicht ab. Er ist mit diesen Dreckschweinen im Burgenland ..."

„Vergiss ihn, bitte, Matthias ..."

„Epilip!", fielen Gradoneg jetzt wieder Josefs Worte ein. „Klar! Epileptiker! Die schicken einen Epileptiker los! Der fährt die Migranten nieder, und alle sind fein raus. Deshalb hat der Pellitsch ‚praktisch' gesagt ... Die inszenieren einen Unfall. Ein Epileptiker verliert die Kontrolle über sein Auto ..."

„So! Still jetzt ...", rutschte Sonja auf dem Sofa näher. „Kein Wort mehr über den bösen Inspektor. Dafür bekommt er schon noch seine Strafe."

Ihre Lippen berührten schon Gradonegs Mund. „Ich hab' mich noch gar nicht für die Blumen bedankt", küsste sie ihn, strich ihm über den Oberschenkel. „So richtig, wie es sich gehört."

Ein Sommerwind umwehte Gradoneg, legte sich warm auf seine Haut. Sonja setzte sich auf seinen Schoß, schob ihren Rock dabei etwas hoch, nahm sein Gesicht in beide Hände und küsste ihn.

Sanft, kaum merkbar zog sie dabei Gradonegs Hand von der Wunde, lachte zufrieden: „Siehst du! Hab' ich ja gesagt, die wollten dir einen Schreck einjagen. Ist nicht so schlimm wie's aussieht."

„Ich … ich …", stammelte Gradoneg.

„Wir geben dir eine Salbe und ein Pflaster drauf, und morgen bringe ich dich zum Arzt. Du schläfst jetzt einmal, ich zieh' dir das Sofa aus."

Dreissig

Hunderte glühende Nägel in der Nase, bis in die Stirnhöhle rauf, und der Folterknecht des Schmerzes goss geschmolzenes Blei in die Löcher.

Gradoneg konnte nicht atmen, griff sich verzweifelt auf die Nase. Ein angeschwollener Fleischklumpen hing dort, wie ein totes Tier, das brannte. Er schnappte hastig mit dem Mund nach Luft, spuckte dabei unentwegt Blut. Hoffte, dass er endlich erwachen würde, sein Bewusstsein wieder die Nägel aus seiner Nase riss, dieses tote, brennende Tier aus seinem Gesicht vertrieb. Sonja! Sonja sollte endlich neben dem Sofa stehen, dieses grelle Scheinwerferlicht da vor ihm nichts anderes als eine Nachttischlampe sein.

Er hatte sich doch aufs Sofa gelegt, Sonjas Pfefferminztee geschlürft, sich sogar von ihr zudecken lassen. Die Salbe kühlte den Schnitt auf der Wange, Sonjas Lächeln war ohnedies Balsam auf seinen Wunden. Der Kuss solle ihn bloß nicht verwirren, im Paradies gab es ganz andere Verführungen, hatte sie gemeint. Und er würde bestimmt nicht aus ihrer Wohnung vertrieben.

Als sie ihm dann auch noch das Handy mit Alszeis Stimme ans Ohr legte, waren all seine Ängste und Mutmaßungen gewichen: In Hendelsdorf seien längst die Kollegen stationiert, meinte Alszei entschieden und laut, Straßenkontrollen gäbe es seit Stunden. Echte Profis seien dort angerückt. Nein, keine korrupten! Ja, keine Wiener, ausschließlich eine burgenländische Einheit, sogar Verstärkung aus der Steiermark hätte man angefordert. In diesem Sicherheitsnetz ließe sich der größte Hai fangen, und die kleinsten Piranhas würden nicht entwischen. Gradoneg solle sich keine Sorgen machen, absolut nicht. Niemand, selbst das dümmste Naziarschloch und ein Oberverräter im BVT, würde einen Hochseilakt auf dieser Starkstromleitung wagen. Das wäre gerade so, fügte Alszei noch hinzu, als würde man mit der Frau eines Kommissars knutschen, ohne sein Testament hinterlegt zu haben. Das wusste er also schon und freilich auch die Geschichte von Klaus Pellitsch: Gut möglich, dass hier ein paar durchgeknallte BVT'ler ihren eigenen V-Mann aufgeknüpft hätten. Aber diese Schlinge war eine entschieden zu viel, dafür werde er sorgen. Nein, Quatsch! So ein verdammter Scheiß! Nichts! Absolut nichts habe er mit diesen ‚rumänischen Tauchgängen' und den Lügen in den Medien zu tun. Nichts!

Und sogar Romana erwähnte Alszei kurz: Gradoneg könne ihm beide Eier abschneiden, eigenhändig, sollte Romana gerichtlich was zustoßen. Er hätte sogar schon einen Job für sie in Aussicht.

Sonjas Lächeln, Alszeis Beschwichtigungen … ein schöneres Schlaflied konnte man Gradoneg nicht singen.

Was für ein wunderbares Märchen: Der Wolf hatte endlich die Steine im Bauch, Aschenputtel ihren Prinz, Hans im Glück fand unbeschwert zu seiner Mama. Und dennoch: Sein beschwingter, amikaler Tonfall hatte den Beigeschmack von Kreide, und Sonjas mütterliches Lächeln … war das nicht auch mit einem ernsten Gesichtsausdruck ins Schlafzimmer verschwunden? Hatte sie nicht dort noch einige Minuten mit Alszei telefoniert?!

*

Gradoneg zog sich im Scheinwerferlicht an der Motorhaube hoch. Schnitt sich am eingedrückten Blech die Hände. Was nichts gegen die Schmerzen in seiner Nase war. Leider. Seine Befürchtung bewahrheitete sich. Er hatte mit diesem Uber-Fahrer einen schweren Unfall gehabt. Womöglich waren sie gar nicht bis ins Burgenland gekommen.

Jetzt war alles aus und vorbei und endgültig zu spät!

Er erinnerte sich, wie er dann doch noch Alszeis Kreidestimme entlarvte, auch Sonjas ernstem Gesichtsausdruck misstraute. Wie er ungeduldig wartete, bis es in ihrem Schlafzimmer endlich still war und er sich aus der Wohnung schleichen konnte. Kein Taxler am Meidlinger Bahnhof wollte ihn ins Burgenland bringen, deshalb bestellte er einen Uber. Gab nur noch UberBLACK, lauthals gelacht hätte Gradoneg, hätte ihn unter anderen Umständen dieser Schwarze mit seinem Elfenbeinlachen so ironisch mit „UberBLACK“ begrüßt. Doch trieb er den Fahrer nur schreiend über rote Ampeln, alles ging ihm zu langsam. So musste es gewesen sein, womöglich waren sie schon irgendwo in Wien verunglückt. War bei einem Unfall durch die Windschutzscheibe geschleudert worden, hatte sich so die Nase zerfetzt. Nein, sah er nun im grellen Lichtkegel rings um sich Felder, spürte einen Schotterweg unter seinen Füßen. Also mussten sie doch Wien verlassen haben. Retten! Gradoneg hielt sich an der Motorhaube fest, wollte den eingeklemmten Fahrer retten.

Einer, zumindest einer sollte gerettet werden!

Bewegungslos lag der Kopf des Fahrers auf dem Lenkrad, etwas seitlich, seine aufgeschlagene Stirn blutete, die Zunge hing ihm zum Mund raus, schien sogar an der Spitze abgebissen. Doch! Gut! Sein Kopf hob sich, fiel dann aber wieder nach unten, streifte das Armaturenbrett, prallte auf das Lenkrad. Wieder hob sich sein Kopf, wieder prallte dieser auf das Lenkrad.

„Nein! Aufhören! Nein!“, brüllte Gradoneg, sah jetzt, dass sich jemand ins Auto beugte, dieser den Kopf des Fahrers hob und auf das Lenkrad schleuderte.

„Nein! Aufhören! Bist du wahnsinnig!“, hielt sich Gradoneg erschrocken an der zerbeulten Motorhaube fest, trommelte mit seinen Fäusten gegen die Windschutzscheibe, tastete sich mühsam zur Fahrertür.

„Lass’ ihn! Nein! Er hat nichts damit zu tun!“, brannte ihm jedes Wort in der Kehle.

„Hör’ auf, du Nazisau! Er hat nichts damit zu tun!“, erkannte nun Gradoneg Alszei, sah, dass es zweifellos Alszei war, der den Fahrer mit brutalen Kopfstößen umbringen wollte. „Der weiß nichts! Nimm’ mich! Du feiges Arschloch! Wenn schon, bring’ mich um!“

Eine neue Erinnerung tauchte in der Dunkelheit des schweren Unfalls auf. Klar und deutlich erinnerte sich Gradoneg endlich, dass er es ja mit dem Uber-Fahrer ins Burgenland, nach Hendelsdorf, geschafft hatte. Wie sich dort Klaus Pellitschs Beschreibung bewahrheitet hatte. Nur weiter, viel weiter, als er dachte, lag der kleine Bahnhof vom Ort entfernt. Immer wieder fuhren sie den Schotterweg neben den Feldern ab. Schon eine Ewigkeit kurvten sie in dieser Einöde herum, im Schritttempo, suchten links und rechts die Felder nach versteckten Menschen ab. Genauso war es, erinnerte sich Gradoneg noch deutlicher: Dann kamen ihnen Leute entgegen, blickten erschrocken in den Lichtkegel; wie Klaus Pellitsch gesagt hatte, waren auch Kinder darunter, vier, fünf sogar. In die Felder! Die meisten von ihnen liefen davon und verschwanden im Rascheln des schon hochstehenden Maises. Und plötzlich tauchte Alszei vor ihnen auf! Mitten auf dem Schotterweg stand er plötzlich da. Kommissar Godehard Alszei! Keinen Millimeter wich er dem Auto aus, stand da und schrie: „Weg hier! Sofort weg hier!“

*

„Ich mach’ dich fertig!“, zerrte nun Gradoneg an Alszeis Arm, biss zu, wollte den Kommissar unbedingt vom Fahrer wegreißen. „Lass ihn! Er weiß nichts! Du oder ich! Das geht nur uns beide was an!“

„Hau ab! Was suchst du hier? Hau' ab, bevor's zu spät ist", brüllte Alszei, ließ nicht vom Fahrer ab, stieß den Ellbogen in Gradonegs Rippen.

Genau derselbe Wortlaut. Genau das schrie Alszei, als er mit seinen Fäusten auf die Seitenscheiben des Ubers schlug: „Hau' ab! Was suchst du hier?!" Wutentbrannt brüllte er auch den Fahrer an: „Police! Austria Police!", hörte er nicht auf zu schreien. „Back to Vienna! That is an order! Away from here! Bring him back to Vienna!", versuchte Alszei die geschlossenen Autotüren aufzureißen, während die Flüchtlinge immer tiefer und weiter ins Maisfeld liefen.

„Mörder! Du bringst ihn um!", packte Gradoneg Alszei am Hals.

„Dieser Verbrecher hat's verdient", befreite sich der Kommissar mit einem Faustschlag.

„Pellitsch hatte recht! Du bist die Nazisau! Und die Sonja spielt mit, die sollte mich niederhalten, damit du hier deinen Wahnsinn erledigen kannst! Du Nazisau packelst mit den anderen im BVT!"

„Sollte er sie umbringen?! Ja?!", gestikulierte Alszei zornig mit seinen blutverschmierten Gummihandschuhen. „Wer ist hier die Nazisau?! Sollte ich zusehen?! Wie er alle umbringt?!"

„Was …?", taumelte Gradoneg.

„Sind ja nur Muslime! Kopftuchweiber mit Kindern! Messerstecher! Passt ja in dein beschissenes Weltbild!"

„Spinnst du …? Ich … ich …", stammelte Gradoneg, sah, dass im Auto gar nicht der Uber-Fahrer saß. Dort ein völlig Fremder nach Luft röchelte. Kapierte endlich, wie sehr ihn wieder einmal seine Vorurteile fehlgeleitet, seine Erinnerung völlig geblendet hatten. Erinnerte sich nun endlich, wie sich alles wirklich zugetragen hatte: Wie Alszei nach seinem Wutausbruch wieder vom Uber-Fahrzeug davongerannt war, irgendwas in ein Funkgerät schrie, die Straße runterhetzte. Fünfzig, hundert Meter weiter in ein Auto sprang, der Motor aufheulte und durchdrehende Reifen quietschten. Ohne Licht den Schotterweg entlangfuhr, schneller wurde und einem Lichtkegel, der am Horizont auftauchte, entgegenraste.

Gradoneg hörte nun in seiner Erinnerung wieder den lauten, ohrenbetäubenden Knall, sah sich aus dem Uber springen, hörte, wie er den Fahrer anschrie, er solle umdrehen und nach Wien fahren; spürte, wie sich seine Beine in Bewegung setzten, er den Weg zu den Unfallautos runterhetzte, atemlos und panisch war und dort stürzte, mit voller Wucht auf eines der Autos stürzte.

Alszei beruhigte sich wieder, fühlte den Puls des Verletzten.

„Der krepiert schon nicht, keine Angst …“, streifte er seine Gummihandschuhe ab. „Solche Verbrecher verbluten nicht. Du haust hier ab! Ja! Schnell! Ruf deinen Fahrer zurück. Eine halbe Stunde, dann verständige ich die Rettung … Solche Verbrecher sterben nicht aus … Ich ruf' dann die Rettung …“

„Pellitsch …“, schluckte Gradoneg. „Wir müssen zu Pellitsch in die Wohnung, dort ist bestimmt …“

„Du rufst jetzt deinen Fahrer!“, schrie ihn der Kommissar an. „Schaffst du's so bis Wien, deine Nase sieht nicht gut aus?“

„Beim Pellitsch finden wir vielleicht …“

„Reicht dir die Scheiße nicht?! Willst du endgültig krepieren?!“

*

Gradoneg schleppte sich am Schotterweg dahin. Seine Nase schwoll noch schlimmer an, links und rechts drängten violette Fleischhügel in sein Sichtfeld. Allmählich führte ihn der Weg nicht mehr durch eine dunkle Mauer; schneller, als er ging, breitete sich der Morgen mit seinen ersten, zaghaften Sonnenstrahlen vor ihm aus. Einmal glaubte er, eine Rettungssirene zu hören, schon eine halbe Stunde vorüber, dachte er. Fragte sich, ob er dem Typen eigentlich ein Überleben wünschte, wusste darauf keine Antwort.

Als der Uber neben ihm aus einem Seitenweg rollte, erschrak er, merkte erst gar nicht, wie vollgepfercht der Wagen mit Frauen und Kindern war, sah sich irritiert um, als die Tür aufging. „Welcome in Austria“, lachte der Uber-Fahrer.

Sein Elfenbeinlachen war zurückgekehrt.

Einunddreissig

Alszei flüsterte resigniert: „Sinnlos … Aus und vorbei …"

Das bisschen, das Gradonegs geschwollener Zinken noch von der Welt um ihn zuließ, sah tatsächlich verheerend aus. Pellitsch hatte man zwar ins Leichenschauhaus gebracht, der Wahnsinn wütete aber in seiner Wohnung weiter: Umgekippte Farbtiegel tränkten den Boden, von dem die Bretter teils herausgerissen waren; überall trat man in ein Scherbenmeer aus Gläsern und Flaschen, sogar Pellitschs Steinziegelbänke waren Stück für Stück abgetragen, seine Matratze aufgeschlitzt, alle Laden aus der Kredenz ausgeschüttet, die Zahnpasta ausgedrückt, der Rasierschaum ebenso, selbst der Deckel an der Toilettenspülung war nicht drangeblieben, wie dies auch bei den beiden Heizkörpern an der Wand der Fall war. Und freilich lag auch Gradonegs Geschenk – das Porträt – in Schutt und Asche. Aus dem Rahmen herausgerissen und zerstückelt, schwamm es in der Farbsoße, bis zur Unkenntlichkeit zerstört.

„Hoffentlich war die Spurensicherung vor denen da …", fiel auch Gradonegs Zuversicht schön langsam in den Schutt.

„Nichts. Die haben auch nichts. Scheint ein Selbstmord gewesen zu sein …"

„Selbstmord!“, stocherte Gradoneg verächtlich mit einem Pinsel in den Scherben. „Wieder so ein Zufall! Nichts gefunden, kein Mord und kein Mörder!“

„Die sind in Ordnung, nach denen beginnt erst der Sumpf.“

„Na ja, Mücken bleiben nicht beim Wasser, die stechen alles in ihrer Umgebung nieder.“

Alszei ließ seinen Blick über den Trümmerhaufen schweifen. „Ist dir was Seltsames bei seinem Anruf aufgefallen? Irgendein Hinweis? Hat Pellitsch was Ungewöhnliches gesagt?“

„Nein …“, überlegte Gradoneg, „nur das, was ich dir schon gesagt habe.“

„Denk' genau' nach.“

Gradoneg rief sich Josefs verängstigte Stimme und den brüchigen Text in Erinnerung. „Tut mir leid …“

„Gut, dann war's das …“, gab Alszei auf. „Ich bring' dich jetzt ins Krankenhaus. Immerhin bist du einer von den wenigen Männern, die mit fünfzig schöner werden können.“

Gradoneg ging zu seinem zerstörten Porträt. Natürlich wollte er sich dieses und vor allem nicht die Aura von Pellitsch zu Hause an die Wand hängen und von dessen Wahnsinn verstrahlt werden. Esoterik hin oder her, aber Pellitsch hatte in jenen Abgrund geblickt, vor dem selbst Friedrich Nietzsche warnte. Ein Abgrund, der keine menschliche Ethik tolerierte und alle zu sich in die Tiefe zog. Dennoch hätte sich Gradoneg über dieses Geschenk gefreut. Gut verpackt und im Keller verstaut, hätte es schon einen Platz gehabt.

„Kommst du?“, stand Alszei im Durchgang zum Vorzimmer.

Gradoneg fischte ein Stück seines Porträts aus der Brühe.

Nichts. Kein Haaransatz, keine Brauen und Augen, keine Nase und Lippen, keine Ohren waren darauf zu erkennen.

„He, wir gehen jetzt …“

„Scheiße!“, lachte Gradoneg hysterisch auf. „Ich soll mir in die Augen schauen! Verstehst du?! Immer in die Augen schauen! Ich soll mir immer in die Augen schauen! Das hat er gesagt!“

Wie Klaus Pellitsch in jener Nacht wischte nun Gradoneg besessen mit seinen Händen die Leinwand von Farbschichten frei. Legte die triefenden Stücke auf den Boden, kniete sich hin und wischte und wischte. Drehte sie hin und her, kratzte mit seinen Fingernägeln jeden Quadratmillimeter ab, grub seine Nägel tief in den Stoff, bis er endlich ein feines Blättchen spürte – einen Chip! *In die Augen schauen!*, hielt er den Chip hoch. *Den hat er in einem Auge versteckt!*

*

Einer saß auf ihrem Rücken, drückte Hildegard Gratschel seine Knie rein, packte die Frau am Hals und zog sie nach oben. So weit es nur ging, wie eine Schlangenfrau im Zirkus. Brach ihr das Rückgrat.

Gradoneg drehte sich zur Seite. Was er ohnedies nur verschwommen am Laptop sah, wurde zu viel für ihn.

Wieder ein anderer „übte“ dann mit Hildegard Gratschels Gliedmaßen – wie man Arme und Beine mit einem Griff auskegelte. Streckte ihre Beine und trat ihr die Knie durch.

Das Handy schwenkte hin und her, dunkle Konturen von Büschen und Sträuchern tauchten an den Bildrändern auf. Möglicherweise die Rosensträucher unten im Schubertpark oder die Büsche oben beim Spielplatz.

Dann wollten sie Hildegard Gratschels Kopf im Kreis drehen, schienen zu wetten, wer von ihnen das Gesicht weiter nach hinten, zur Schulter, brächte.

Alszei fuhr den Lautsprecherregler hoch, es fand sich jedoch kein Ton auf der Aufnahme. Dennoch schien Gradoneg das Genick der Alten brechen zu hören, alle Knochen und das dreckige Grinsen ihrer Peiniger. Höchstens waren diese Typen dreißig, bestimmt nicht älter, eher jünger.

„Kennst du die?!“, stieg Gradoneg schon Erbrochenes den Hals hoch.

Alszei schwieg.

„Also doch …“, schluckte Gradoneg, „Leute von euch, ja? Typen vom BTV, der Verfassungsschutz tobt sich aus und schickt dann andere nach Rumänien, oder?“

Der Kommissar spielte nochmals die Aufnahme ab, stoppte diese zwischendurch, zoomte Bilder. Gradoneg schaffte es nicht mehr hinzusehen. Nur ein Bild, und er würde sich endgültig übergeben.

„Die Stimmen würde ich wiedererkennen …“, sah Gradoneg zur Seite, „diese Stimmen vergesse ich mein ganzes

Leben nicht mehr. Bestimmt waren diese Typen auch bei Pellitsch in der Wohnung. Hundertprozentig. Die haben nicht nur die Gratschel umgebracht, sondern auch den Pellitsch. Eiskalt ermordet."

„Wahrscheinlich hat der Pellitsch nicht mehr mitgespielt", starrte Alszei konzentriert auf den Schirm.

„Wie, nicht mehr mitgespielt?"

„Ein V-Mann in der Naziszene, der plötzlich draufkommt, dass schon ein paar Nazis im BVT sitzen."

„Wahnsinn, heller Wahnsinn …", schüttelte Gradoneg den Kopf, schrie kurz auf, weil ihm dabei die Nase noch mehr schmerzte.

Alszei fuhr den Laptop runter, nahm den Chip raus und legte diesen auf dem Tisch. „Vertraust du mir?"

„Was …?"

„Vertraust du mir?", deutete Alszei auf den Chip auf dem Tisch. „Nimm' ihn oder vertrau' mir."

Gradoneg sah Alszei entgeistert an, wusste nicht, was er darauf antworten sollte. Wie oft schon hatte er Alszei misstraut und lag damit falsch? Doch wie oft schon hatte er auch Alszei vertraut und wurde von diesem enttäuscht?! Sein Blick schweifte unschlüssig zwischen Alszei und dem Chip auf der Tischplatte hin und her. „Was würdest du tun? … An meiner Stelle?"

Der Kommissar klappte wortlos den Laptop zusammen.

„Ich mein', du … du hast doch das mit Rumänien schon länger gewusst", stammelte Gradoneg, nahm den Chip vom Tisch. „Du hast doch mit denen mitgespielt, eine Zeit lang zumindest."

Schwer, der Chip wurde seltsam schwer in seinen Fingern, so schwer wie seine Entscheidung: „Der Sonja, ich vertrau' der Sonja", legte den Chip wieder hin.

„Das schaff' ich schon noch …", nahm Alszei den Chip an sich. „Dann kann mich der verdammte Krebs holen."

„Du … Du hast Krebs?"

„Ja."

„Scheiße."

„Keine Angst, diese Geschichte bringe ich schon noch zu Ende."

„Was für einen …", stotterte Gradoneg, „… welchen Krebs hast du?"

Alszei lachte auf. Laut und voll Verzweiflung. „Ist das nicht scheißegal, an welchem Krebs du krepierst?! Welcher lateinische Begriff in deinem Totenschein steht?!"

„'Tschuldige, 'tschuldige … das meinte ich nicht, ehrlich."

„Schon gut."

„Mark Twain …", schnappte Gradoneg aufgeregt nach Luft.

„Wie bitte?"

„Mark Twain … Ich … Ich bin jetzt einmal mit einer Geschichte dran, ja? Jetzt hörst du mir einmal zu. Deine Mönche und Gorillas gehen mir nämlich schon auf die Nerven. Mark Twain …", schluckte Gradoneg. „Der … Der hat einmal gemeint, er hatte in seinem Leben immer Sorgen. Tausende Sorgen. Und weißt du, welche die schlimmsten für ihn waren?"

„Keine Ahnung?"

„Die Sorgen, die nie eingetroffen sind. Das waren seine schlimmsten Sorgen, all jene, vor denen er nur in seiner Fantasie gezittert hat."

Alszei sah Gradoneg lange an. „Danke."

*

Gradoneg wartete bereits den ganzen Vormittag im AKH, jetzt war es sogar schon über Mittag.

Die Schwellung und der Schmerz an der Nase hatten nicht abgenommen, so viele Eiswürfel gab es gar nicht in seinem Kühlschrank. Im Gegenteil: Nun schwollen auch noch seine Augen an, sein ganzes Gesicht war von Grünspan überzogen, sein Atem schon so hektisch und kurz, dass es nur noch eine Frage der Zeit war, bis er hyperventilierte.

Auf der Hals-, Nasen- und Ohrenambulanz des AKH's hatte man ihm den Tipp gegeben, er solle es besser auf der Unfallambulanz versuchen. Auf der Unfallambulanz meinte man wiederum, es gäbe wegen der Hitzewelle massenweise Kreislaufkollapse, also Leute mit eingeschlagenen Schädeln. Gradoneg pendelte mehrmals zwischen den Stationen hin und her, so lenkte er sich zumindest etwas vom Schmerz ab. Nirgendwo rief man seinen Namen aus, allerdings auf der Unfallstation bereits zum zweiten Male einen Wachmann. Nicht nur so mancher Kreislauf kollabierte an diesem Tag, auch die Nerven vieler Patienten. „Wir!", zappelte dort ein Turnusarzt im Wartegang vor den Patienten herum. „Wir sind hier die eigentlichen Kranken!“, zupfte er nervös an seinem Kittelkragen, „uns muss mit mehr Personal geholfen werden, damit wir endlich einmal auch Ihnen helfen können!“

Es war schon kurz vor 14.00 Uhr, da geschah es dann plötzlich um Gradoneg: Die Luft schien ihm nun endgültig wie auf einem Achttausender auszugehen, noch dicker wurde seine Nase, schien die Jochbeinbögen zu sprengen, die Augen zum Platzen zu bringen. Er röchelte nach Luft, sabberte braun-schwarzen Speichel aus seinem Mund. Schnappte dabei so ängstlich und hektisch nach Luft, dass sich seine linke Gesichtshälfte spannte, sich der Mundwinkel mit einem brennenden Schmerz nach oben zog, die Haut über der Schläfe enger und enger, heißer und heißer wurde.

Nach und nach bemerkten die Leute rings um ihn sein Malheur, sprangen schon so panisch auf, wie Gradoneg atmete, suchten sich einen etwas ungefährlicheren Platz im Wartesaal. Nur ein Trankler mit Schnapsnase sah Gradoneg mitleidig an. „Das kenn' ich, ein klassischer Schlaganfall.“

Wer würde da nicht wie Gradoneg ungerufen ins Untersuchungszimmer stürzen? Vor allem wenn man seine eigene, linke Gesichtshälfte wie einen hässlichen, verbeulten Lederball in der Selfie-Einstellung seines Handys sah? „Was?! Was ist denn schon wieder?!“, wehrte sich der überarbeitete Arzt gegen den Eindringling, nahm dann aber doch Gradonegs Kopf in die Hände: „Das passiert schon einmal bei schwereren Nasenbrüchen …“, drückte er die Luft aus Gradonegs linker Gesichtshälfte. „Drücken

… Einfach vorsichtig drücken. Ich nehm' Sie dann bald dran."

*

„Warum weinst du …?", flüsterte Gradoneg im Wartesaal. Rechts das Handy am Ohr, links die zitternde Handfläche auf der Wange.

Ursula sagte nichts, weinte.

„Ist … Ist was mit den Kindern passiert?!", fürchtete Gradoneg das Schlimmste und eine neuerliche Attacke.

„Du bist so verrückt …", flüsterte Ursula nach einer Ewigkeit.

„Nein, nein … Es wird alles wieder gut …"

„Er war gerade hier."

„Wer?!", schnappte Gradoneg nach Luft.

Wieder verstrich eine Ewigkeit.

„New York! Du bist so verrückt …", weinte und lachte Ursula überglücklich. „Sagst, du hast kein Geld, und buchst dann New York. Ich hab' gedacht, ich bekomm' einen Herzinfarkt, als mir der Postler den EMS-Brief gab."

„Schön …"

Spannte sich Gradonegs linke Gesichtshälfte.

Glossar

A

AKH	Allgemeines Krankenhaus der Stadt Wien
anzapfen	abhören
auf der Nudelsuppe schwimmen	naiv sein
ausfratscheln	ausfragen

B

Badeschlapfen	Flip-Flops
Billa	Supermarkt
Bruch	Einbruch

C

Cobra	Sondereinheit der Polizei in Österreich

D

deppert	verblödet

E

EMS-Brief	Eilsendung per Post
Eselskostüm	dem Anlass unpassend gekleidet

F

Faschiertes	Gehacktes / Fleisch
Fleckerlteppich	Teppich aus Woll/Garnresten
FPÖ	Freiheitliche Partei Österreichs
Fratz	freches Kind
fuchteln	hektische Armbewegungen

G

Gabelbissen	österr. Spezialität mit viel Mayonnaise
gatschig	glitschig
Gfrast	Schimpfwort Kind
Gehsteig	Gehweg
Gemeindebau	Sozialbau
Gemeindebauschluchten	große Sozialbauten
Goschen	Schimpfwort Mund
Griffel	Finger (abfällig)
gschamig	schüchtern
Gscherte	Nicht-Wiener, Menschen aus den anderen österreichischen Bundesländern
Gusch!	Ruhe!

H

hackeln	arbeiten
(ein) Hackl ins Kreuz werfen	hinterhältiger Angriff
Hacklertum	Arbeitergesellschaft

Häfn	Gefängnis
hatschen	mühsam gehen
Haxen	Beine
herumeiern	um den heißen Brei reden
Hundstrümmerl	Hundekot
Humana-Laden	Secondhand-Geschäft

J

Jemanden an die Kandare nehmen	die Freiheit einschränken
Jemandem hängt die Lade runter	überrascht sein, staunen
just	ausgerechnet

K

Kahlenberg	Hausberg der Wiener
Käsekrainer	Wurstspezialität mit Käse
Kellnerfleck	große Geldbörse in der Gastronomie
Kieberer	Polizist
(ein) Klacks	Kleinigkeit
kleistern	beschmutzen
kletzeln	kratzen, zupfen
Kopfpolster	Kissen
Krakeeler	Störenfried
Kredenz	Schrank

L

Linzerschnitte	Süßspeise, benannt nach der Stadt Linz

Liptauer	traditioneller Brotaufstrich (Quark / Paprika)

M

MA-48	Wiener Magistrat / zuständig für die Müllabfuhr
Mietskaserne	Wohnanlage mit Mietwohnungen
Mistkübler	Mitarbeiter der Müllabfuhr
Muckser	Entgegnung
Müllstierler	Müllsammler

N

Naivling	naiver Mensch
Nasenrammel	Popel

O

Ohrwaschel	Ohr
ORF	Österreichischer Rundfunk
ÖVP	Österreichische Volkspartei

P

Packerl	kleines Paket
patschert	ungeschickt
picken	kleben
Piefke	Schimpfwort Deutsche
Postler	Angestellter der Post
präpotent	überheblich, arrogant
pragmatisiert	unkündbares Dienstverhältnis

R

Rabiatperle	emotionaler Mensch
raunzen	jammern
Revers	Krankenhausdokument zur Verweigerung einer Aufnahme
REX	Regionalzug
Rotzpippn	freches Kind

S

Sackerl	Tüte
saublöd	bescheuert
schiach	hässlich
Schlag	Sahne
sekkieren	ärgern
Sissi-Taler	Praline, nach Kaiserin Elisabeth benannt
Schleich dich!	Verschwinde!
Schmirgelpapier	Schleifpapier
Schmäh	Wiener Humor
Spritzer	Weinschorle
schwafeln	unsinnig daherreden
SPÖ	Sozialdemokratische Partei Österreichs
spuren / brav spuren	gehorchen, folgen
Statistik Austria	österr. Bundesanstalt für Statistik
senile Bettflucht	altersbedingte Schlaflosigkeit
süffisant	hämisch

T

Trampel	Schimpfwort ungeschickte Frau
Trankler	Trinker
Tschusch	Schimpfwort Zuwanderer aus dem ehemaligen Jugoslawien
Turnusarzt	Arzt im Praktikum

V

verdattert	erschrocken
verhaspeln	sich versprechen
Verlängerter Brauner	Kaffeegetränk
verschaukeln	jemanden auf den Arm nehmen
verzapfen	Unsinn sprechen
Vollkoffer	Idiot

W

Wald u. Wiesen-Geschwafel	unnützes Gerede
Wiffzack	schlaue Person

Z

zerknuddelt	verknittert

Danksagung

Jedes Buch beginnt genau genommen mit einer Lebensgeschichte, dessen erstes Kapitel bei der Geburt aufgeschlagen wird. Meine Eltern haben dieses nicht nur aufgeschlagen, sie haben mich und viele meiner „Lebenskapitel“ hilfreich begleitet – danke!

Mona durfte ich den Krimi bereits widmen, auch unsere Kinder Magdalena und Johanna seien mit viel Liebe erwähnt.

Ja, und dann hat jeder Text seine unmittelbare Entstehungsgeschichte und wichtigen Helfer: Martin Biedronski, mein Nachbar, ist einer davon – und was für einer! Seine Lesetipps türmen sich regelmäßig vor unserer Tür, und nicht selten steht ein Kochtopf mit dampfenden Köstlichkeiten daneben. Mein besonderer Dank gilt Andreas Könighofer: Andreas, Du warst nicht nur der erste Leser, Dein analytisches Denken hat mich immer wieder auf die richtige Fährte gebracht.

Wie ein Buch neue Welten ermöglichen will, braucht es selbst einen Ermöglicher – einen ambitionierten Verleger. Mit Herrn Carsten Holzendorff durfte ich einem solchen begegnen. Was ebenfalls für das engagierte CW Niemeyer-Verlagsteam gilt. „Vertrauen“ und „verlegen“ sind ja bei einem Krimi-Erstling der wichtigste Fall.

Danke!